LINN GREVE ist das Pseudonym einer deutschen Krimiautorin. Sie ist auf einem Weingut an der Mosel aufgewachsen, studierte Anglistik und Französische Philologie in Trier, absolvierte ein Verlagsvolontariat und promovierte anschließend in Sprach- und Übersetzungswissenschaft. Immer wieder zieht es sie hinaus in die Welt und insbesondere ans Meer. Nach *Mord in der HafenCity* ist *Tod auf der Elbinsel* der zweite Band ihrer atmosphärischen Hamburg-Krimi-Reihe um die sympathische Kommissarin Dorothee Anders.

Außerdem von Linn Greve lieferbar:

Mord in der HafenCity

Linn Greve

Tod
auf der
Elbinsel

Ein Hamburg-Krimi

PENGUIN VERLAG

MIX
Papier | Fördert gute Waldnutzung
FSC® C014496

Penguin Random House Verlagsgruppe FSC® N001967

1. Auflage 2024

Redaktion: Susann Säuberlich
Umschlaggestaltung: bürosüd
Umschlagabbildungen: mauritius images / Westend61 / Kristian Peetz, mauritius images / Westend61 / Roy Jankowski
Greiner & Reichel GmbH, Köln
Druck und Bindung: GGP Media GmbH, Pößneck
Printed in Germany 2023
ISBN 978-3-328-10685-2
www.penguin-verlag.de

I'm glad you are
as ugly on the outside
as I am on the inside
so we'll get along fine

Claudine Muno *Monsters*

Prolog

Durch das Loch in der Stirn entwich die Schönheit. Sie verschwand aus dem Gesicht, das verschmierte Make-up machte es zu einer Clownsvisage. Eine Hochnäsige war gefallen. Die neuesten Trends aus New York und Paris hatten sie nicht davor bewahrt, der Fummel aus einer entzückenden Boutique in Barcelona taugte nicht als Rüstung.

Die halb gesenkten Lider ließen einen Streifen der hellblauen Iris durchscheinen. Im geöffneten Mund standen weiße Zähne in Reih und Glied, dazwischen wölbte sich eine dick geschwollene Zunge.

Der Griff des Schlägers lag rund und gut in der Hand. Das Holz schmiegte sich an die Haut, fast wie Mann und Frau, die beieinanderliegen.

Ich gewinne, ich habe gewonnen, triumphierte eine innere Stimme, als der Arm sich nach hinten bewegte. *Du hast es verdient*, begleitete den ausholenden Schwung.

Den Bruchteil einer Sekunde später krachte Hartholz berstend auf Knochen. Als der Schläger sich senkte, gab es das Gesicht nicht mehr. Nur noch auf unzähligen bedeutungslosen Fotos im Internet.

Fleisch und Gebein sahen bei allen Menschen gleich aus, das war deutlich zu erkennen. Eine zwei Millimeter dünne

Hautschicht, die sich darüber spannte, entschied über Erfolg und Misserfolg im Leben, über Glück und Unglück, über das *Aussehen*.

Die kalte Arroganz, die gemeine Niedertracht waren in einer schönen Larve dahergekommen.

Es war an der Zeit, der Welt zu zeigen, wie es darunter aussah. Die Demaskierung war erfolgt.

1

1892 war Hamburg von einer verheerenden Cholera-Epidemie erschüttert worden, Tausende Menschen starben. Tag und Nacht wurden Gräber ausgehoben, in den Cholera-Baracken herrschten unvorstellbare Zustände. Viele Menschen flohen aus der Stadt. Über Auswandererschiffe gelangte die Krankheit nach New York und wütete dort weiter.

Robert Koch erlebte den von ihm entdeckten Erreger in Furor. Ursache dafür war die direkte Entnahme von Trinkwasser aus Elbe und Alster.

Bereits ein halbes Jahrhundert zuvor war durch das Elbwasserwerk Kaltehofe der Grundstein für eine sichere Versorgung mit Trinkwasser gelegt worden. Die zweiundzwanzig Sandfilterbecken der Anlage, die das Flusswasser durchlaufen musste, um gefahrlos genießbar zu sein, waren jedoch erst 1893 fertiggestellt worden – ein Jahr zu spät.

Die Geschichte faszinierte ihn. Es gehörten immer zwei Dinge zusammen: das Gebäude und die Geschichte. Die Bauwerke als solche waren interessant, boten einzigartige Anblicke und Motive, verlassen und benagt vom Zahn der Zeit. Aber erst ihre Historie formte die eigene Atmosphäre. Untereinander, in ihrer Community, sprachen sie von der vierten Dimension.

Er war mit einem Freund und einer Freundin in einem aufgegebenen Hospital an der französischen Grenze gewesen, vor etwa anderthalb Jahren. Keiner von ihnen war spirituell drauf, sie arbeiteten als Zahntechniker, Industriekaufmann und MTA, verbrachten ihre Nächte in Technoclubs. Doch sie alle hatten es wahrgenommen. Ein scharfer Luftzug an einem windstillen Tag inmitten der Eingangshalle, ein leises, wehklagendes Geräusch in einem der Zimmer im ersten Stock, die deutliche Präsenz von *etwas*. Es war eines der beeindruckendsten Erlebnisse gewesen, die er bislang gehabt hatte.

Der nördliche Teil des aufgegebenen Elbwasserwerks Kaltehofe interessierte ihn nicht. Dort war ein kleines Museum untergebracht, das Besuchern die Historie der Trinkwasserversorgung nahebrachte.

Hingegen lag der südliche Teil der Gebäude, auf den er gerade zuging, im Dornröschenschlaf. Das Wasserwerk war auf einer durch einen Landdurchstich künstlich entstandenen Insel erbaut worden. Die Architektur aus dunklem Backstein erinnerte an gotische Kathedralen. Außer den Hauptgebäuden gab es kleine, turmartige Nebenbauten. Sie wirkten gedrungen wie aufeinandergestapelte Mühlsteine, mit einem Spitzdach und portalartigen Eingängen, deren Umfassungen aus Sandstein aufwendig behauen waren.

Eine kühl-feuchte Brise streifte sein Gesicht, er eilte voran. Das Geschrei der Saatkrähen gellte aus dem umliegenden flachen Land.

Die Fensteröffnungen in dem Backsteingemäuer des verwaisten lang gezogenen Gebäudes waren notdürftig mit Holzplatten verschlossen. Er kannte die Stelle, die offen war und breit genug für den Einstieg.

Seinen Wagen hatte er etwa einen Kilometer entfernt geparkt, die Kameratasche schlug im Gehen an seine Hüfte.

Paradoxerweise begannen Häuser zu leben, sobald man sie verlassen hatte, nicht mehr in ihnen wohnte oder herumwerkelte. Sie wandelten sich, Verfall bedeutete nicht Stillstand, sondern Veränderung und Entwicklung.

Für ihn waren die aufgegebenen Orte wie geheimnisvolle Wesen, er erkundete sie auf seine Weise.

Dieses hier kannte er bereits. Natürlich. Er kannte alle Lost Places in Hamburg und Umgebung. Doch nach Kaltehofe zog es ihn häufiger. Heute, an diesem milchig trüben Herbstnachmittag, an dem sich einzelne Sonnenstrahlen durch die Wolkendecke kämpften, hoffte er auf ein besonderes Licht, das die ambivalente Schönheit des Verfalls verstärkte.

Sein Ziel war eines der rückwärtigen Fenster im Erdgeschoss. Er näherte sich, die Feuchtigkeit des Grases benässte das Segeltuch seiner Schuhe. Prüfend sah er sich noch einmal um.

Klotzartige Industriebauten und ein hoher Schornstein ragten in einiger Entfernung auf, dazwischen lag unbesiedeltes Land.

Kurz zögerte er, wie immer vor dem Einstieg. Dann stützte er sich am Fenstersims ab, hievte schnell und geübt seinen Körper hoch, überkletterte die Mauer. Die Sohlen landeten auf glattem Steinboden im Inneren.

Der Geruch war in vielen Gebäuden ähnlich, kühl und dumpf, an Erde und Keller erinnernd. Er jedoch empfand ihn als warm, vertraut, fast heimelig. Das rostende Eisen mischte in dieser Anlage des Wasserwerks Duftspuren hinzu, heute kamen sie ihm stärker als sonst vor. Einen Atemzug lang dachte er an Blut.

Vorsichtig setzte er einen Fuß vor den anderen. Der Raum war klein, aber hoch, viele der hellen Wandfliesen waren zerschlagen, einige durch sinnlose Graffiti verunziert. Er hasste das. Es kam ihm vor, als entwürdige man einen Greis durch grelle Karnevalsschminke.

Ein breiter Durchgang führte in den Nachbarraum, in ihm befanden sich die Überreste des ehemals riesigen Wasserspeichers. Das Rohrsystem mit seinen Ventilen, Hähnen und alten Druckmessern, deren Gläser Risse und Sprünge hatten, trug den Rost wie eine schützende Hülle.

Im neunzehnten Jahrhundert kam die Anlage für die Stadt einem Quell des Lebens gleich. Nun hatte sie ihre Schuldigkeit getan, war zu einem Maschinentier auf dem Gnadenhof der Geschichte geworden.

Egal, wie er sich den Tag über gefühlt hatte – an den verlassenen Orten war er immer aufmerksam und hellwach. Mit geschärften Sinnen betrat er den Durchgang.

Auf dem Boden des Raumes vor ihm lagen Unrat und ein paar alte Zeitungen. Der eisenhaltige Geruch in der Luft verstärkte sich, darunter mischte sich ein anderer, übler, ihm unbekannter.

Im nächsten Augenblick setzte sein Atem aus. Druck auf der Brust gefährdete den Herzschlag.

In Sekundenbruchteilen empfing sein Gehirn das Bild einer Schaufensterpuppe, von halbstarken Jugendlichen mutwillig zerstört, rot beschmiert und unter zotigem Gelächter an die Wand gelehnt zurückgelassen.

Die von seinen Netzhäuten weitergeleiteten Signale korrigierten diese erste Assoziation. Adrenalin brandete in seinen Adern auf.

Dort saß eine Frau. Anstelle des Gesichts klaffte eine riesige Wunde. Das kurze Kleid hatte ein Blumenmuster, die Jeansjacke darüber eines aus dunkelroten Flecken. Schlanke, lange Beine lagen v-förmig auf dem Steinboden, bekleidet von einer zerrissenen Strumpfhose und in Cowboystiefeln endend.

Panisch zuckte sein Kopf, der Körper drehte sich um die eigene Achse, die Augen scannten den Raum.

Hallo, wollte er aus einem Impuls heraus rufen. Ist da jemand?

Instinktiv schwieg er.

Er horchte in die Stille, sein Blick schlich sich zu der Frau zurück.

Das Bild war abartig, grotesk, noch nie gesehen. Unerwartet für den Bilderjäger in ihm – und nach kurzer Betrachtung auf einmal seltsam faszinierend.

Er bannte Anblicke auf einen Speicherchip, es war seine Passion. So transportierte er Dinge und Orte auf den Bildschirm des Laptops in seiner kleinen Wohnung.

Wie von selbst tastete seine Hand nach der Kameratasche, öffnete sie, zog die teure Nikon heraus.

Als er durch den Sucher sah, wechselte mit der Perspektive sein innerer Zustand. Er wurde ruhig, gewann an Distanz, kühl und gleichzeitig beflügelt durch die Neugier des Beobachters.

Sein Zeigefinger drückte auf den Auslöser, das Klicken hallte metallisch durch den Raum. Dann nochmals und wieder. Leise surrend fuhr das Objektiv aus, brachte das Bild der Toten näher an sein Auge. Er drückte ab.

Schließlich wandte er den Kopf, noch mit der vorgehaltenen Kamera, von der Frau ab. Er ließ den Apparat sinken und verstaute ihn zurück in die Tasche.

Einen Augenblick stand er reglos da. Dann setzten sich seine Beine in Bewegung. Die ersten langsamen Schritte wurden von schnellen abgelöst, der Herzschlag pochte plötzlich hoch bis in die Kehle.

Er kletterte aus der Fensteröffnung, sprang ins Gras, sog wie ein Ertrinkender Luft ein. Fahrig nestelte er sein Handy aus der Hosentasche und wählte die 110.

2

Der Geruch lag zwischen Putzmittel und Rosenbeet, dabei hatte er eine scharfe Note. Die Kopfhaut kribbelte, als liefen Ameisen darüber.

Eifrig pinselte Nicolas schaumige Paste in Dorothee Anders' Haar. Er löste eine Metallklammer und nahm sich die nächste dicke Strähne vor. Breite Alufolienstreifen auf Doros Kopf erinnerten sie an das glitzernde Geraffel, das mitunter Vogelscheuchen zierte.

»Du, das war 'ne gute Entscheidung, mal einen helleren Farbton auszuprobieren.« Nicolas sprach eher sein adrettes Spiegelbild an, dabei pinselte er flott aus dem Handgelenk weiter.

Doro sah in denselben Spiegel. Sie blinzelte. »Ja?«

»Auf jeden Fall. Älter werdende Gesichter vertragen so arg dunkles Haar nicht mehr. Das drückt zu sehr, verstehst du?«

»Ach so?«

»Also, nicht dass du schon älter wärst. Ich meine … wie alt bist du denn?«

»Siebenundvierzig.«

»Pfh. Da ist doch noch alles drin.« Während die eine Hand lässig wedelte, tauchte die andere den Pinsel in das Schälchen mit der Tönungsmasse. »Mit der neuen Color reißt du noch mal fünf Jahre raus.« Nicolas sprach im Expertenton. »Dein Freund wird Augen machen.«

»Irgendwelche besonderen Wünsche?«, hatte Doro Michael gefragt, bevor sie nach einem sehr späten zweiten Frühstück aus seiner Wohnung aufgebrochen war. »Frisurmäßig, meine ich.«

»Alles außer kurz und rot.« Grienend hatte er sich über den kahlen Schädel gerieben. »Blond vielleicht?«

»Wobei, Männer wollen ja immer Blond.« Routiniert kleisterte Nicolas ein dickes Haarbüschel von allen Seiten ein. »Guck mich an. Aber bei deiner natürlichen Farbe müsstest du da richtig *changen* und dauernd den Ansatz nachfärben.«

»Nee, lass mal lieber.« Unter dem schwarzen Nylonumhang staute sich Doros Körperwärme zu einer saunaartigen Hitze, ihr brach der Schweiß aus. Auf einem kleinen Beistelltisch schräg vor ihr stand eine leere Cappuccinotasse. Seit einer Weile fragte sich Doro, ob die Wirkung von Koffein als Brandbeschleuniger schon etwas mit den Wechseljahren zu tun hatte. Bestimmt nicht.

»So, das Auftragen wäre geschafft.« Mit zufriedenem Ausdruck betrachtete Nicolas sein Werk im Spiegel und legte den Pinsel beiseite. Oberhalb der schwarzen Latexhandschuhe trug er ein Tattoo am Handgelenk, in verschnörkelter Schrift war »Chris« dort verewigt.

Vor ein paar Tagen war Doros Sohn Constantin damit angekommen, sich tätowieren lassen zu wollen.

»Consti, bitte lass dir Zeit mit einer solchen Entscheidung. Du bist erst sechszehn. Warte, ob du es in einem Jahr immer noch willst.«

Ein Zuschlagen der Zimmertür war die Antwort gewesen.

»Das Ganze muss dreißig Minuten einwirken«, erklärte Nicolas. »In der Zeit kannst du was Schönes lesen. Die *Gala*? Ich hab auch die *Brigitte Woman*.« Er nahm eine durchsichtige Haube aus seinem Utensilienwagen. »So, noch das Häubchen drüber.«

Der Gummirand flutschte über Doros Stirn, an den Ohren entlang und über den Nacken. Geübt justierte Nicolas den Haarhügel darunter. Anschließend wischte er mit dem Zipfel eines Handtuchs eine Spur Färbemasse von Doros Hals. »Tippitopp. Welche Zeitschrift soll ich dir bringen?« Das Abstreifen der Handschuhe verursachte ein schmatzendes Geräusch.

»Du, einfach irgendeine.« *Was mit netten Fotos und Texten, bei denen ich nicht denken muss*, hätte sie beinahe angefügt. Vermutlich gab es bei Nicolas aber ohnehin nichts anderes.

»Okay.« In seinen hellen Chinos verschwand er in den vorderen Bereich des Salons.

Es war Samstagnachmittag, die Arbeitswoche auf dem Kommissariat hatte gestern Abend gegen zweiundzwanzig Uhr geendet. Gerädert war Doro aus dem Büro gekommen, Constantin war natürlich nicht zu Hause gewesen. Seit seinem sechzehnten Geburtstag schien es für ihn kein Halten mehr zu geben.

Darüber hinaus übernachtete er nach dem Zug durch Clubs und Kneipen neuerdings häufiger bei seinem Vater, ohne Doro Bescheid zu sagen.

Das leere Bett am Morgen katapultierte sie nach wie vor in Alarmbereitschaft. Beim ersten Mal hatte sie in der Früh besorgt ihren Ex-Mann angerufen und ihn womöglich, hörbar keuchend, bei etwas gestört, das sie sich nicht bildlich vorstellen wollte.

Mittlerweile versuchte sie, bis zu einer zivilen Uhrzeit abzuwarten. In Anbetracht der Tatsache, dass Alexander mit seiner neuen Frau Julia noch zwei kleine Mädchen in die Welt gesetzt hatte, fand Doro halb acht am Wochenende absolut zivil. Kinder waren ohnehin immer so zeitig wach.

Auf einen von Alexanders mauligen Kommentaren hin hatte sie ihn angeplärrt: »Dann bring deinem Sohn bei, Bescheid zu sagen. Meine Bitten diesbezüglich ignoriert er, und er geht auch nicht ans Handy.«

»Nur weil du bei der Polizei bist, musst du nicht dein komplettes Umfeld mit der Angst, dass was passiert sein könnte, terrorisieren.«

»Es könnte was passiert sein!«

»Doro, Constantin hat sich lediglich entschieden, bei uns zu übernachten. Hier darf er ausschlafen, und später wird die ganze Familie in Ruhe frühstücken.«

Du Arsch zu antworten, hatte sich Doro gerade noch verkneifen können, wortlos hatte sie das Gespräch beendet.

»So, hier ist was zu schmökern.« Nicolas war zurückgekommen, er reichte Doro ein Magazin.

»Zeitschrift für politische Bildung«, las sie auf dem Titelblatt. Ihr Stirnrunzeln krauste den vorderen Teil der Haube auf ihrem Kopf. Darunter steigerte sich das Ameisenkribbeln zu einem unangenehmen Jucken.

»Mein Süßer ist doch Referent im Senat.« Ein versonnenes Lächeln bog Nicolas' volle Lippen nach oben. »Der liest so was. Und du bist ja auch so eine Verkopfte. Ich dachte, da passt das.«

»Super, danke.« Ebenfalls lächelnd nahm Doro die Zeitschrift an. »Ist bestimmt interessant.«

Sie blätterte das Magazin auf und überflog das für sie mäßig interessante Inhaltsverzeichnis. Dabei brummte es unter dem sie umhüllenden Nylonzelt.

Nach einem kurzen Zögern zwängte sie ihre Finger in die Tasche ihrer Jeans, zog das Handy heraus und brachte es ans Tageslicht.

Eine Nummer ihrer Dienststelle wurde angezeigt, Doro entfuhr ein missmutiger Laut. Ich hab heute frei, dachte sie. Der erste freie Samstag seit drei Wochen. Ihr Blick huschte von dem leuchtenden Display zu ihrem haubengekrönten Spiegelbild. So was von frei. Zumindest die nächste Stunde.

Unwillig tippte sie auf das grüne Hörersymbol.

»Anders, hallo?«

»Frau Anders, Axel Mohnhaupt hier. Wir haben gerade einen Anruf von einem gewissen Jürgen Kemmerer reinbekommen. Im Elbwasserwerk Kaltehofe sitzt eine tote Frau.«

Doro bohrte eine Fingerkuppe an einer besonders juckenden Stelle in den eingepampten Haarhügel und kratzte.

»Eine Obdachlose?«

»Details wissen wir noch nicht«, antwortete Axel Mohnhaupt. »Außer dass die Tote kein Gesicht mehr hat.«

»Shit.« Für einen Moment schloss Doro die Lider. »Was ist mit Max Holle? Der hat doch heute Dienst.«

»Schon. Aber der ist vor zwei Stunden weg. Bei seiner Frau haben die Wehen eingesetzt.«

»Na super. Und Ben Fleck? Haben Sie den erreicht?«

»Ich dachte, ich versuche es erst mal bei Ihnen.«

»Alles klar.« Hörbar atmete Doro ein. »Ich benachrichtige Ben und fahre zum Fundort. Können Sie mir bitte einen Kollegen mit Wagen bei ›Chez Nicolas‹ vorbeischicken?«

»Wo? Ist das ein Restaurant?«

Schön wär's, dachte Doro. »Nein, ein Friseursalon in der Innenstadt.«

»Wird gemacht.«

»Danke.« Doro legte auf. »Nicolas, kannst du bitte mal kommen?«

»Sicher, Spatzerl. Was gibt's?« Mit federnden Schritten kam er heran.

»Ich muss dringend weg.«

»Wie, weg?« Entgeistert sah er auf sein einwirkendes Pinselwerk. »Das geht nicht. Wenn ich das jetzt abspüle, sieht dein Haar aus wie 'ne gebatikte Tischdecke.«

»Wie bitte?«

»Nee, echt.« Nicolas schüttelte den Kopf. »Wie lange musst du denn weg?«

»Das kann Stunden dauern.« Doro registrierte neben Hitze und Jucken eine aufkommende Gereiztheit.

»Mit der Einwirkzeit ›Das kann Stunden dauern‹ hab ich keine Erfahrungen.« Nicolas rollte die Augen gen Decke. »Womöglich fallen dir danach paar Haare aus.«

»Argh. Dann spül's bitte ab.« Doro zog die Haube runter. »Am besten schnell.«

3

Nach einer Blaulichtfahrt durch die Stadt und der Überquerung des Kaltehofe-Hauptdeichs traf Doro am Wasserwerk auf der Elbinsel ein.

Auf dem Gelände der alten Anlage stand bereits ein Aufgebot an Einsatzfahrzeugen. Zwischen dem Notarztwagen und dem der Spurensicherung erkannte Doro Bens Auto. Er hatte es vor Jahren aus dem Bestand der AWO gekauft, seitdem fuhr er mit dem über die Fahrertür verlaufenden Schriftzug »Essen auf Rädern« durch die Gegend.

Doro stieg aus. Die Sohlen ihrer Boots sanken in weiche Erde. Es war kühl, der Himmel hatte sich eingetrübt, sie fröstelte. Ihr nasses Haar steckte unter einer von Nicolas geliehenen Wollmütze, der Juckreiz ging nun von ihr aus.

Während Doro sich dem dunklen Backsteingebäude näherte, erschien Ben an dessen Eingang.

»Hi, Doro!«, rief er ihr zu. Wie immer sah er aus, als habe er sich gerade erst aus dem Bett geschält. Das hellbraune Haar stand verstrubbelt ab, die Jeans hing auf halbmast, die abgestoßene Lederjacke war über ein knittriges Sweatshirt gezogen worden.

»Da drin, das ist widerlich«, sagte er mit heruntergezogenen Mundwinkeln.

Doro horchte auf. Ben Fleck war noch jung, hatte jedoch von Beginn seiner Dienstzeit an eine außergewöhnliche Robustheit an den Tag gelegt. Doro schätzte das. Er war nicht kalt oder gefühllos, schien aber die Anblicke, die einem Kriminalkommissar begegneten, in einen tiefen Stollengang irgendwo in seinem Inneren verbannen zu können. Ein lakonischer Humor war der dicke Felsblock, der anschließend vor den Eingang gerollt wurde.

Widerlich aus Bens Mund zu hören, ließ Doro Übles erwarten.

»Wissen wir mittlerweile, wer das Opfer ist?«, fragte sie.

»Nein, die Frau hatte keine Papiere bei sich. Auch kein Handy. Und einen biometrischen Gesichtsabgleich über die Passfoto-Datenbank kannst du vergessen.«

Doro zog ihre Jacke fester um die Hüften. An zwei Kollegen von der Bereitschaft vorbei betrat sie das Gebäude. Ben folgte ihr.

Im Inneren umfingen sie ein starker Geruch nach feuchtem Mauerwerk und eine klamme Kälte. Doch sofort spürte Doro auch den Reiz, der von der verfallenden Architektur ausging, ihr Blick wanderte durch den hohen Raum. Die Mauern bröckelten und trugen teilweise Moosbewuchs, Rohre glichen rostigen Adern, die entlang der Wände verliefen.

»Dort rüber«, sagte Ben. »Die Frau befindet sich im Nachbarraum.«

»Was ist mit diesem Jürgen Kemmerer, der die Leiche entdeckt hat?«

»Sein Hobby sind Lost Places, er fotografiert sie und ist hier eingestiegen. Zurzeit sitzt er draußen in einem Wagen und gibt seine Aussage zu Protokoll.«

»Die Eingangstür war vermutlich verschlossen, bevor unsere Einsatzkräfte kamen?«

»Ja, Jürgen Kemmerer ist durch eine Fensteröffnung ins Gebäude gelangt. Die Kriminaltechnik untersucht die Einstiegsstelle nach Faserspuren und Ähnlichem. Mit hoher Wahrscheinlichkeit kam auch der Mörder dort rein.«

Doro ging langsam weiter, eine Beamtin der Spurensicherung arbeitete in weißem Ganzkörperanzug vor einer der Wände. Mit einer Pinzette beförderte sie einen Zigarettenstummel in einen Plastikbeutel. Sie sah kurz zu Doro hin und grüßte.

Ein Durchgang führte in den Nachbarraum, das helle Licht aufgestellter Strahler grellte Doro entgegen.

Sie wusste, dass man sich auf furchtbare Anblicke nicht vorbereiten konnte. Man konnte auch nicht lernen, sie nach dem Dienst nicht mit nach Hause zu nehmen. Sie blieben für eine Weile in einem. Man konnte nur akzeptieren, dass sie da waren, und abwarten, bis sie irgendwann wieder verblassten.

Mit dem Eintreten brannte sich das Bild auf Doros Netzhaut ein.

Wie eine zerstörte Puppe saß sie da, die Beine gespreizt unter einem Blümchenkleid, das blonde lange Haar zerzaust. Schädel- und Gesichtsknochen waren zertrümmert und schienen hell hervor. Der Mund kam einer blutigen Öffnung gleich, die sich fortsetzte, fast bis zu den Augen hinauf, von denen eines aus der Höhle getreten war.

Doro schluckte. Sofort kam ihr der Gedanke, dass die Frau hübsch gewesen war und dass sie es im Tod nicht mehr hatte sein dürfen.

Das Wissen um unterschiedliche Täterprofile gehörte zur Grundausrüstung von Doros Arbeit, es glich einem breiten Gefach in ihrem Werkzeugkoffer.

Der Täter oder die Täterin hatte eine *Frau* so zugerichtet, ein Mann hätte nicht an deren Stelle dort gesessen. Eine Beziehung zwischen Täter und Opfer war bereits rein statistisch wahrscheinlich, im vorliegenden Fall erschien sie Doro nahezu sicher.

Im Umfeld der Leiche arbeiteten weitere Kollegen der Kriminaltechnik. Doro bemerkte dunkelrote Spritzer an der Wand um den Kopf der Frau herum. Die Verletzungen im Gesicht waren ihr mutmaßlich an Ort und Stelle zugefügt worden. Ob sie davor noch gelebt hatte oder schon tot hierhergebracht worden war, konnte die Gerichtsmedizin klären.

Doro sah sich in dem hell ausgeleuchteten Raum um. Die Atmosphäre von Vergänglichkeit und Verfall verstärkte sich durch die Tote bis zur Hoffnungslosigkeit.

»Griaß eich.«

Hinter Doro erklang eine ihr bekannte, kernige Stimme. Sie drehte sich um. Klein und flink eilte Magda Kirchgasser heran, der sie umhüllende karierte Wollmantel war mindestens zwei Nummern zu groß. Doro konnte sich nicht erinnern, dass die Rechtsmedizinerin bei ihren Begegnungen jemals gesund oder frisch ausgesehen hatte. Aber heute sah sie wie ihre eigene Kundschaft aus.

»Ah gä, na, oder?« Der burgenländische Einschlag war unverkennbar. »Des is doch a Sauerei. So a schöns Madl.«

Doro fixierte Magda Kirchgassers helle Augen, unter denen schiefergraue Schatten lagen.

»Ich dachte auch, dass sie schön war«, sagte sie.

Die Rechtsmedizinerin nickte. »Des seh ich noch.«

Sie zog Latexhandschuhe aus der mitgebrachten Tasche und ging neben der Toten in die Hocke. Vorsichtig, fast zärtlich strich sie eine blonde Haarsträhne aus dem verwüsteten Gesicht.

»Seit wann, denken Sie, ist sie tot?«, fragte Doro.

Behutsam hob Magda Kirchgasser den linken Arm der Toten etwas an. Dabei drückte sie auf die rot-violetten Verfärbungen, die sich über die Haut am Hals ausgebreitet hatten.

»Die Leichenflecken sind noch verschiebbar, die Totenstarre ist vollständig ausgeprägt, also beweg'n ma uns etwa vierzehn bis achtzehn Stunden nach Todeszeitpunkt. In dem frostigen Bunker hier eher achtzehn«, erklärte sie. »So auf der kalten Erde an die Wand gelehnt sitzend wird die Körpertemperatur nach'm Tod schneller g'fallen sein als üblich. Ich mess des gleich, aber über Raumtemperatur wird's kaum noch sein.«

Sie griff in die geräumige schwarze Tasche und zog ein Thermometer hervor. Ihre Hand zitterte, Doro bemerkte es, zeitgleich fing sie einen flüchtigen Blick aus den verschatteten Augen auf.

»Zu viel Kaffee«, murmelte Magda Kirchgasser.

Sie hatte feine Antennen, registrierte, dass andere etwas registrierten, Doro wusste das. Doch an die Kaffee-Erklärung glaubte sie nicht. Der Tod hatte Magda zum Eau de Vie geführt, ihr Atem hatte es oft genug verraten.

»Herr Ben, können S' mir helfen, des Madl zur Seite zu neigen?«

»Klar.« Ben kniete sich neben die Tote, rotwangig und ungerührt, obwohl er wusste, was nun anstand: die rektale Temperaturmessung, bei der Körperflüssigkeiten austraten, deren Geruch unsäglich war.

»So an Sohn wie den Ben, des hätt mir auch g'fallen«, hatte Magda Kirchgasser einmal zu Doro gesagt. Es hatte sie merkwürdig berührt.

Ben kippte die Tote vorsichtig zur Seite. Die ausgeprägte Leichenstarre verstärkte das Puppenhafte der Frau, der Anblick war bizarr. Dort, wo der Kopf angelehnt hatte, zeigte sich nun eine Art Kranz aus Blutspritzern an der Wand. Doro dachte an einen Heiligenschein.

Magda Kirchgasser klappte den Saum des Blümchenkleids nach oben, nestelte an der Strumpfhose herum und führte das Thermometer ein. Einige Sekunden darauf lief ein bräunliches Rinnsal über den Betonboden.

»Hat die Frau noch weitere Verletzungen?«, fragte Ben.

»Gä, des im Gesicht und am Schädel reicht ja wohl.« Magda zog das Thermometer hervor und las es mit zusammengekniffenen Augen ab. »Todeszeitpunkt bleibt bei gestern Abend, plus/minus zweiundzwanzig Uhr. Die Schläge wurden ihr wohl mit an harten, stumpfen Gegenstand beigebracht. Ob sie da zumindest anfangs noch g'lebt hat, sag ich euch nach der Sektion.«

Die Tote lag seitlich auf dem Boden. Ben stand auf und trat ein paar Schritte zurück.

»Wenn die KT so weit durch ist, loaßt sie zu mir bringen. Wisst ihr denn, wer des Madl is?«

»Noch nicht«, antwortete Doro. »Eventuell gelingt die Identitätsfeststellung über im Passregister abgespeicherte Fingerabdrücke.«

Bedächtig nickte Magda Kirchgasser. Ihr kurzes, mausbraunes Haar ließ die Kopfhaut durchscheinen. »Wenn ihr mich fragt, könnts ihr froh sein, wenn des a Beziehungstat woar. Ansonsten läuft da draußen an Irrer rum, der des womöglich noch amoal macht.«

Doro kratzte sich unter ihrer Mütze an der Schläfe. »Das mit der Beziehungstat ging mir auch schon durch den Kopf.«

»Äh … Entschuldigung?« Die Stimme war mädchenhaft und etwas unsicher. Doro drehte sich um.

Eine junge Beamtin von der Bereitschaft kam näher.

»Ja?«, fragte Doro.

»Ich habe die ganze Zeit überlegt. Ich meine, man erkennt die Frau ja nicht mehr.« Das Gesicht der Polizistin war fein geschnitten und dezent geschminkt, ein glitzerndes Steinchen zierte einen Nasenflügel. »Aber sie erinnert mich total an jemanden. Die Haare, der Look …«

Der Look?, dachte Doro. »So? An wen?«

»Na ja, ich habe sie abonniert. Das heißt, ich bin einer der Follower ihres Beauty-Blogs.«

Doro wurde neugierig. »Haben Sie Ihr Handy dabei?«

»Ja, ich kann Ihnen zeigen, was ich meine. Moment.« Die Polizistin zog das Telefon aus einer Innentasche ihrer Jacke und tippte auf dem Display herum. »Sie heißt Bella. Und das ist ihr …« Sie stockte. »Oh … hm.«

»Was?«, fragte Doro.

»Sie hat heute Vormittag um elf was gepostet. Das kann ja dann schlecht …«

»Zeigen Sie bitte mal her.« Doro streckte ihre Hand aus, die Beamtin gab ihr das Telefon. Hinter ihr trat Ben heran und beugte sich über ihre Schulter.

Eine hübsche blonde Frau mit großen hellblauen Augen lächelte Doro vom Display entgegen. »Bella's Choice« stand in geschwungener Schrift am oberen Rand. Doro scrollte nach unten.

Weitere Fotos der Frau erschienen in kachelartiger Anordnung. Sie waren beschriftet, hinter ihnen verbargen sich die einzelnen Beiträge. Der neueste trug das aktuelle Tagesdatum. »Die zehn besten Make-up-Pinsel.«

»Bitte was?«, murmelte Ben dicht neben Doros Ohr.

Sie klickte auf das quadratische Foto. Ein Video öffnete sich. Kurz darauf erklang eine gut gelaunte Stimme.

»Hallo, ihr Lieben.« Die schöne Bella stand vor einem Spiegel mit opulentem Messingrahmen. »Ihr alle kennt das. Ihr plant einen ganz bestimmten Look, habt die Produkte bereits sorgfältig ausgewählt und aufeinander abgestimmt. Doch wenn es an die Realisierung geht, seid ihr unsicher, welcher Pinsel optimal für die jeweilige Task geeignet ist.« Bella neigte den Kopf. »Ich zeige euch heute meine aktuelle Make-up-Routine und gehe dabei insbesondere auf die Wahl der Brushes ein. So bekommt ihr ganz einfach eine Orientierung und vermeidet zukünftig Stress und Ärger.« Bella lächelte.

Doro starrte ungläubig, sie verband andere Dinge mit Stress und Ärger.

»Nach dem heißen Sommer, in dem mein Look immer sehr natürlich ausfiel, nicht allzu viel Foundation, zarte Farben, keine Dramatik, ist es im Herbst Zeit für warme, satte Töne.«

Eine Palette mit Pudern in unterschiedlichen Rotschattierungen wurde in die Kamera gehalten. »Dieser Herbst besticht außerdem mit Violett und Burgunder«, plapperte Bella weiter.

Doro dachte an die plaqueartigen Leichenflecken. Ihr Zeigefinger tippte auf den kleinen Bildschirm und hielt das Video an.

»Heute Vormittag war die Frau dort drüben schon tot, während diese Bella sich offenbar noch mit ihrem Make-up beschäftigen und das posten konnte.« Sie gab der Beamtin das Telefon zurück. »Danke trotzdem. Können Sie sich bitte um den Abgleich der Fingerabdrücke kümmern?«

»Mache ich.« Die Polizistin verschwand nach draußen.

»Natürlich könnte auch jemand anderes den Beitrag online gestellt haben.« Ben verschränkte die Arme vor der Brust. Das Leder seiner Jacke rieb leise quietschend aneinander.

»Sicher. Das interessiert uns aber erst nach Feststellung der Identität. Lass uns rüber zu dem Mann, der die Tote gefunden hat. Ich möchte mit ihm sprechen. Frau Kirchgasser, wir telefonieren wegen der Obduktionsergebnisse.«

»Scho recht. Pfiats eich.« Sie hob ihre hellblaue Latexhand, ein schiefes Lächeln entblößte die schlechten Zähne. »So an Beauty-Blog muss ich mir amoal anschaun.«

Doro zwinkerte ihr zu. »Tun Sie das.«

Hinter Ben verließ sie das Gebäude. Beim Eingang kamen ihnen zwei Bestatter mit einem Leichensack entgegen.

Plötzlich überlief Doro ein Schauer. Die quirlige Frau aus dem Blog hallte in ihren Gedanken nach. War die Tote doch Bella?

Mit einem flauen Gefühl im Magen steuerte Doro neben Ben den VW-Transporter der Bereitschaftspolizei an.

»Magst du dir mal einen Mützenmode-Blog angucken?«, fragte Ben beiläufig.

»Was?« Sie blieb stehen. »Kümmer dich lieber um *deine*

Klamotten.« Unwirsch schob sie das juckende Wollding auf dem Kopf zurecht. »Friseurmalheur.«

»Ah.« Ben beäugte sie schräg, schweigend gingen sie weiter.

Vor dem VW-Bus stand ein großer, schlaksiger Mann und rauchte. Er war schätzungsweise Anfang dreißig, um seine Schulter hing eine schwarze Kameratasche.

»Anders, Kripo Hamburg«, stellte sich Doro vor. »Das ist mein Kollege Ben Fleck. Sie haben die Leiche entdeckt?«

»Ja.« Jürgen Kemmerer blies Rauch aus. »Ich habe schon alles zu Protokoll gegeben. Fieser Anblick.« Direkt sog er wieder an der Zigarette.

»Dringen Sie öfter in Gebäude ein?«, fragte Ben.

Die blasse Miene des Mannes verfinsterte sich. »Ihre Kollegen kamen mir schon mit diesem Hausfriedensbruch-Mist. Wollen Sie sich nicht lieber um das Verbrechen an der Frau kümmern?«

»Die Polizei schafft es locker, beiden Dingen nachzugehen«, erwiderte Ben. »Ist Ihnen etwas Sachdienliches aufgefallen, als Sie eingestiegen sind? Oder auch zuvor, in der Nähe des Gebäudes?«

»Nein, nichts Besonderes.« Der gierige Zug an der Zigarette konnte ein Lebenselixier im Tabak vermuten lassen.

»Haben Sie was angefasst oder weggenommen?«

»Nein.« Jürgen Kemmerer schnippte die Kippe weg.

»Die können Sie gleich wieder aufheben«, maulte Ben. »Spart den KTlern unnötige Arbeit.«

Der Mann sah irritiert drein. Das hagere Gesicht wurde von auffallend großen Ohren flankiert. Schließlich trat er die Glut aus und hob den Stummel auf.

»Wird das Wasserwerk häufiger von Lost-Places-Fans besucht?«, fragte Doro.

Misstrauisch kniff Kemmerer die Brauen zusammen. »Das Gebäude ist bekannt, natürlich. Aber im Prinzip haben es zumindest aus meiner Community alle längst fotografiert. Das Interesse ist eher mäßig.«

»Außer bei Ihnen.«

»Stimmt, ich bin ganz gern hier. Ich mag die Atmosphäre.«

»Wo waren Sie gestern Abend?«

»Zu Hause. Ich bin früh ins Bett und hab geschlafen.«

»Gibt es Zeugen dafür?«

»Was soll diese Frage? Bin ich etwa verdächtig, oder was?« Jürgen Kemmerer brauste auf. »Ich lebe allein. Haben Sie Zeugen beim Schlafen?«

Ben reckte den Hals. Bevor er den Mund öffnete, deutete Doro auf die Kameratasche. »Zeigen Sie uns bitte, was Sie heute aufgenommen haben?«

»Nichts. Ich kam überhaupt nicht dazu. Ich hab ja direkt diese Frau gesehen. Und das fotografiere ich bestimmt nicht.«

»Ich möchte mir trotzdem den Datenspeicher anschauen.«

»Meinetwegen.« Etwas umständlich packte Jürgen Kemmerer die Kamera aus. Er schaltete sie an, drückte auf eine Taste und hielt Doro den Apparat hin.

»Keine Daten«, stand in einem kleinen grauen Anzeigefenster.

»Frau Anders?« Der Ruf hallte über das Gelände. In einigen Metern Entfernung stieg ein älterer Kollege aus dem Transporter der Kriminaltechnik. »Kann ich Sie kurz sprechen?«

»Okay, danke«, sagte Doro an Kemmerer gewandt. Dann ging sie zu dem Techniker.

»Was gibt's?«

»Wir haben Daumen und Zeigefinger der rechten Hand online mit dem Fingerlinienregister verglichen. Tatsächlich hat die Frau vor vier Monaten bei der Beantragung eines neuen Reisepasses die Abdrücke abgegeben.«

»Und?«

»Sie heißt Isabell Graumann, ist sechsundzwanzig Jahre alt und gemeldet in der Rüterstraße im Stadtteil Wandsbek.«

Bella, dachte Doro. Alles andere wäre ein ziemlicher Zufall.

»Können Sie bitte über die Angaben im Impressum, oder wie auch immer, überprüfen, ob der Blog ›Bella's Choice‹ von Isabell Graumann betrieben wurde?«

»Wird erledigt.« Der Beamte stieg wieder in den bürogleich ausgestatteten Transporter.

Derweil packte Jürgen Kemmerer die Kamera in ihr Futteral zurück. Anschließend strich seine Hand über den Stoff seiner Hosentasche und fühlte den ausgetauschten Speicherchip darin.

4

»Ich hätte nie gedacht, dass ich mal in Bellas Wohnung komme.«

Doro meinte, etwas Ehrfürchtiges in Mareike Tonsiels Stimme auszumachen. Sie hatte die junge Polizistin, die den Hinweis mit dem Beauty-Blog gegeben hatte, in Isabell Graumanns Zwei-Zimmer-Apartment mitgenommen.

Die Türöffnung durch die Feuerwehr hatte keine sechzig Sekunden gedauert. Zwei Bereitschaftspolizisten gingen vor, Doro folgte mit Mareike Tonsiel und den Kriminaltechnikern in einen rosé gestrichenen Flur. Er wurde durch eine übervolle Garderobe und ein vierstöckiges Schuhregal verengt. In der Luft lag der künstliche Duft eines Raumerfrischers, Kokos und Vanille.

»Allerdings hatte ich mir die Gegend irgendwie besser vorgestellt«, fügte Mareike Tonsiel an.

Wandsbek war in der Tat nicht als Stil-Mekka bekannt.

»Erzählen Sie, was Sie über die Getötete wissen«, sagte Doro. »Welche privaten Dinge kamen in ihren Videos zur Sprache?«

Der Flur führte in ein Wohnzimmer mit einer Essecke und einer offenen Küchenzeile in Reinweiß. Sie war so aufgeräumt und sauber, dass sie unberührt wirkte. Kochen hatte wohl nicht zu Bellas Leidenschaften gehört. Die lagen eindeutig woanders.

Eine Wand des Raumes wurde komplett durch einen Regalbausatz eingenommen, unzählige Kosmetik- und Körperpflegeprodukte lagerten darauf. Doro hatte außerhalb einer Drogerie noch nie eine derartige Ansammlung von Tuben, Flaschen und Tiegeln gesehen. Lippenstifte, Pinsel, Rougepaletten und Parfumflakons waren ordentlich angeordnet und sortiert, vermutlich irgendeinem System folgend, das Doro unersichtlich war.

»Wow«, entfuhr es Mareike Tonsiel. »Das ist mega.«

Doro registrierte echte Begeisterung.

An einer anderen Wand hing der verzierte Spiegel, den Doro bereits vom Video her kannte. Auf einem Schreibtisch unterhalb des Fensters befand sich ein Laptop, daneben lagen mehrere Hochglanzmagazine.

Eine Kriminaltechnikerin steuerte auf Bellas Arbeitsplatz zu. Sie trug ein Notebook unter dem Arm, stellte es ab und verband es über Kabel mit dem von Bella.

»Private Dinge?« Mareike Tonsiel nahm Doros Frage auf. »Ich kann mich eigentlich nicht erinnern, es ging ja eher ums Aussehen. Gut, Bella hat ab und zu auch eine Reise gemacht und davon berichtet, neueste Trends aus Barcelona, London, Kopenhagen. So was halt. Das müssen Bloggerinnen bringen, was aus der Welt da draußen.«

»Verstehe. Hatte Bella einen Freund?« Doro verließ den Wohnbereich, in dem die Kollegen mit der Durchsuchung begannen. Sie betrat ein kleines Schlafzimmer, das vom Flur abzweigte. Mareike Tonsiel folgte ihr.

»Davon weiß ich nichts«, antwortete sie. »Viele Bloggerinnen zeigen sich hin und wieder mit einem süßen Kerl, manche auch mit ihrem festen Partner. Andere haben den schwulen besten Freund.«

Klischee lass nach, dachte Doro.

»Doch bei Bella ist mir nichts dergleichen bekannt. Sie war wirklich dolle hübsch, wirkte aber auch tough und sehr selbstbewusst. Sie zog ihr Ding durch, straight und profimäßig.«

Doro sah sich im Raum um. Ein Bett mit unzähligen Zierkissen dominierte ihn, an der Kopfseite schlängelte sich ein hellgraues Wandtattoo: »Schenkt dir das Leben Zitronen, mach Limonade daraus.« Den Rest des Zimmers nahmen ein Schrank mit verspiegelten Türen und zwei Kleiderstangen voller Klamotten ein, darunter standen Schuhe in allen Variationen.

»Frau Tonsiel, was begeistert Sie an Bellas Blog? Wieso sind Sie ihre Followerin?« Doro verstand nicht, welchen Reiz es hatte, jemandem beim Schminken zuzusehen oder bei der Auswahl von Kleidern und Handtaschen.

Mareike Tonsiel hob die Schultern. »Es ist einfach schön und interessant. Ich kann super dabei entspannen, auch mal kurz zwischendurch. Ich meine, wenn Sie an was Schönes denken, können Sie nicht gleichzeitig über schwierige Sachen grübeln. Bella war bei aller Professionalität nicht abgehoben, sie wirkte eher so … wie eine Freundin.«

»Ich bitte Sie. Das ist doch alles nur heiße Luft«, platzte Doro heraus.

In Mareike Tonsiels Ausdruck trat etwas Abweisendes. »Es ist nett und freundlich. Überlegen Sie mal, mit wem wir es in unserem Job jeden Tag zu tun haben. Da freut man sich abends auf eine andere Welt und auf gute Bekannte.«

Sie kräuselte ihre feine Nase mit dem glitzernden Stecker. »Oder warum gucken Leute in Ihrem Alter Herzschmerz-Serien?«

Okay, dachte Doro, tu ich zwar eher selten, aber so kommen wir nicht weiter.

»Haben Sie noch andere Blogs abonniert?«, fragte sie nach einer kurzen Pause.

»Klar. Bei einem gibt es ja nicht täglich neue Posts, also braucht man logischerweise mehrere. Bellas größte Konkurrentin ist Samy D., der folge ich auch. Ist ein anderer Typ, aber genauso *leading*. Manchmal haben sich die beiden auch *gebattelt*.«

»Bitte? Wie soll ich das verstehen?«

»Natürlich bringt ein bisschen Theater Abwechslung rein. Man kennt das doch aus seinem eigenen Leben, Frauen, mit denen man nicht kann.«

Alexanders Neue?, überlegte Doro. Ach was.

»Dabei bezeichnen sich beide witzigerweise als Hamburger Deern«, sagte Mareike Tonsiel. »Die sind quasi wie der HSV und Sankt Pauli. Bella und Samy D. haben mitunter den Style der anderen demontiert, Samy hat auch mal eine platte Parodie von Bella gepostet. Das hat ihr viele Likes gebracht, aber auch Kritik. Zumindest war sie im Gespräch. Es geht halt immer auch um Emotionen, glaube ich.«

»Vor allem doch um Werbeeinnahmen und die Finanzierung des Geschäfts.«

»Na ja, eigentlich sind die Mädels nicht käuflich. Das wird immer wieder betont. Sie geben schon ihre ehrliche Meinung zu den Produkten wieder.«

Wer's glaubt, dachte Doro.

»Frau Anders«, rief eine weibliche Stimme aus dem Wohnzimmer. »Der Laptop ist offen.«

Doro begab sich zu der Kriminaltechnikerin. Sie saß an dem kleinen Schreibtisch, Doro beugte sich vor und betrachtete den Computerbildschirm. Den Hintergrund des Desktops bildete ein Foto von Bella, strahlend schön lächelte sie Doro entgegen.

»Wollen wir mal sehen …« Die Technikerin schob ihren behandschuhten Zeigefinger über das Touchpad, öffnete einen Dateiordner nach dem anderen und klickte Unterverzeichnisse auf.

»Unmengen an Bild- und Videodateien«, sagte sie. »Wie erwartet.«

Die kleinen Vorschaubilder zeigten Bella, Bella, Bella.

»Es wird eine Weile dauern, das alles zu sichten«, fügte die Kollegin an.

Doro konnte sich aktuell niemanden vorstellen, der darüber nicht latente Aggressionen oder zumindest das Gefühl bekam, auf aromatisiertem Plastik herumzukauen. Außer Mareike Tonsiel vielleicht.

»Mal schauen, was sie an Programmen drauf hat.« Die KTlerin bewegte den Cursor und klickte mehrmals auf das Touchpad. »Natürlich Bildbearbeitungstools, Videoschnitt-Freeware, ein Chatprogramm. Und klar, den Buffer.«

»Den was?«

»Das ist ein Tool fürs Social-Media-Management. Als Blogger braucht man das.« Die Technikerin reckte ihr markantes Kinn vor. »Damit lässt sich zum einen das Bespielen mehrerer Social-Media-Kanäle organisieren, und zum anderen kann man bestimmen, wann vorbereitete Beiträge online gehen sollen. Man kann also vorproduzieren, gemütlich ins Wochenende entschwinden, und das Buffer-Tool stellt zum Beispiel Samstagnachmittag das Gewünschte online.«

»Verstehe«, meinte Doro. »Damit lässt sich der Zeitpunkt von Bellas letztem Post erklären.«

»Post mortem, nehme ich an.«

Doro nickte.

»Hee, ich will durch!« Vom Flur her klang eine rauchige Stimme bis ins Wohnzimmer.

Unmittelbar darauf erschien eine kräftige Frau mit aschblondem Haar, teigigem Gesicht und schlabberigem Parka in der Tür, dicht gefolgt von Ben.

Doro zählte eins und eins zusammen, auch wenn sich aufgrund des Anblicks etwas in ihr sträubte. Wild gestikulierend stand Dagmar Graumann vor ihr – Bellas Schwester. Ben hatte sie mit einem Psychologen vom Kriseninterventionsteam aufgesucht, um ihr die Todesnachricht zu überbringen.

»Die Dame wollte unbedingt mit herkommen«, sagte Ben. »Auch wenn sie ihr Bier noch nicht leer getrunken hatte.«

»Ganz recht«, blaffte Dagmar Graumann und schüttelte ihr wirres Haar aus der Stirn. »Ich bin nämlich die Erbin. Und ihr tragt hier ganz bestimmt nix raus.«

»Ganz bestimmt doch«, meinte Ben. »Wobei wir Ihnen gern ein bisschen Make-up dalassen.«

»Pfh.« Zornig funkelte Dagmar Graumann ihn an. »So Typen wie dich hab ich gefressen. Die sitzen jeden Abend bei mir vorm Tresen und machen Stielaugen.«

»Gute Güte«, nuschelte Ben.

»Frau Graumann, warten Sie bitte draußen auf dem Gang«,

sagte Doro. »Die Wohnung wird kriminaltechnisch untersucht. Ich komme gleich zu Ihnen raus.«

Dagmar Graumann bewegte sich nicht vom Fleck.

»Frau Tonsiel, bitte bringen Sie sie nach draußen«, wies Doro an.

Mareike Tonsiel trat auf Bellas Schwester zu und packte sie entschlossen am Arm.

»Hee, Pfoten weg!« Dagmar Graumann schüttelte sich. »Ist schon gut, ich geh.« Widerwillig trollte sie sich aus dem Raum.

Ben stöhnte auf. »Das ist schlimmer als in dem Märchen von Tausendschön und dem hässlichen Entlein.«

»Das Märchen gibt's nicht. Los, erzähl.«

Ben vergrub die Hände in den Jackentaschen. »Bülthoff vom Krisenteam und ich haben Pechmarie nicht zu Hause angetroffen, ein Nachbar hat uns zu der Kneipe drei Häuser weiter verwiesen, in der sie arbeitet. Erst hat sie die Todesnachricht wie ein orientalisches Klageweib aufgenommen, es war schrecklich. Dann wurde sie zusehends kiebig. Ich dachte, wenn sie unbedingt will, bringe ich sie her, und du machst dir selbst ein Bild.«

Doro zögerte einen Moment. »Wenn sie sich als Erbin bezeichnet, heißt das, die Eltern sind tot?«

»Der Vater hat sich – Zitat – zu Tode gesoffen, die Mutter ist vor vielen Jahren verstorben. Sie war Schauspielerin.« Ben zog die Nase hoch. »Wenn du mich fragst, fällt in dieser Familie der Apfel nicht weit vom Stamm.«

»Siehst du bei Dagmar Graumann wegen des Erbes ein Mordmotiv?«

»Wir kennen ja Bellas Vermögensverhältnisse noch nicht. Ihre Schwester stand jedenfalls gestern Abend bis etwa Mitternacht hinterm Tresen dieser Spelunke. Das Alibi habe ich direkt vor Ort von Stammgästen bestätigt bekommen. Die waren meiner Ansicht nach zu voll zum Lügen.«

»Okay.« Doro wandte sich an die Kriminaltechnikerin. »Könnten Sie bitte den richtigen Namen der Bloggerin Samy D. herausfinden und über einen Abgleich im Melderegister auch ihre Adresse?«

»Kein Problem.«

»Das ist sozusagen Bellas Konkurrentin«, erklärte Doro Ben. »Bevor wir mit der sprechen, gehe ich kurz raus zu Dagmar Graumann.«

»Alles klar. Ich sehe mich in der Boutique hier mal um.«

Während Ben die Regale inspizierte, verließ Doro die Wohnung.

Auf dem neonbeleuchteten Gang der dritten Etage stand Bellas Schwester, das kalte Licht ließ ihr Gesicht noch fahler erscheinen. Sie war dabei, sich mit zitternden Fingern eine Zigarette zu drehen. Mareike Tonsiel beobachtete sie skeptisch.

»Frau Graumann, haben Sie irgendeine Vermutung, wer Ihre Schwester getötet haben könnte?«, fragte Doro.

»Pah. Die waren doch alle neidisch auf sie.«

»Alle?«

»Wer so schön ist und dann noch sein Gesicht ins Internet hält, lebt gefährlich. Bella hatte was weiß ich wie viele Follower.« Das letzte Wort trug einen spöttischen Ton.

Zwischen Dagmar Graumanns blassen Lippen kam eine Zungenspitze vor und schnellte über den Rand des Zigarettenpapiers. Die ungepflegten Finger stellten die kleine Tabakrolle fertig.

»Haben Sie jemand Bestimmtes unter den Neidern im Sinn?«, fragte Doro.

»Denken Sie, ich kenn die aus'm Internet alle persönlich?« Dagmar Graumann klemmte sich die Kippe hinters Ohr, eine Geste, die Doro nur von Männern kannte.

»Wie war Ihr Verhältnis zu Ihrer Schwester?«

»Super.« Ein heiseres Lachen begleitete Dagmar Graumanns Antwort. »Keine Probleme.«

Fragend runzelte Doro die Stirn. »Wie häufig haben Sie sich gesehen?«

»Äh ... Gar nicht?«

»Warum nicht?«

»Weil wir so leicht unterschiedlich drauf sind?« Dagmar Graumann äffte Doros Ton nach. Vor deren geistigem Auge erschien ein Mann mit langem, weißem Bart. Nach einem richtig schlechten Tag saß er angetrunken vor einem Topf, auf dem »Erbanlagen« stand.

»Wahrscheinlich war ich für Bella nicht vorzeigbar. Sie wollte nicht mit mir gesehen werden, hatte wohl Schiss, dass sie jemand dabei erkennt oder sogar fotografiert«, fuhr Dagmar Graumann fort. »Dabei kommen wir aus demselben Stall!«

»Gut«, meinte Doro gedehnt. »Halten Sie sich zu unserer Verfügung und hinterlassen Sie bitte Ihre Kontaktdaten bei meiner Kollegin hier. Wir haben eventuell weitere Fragen an Sie.«

»Wer zahlt eigentlich die Beerdigung?« Dagmar Graumann stützte die Hände in die Hüften. »Die muss doch der Mörder zahlen, oder?«

Herr im Himmel, dachte Doro. Eilig kehrte sie in das Apartment zurück.

Im Wohnzimmer schäkerte Ben mit der KTlerin. Er konnte durchaus charmant sein, auch wenn es selten vorkam.

»Hast du Name und Anschrift dieser Samy D.?«, fragte Doro ihn.

»Jepp.«

»Dann lass uns los.«

Gemeinsam verließen sie die Wohnung.

»Mich kann ja wohl ein Streifenwagen zurück zu meinem Arbeitsplatz bringen«, fauchte Dagmar Graumann Mareike Tonsiel auf dem Gang an. »In meinem Zustand mit der Bahn zu fahren, ist 'ne Zumutung.«

Doro nahm die ersten Treppenstufen, ihre Hand umfasste das Geländer, die Schritte beschleunigten sich. Sie eilte über den grauen Granitboden der zweiten Etage und schwang sich um die Biegung zur nächsten Treppe. Fast wäre sie in Michael hineingerannt.

Abrupt bremste sie und schnappte nach Luft. »Was machst du denn hier?«

»Wir wollten uns nach deinem Friseurtermin in der Stadt treffen, schon vergessen?«

Doro hatte es vergessen. »Oh nein. Äh. Hm.«

»Hallo, Herr Faller«, grüßte Ben. »Fein, dass die Staatsanwaltschaft vor Ort ist. Haben Sie Dienst?«

»Guten Tag, Herr Fleck. Ich könnte es mir so einrichten.« Michael zwinkerte Doro zu.

»Woher weißt du, dass wir hier sind?«, fragte die.

»Da du nicht ans Telefon bist, habe ich beim Friseur angerufen, dann bei deiner Dienststelle und so weiter. Dein Handy hast du übrigens bei Nicolas liegen lassen, falls du es vermisst.«

Irritiert tastete Doro zu ihrer Hosentasche. »Shit.«

Michael zog das Gerät aus seinem Jackett und reichte es ihr. »Bitte schön.« Amüsiert musterte er sie. »Das unter dieser Mütze ist quasi eine Überraschung?«

»Ha. Weder kurz noch rot.«

»Du sollst Nicolas anrufen. Er sagt, er kann es wieder in Ordnung bringen.«

»Danke schön. Die Kollegen sind oben in Isabell Graumanns Wohnung. Du kannst mit Mareike Tonsiel sprechen, sie war am Fundort der Leiche dabei. Wir statten Bellas Konkurrentin Samy D. einen Besuch ab. Die beiden hatten offenbar kein gutes Verhältnis zueinander.«

»Alles klar. Wir sehen uns später.«

»Tschüs, Herr Faller.« Ben hob lässig die Hand.

Kurz darauf saß Doro mit ihm im Wagen.

»Du, ich bin echt froh, dass euer Versteckspiel ein Ende hat.« Er stützte seinen Ellbogen an der Verkleidung der Beifahrertür ab. »Wobei ihr eh nicht besonders gut darin wart. Ist der Faller eigentlich schon geschieden?«

»Demnächst«, nuschelte Doro.

»Wie bitte?«

»So gut wie!«

Ben lehnte sich im Sitz zurück. »Na ja. Seine Frau sieht dermaßen topp aus, die findet bestimmt bald wen Neues.«

5

Beinah wäre Doro auf den vor ihr fahrenden Volvo gerauscht, sie stieg in die Eisen. Bens Oberkörper schnellte nach vorn, mit einem Klacken arretierte der Gurt.

Durch den Innenraum des Wagens klang eine traueromflorte Frauenstimme. Sie entsprang Bens Handy und gehörte Samy D.

»Es ist unfassbar, ich bin absolut schockiert über diese Nachricht. Ich verliere eine unersetzliche Mitstreiterin, eine geschätzte Schwester im Geiste, eine wahre Fashionista.«

»Guck, wie die guckt.« Ben hielt Doro sein Telefon hin. Mit einem Seitenblick erfasste sie eine hübsche dunkelhaarige Frau, die das Leiden Christi in ihrem ungeschminkten Gesicht trug.

»Mein ganzes Mitgefühl gehört Bellas Familie.« Samy D. sprach getragen weiter. »Ich bete Tag und Nacht dafür, dass dieses scheußliche Verbrechen so schnell wie möglich aufgeklärt wird. Bis bald, ihr Lieben. Gedenkt Bella. Ich tue es auch. Eure Samy.«

»Woher weiß die schon davon?« Doro schlug aufs Lenkrad. »Und dann setzt die sich sofort hin, produziert ein Krokodilstränenvideo und posaunt die Todesnachricht in die Welt?«

»Offensichtlich. Sie hat bereits jede Menge Likes für den Beitrag bekommen.«

»Es ist unfassbar.«

Ben schloss das Video und klickte ein weiteres von Samy D. an.

»Ein absoluter Pflichttermin des kommenden Jahres, die Berliner Fashion Week«, quakte es durchs Auto. »Bei sage und schreibe vier Major Shows werde ich in der Front Row sitzen und euch brandaktuell vom Rande des Runway die neuesten Trendsetting-Outfits vorstellen. In diesem Jahr ist ganz klar Sustainable Fashion ein mega zentrales Thema …«

»An der nächsten Kreuzung links abbiegen«, meldete das Navi.

»Kannst du das bitte ausmachen?«, sagte Doro.

»Was?«

»Samy D.«

Ben stoppte den sich durch englisch-deutsches Grenzgebiet schlängelnden Redefluss.

»Danke.«

»Gern. Gab es Sustainable Fashion nicht schon zu Zeiten der Altkleidersammlung?«

Doros Handy brummte. Es war mit der Freisprecheinrichtung des Wagens verbunden, ein Anruf aus der Rechtsmedizin wurde angezeigt.

»Magda Kirchgasser«, sagte sie. Bens gemurmeltes »Wenn man vom Teufel spricht« ignorierte sie und nahm den Anruf an.

»Hallo, Frau Kirchgasser, haben Sie Neuigkeiten?«

»Jo, daher ruf i an. Untersucht hab i des arme Wurm. Serologie und Toxikologie dauern wie gewohnt länger.«

»Und?«, fragte Doro gespannt.

»Die Verletzungen am Scheitelbein wurden zuerst, die am Stirnbein und am Gesichtsschädel erkennbar später beigebracht.« Magda Kirchgasser sprach betont deutlich. »Der Schlag aufs Scheitelbein, also den Oberkopf, kam von hinten und hat wohl zur Bewusstlosigkeit geführt. Die Sauerei mit'm Gesicht woar definitiv tödlich.« Sie machte eine Pause. »Ansonsten woar des Madl pumperlg'sund, die hätt noch a schöns Leben vor sich g'habt.«

Doro dachte kurz nach.

»Was bedeutet das mit den Kopfverletzungen genau?«, fragte sie. »Wie viel Zeit lag zwischen den Schlägen? Halten Sie es für wahrscheinlich, dass die Frau erst bewusstlos geschlagen, dann ins Wasserwerk gebracht und dort getötet wurde?«

»Des scheint mir plausibel. I würd außerdem sagen, dass die Schläge auf Stirn und Gesicht mit an breiteren Gegenstand erfolgt sind als der aufs Scheitelbein. Baseballschläger könnte sein.«

»Danke schön. Melden Sie sich bitte, wenn Sie die Laborergebnisse haben.«

»Mach i. Grüße an den Herrn Ben.«

»Danke, angekommen«, sagte er laut.

Doro legte auf. »Wir müssen Bellas letzten Abend rekonstruieren. Wo ist sie mit ihrem Mörder zusammengetroffen? Der Schlag auf das Scheitelbein lässt einen Angriff aus dem Hinterhalt vermuten.«

Ben nickte. »Womöglich wurde sie irgendwohin bestellt, hatte sich an einem privaten oder einsamen Ort verabredet. In der Öffentlichkeit kann sie schlecht zusammengeschlagen worden sein, dann gäbe es Zeugen.«

»Informier bitte die Kollegen in Bellas Wohnung, sie sollen die Nachbarschaft besonders zum gestrigen Abend befragen. Wann hat Bella das Haus verlassen, hat sie jemandem gesagt, wohin sie geht, und so weiter. Außerdem soll die KT die Kommunikation auf Bellas Rechner speziell auf entsprechende Verabredungen hin prüfen.«

Ben zog sein Handy aus der Tasche. Während er telefonierte, lavierte sich Doro weiter durch den Stadtverkehr.

»Sie haben Ihr Ziel erreicht«, klang es nach einigen Minuten aus dem Navi. »Das Ziel liegt auf der rechten Seite.«

Doro parkte vor der Hausnummer fünfzehn. Samy D., mit bürgerlichem Namen Samira Daub, lebte in einem ansehnlichen Gründerzeithaus in Altona.

»Nett«, kommentierte Ben. »Wohnviertel und Anzahl der Follower scheinen nicht direkt zu korrelieren, Bella hatte mehr Abonnenten als Samy.«

»Vielleicht hat Samy noch einen normalen Job.« Doro presste die Fingerkuppen in die Augenwinkel. »Hat das für Bella überhaupt schon jemand überprüft?«

»Jepp. Ich. Bei der Befragung ihrer Schwester. Bella hat vor etwa einem Jahr als Groß- und Außenhandelskauffrau gekündigt und lebte seitdem vom Bloggen.«

»Aha.« Doro stieg aus.

Sie steuerten eine stilvolle Haustür mit Rundbogen und Glaseinsätzen an, zwei der Namen auf den Klingelschildern zierte ein Doktortitel. Auf dem dritten Schalter von unten stand »Daub/Abrath«.

»Oder Samy hat einen reichen Freund.« Ben drückte auf die Klingel. »Schönheit trifft Geld, das gibt's.«

»Hallo?«, ertönte eine Männerstimme.

»Kripo Hamburg. Würden Sie bitte öffnen?« Ben klang wie der nette Nachbarsjunge. »Wir haben einige Fragen an Sie.«

Zu Doros Überraschung brummte der Türöffner umgehend. Andererseits war man nach dem Posten des Trauervideos vermutlich auf Besuch von der Polizei eingestellt.

Ein gepflegtes Treppenhaus führte hinauf. An den Wänden hatte sich jemand mit goldgepinselter Jugendstil-Ornamentik verkünstelt.

Im zweiten Stock stand die Wohnungstür offen. Ein warmer Lichtschein fiel auf den Flur, in ihm wartete ein dunkelhaariger Mann in den Dreißigern.

»Guten Tag, mein Name ist Dave Abrath. Was kann ich für Sie tun?«

»Dorothee Anders.« Doro zeigte ihren Dienstausweis. »Das ist Hauptkommissar Fleck. Dürfen wir reinkommen?«

»Natürlich.« Dave Abrath trat zurück und machte eine einladende Geste. »Ich nehme an, es geht um Isabell Graumann? Meine Partnerin Samira ist im Studio.«

»Wann kommt sie wieder?«, fragte Ben.

»Nein, nein. Das Studio befindet sich in unserer Wohnung. Den Gang geradeaus. Moment, ich gehe vor.«

Während Doro dem Mann folgte, lugte sie durch eine offene Tür in ein geschmackvoll eingerichtetes Wohnzimmer. Mehrere gut gefüllte Bücherregale standen an den Wänden.

Dave Abrath drückte die angelehnte weiße Holztür am Ende des Flures auf.

»Samira, ein Herr und eine Dame von der Kripo.«

In einem kaum möblierten, hell gestrichenen Raum saß Samira Daub an einem Tisch mit spiegelblanker Glasplatte. Doro musste zweimal hinsehen. Die ungeschminkte Trauernde vom Video hatte sich in eine strahlende Schönheit mit kräftigem Make-up und kunstvoller Hochsteckfrisur verwandelt. Ihr schlanker Körper steckte in einem schwarzen Samtkleid mit tiefem Dekolleté. Das Licht von zwei Profi-Studioleuchten war auf sie gerichtet.

Samira Daub ließ ihr Handy sinken und legte es auf den Tisch. Dann erhob sie sich.

»Den Opernbesuch, oder was auch immer, können Sie erst mal vergessen«, ließ Ben statt einer Begrüßung verlauten.

»Oper?« Mit fragendem Ausdruck kam sie heran. »Ach, nein. Wir bereiten gerade einen Beitrag zum Kleinen Schwarzen vor. In der Herbstsaison ist das nach wie vor ein Muss. Auch wenn ich das Thema nicht für das spannendste halte.« Sie lächelte, der dunkelrote Lippenstift umrahmte blendend weiße Zähne.

Doro stand für einen Moment der Mund offen.

»Wollen Sie uns verarschen?« Ben fasste ihre Gedanken in Worte. »Sie haben eben erst ein Trauervideo online gestellt.«

»Das gehört zum guten Ton«, antwortete Dave Abrath.

»Was haben Sie denn überhaupt damit zu tun?«

»Ich bin Samiras Manager.«

»Ah. Sehr schön. Dann erzählen Sie uns doch bitte, woher Sie von Isabell Graumanns Tod wissen.«

Dave Abrath nahm auf einem der Stühle an dem Glastisch Platz. Gelassen schlug er ein Bein über das andere. Der Kragen seines weißen Hemds stand offen, darunter kräuselte sich dunkles Brusthaar. »Von einer Bekannten.«

»Das hätten wir gern ein bisschen genauer.« Ben stützte die Hände in die Hüften.

»Einer ehemaligen Kollegin von Samira.«

»Hallo! Herr Abrath!« Bens Geduldsfaden war hörbar strapaziert. »Name, Kontaktdaten, Kollegin bei was?«

»Genau genommen sind das Insider-Informationen.« Dave Abrath fuhr mit den Fingerspitzen über die Glasplatte. Sein kantiges Gesicht zeigte keine Regung.

»Nehmen wir ihn mit?«, fragte Ben an Doro gewandt.

»Dave.« Samira Daub ging in ihren Riemchen-Stilettos zwei Schritte auf ihn zu und legte ihm ihre Hand auf die Schulter. »Lass gut sein. Natürlich möchte die Polizei das wissen.«

Einen Wimpernschlag lang wusste Doro nicht, ob sie auf eine Theaterbühne blickte.

»Bis vor einer Weile habe ich als MTA gearbeitet«, erklärte Samira Daub. »Meine ehemalige Kollegin heißt Nicole Caspar. Woher sie von dem Mord an Bella weiß, wollte sie mir nicht sagen. Die Informationen schienen mir aber vertrauenswürdig. Mittlerweile sind sie auch auf anderen Kanälen online. So etwas verbreitet sich schnell.«

»Weil Sie es verbreitet haben«, erwiderte Doro.

»Das wäre auch ohne mich geschehen.« Samira Daub setzte sich neben ihren Lebensgefährten. Unwillkürlich war ein Teil von Doros Gehirn damit beschäftigt, irgendeinen Makel an ihrem Äußeren zu entdecken. Vergeblich.

»Für uns war die Nachricht, trotz aller Tragik, *Breaking News*«, bemerkte Dave Abrath. »Natürlich müssen wir das entsprechend umsetzen.«

»Profit daraus schlagen, meinen Sie.« Ben steuerte einen der Fotostrahler an und beäugte ihn scheinbar interessiert. »Nicht gerade ein Billigteil. Um wie viel Geld geht es in Ihrem Geschäft? Können Sie beide vom Bloggen leben?«

»Ich arbeite noch in einem örtlichen Krankenhaus als Arzt«, antwortete Dave Abrath.

»Sie sind Arzt?« Ben schaute ungläubig. »Breaking News: Mein Leben zwischen OP und Fashion Week?«

»Werter Herr ... Fleck war Ihr Name?« Dave Abrath kniff die Brauen zusammen. »Die Fashion Week ist der weitaus lukrativere Teil und auch der mit größerer Reichweite. Vor einiger Zeit wurde erstmals die magische Marke von hundert Millionen Followern durch eine Privatperson geknackt. Der junge Mann verdient ein Vermögen mit Werbeeinnahmen.«

»Das erreichen Sie mit Ihren Kleidchen aber nicht, oder?«

Geringschätzig musterte Dave Abrath Ben. »Was Sie Kleidchen nennen, steht für eine Branche, die allein in Deutschland Jahresumsätze im dreistelligen Milliardenbereich erwirtschaftet. Das ist im Übrigen mehr als im Gesundheitswesen. Und viel mehr als in der Buch- oder Musikbranche. Rechnen Sie die stetig steigenden Umsätze mit Kosmetik- und Körperpflegeprodukten dazu, betätigen wir uns in einem der zentralen Geschäftsfelder des täglichen Lebens.« Er lehnte sich auf dem Stuhl zurück, die Finger formten eine Raute. »Wir machen hier Business, verstehen Sie?«

Wie könnte es jemand nicht verstehen, dachte Doro.

»Samira hat das Zeug zu einer *Kej O El*. Und ich helfe ihr dabei, das zu erreichen.«

»Klären Sie uns bitte auf«, sagte Ben. »Ist das so etwas wie eine Präsidentschaftskandidatin?«

Dave Abrath schnaubte verächtlich. »*Key Opinion Leader*. Eine Meinungsmacherin. Eine der wichtigsten Influencerinnen auf dem Gebiet von Mode und Stil und damit letztlich von Lebenseinstellungen. *Kej O Els* bestimmen weit mehr als das Konsumverhalten, sie prägen *Attitudes*. Samira hat da ein riesen Potenzial.«

Ein sanftes Lächeln huschte über Samira Daubs schönes Gesicht. Ihr Freund strich ihr zärtlich über den nackten Unterarm.

»Natürlich bringt das auch finanziellen Erfolg mit sich«, fuhr er fort. »Übrigens, wissen Sie, was man als angestellter Arzt verdient?«

»Oh, mit Sicherheit nicht genug«, sagte Doro freundlich. »Die ganze Verantwortung, die langen Arbeitszeiten, das müsste bestimmt besser vergütet werden. Wie ist es denn im Internetbusiness? Wie viel bekommen Sie von den Firmen dafür, dass Sie deren Produkte bewerben?«

»Das ist unterschiedlich und häufig auch Verhandlungssache«, antwortete Samira Daub.

»Ah so. Ihren Abonnenten gegenüber äußern Sie, dass Sie nichts dafür bekommen.«

»Ich bitte Sie.« Dave Abrath deutete ein Schmunzeln an. »*That's business*. Schauspielerinnen geben auch nicht ihre Schönheits-OPs zu.«

»Gäbe es nicht das Schönheitsideal, das Sie propagieren, bräuchten sie gar keine«, konterte Doro.

Dave Abrath hob die Schultern. »Das ist jetzt aber nicht mein Problem, oder?«

»Nein, ich denke, Sie haben andere. Unseren Informationen zufolge war Isabell Graumann eine Ihrer größten Konkurrentinnen um Follower und Werbeeinnahmen. Man könnte annehmen, dass die Anzahl Ihrer Abonnenten und vor allem Ihre Einnahmen massiv steigen, nun da auf Bellas Kanal Sendeschluss ist.«

»Im Prinzip könnte man das.« Gelangweilt besah Dave Abrath seine Fingernägel.

»Sie tun es auch.« Ben übernahm wieder. »Womöglich ist Bellas Tod eines der besten Ereignisse, das Ihnen und Ihrem Business passieren konnte.«

»Hören Sie doch auf. Wir kümmern uns um Stil und Ästhetik. Mord ist nicht unser Geschäft. Ich rette Menschen das Leben. Schon vergessen?«

Hoffentlich lande ich nie bei dem in der Notaufnahme, dachte Doro. Als sie anhob, die nächste Frage zu stellen, gab das auf dem Tisch liegende Handy eine Glockenmelodie von sich. Samira Daubs Blick flog hin.

»Gehen Sie ruhig ran«, sagte Doro.

»Das kann warten.« Dave Abrath räusperte sich. Seine Freundin stand auf, stöckelte zu den Scheinwerfern und schaltete sie aus.

»Wir machen gleich weiter, Honey«, meinte Dave Abrath. »Vielleicht puderst du schon mal etwas nach?«

Fast hätte Doro gelacht. »Ihre Partnerin pudert jetzt sicher nicht nach. Wo waren Sie beide gestern Abend?«

»Hier zu Hause. Wir haben uns einen gemütlichen Couchabend gemacht«, antwortete Dave Abrath, ohne zu zögern, Samira Daub nickte.

»Außer Ihnen beiden kann das vermutlich niemand bezeugen?«

»Sie sagen es.«

»Waren Sie schon mal im Elbwasserwerk Kaltehofe?«

»Nein.«

Das synchrone Kopfschütteln irritierte Doro. Samira Daub schlang die Arme um ihren Körper, als fröstelte sie.

»Was sollten wir dort?« Ihre von dunklem Lidschatten umrahmten Augen wurden groß. »Sie fragen, weil Bellas Leiche da lag, nicht wahr?«

Doro überging die Frage. »Sind Sie mit einem DNA-Abgleich einverstanden?«

»Wozu?« Die vollen Lippen verkniffen sich. »Was soll denn dabei mit was abgeglichen werden?«

»Natürlich sind wir nicht einfach damit einverstanden«, sagte Dave Abrath. »Das ist ein gravierender Eingriff in unsere Persönlichkeitsrechte, zumal für uns nicht kontrollierbar ist, wie Sie die Daten weiterverwenden.«

»Gut, dann beantragen wir diesbezüglich einen richterlichen Beschluss. Eine entsprechende Benachrichtigung erreicht Sie in den kommenden Tagen.« Doro nickte Ben zu, das Zeichen zum Aufbruch. »Wir finden allein raus. Schönen Abend noch.«

»Den DNA-Abgleich wirst du beim derzeitigen Stand der Dinge schwer durchkriegen.« Ben lief neben Doro das Treppenhaus runter.

»Weiß ich selbst«, murrte sie. »Aber so, wie die sich verhalten haben … Wenn sie in den Fall verwickelt sind, begehen sie unter Druck jetzt vielleicht einen Fehler.«

6

Es war noch immer einer seiner Lieblingsfilme, auch wenn es andere gab, die die Dinge noch deutlicher auf den Punkt brachten. Die Szene, in der Neo zwischen der roten und der blauen Pille wählen muss, hatte er unzählige Male gesehen.

Wie der Held in »Matrix« hatte er die rote Pille der Wahrheit geschluckt. Seitdem sah er die Welt, wie sie war.

All die Blue Piller gaben sich weiter Täuschung und Illusion hin. Er jedoch hatte sich für den gefährlichen, schmerzhaften Weg der Wahrheit entschieden, hatte erkannt, wie tief der Kaninchenbau sich unter der Erde verzweigte.

Er war nicht allein, Red Piller fanden sich zu Zigtausenden im Netz zusammen und teilten ihr Wissen. Man schloss ihre Foren, sie eröffneten neue oder übernahmen bestehende, sie ließen sich nicht abschalten.

Sie sprachen über ihren SMV, den *Sexual Market Value*, in einer von oberflächlichen Schönheitsidealen bestimmten Welt. Er hatte Dinge durchblickt, die er nicht für möglich gehalten hatte.

Glücklicherweise stand er nicht am unteren Ende der Skala bei denen, die noch nicht einmal eine Frau angefasst hatten. Für die Frauen noch nicht einmal Verachtung übrig hatten, sondern schlicht überhaupt nichts. Wie gefühllose Roboter gingen die Fembots über diese Männer hinweg, sahen sie nicht, ignorierten ihre Existenz.

Vor einer Weile hatte er sich mit Ron ausgetauscht. Schnell war ihm klar geworden, dass Ron an der Grenze zur Black Pill stand, im Bodensatz der Unberührbaren rumkroch, seit dreiundvierzig Jahren. Für ihn war die Lage aussichtslos.

»Ich glaube, ich nehme den Zug um 22.54 Uhr«, war das Letzte, was Ron gepostet hatte. Erst später war klar geworden, dass er nicht in den Zug *eingestiegen* war.

Sein Tod hatte zu einem Aufschrei der Gerechten geführt.

Es zeichnete den Bund der Wissenden aus, dass sie sich nicht gegenseitig runtermachten, nicht auf denen rumtrampelten, die ohnehin schon ganz unten waren. Sie waren solidarisch miteinander, Brüder im Geiste.

Er hatte einige aufbauen können, machte ihnen klar, wie wenig es einem brachte, Fembots anzufassen. Er tat es jeden Tag im Job, alte und junge, fette und magere, hässliche und weniger hässliche. Manche glasten mit leeren Augen durch ihn durch, aber viele waren freundlich. Er wusste, dass sie es nicht seinetwegen waren, sondern aus Angst. Sie fühlten sich unsicher, verletzbar, ausgeliefert.

Er behandelte sie mit Routine, verachtete sie, musste sie berühren, ihnen nahe kommen. Das, wonach sich viele seiner Brüder sehnten, war bedeutungslos, oft unangenehm, er hatte es ihnen wieder und wieder geschrieben. Geh in den Wald, fass einen Baum an, kauf dir einen Hund und streichle sein Fell, geh zu Nutten, aber erwarte nichts Gutes von Fembots.

»Unfickbar« hatte ihn seine Schwester genannt, als er mit dreizehn im Bad gestanden hatte, schmalbrüstig, von Pickeln übersät. Sie hatte ihren ersten festen Freund gehabt, jede Nacht hatte er gehört, wie es die beiden miteinander trieben. Sie war mit Absicht laut dabei gewesen.

Frauen mussten nicht schön sein, für sie war die Welt einfach.

Seine Schwester war keine Stacey gewesen, sie war eine Ruth mit dicken Brillengläsern und kleinen Titten. Heute vegetierte sie irgendwo in Süddeutschland vor sich hin. Er war froh, dass er sie nicht mehr sehen musste.

In den letzten Jahren war die Lage für ihn und seine Brüder immer schlimmer geworden. Wie sich herausgestellt hatte, war die Strategie der Fembots ihre Selbstoptimierung. Unverkennbar entwickelten sie sich, näherten ihre Spezies Sexdolls an.

Mittlerweile war er umgeben von getunten, grausamen Egoistinnen. Sie trugen Kontaktlinsen, machten Sport und formten ihre Körper. Sie wackelten mit ihren runden Hintern und zeigten jeden an, der versehentlich seine Hand darauflegte. Sie ließen sich falsche Brüste einsetzen, die Lippen aufspritzen und die Gesichter operieren. Mütter impften ihnen Selbstbewusstsein ein, unterdrückte Väter passten sich an, damit ihre Weiber weiterhin die Beine breitmachten. Diese Männer sägten den Ast ab, auf dem sie saßen. Das alles war bekannt. Doch niemand tat etwas dagegen. Außer ein paar wenigen. Außer ihm.

Er nannte es die Weiße Pille. Die der Tat.

Seine Schritte klangen hohl auf dem Asphalt. Heute war ein guter Tag nach einer guten Nacht. Aber zu Hause war es ihm zu eng geworden, er hatte rausgemusst. Es hatte ihn in ihr Viertel gezogen, er durchstreifte das Revier, in dem die

Beute sich bewegt hatte, befand sich in unmittelbarer Nähe ihrer Wohnung.

Noch immer kam es ihm wie ein Traum vor. Er konnte es selbst kaum fassen, dass er von der Fantasie ins Handeln gesprungen war. Der Übertritt war leichter gewesen, als er gedacht hatte. Die Bilder würden ihm für immer bleiben, taten bereits ihre Wirkung in seinem Inneren.

Man hatte sie gefunden, nichts anderes hatte er gewollt. Ansonsten hätte er sie mit einem Stein am Hals im Wasser versenkt.

Schon aus der Entfernung klang das Stimmengewirr zu ihm hin, zog ihn an. Er näherte sich, die Tür stand offen. Über ihr hing ein beleuchtetes Schild, »Sechs-Eck« stand darauf.

Er war durstig, seine Zunge klebte trocken am Gaumen. Nach einem kurzen Zögern senkte er den Kopf, zwang seine Schritte voran, trat in die Kneipe.

Zigarettenrauch umnebelte ihn, Männer saßen und standen herum, tranken Bier, redeten laut und lachten. Er gehörte nicht zu ihnen. Die Ansammlung saufender Lochschwager verunsicherte ihn.

Die Blicke, die sich auf ihn richteten, waren taxierend, letztlich aber gleichgültig. Er straffte seine Haltung, ging vor bis zur Theke, der Rauch reizte die Lungen.

Neben dem einzig freien Platz saß eine *Cunt* auf einem Barhocker, vor sich hatte sie ein Pilsglas und einen Schnaps. Das Haar war zu einem unordentlichen Knoten gebunden, der Rücken rund und breit.

Er setzte sich neben sie, schlug ein Bein über das andere, legte die Unterarme nah beieinander auf die Theke. Die Cunt drehte den Kopf, sah ihn glasig an, beiläufig, ohne Interesse, hob teilnahmslos ihr Bierglas und trank. Übersah ihn.

Heiß kroch Zorn in ihm hoch, kochte in seinem Hirn. Er war ein *White Piller*. Sein Bein rutschte von dem anderen herunter. Der Fuß stellte sich breit auf den unteren Ring des Barhockers, die Arme schoben sich nach außen, nahmen Raum ein.

Es reichte. Wer Macht über Leben und Tod hatte, machte sich nicht mehr klein. Keiner in diesem Schuppen hatte das getan, was er getan hatte.

»Ein Bier!«, rief er dem Wirt hinter dem Tresen zu. Sein Kommando war laut, unwillkürlich erschrak er selbst darüber.

Wortlos nickte der Wirt und zapfte ein Pils an. Die nach vorn gerollten Schultern der Cunt bewegten sich nach hinten, der Hals reckte sich vor. Sie witterte, lauschte.

»Für mich auch noch eins«, plärrte sie und hustete. Dann sah sie ihn erneut an, unverhohlen. Ihr Blick brannte an seiner Flanke, haftete auf seinem fliehenden Kinn, der wulstigen Lippe, verursachte ihm Pein.

»Bist du öfter hier?« Die Stimme war rau und leicht verwaschen.

Nee, wollte er sagen. Heute zum ersten Mal.

»Wer will das wissen?«, schnauzte es stattdessen aus ihm raus.

Die kajalumrandeten Augen der Cunt weiteten sich. Der Wirt stellte zwei Bier auf den Tresen, plötzlich lachte sie.

»Die Königin von Saba.« Sie hob ihr Pils und hielt es ein Stück zu ihm rüber.

Seine Hand umfasste das feuchte Glas, er zögerte kurz.

Dann stieß er mit der Cunt an. Sein Erstaunen spülte er mit drei großen Schlucken herunter.

»Ich bin zum ersten Mal hier. Das Schicksal hat mich hergeführt.« Sie stellte ihr Bier ab und leckte sich Schaum von der Oberlippe. »Scheiß Schicksal. Aber ich bleib, bis die mich rauskehren.«

»Hm«, machte er.

»Was, hm?« Die Cunt runzelte die Stirn. Sie war alles andere als eine Schönheit, doch ihr Mund erinnerte ihn an das Schnäuzchen einer Katze.

»Fährsde nicht mehr nach Saba heut?«, gab er trocken zurück.

Die Katzenlippen verzogen sich zu einem Grinsen. Ein Eckzahn war kürzer als der andere, abgebrochen, aus den Boxen über der Theke dröhnte AC/DC, der Wirt nahm seine Kippe aus dem Ascher auf und klemmte sie in den Mundwinkel, die Cunt hatte gelb lackierte Fingernägel. Sein Blick irrte umher, suchte Deckung.

Die Cunt verengte die Augen zu Schlitzen. »Kommt drauf an, wo Saba liegt. Ist es schön da?«

Weiß ich doch nicht, du Kuh, dachte er und trank einen Schluck.

»Man kann es sich schön machen«, sagte er oder etwas in ihm, das aus seinem Bau kroch. Etwas, das entschieden klang und wissend.

»Da hasde recht.« Nickend griff sie nach dem Schnapsglas vor sich, legte den Kopf in den Nacken und kippte sich den Klaren in den Hals. Sie knallte das leere Glas auf die Theke, drehte ihren Oberkörper. Und dann fasste sie ihn am Arm an, die Berührung ließ ihn erstarren.

»Du bist okay. Mit dir kann man reden. Willsde auch einen?« Sie zeigte auf das Schnapsglas.

In seinem Gehirn machte jemand eine Tür auf, dahinter stand ein geschmückter Tannenbaum.

»Klar. Aber ich zahle.« Er beugte sich vor. »Zwei Korn«, befahl er.

Ironischerweise war die Incel-Bewegung der unfreiwillig Sexlosen, Zölibatären vor Jahren von einer Kanadierin, einer *Frau*, gegründet worden. Männer hatten das Forum um die Jahrtausendwende herum übernommen und endlich die Richtung korrigiert.

Wie im Leben, dachte er, während er sein Bier leer trank. Männer entstammten Frauenkörpern, danach mussten sie kämpfen und sehen, dass sie zu ihrem Recht kamen.

Der Wirt goss die zwei Schnäpse ein. Die Cunt war schon besoffen, eilends griff sie nach dem Klaren.

»Nich lang schnacken …«, brabbelte sie.

Er hob sein Glas. Sachte stieß er damit an ihres, die Cunt sah ihm direkt in die Augen.

»Coole Farbe«, sagte sie. »So grün.«

Sie tranken. Der Alkohol biss ihn in Zunge und Gaumen.

»Haah.« Die Cunt knallte wieder das geleerte Glas auf den Tresen. Anschließend starrte sie hohl vor sich hin.

»Saba«, murmelte sie versonnen und wischte sich mit dem Handrücken unterhalb der Nase entlang. Ihre Mundwinkel sanken plötzlich nach unten wie fallen gelassen, das Kinn kräuselte sich. »Scheiße.« Sie zog Rotz hoch. »Elende Scheiße.«

Er war kein *Frauenversteher*, er fragte nicht »Was ist los?«.

Die Cunt stierte ins Leere.

»Ich kann heut Nacht nicht allein sein«, lallte sie. »Nach so einem Scheißtag.«

Perplex drehte er ihr den Kopf zu. Ihr teigiges Gesicht ersoff in Kummer.

»Kommsde mit zu mir?«, fragte sie.

Was?

Scheiße!, funkte es in seinem Gehirn. Ficken?

Ernsthaft?

Einfach so?

»Wenn du dir Mühe gibst«, hörte er sich sagen. Beinah blieb ihm die Luft weg.

»Ich bin echt durch«, sagte die Cunt. »Kann Trost gebrauchen, weißde?« Sie schniefte, aus einem der Augenwinkel löste sich eine Träne und lief die Wange runter. »Gestern Abend hat jemand meine Schwester gekillt.«

7

Die Lampe auf dem kleinen Beistelltisch tauchte den Raum in gedämpftes Licht. Hände strichen am Körper entlang, Lippen suchten einander, tastend, schnell fordernder. Begehren wurde fühlbar und drängend.

Gedanken schweiften ab, wurden angezogen von erinnerten Bildern. Je mehr sie von dort wegbleiben sollten, desto heftiger zog es sie hin. Die Frau mit dem zerschlagenen Gesicht.

»Du, warte. Stopp. Ich glaube … es geht gerade nicht.« Doro richtete sich auf und zog ihren Pulli herunter.

Unter ihr lag Michael quer über der Couch. Einen Moment lang sah er sie verwundert an. Dann schob er sie sanft zur Seite und rappelte sich hoch.

»Die Tote im Elbwasserwerk, oder?«

Doro nickte. »Die Bilder machen mir zu schaffen.«

»Ich weiß. Ich hab Fotos vom Fundort gesehen.«

Auf dem Wohnzimmertisch stand eine Flasche Rotwein, Michael hatte sie mitgebracht. »Der ist von Carens und meiner Hochzeitsparty, im Keller stehen immer noch drei Kartons«, hatte er gesagt. »Aber er ist gut. Wenn schon, will ich ihn mit dir trinken.«

Doro goss die beiden bauchigen Gläser nach und reichte

Michael eines. Mit nacktem Oberkörper lehnte er am Polster, im Gegensatz zu seinem Schädel war die Brust behaart. Seine braunen Augen forschten in ihrem Gesicht.

Sie trank einen Schluck. Der Wein war dunkel und schwer, er hinterließ Schlieren am Glas. Eigentlich war ihr eher nach einem Bier.

»Ich habe mir am frühen Abend noch etliche Blog-Beiträge von Bella und Samy D. angesehen«, sagte sie. »Ben wurde es irgendwann zu viel. Er hat das Büro verlassen, um sich bei den Kollegen über den Stand der kriminaltechnischen Untersuchungen zu informieren. Wahrscheinlich wäre er auch nach draußen, um Holz zu hacken oder die Straße zu kehren. Hauptsache, weg.«

Michael schmunzelte. »Caren hat manchmal diese Mode-Blogs angeschaut, um ihr Deutsch zu verbessern, wie sie sagte.«

»Hat's was gebracht?«

»Nee. Aber mit schönen Amerikanerinnen reden eh alle englisch.«

Von der Straße klangen die Geräusche der Stadt herauf, fahrende Autos, das Rumpeln einer Straßenbahn.

»Mir ist nichts für den Mord Relevantes in den Blogs aufgefallen«, sagte Doro. »Es geht um Aussehen und Mode. Bei all dem Geschnatter kam mir irgendwann der Gedanke, es handele sich in Wahrheit um einen Code für etwas anderes, das nur Eingeweihte dechiffrieren können.« Sie sah Michael an. »Abgefahren, oder?«

»Ich glaube, damit überschätzt du die Textsorte.« Zärtlich strich er über ihren Unterarm.

»Hm.« Sie stellte das Glas ab. »Bei der Befragung der Nachbarn sind die Kollegen nicht weitergekommen. Bella wird als freundlich, aber zurückgezogen beschrieben. Sie pflegte keine engeren Kontakte im Haus.«

Michael neigte seinen kahlen Kopf und trank einen Schluck.

»Schmeckt noch besser als damals.« Er lehnte den Fuß des Glases an seine nackte Brust. »Hatte Bella überhaupt Freunde?«

»Das habe ich mich auch gefragt. Wer von ihren vielen Facebook-Freunden welche sind, wissen wir nicht. Das Bild, das ich bislang von ihr habe, ist das einer Einzelkämpferin, ehrgeizig und fokussiert, doch womöglich ziemlich einsam.« Doro dachte an Bellas letzten Post auf Instagram, der von Freitagmittag stammte. Sie hatte sich mit Kussmund vor einem Cappuccino und einem Stück Schokotorte fotografiert.

»Gönn mir was«, stand darunter. »So lecker.«

Etwas in Doro war merkwürdig berührt gewesen. Sie hatte Ben davon erzählt.

Er hatte die Regung umgehend verscheucht. »Bleib mir weg mit diesem Foodporn-Mist. Ich glaub, die nehmen immer bloß ein Häppchen fürs Foto, und der Rest bleibt liegen.«

»Auf Bellas Laptop sind nur diese unzähligen Fotos und Videos«, sagte Michael. »Daneben Rechnungsstellungen an die Firmen, deren Ware sie platziert hat, ein paar Textdokumente, Skripte für ihre Blog-Beiträge. Beim derzeitigen Stand der Auswertung nichts Auffälliges.«

»Wir brauchen ihre Handydaten«, erwiderte Doro. »Die Kommunikation läuft in Bellas Generation übers Handy – Mails, Chats, und Telefonate sowieso.«

»Den Zugriff bekommen wir vom Provider erst morgen. Du kennst die Antragswege und Bearbeitungszeiten.«

Unerfreulich zäh im Vergleich zur Verbreitung der *Breaking News* im Netz, dachte Doro. Noch auf der Rückfahrt von Samira Daub und ihrem Partner hatte Ben telefonisch Jürgen Kemmerer zur Schnecke gemacht, was ihm einfiele, ermittlungsrelevante Informationen rauszuposaunen. »Kennen Sie eine MTA namens Nicole Caspar?«

»Nie gehört, den Namen.«

»Wir werden mit ihr sprechen. Wenn sie die Infos zu der Toten im Wasserwerk von Ihnen hat, sind Sie dran.«

Wie Doro wusste Ben, dass es derzeit dringlichere Dinge zu erledigen gab.

Sie griff nach ihrem Weinglas, zeitgleich schrillte die Türklingel.

»Nanu, Constantin hat doch einen Schlüssel.« Wenn er ihn nicht zum wiederholten Mal verloren hat, dachte sie, stand auf und ging zur Wohnungstür.

»Hallo?«, fragte sie am Hörer der Sprechanlage.

»Ned erschrecken. Hier is Magda Kirchgasser. I woar grad in der Gegend, und mir is am späten Nachmittag im Institut noch was aufg'fallen. Wenn Sie an Moment Zeit hätten?«

»Ja, sicher. Kommen Sie hoch.«

Doro wunderte sich. Hausbesuche hatten bislang nicht zu Magdas Tätigkeitsfeld gehört. Doro und sie hatten sich allerdings vor einiger Zeit einmal zufällig in einer Kneipe in Doros Straße getroffen. Sie wohnte in Eppendorf, das Uniklinikum war nicht allzu weit entfernt. Die halbe Nacht hatte Doro nach dieser Begegnung im Bad verbracht und sich geschworen, mit niemandem mehr zu trinken, der dreimal so viel vertrug.

Magdas kleine Gestalt erschien am Treppenabsatz. Keuchend eilte sie auf Doro zu.

»Entschuldigen S' noch mal die Störung.« Sie schnappte nach Luft. »I hoab Licht bei Ihnen g'sehn und mir g'dacht, i nehm den kleinen Dienstweg.«

»Klar, kein Problem. Kommen Sie rein.« Doro ließ Magda Kirchgasser eintreten und schloss die Tür hinter ihr. »Geradeaus ins Wohnzimmer«, sagte sie. In derselben Sekunde fiel ihr siedend heiß das Stillleben auf der Couch ein.

Magda war schon vorgeprescht.

»Ach, des is ja eine Überraschung!«, rief sie.

Doro folgte ihr. Michael stand vor dem Sofa und nestelte an seinem offenen Hemd herum.

»Frau Doktor Kirchgasser.« Er setzte ein strahlendes Lächeln auf, während er den Saum in seine Anzughose stopfte. »Die Freude ist ganz meinerseits.«

Demnächst wissen es *alle*, dachte Doro. Kripobeamtin schläft mit noch verheiratetem Staatsanwalt.

»Nehmen Sie Platz.« Michael wies auf einen der beiden Sessel. »Mögen Sie einen Schluck Wein?«

»Ah, da sag i ned Nein.«

Natürlich nicht, dachte Doro. »Sekunde, ich bringe Ihnen ein Glas.«

Sie eilte in die Küche, angelte eines aus dem Geschirrschrank und kehrte ins Wohnzimmer zurück. Dort schälte sich Magda Kirchgasser gerade aus ihrem Karomantel. Ganz Kavalier, nahm Michael ihn ihr ab und drapierte ihn über die Sofalehne.

Magda fläzte sich auf den Sessel und streckte die kurzen Beine von sich. »Nett haben Sie's. Sehr gemütlich.«

»Ach, ja …« Doro goss Wein ein und reichte ihn Magda. »Zum Wohl.«

»Danke.« Umgehend führte Magda das Glas an die Lippen, bog den Kopf zurück und schluckte. Anschließend schmatzte sie genießerisch. »Des is woas Feines.«

»Zweifellos.« Mit Kennermiene nahm Michael auf dem alten Ledersessel Platz.

»Ich bin gespannt«, sagte Doro zu Magda. »Erzählen Sie, was Ihnen aufgefallen ist.«

Wieder öffnete Magda den Mund zu einer schaurig bezahnten Höhle und kippte Wein rein. Dann drehte sie das Glas in ihren kurzen Fingern.

»Also«, sie ruckelte ihren Oberkörper zurecht. »Zuerst schien mir all's kloar zu sein. Betäubung durch Schlag auf'n Hinterkopf, später Tod durch die brutalen Schläge auf Stirn und Gesicht.«

»Genau.« Doro setzte sich auf die Couch.

»Irgendwas hat mich aber am Einblutungsmuster gestört. I hoab mit meinem Kollegen gesprochen, dem, der die Schädelarbeiten macht. Der kann woas, an wirklich guter Mann. Gä, sonst tät der auch ned bei mir arbeiten.« Magda grinste wie ein Gnom. »Jedenfalls hat den auch was g'stört.«

»Was denn?«

»Wir glauben, dass des Madl gestorben is, bevor die Schläge auf Stirn und Gesicht erfolgt sind.«

»Das heißt, der erste Schlag, also der von hinten auf das Scheitelbein, war doch tödlich?«

»Na, des glaub i eben ned. Im Prinzip hat der nur an kräftiges Hämatom und an Schwellung verursacht. Dodran stirbt keiner.«

»Welche andere Todesursache kommt infrage?« Doros Spannung wuchs. »Haben Sie schon die Ergebnisse der toxikologischen Untersuchung?«

»Noch ned vollständig.« Magda Kirchgasser bog ihren Arm, der von einer wild gemusterten Bluse bekleidet war. Sie führte das bauchige Glas zu den Lippen und leerte es. »Aber i hoab an Verdacht.«

Ungefragt goss Michael ihr nach. »Nämlich?«

»Dass wir auch nix finden werden.«

Doro überlegte. »Aber weitere Verletzungen am Körper der Toten gab es nicht, hatten Sie gesagt.«

»So ist es. Drinnen wie draußen alles, wie's sein soll.«

»Das heißt?« Doros Eindruck nach ging die Geschichte noch weiter. Magda kam nicht am Abend vorbei, um die eigene Ratlosigkeit mitzuteilen.

»In solchen Fällen zäumt man des Pferd von hinten auf.« Magda zwinkerte listig. »I glaub schon an Substanzgebrauch. Aber welche Substanzen hinterlassen keine Spuren? Woas is kaum oder gar ned nachzuweisen?«

»Helfen Sie uns auf die Sprünge.« Michael beugte sich in seinem Sessel vor.

»Zum Glück gibt's da ja ned viel«, erklärte Magda. »K.-o.-Tropfen, also GHB oder GBL, sind nur rund zwölf Stunden in Körperflüssigkeiten nachweisbar. Das heißt, theoretisch könnt auch so was im Spiel g'wesen sein. Überdosiert halt.«

»Theoretisch?«

Magda nickte. »Praktisch ned. Wenn solche Stoffe den Tod bringen, seht's des an typischen Veränderungen im Körper, Atemdepression, feinste Einblutungen, da gibt's Anzeichen.«

Michael räusperte sich. »Was kommt noch infrage?«

»I tät auf Kaliumchlorid tippen. Bringt des Herzl zuverlässig zum Stillstand, ohne Verletzungen oder Spuren zu hinterlassen. Der natürliche Spiegel im Blut steigt bekanntlich nach dem Tod von selbst an, sodass sich das Zuführen von Kaliumchlorid ned nachweisen loaßt.«

Bereits während ihrer Ausbildung hatte Doro davon gehört. Die nächste Frage lag auf der Hand.

»Was ist mit Einstichstellen am Körper der Toten?«

Magda Kirchgasser stellte ihre kleinen Füße parallel nebeneinander auf den Teppich. Sie steckten in beigen Socken und die wiederum in braunen Spangenschuhen. Sie griente vor sich hin, offensichtlich genoss sie die Spannung ihrer Zuhörer.

»Mein Schädelmann und ich, wir hoabn alles abg'sucht. Dann hoab i an Assi drangesetzt und ihm gesagt, dass er an super Beurteilung kriegt, wenn er woas findet.«

»Lassen Sie mich raten«, murmelte Doro.

»Genau.« Magda Kirchgasser legte den Kopf schräg. »Nix. *Nada. Niente.*«

»Moment …« In Doros Erinnerung erschienen die fürchterlichen Bilder der toten Bella. »Das zerschlagene Gesicht«, sagte sie.

»Du meinst …« Über Michaels Nase kerbte sich eine Falte ein.

»I mein des auch«, bemerkte Magda. »Das Kaliumchlorid wurde in die *Vena facialis*, die Gesichtsvene, injiziert. Aber beweisen werden wir's ned können.« Sie hob die Schultern. »Es bleibt bei einer Vermutung.«

Michael stand auf. Er ging ein paar Schritte zum Fenster und wieder zurück, Doro registrierte seine angespannte Körperhaltung. »Es gibt tatsächlich keine Möglichkeit, Kaliumchlorid nachzuweisen?«

»Na, leider ned.«

»Wenn wir davon ausgehen, dass es verabreicht wurde, schränkt das unseren Täterkreis ein?«

»Ja und nein«, antwortete Doro nachdenklich. »Für bestimmte Berufsgruppen liegt es näher, an Kaliumchlorid zu kommen, und auch eine Injektion erfolgt sicherer.«

»Zumal wenn's im Gesicht g'spritzt wird«, ergänzte Magda. »Andererseits hätt's auch gewirkt, wenn die *Vena facialis* ned richtig getroffen worden wär. Kommt a bisserl auf die Dosis an.«

»Zumindest ist nun umso wahrscheinlicher, dass Bella kein Zufallsopfer gewesen ist. Der Täter oder die Täterin hat den Mord geplant.« Doro hielt inne, ein weiterer Gedanke kam ihr. »Dabei wurden offenbar mehrere Tötungsmethoden kombiniert. Wie beim typischen Übertöten, das ein Zeichen für aufgestauten Hass ist. Eine kühl geplante Injektion und rohe körperliche Gewalt spiegeln für mich die beiden Seiten des Täters.« Sie wandte sich an Michael. »Es war Kraft nötig, um Bella zu transportieren, und die Kaliumchlorid-Hypothese führt uns zu medizinischem Fachpersonal. Bekomme ich mit den neuen Informationen die Ladung zum DNA-Abgleich für Dave Abrath durch?«

Er runzelte die hohe Stirn. »Da lediglich eine Annahme aus der Rechtsmedizin zugrunde liegt, bleibt es schwierig. Du kennst die strenge gesetzliche Regelung zur DNA-Identitätsfeststellung. Erkenntnisse und Tatverdacht werden für die notwendige Anordnung durch ein Gericht derzeit schwerlich ausreichen.«

»I werd unsere Vermutung in den Sektionsbericht schreiben«, sagte Magda. »Ob euch des woas nützt, müssts ihr sehn.«

Ihren letzten Satz hatte ein Geräusch begleitet. Neuerdings war es für Doro eines der schönsten überhaupt: das eines sich drehenden Schlüssels in der Wohnungstür.

Constantin.

Ein paar Sekunden später steckte er seinen Kopf mit dem welligen kastanienbraunen Haar zur Tür rein.

»'n Abend.«

»Hi, Constantin«, grüßte Michael.

Doro sah sofort, wie müde und kaputt ihr Sohn war. Schon war er wieder aus dem Türrahmen verschwunden. Sie stand auf und ging zu ihm in die Küche.

»Hey, hast du Hunger? Im Kühlschrank steht Kartoffelsalat. Ich kann dir auch ein paar Spiegeleier braten.«

»Selbst gemacht?«

»Was?«

»Der Kartoffelsalat.«

Wann denn?, dachte Doro. »Nein. Ist aber trotzdem lecker.«

»Ach, lass mal.«

Constantin schlurfte zu einem der Hängeschränke, nahm die Packung Cornflakes raus und schüttete eine Portion in eine Schale.

»Wo kommst du her? Hast du bei Papa übernachtet? Du siehst total müde aus.«

»Hm.« Er öffnete den Kühlschrank und goss Milch in die Schüssel.

»Warum hast du dich nicht gemeldet?«

»Eh, kannst du mal mit der Dauerfragerei aufhören?« Constantin zog einen Esslöffel aus der Besteckschublade, beim energischen Zuschieben rappelte es metallisch. »Ich komm blendend zurecht.« Das hübsche Gesicht wurde abweisend, ein gehäufter Löffel Flakes wanderte in den Mund, dann noch einer. Constantin aß hastig.

»Des is der Junior, nehm i an.«

Magda Kirchgasser tauchte in ihren Mantel eingepackt an der offenen Küchentür auf. »A fescher Bub.«

Constantin sah von seiner Müslischale hoch, das Haar hing ihm in die Stirn.

»Macht bestimmt viel Freid«, sagte Magda an Doro gewandt.

»Ja.« Sie lächelte.

»Mehr oder weniger«, murrte Constantin.

»I geh dann wieder. Wenn Sie noch Fragen hoabn, jederzeit. Und danke für den Wein.«

»Danke für Ihren Besuch.« Fast hätte Doro *Kommen Sie doch mal wieder* angefügt, verkniff es sich aber. Die Wahrscheinlichkeit war groß, dass Magda die Einladung allzu gern annahm.

Sie verließ die Wohnung, hinter ihr fiel die Tür ins Schloss.

Unmittelbar darauf kam Michael mit seinem Rotweinglas in die Küche, Constantin mampfte wortlos weiter.

Doro holte Kartoffelsalat, Gürkchen, Oliven und Käse aus dem Kühlschrank. »Bitte, Constantin. Iss was Richtiges.«

»Bah. Das passt ja super zusammen.« Er guckte auf seine Cornflakes und die anderen Lebensmittel. »Und wie siehst *du* eigentlich aus?« Jetzt haftete sein Blick an Doros Haar, in dem hell und dunkel abenteuerlich abwechselten.

Immerhin hat er's bemerkt, dachte sie. »Kleine Friseurpanne. Ich geh morgen früh schnell noch mal hin.«

»Da ist Sonntag.«

»Privataudienz.«

»Wow.« Constantin stellte die Schale ab und verließ die Küche.

Leise seufzte Doro auf.

»Ich würd was nehmen.« Michael zeigte auf den Kartoffelsalat. »Hast du noch Brot dazu?«

»Sicher.«

»Mach dir nicht zu viele Sorgen.« Er küsste Doro auf die Stirn. »Vorm vollen Kühlschrank verhungert ist noch keiner.«

8

»Du kriegst hier aber kein Frühstück.«

Die kratzige Stimme holte ihn von weit her in die Realität eines muffigen Schlafzimmers. Unwillig öffnete er die Augen. Zigarettenrauch waberte vor der billigen Lampe, die Decke hatte Risse.

»Wie heißt du überhaupt?« Der Atem der Cunt glich dem Dunst aus einem Schnapsfass.

»Tom«, sagte er. Das war ein guter Name. Lässig irgendwie, männlich und unverbindlich.

Entspannt und schwer ruhte sein Körper auf der durchgelegenen Matratze, befriedigt und mit einem kaum gekannten Wohlgefühl.

Er hatte keine exakte Erinnerung an das Vorgefallene, hatte die Augen geschlossen gehalten und seine Fantasie treiben lassen. Es war nicht mehr Denken, nur noch Fühlen gewesen. Die Cunt hatte ihn angemacht, viel warmes Fleisch und abgefahrenes Gestöhne.

Zwischendrin hatte er den wahnwitzigen Zufall belächelt, mit *ihrer* Schwester zu ficken. Es hatte sie beide in dieselbe Gegend verschlagen, in dieselbe Kneipe, einmal aus Trauer und einmal aus Triumph. Die Cunt hatte noch ein bisschen rumgejammert, von Kaltehofe und was für ein mieses Schwein da draußen rumliefe. Seine Gedanken waren umhergetollt wie junge Hunde.

»Ich heiße Dagmar.« Sie richtete sich auf. »Falls es dich interessiert.«

Das tat es nicht, aber er versuchte ein Lächeln. »Schöner Name.«

Skeptisch musterte sie ihn, oberhalb ihres linken Busens war eine Rose tätowiert. Er dachte an Unkraut und Disteln, die über leberfleckiger Haut wuchsen.

»Du warst ja ziemlich schnell fertig.« Der Satz kam maulig aus dem Katzenmund. »Geht das bei dir immer so schnell?«

In seinen Schläfen stach etwas, Dornen oder Stacheln, sie drangen durch die Haut bis zum Knochen vor.

»Ich hab da nicht wirklich viel von gehabt.« Die Cunt klappte die Unterlippe um. »Um nicht zu sagen, gar nix.«

Es kam ihm vor, als werkele jemand mit Sandpapier in seinen Gehirnwindungen herum.

»Noch nicht mal 'nen Gummi hasde dir drübergezogen. Das Einzige, was ich jetzt davon hab, sind Flecken im Bett.«

Unwillkürlich raste er in seiner Erinnerung Jahre zurück. Die Cunt schien plötzlich viel älter, und sie wurde hässlich in ihrem mäkelnden Ton.

Halt den Mund, befahl eine scharfe Stimme in seinem Inneren. *Sei still*.

Sein Körper wurde starr, Kälte kroch die Beine hoch.

Die Cunt griff zu der Schachtel Zigaretten auf dem Nachttisch, zog eine heraus und zündete sie an. Genervt blies sie ihm den Rauch ins Gesicht.

»Kannsde noch mal?«

Die Worte wurden in seinem Kopf nur widerwillig verarbeitet.

»Hä?«

»Ob du noch mal einen hochkriegst.« Mürrisch warf sie die strähnigen Haare nach hinten und sog an der Zigarette.

Die Kälte kroch weiter bis in seine Brust. Dort traf sie auf einen Flammenwerfer.

Seine Hände begannen zu zittern, er zog die Bettdecke über die Hüften hoch. Ein Haufen Klamotten lag auf einem angegrauten Flokati, etwas weiter weg ein leerer Pizzakarton. An der Wand gegenüber hing ein Pink-Floyd-Poster neben einem gerahmten Bild mit Hundewelpen. Sein Blick zuckte umher, sehnte sich nach dem Dunkel des Kaninchenbaus.

Wieder blies die Cunt Rauch aus. »Ich hätte mir echt jemand anderen mitnehmen sollen.«

Ein Benzinfass explodierte. Die Flammen schossen hoch, verbrannten alles, so heiß, dass die Hitze einer extremen Kälte glich.

Er sprang auf, schnellte aus dem Bett. Unmittelbar darauf umklammerte seine Hand den Hals der Cunt.

»Halt die Schnauze!«, schrie er. Bilder überblendeten sich in seinem Inneren. »Du gehörst aufgehängt! An den höchsten Baum!«

Sie quietschte, ihr blieb die Luft weg. Die glühende Kippe fiel zwischen ihren Fingern heraus ins Bett, die Augen weiteten sich in Entsetzen.

Zwei oder drei Sekunden starrte er sie an, sah ihre Panik. Sein Zorn überkletterte eine Mauer, auf der anderen Seite stand die Macht. Die Hand krallte fester, fühlte Sehnenstränge und Muskeln, ein Röcheln entfuhr der Cunt.

Jemand hielt die Zeit an. Er badete in Überlegenheit, so wie er es im Wasserwerk getan hatte, in der Freiheit, entscheiden zu können.

»Oder kaputt geritten«, zischte er.

Die belegte Zunge der Cunt schob sich vor, die Lippen zogen sich über die Zähne zurück. Der Ausbund an Hässlichkeit vor ihm bangte um sein Leben.

Plötzlich, mit unerwarteter Wucht, ekelte ihn die Berührung, das Anfassen. Es brachte die Erinnerung an den vorherigen engen Körperkontakt mit sich. Um ihn herum begann sich das Zimmer zu drehen, Übelkeit peitschte auf.

Er zog seine Hand zurück, grapschte Cordhose und Pulli vom Teppich.

»Spinnst du?«, schrie die Cunt. »Du kranker Arsch!« Sie röchelte und hustete, zog Rotz aus ihren Lungen hoch.

So schnell er konnte, stieg er in die Klamotten, dabei registrierte er einen Brandhauch.

Die Cunt warf die Kippe mit spitzen Fingern vom Leintuch in den Ascher, sprang aus dem Bett und fing an, mit dem Kissen auf der Matratze herumzuschlagen.

»Willst du die Bude abfackeln?«, kreischte sie. »Du Psychodreck!«

Er war schon aus dem Zimmer. Im Flur lag seine Jacke auf einem alten Schuhschrank. Er griff danach, riss die Wohnungstür auf, schlug sie hinter sich zu und jagte das Treppenhaus runter.

Vor seinen Augen flimmerte es, er rannte auf die Straße, weiter über den Asphalt, um die nächste Ecke, seine Beine drohten nachzugeben.

Taumelnd hielt er an und stützte sich an einer Hauswand

ab. Gleichzeitig wölbte sich sein Magen. Bittere Brühe stieg die Kehle hoch, im Schwall schoss sie aus ihm heraus. Er kotzte und würgte, der Puls raste.

Hinter ihm erklang Absatzgeklapper. Er drehte den schmerzenden Kopf, zwei Fembots in kurzen Röcken wechselten die Straßenseite.

»Iih, wie widerlich«, hörte er eine sagen. »Und das vor unserem Late Night Dinner.«

Langsam kam er aus der gebeugten Haltung hoch, wischte sich mit dem Handrücken über den Mund, sah Stelzenbeinen und langen Mähnen hinterher.

Matt und elend schleppte er sich zur Bahn und fuhr nach Hause. Er stellte sich unter die Dusche, wusch die Cunt von sich ab. Dann schaltete er seinen Rechner an, loggte sich in das Forum ein, seine Finger hackten auf die Tastatur.

»Macht sie alle kalt.«

9

»Sag Bescheid, wenn's dir zu heiß ist.«

»Nein, ist angenehm.« Doro saß auf einem Sessel im Salon von Nicolas. Er brauste warmes Wasser über ihren zurückgelehnten Kopf.

»Tausend Dank, dass du dir extra am Sonntag die Zeit nimmst. Das ist lieb von dir«, fügte sie an.

»Für Kundinnen wie dich tu ich das gern. Außerdem ist mein Süßer auf einem Fraktionstreffen. Da sitz ich eh nur zu Hause allein vor meinem Kaffee.«

Der Wasserstrahl wanderte von oben nach unten, sprudelnd massierte er die Kopfhaut. Doro versuchte, sich zu entspannen.

Sie hatte schlecht geschlafen, der aktuelle Fall beschäftigte sie bis in ihre Träume. Bella war darin herumgegeistert, durch Boutiquen schlendernd, in einem Café sitzend, dann plötzlich mit blutbeflecktem Haar und entstelltem Gesicht in einer Art Verlies. Doro war aufgeschreckt, als in ausholendem Schwung ein Baseballschläger in ihr Traumbild schoss und zuschlug.

Sie wusste nicht, ob sich der smarte Arzt Dave Abrath selbst die Hände schmutzig gemacht hatte, bekam kein sicheres Gefühl dazu. Doch nach Magda Kirchgassers Informationen hielt sie es für wahrscheinlich, dass er etwas mit der Tat zu tun hatte.

Die Kriminaltechniker hatten Faserspuren an der Fensteröffnung des Wasserwerks sichergestellt, durch die Jürgen Kemmerer eingestiegen war. Daneben Zigarettenkippen, Kronkorken, zwei zerdrückte Bierdosen, die im Gebäude gelegen hatten.

»Wenn der Täter was davon hinterlassen hat, muss man ihn allein schon wegen seiner Blödheit aus dem Verkehr ziehen«, hatte Ben gemeint.

Bellas Kleidung und die direkte Umgebung ihrer Leiche waren abgesucht worden. An ihrer Jacke hatte ein Haar gehaftet, das der Analyse zufolge von einem Mann stammte. Es hatte nicht notwendigerweise etwas mit der Tat zu tun – jeder trug des Öfteren fremde DNA mit sich herum. Die Auswertung auf einen Täter hin brauchte dessen Vergleichsmaterial.

Der Wasserstrahl stoppte, Nicolas hängte den Brauseaufsatz in die Halterung zurück. Sanft wrang er Doros Haar aus und packte es in ein Handtuch.

»Das ist jetzt von der Farbe her dunkler als ursprünglich geplant«, sagte er. »Aber dein Gesicht kann einen kräftigen Ton ja noch vertragen. Wie alt bist du noch mal?« Mit massierenden Griffen frottierte er Doros Kopfhaut. Ihr Handy klingelte.

Über den Spiegel lächelte sie Nicolas zu. »Wesentlich älter als du. Sekunde, da muss ich ran.«

Sie zog das Telefon aus der Hosentasche.

»Hallo, Ben. Was gibt's?«

»Hi. Du, ich bin schon im Büro. Wann kommst du?«

»Demnächst.«

»Falls du noch gemütlich mit der Exekutive beim Frühstück sitzt, könntest du ihm …«

»Ich sitze beim Friseur und habe mir den Marmorkuchen umfärben lassen. Vor zehn bekommen wir die Daten von Bellas Mobilfunkanbieter ohnehin nicht.«

»Na ja, eben wurden uns Nachrichtenverläufe und Verbindungsprotokolle zugeschickt.« Ben klang zögerlich. Wenn man ihn gut kannte, konnte man sein Stirnrunzeln förmlich hören. »Allerdings von einer anderen Frau mit demselben Namen.«

»Einer anderen Isabell Graumann?«

»Genau.«

»Die Personen lassen sich doch über die Adresse eindeutig identifizieren, diese Daten nehmen Handyverträge mit auf.« Während Doro sprach, entfernte Nicolas das Handtuch, nahm einen Kamm und zog einen Mittelscheitel. Sein unbekümmerter Ausdruck war ernster geworden.

»Keine Ahnung, ist halt was schiefgelaufen«, hörte sie Bens Stimme dicht an ihrem Ohr. »Die Frau, deren Kommunikation wir bekommen haben, ist dreiundfünfzig und hat offenbar eine handfeste Ehekrise.«

»Du hast die Nachrichten gelesen?«

»Nur überflogen. Ging ganz gut zur Sache.«

»Soll vorkommen.«

»Also, die korrekten Daten werden uns in Kürze übermittelt. Hat man mir zumindest versichert.«

»Dann sehen wir uns gleich auf dem Revier.« Doro legte auf.

Nicolas kämmte ihr Haar durch, es ziepte ungewohnt heftig. »Hast du eben ›Isabell Graumann‹ gesagt?«

»Ja.« Doro horchte auf. »Die junge Frau wurde ermordet. Daher musste ich gestern so schnell aufbrechen.«

»Mein Gott.« Nicolas ließ die Hände sinken, Doro registrierte über das Spiegelbild Bestürzung in seinem Gesicht. »Das war doch so eine Hübsche, oder?«

»Du kennst sie?« Ein Wassertropfen rann über Doros Wange und tropfte auf den schwarzen Umhang.

»Sie war Kundin bei mir. Vergangene Woche noch«, antwortete Nicolas tonlos. »Sie hat sich die Color auffrischen lassen, ein paar Highlights rein. Traumhaftes Haar hatte die, ein echtes Geschenk der Natur.«

»Ja, sie war sehr hübsch. Als man sie tot aufgefunden hat, allerdings nicht mehr.«

»Ich will's nicht wissen.« Abwehrend hob Nicolas die Hand. »So was kann ich nicht hören.« Erneut zog er den Kamm über Doros Schädel und verlagerte den Scheitel zur Seite.

»Was weißt du über Isabell Graumann?«, fragte sie. »Hat sie während des Termins bei dir irgendwas erzählt, das für uns von Bedeutung sein könnte?«

»Von Bedeutung?« Unschlüssig rieb sich Nicolas über den Unterarm. »Wir haben uns einfach so unterhalten. Sie machte was im Internet, einen Blog.«

Doro nickte.

»Also … warte mal … Sie hat was von einem Treffen mit einem bekannten Fotografen erzählt, international bekannt, hat sie gesagt. Sie meinte, er habe sie kontaktiert und wolle ein Shooting mit ihr machen, wohl am Freitag. Das schien eine große Sache für sie zu sein, deshalb war sie in meinem Salon.« Nicolas zog Doros Haarsträhnen zurecht. »Für den perfekten

Look. Wobei die auch mit einem Bürstenschnitt noch schön gewesen wäre.«

»Wann war sie bei dir?«

»Mittwoch oder Donnerstag. Moment, ich schaue im Kalender nach.«

Nicolas ging vor zur Theke. In gebeugter Haltung tippte er auf der Tastatur des dort stehenden Rechners herum.

»Donnerstag«, rief er. »Nachmittags, um halb vier.«

Doro stand auf.

»Dein Computer hat doch sicher Internetzugang. Können wir nachsehen, welchen Fotografen sie gemeint haben kann?«

»Sie hat den Namen erwähnt.«

»Nämlich?«

»Lass mich kurz überlegen, das war was englisch Klingendes. Williams … Will… Willows? Moment, ich versuche mal eine Wortkombi mit Hamburg, Fotograf und Will über die Suchmaschine.« Erneut tippte Nicolas etwas. »Genau«, sagte er nach ein paar Sekunden. »Das war der Name. Wilbur. Thomas Wilbur. Er hat sein Atelier in der HafenCity.«

»Danke. Bist ein Schatz. Ich muss jetzt los.«

»Wie? Schon wieder?« Nicolas schmollte. »Es ist echt kein Spaß, Polizistinnen die Haare zu machen.«

Doro riss den Klettverschluss an ihrem Hals auf und reichte ihm den Umhang.

»Was ist mit Föhnen?«

»Nicht nötig.« Sie griff nach ihrem Handy und gab »Thomas Wilbur« in den Internetbrowser ein. Umgehend wurde die Adresse angezeigt. Sie rief Ben an.

»Wir treffen uns in etwa zwanzig Minuten bei einem Fotografen namens Thomas Wilbur in der HafenCity. Bella hatte mutmaßlich mit ihm am Freitag einen Termin.«

»Gerade haben wir Zugriff auf ihren Nachrichtenverlauf bekommen. Ich prüfe noch schnell, ob wir diesbezüglich was in der Kommunikation finden.«

»Tu das. Bis gleich.« Doro steckte ihr Telefon zurück. »Was bin ich dir schuldig?«, fragte sie Nicolas.

»Pfh. Die Unvollendete. Vierundfünfzig.«

Doro nahm sechzig Euro aus ihrer Geldbörse. »Stimmt so. Darf ich mir noch mal deine Mütze ausleihen?«

»Die schenk ich dir. Steht dir eh besser als mir.«

»Danke schön.« Sie nahm den Wolltopf vom Kleiderhaken und stülpte ihn über. »Tschüs. Schönen Sonntag noch.«

Eilig verließ sie den Salon und lief zu ihrem Wagen.

***

»Tut mir leid, ich habe den Namen noch nie gehört.«

Eine knappe halbe Stunde später standen Doro und Ben an der Eingangstür zu einem loftartigen Apartment in der HafenCity. »Aber kommen Sie doch rein.«

Thomas Wilbur trat einen Schritt zurück und machte eine einladende Geste. Sein Gesicht wirkte wettergegerbt und zugleich jungenhaft. Der Oberkörper und die Füße waren nackt, dazwischen befand sich eine ausgebleichte Jeans mit grobem Ledergürtel. »Ich zieh mir schnell etwas über.«

»Tun Sie das.« Ben ging vor, Doro folgte ihm.

Vor ihnen eröffnete sich ein riesiger, kaum möblierter Raum. An einer Seite befand sich eine offene Küche, die durch einen langen Bartisch abgetrennt wurde.

Eine junge Frau kam dahinter hervor. Sie trug ein weißes Herrenhemd, das ihr gerade so über den Po reichte. Ihre brünette Mähne umschmeichelte ein auffallend schönes Gesicht mit schmaler Nase, hohen Wangenknochen und vollem Schmollmund. Die Hände schmiegten sich um eine Kaffeetasse.

Doro wollte sich die Augen reiben angesichts der optischen Perfektion.

»Hallo«, sagte die Frau. »Ich bin Carol. Setzen Sie sich doch.« Sie wies auf die Hocker vor dem Bartisch.

»Nein danke.« Etwas in Doro sehnte sich nach warzigen, alten Runzelgesichtern. »Haben Sie auch einen Nachnamen?«

»Sicher.« Die Schöne lächelte geheimnisvoll.

»Worum geht es genau?« Thomas Wilbur kam Doros nächster Frage zuvor. Er war mit einem schwarzen Shirt bekleidet auf immer noch nackten Sohlen in den Raum zurückgekehrt.

»Unseren Informationen nach waren Sie am vergangenen Freitag mit Frau Isabell Graumann zu einem Fotoshooting verabredet«, sagte Doro. »Die Kontaktaufnahme hierzu erfolgte von Ihrer Seite.«

»Mit Sicherheit nicht.« Thomas Wilbur schob lässig seine Hände in die Hosentaschen. »Eine Isabell Graumann kenne ich nicht. Wer soll das sein?«

»Sie betreibt einen Mode-Blog namens ›Bella's Choice‹.«

»Nie gehört. Ich arbeite ausschließlich mit Profi-Models zusammen.«

»Sieht man.« Ben musterte Carol unverhohlen.

Die lachte. »Nein, ich bin Anwältin. Mit Thomas' Job habe ich nichts zu tun.«

Ben blinzelte und wandte sich an Thomas Wilbur. »Wir verfügen über eine E-Mail-Kommunikation vom Dienstag vergangener Woche, der zufolge Sie Frau Graumann zu dem Shooting eingeladen haben.« Er zog ein zusammengefaltetes Blatt aus seiner Jacke. Doro kannte den Text seit ein paar Minuten.

Liebe Bella, ich arbeite seit fünfzehn Jahren in der Mode- und Lifestyle-Fotografie und bin vor einiger Zeit auf Ihren Blog aufmerksam geworden, lautete er. Es folgten ein kurzer Lobgesang auf Bellas Arbeit und der Vorschlag, ein gemeinsames Shooting zu machen, wenn möglich recht kurzfristig. Terminlich sei es eng, doch am Freitag ließe sich ein Zeitfenster einrichten.

Bella hatte freudig geantwortet, ihre Handynummer mitgeteilt und dass sie zeitlich flexibel sei.

Weitere Absprachen waren mutmaßlich telefonisch erfolgt. Mit wem Bella in den Tagen vor ihrem Tod telefoniert hatte, wurde im Kommissariat von Kollegen geprüft.

Mit zusammengekniffenen Augen überflog Thomas Wilbur das Blatt, das Ben ihm hinhielt.

»Diese Mailadresse benutze ich nicht. Offenbar hat sie jemand unter meinem Namen eingerichtet. Meine Kontaktadresse lautet contact@wilbur-photography.com, das steht auch auf meiner Homepage. Wilbur-photography@gmail.com ist mir unbekannt.« Er rieb sich über sein bartstoppeliges Kinn. »Außerdem war ich am Freitag bei einer Magazinredaktion in Köln. Meine Freundin kann das bestätigen.«

»So ist es.« Carol kam zu ihm heran. Eine feine Goldkette schmiegte sich eng um den Hals, darunter entblößte der offene Hemdkragen zarte Schlüsselbeine. »Wenn ich es richtig verstanden habe, geht es um die Ermordete im Elbwasserwerk Kaltehofe?«

»Können Sie dazu sachdienliche Hinweise geben?«, fragte Ben zurück.

»Nein. Doch wenn Sie den Täter haben, könnten Sie ihn bitte auf die Kanzlei *Mangold und Katz* hinweisen? Ich würde wahnsinnig gern die Verteidigung übernehmen.«

»Wieso das denn?« Ben sah verständnislos drein.

»Die Publicity wäre großartig.« Ein Strahlen erhellte das schöne Gesicht.

»Wir müssen weiter. Danke für Ihre Auskünfte.« Doro drehte sich zum Ausgang. In der Bewegung hielt sie noch einmal inne. »Ich bin nicht sicher, ob der Täter sich von einer Frau verteidigen lassen will«, bemerkte sie an Carol gewandt.

Dann verließen sie das Loft.

10

»Warum hast du das vorhin gesagt?« Fragend lugte Ben hinter seinem Bildschirm hervor.

»Hm? Was?« Doro saß ihm gegenüber und las sich durch Chat- und SMS-Nachrichten von Bellas Handy.

»Zu der Freundin des Fotografen. Dass sich der Täter nicht von einer Frau verteidigen lassen will. Denkst du, es ging bei dem Mord um so was wie Frauenhass?«

Doro stand auf und begab sich zum Fenster. Sonntagvormittags waren die Straßen um das riesige sternförmige Polizeipräsidium herum wenig belebt. Genauso wie der rappelige Ficus, der neben der Fensterbank stand und fast alle Blätter verloren hatte. Vom üppigen Grün des nahe gelegenen Stadtparks zeigte sich im Büro nicht viel.

»Über das mit dem Frauenhass habe ich auch nachgedacht«, sagte sie. »Aber eigentlich ist der Satz bei Thomas Wilbur spontan gefallen.«

»Gibt's spontan bei dir?«

Doro schmunzelte. »Mich beschäftigt die Tatsache, dass wir bislang niemanden ausgemacht haben, der für eine Beziehungstat infrage kommt. Offenbar gab es keinen Mann in Bellas Leben, ihre Schwester hat ein Alibi, enge Freunde kennen wir derzeit nicht.«

»Und das Zerschlagen des Gesichts wirkt wie ein Fanal gegen das, wofür Bella stand«, ergänzte Ben. »Für Schönheit, Jugend und in gewisser Weise auch dafür, Erfolg mit beidem zu haben.«

»Also, wen suchen wir?« Doro drehte sich um. Im selben Moment ließ der Ficus mit einem trockenen Rascheln eines seiner letzten Blätter fallen.

»Jemanden, der das nicht hat?« Ben rollte mit dem Bürostuhl ein Stück zur Seite. »Oder eben jemanden, der eifersüchtig darauf war, der Bella Schönheit und Erfolg nicht gönnte. Womit wir wieder bei Samy D. und ihrem Freund wären.«

»Offenbar ist Bella mit der fingierten E-Mail in eine Falle gelockt worden. Sie hat sich so über die Nachricht und das Angebot gefreut, war so aufgeregt angesichts eines weiteren Schrittes auf der Erfolgsleiter, dass sie noch nicht einmal die Mailadressen gegengecheckt hat.«

»Wenn die weitere Absprache in einem Telefonat erfolgt ist, braucht es hierzu eigentlich eine Männerstimme«, meinte Ben. »Jemanden, der cool und souverän Zeit und Ort des Treffens mit Bella ausmacht und klingt, wie es weltgewandte Fotografen eben tun.«

»Dave Abrath.« Doro atmete tief ein. Gleichzeitig öffnete sich die Bürotür.

»Moin, ihr zwei«, grüßte Max Holle.

»Hey, was machst du denn hier?«, fragte Doro erstaunt. »Wie geht's deiner Freundin?«

Max hatte dunkle Ringe unter den Augen, aber ein unverkennbares Strahlen darin. »Beiden geht's gut. Ich komme gerade aus der Klinik.«

»Ach, wie schön.« Doro ging auf ihn zu. »Herzlichen Glückwunsch.« Sie umarmte Max kurz, sein Hipster-Bart kitzelte an ihrer Wange.

»Von mir auch«, ließ Ben verlauten. »Dann kann's ja losgehen mit den schlaflosen Nächten. Was ist es denn?«

Max legte eine Bäckertüte auf den Schreibtisch vor Ben und riss das Papier auf. Zum Vorschein kamen vier Donuts mit pinker Glasur und bunten Zuckerperlen darauf.

»Ein Mädchen.« Er lächelte versonnen. »Sie ist so schön, das könnt ihr euch nicht vorstellen.«

Ben ließ ein Räuspern los. Doro ahnte, dass er sich das in der Tat nicht vorstellen konnte. Runzlige Babys gefielen meist nur den Eltern.

»Wie heißt sie?«, fragte sie.

»Ophelia.«

»Wow, sehr schöner Name.«

»Jepp. Finde ich auch.« Ben nickte bekräftigend. »Apropos schön. Wir sind da gerade an einem Fall dran.«

»Deshalb bin ich vorbeigekommen, bevor ich zu Hause eine Mütze Schlaf nehme.« Max Holle zeigte auf die Donuts. »Bedient euch. Den Sekt gibt's irgendwann in den nächsten Tagen.«

»Danke schön.« Doro griff zu, Ben ebenfalls. Genüsslich biss sie in den rosa Kringel. Welche Mischung künstlicher Aromen auch immer der Donut in sich vereinte, das Resultat war auf eine einfache Art überzeugend. Popmusik für die Zunge.

»Im Elbwasserwerk Kaltehofe wurde eine übel zugerichtete junge Frau gefunden«, sagte Ben. »Isabell Graumann, ihres Zeichens Betreiberin des Mode-Blogs ›Bella's Choice‹.«

Kauend fasste er den Stand der Dinge zusammen. Max hörte zu und zwirbelte an seinem Schnäuzer.

»In welcher Funkzelle war das Handy der Toten am Freitag zuletzt eingebucht?«, fragte er.

»In einer in Neuenfelde«, antwortete Ben. »Bella wurde vermutlich raus aufs Land bestellt, an einen wenig belebten Ort. Die Befragungen in der Gegend laufen auf Hochtouren.«

»Was ist mit den Telefongesprächen, die diese Isabell Graumann nach der fingierten Mail des Fotografen geführt hat?«

»Die Verbindungsdaten werden aktuell ausgewertet. Wenn unser Täter nicht ganz blöd ist, wird er ein unter falschem Namen registriertes Prepaid-Handy benutzt und die Mailadresse in einem öffentlichen WLAN eingerichtet haben.«

Bedächtig nickte Max. Doro stopfte sich den restlichen Donut in den Mund. Leider hatte sich heute Morgen noch niemand ums Kaffeekochen gekümmert.

»Wo hat Ariane eigentlich entbunden?«, fragte sie, während sie über ihre klebrigen Fingerspitzen leckte.

»In der Uniklinik. Wieso?«

»Ach, nur so. Sonst hätten sich vielleicht zwei Dinge miteinander verbinden lassen.«

Max sah leicht erstaunt drein. »Welche Dinge?«

Ben winkte ab. »Sie will in die Klinik nach Barmbek, weil Dave Abrath dort arbeitet.«

»Erraten.« Doro zog ihre Jacke von der Lehne des Bürostuhls. »Abrath ist da auf der Chirurgie beschäftigt«, erklärte sie Max. »Also, bis später, ihr beiden. Ben, melde dich bitte, wenn wir weitere Infos zu Bellas Handydaten haben.«

»Mache ich.« Er biss in seinen Donut, Doro verließ das Büro. Wenig später saß sie im Wagen und fuhr nach Barmbek.

Das Krankenhaus in dem Viertel war ihr von zwei Besuchen her bekannt. Beide lagen einige Jahre zurück, die unguten Erinnerungen daran waren geblieben.

Beim ersten war sie mit Constantin dort gewesen, nachdem er vom Skateboard geknallt war und sich eine Gehirnerschütterung zugezogen hatte. Beim zweiten hatte sie Alexander in der Notaufnahme abgeholt. Krumm wie ein Fragezeichen hatte er auf einer Liege gelegen. Der Arzt sprach von einem Hexenschussereignis und spritzte ihn wieder bewegungsfähig.

Damals hatte Doro noch nicht geahnt, dass die Hexe nicht in Alexanders Büro geschossen hatte, sondern in ihrem Bett. Er war auch nicht mit dem Taxi ins Krankenhaus gekommen, sondern mit einem flotten Coupé-Besen.

Die eine hatte ihn gebracht, die andere abgeholt.

Doro war danach nicht mehr lang unwissend geblieben. Bestimmte Entwicklungen hatten Alexander dazu genötigt, Farbe zu bekennen. Seine erstgeborene Tochter war knapp vier Monate älter als der Scheidungsantrag.

Ihren Gedanken nachhängend lenkte Doro den Wagen durch den Stadtverkehr. Sie wollte Alexander nicht zurück, doch sie wollte Constantin nicht verlieren.

Wenn es gut gelaufen war, saßen Michael und er noch zu Hause zusammen beim sonntäglichen Frühstück und diskutierten. Als Staatsanwalt bot Michael genügend Reibungsfläche. Dabei war er zu Beginn seines Studiums kurz in der Hausbesetzerszene aktiv gewesen, ein wenig Anerkennung hatte ihm das bei Constantin verschafft.

Doro wählte seine Nummer. Ein Rufton nach dem anderen verstrich. Wie so oft ging ihr Sohn nicht ran.

Sie versuchte es bei Michael.

»Hi, Sweetheart«, erklang seine warme Stimme.

Manchmal wünschte sich Doro, dass er die amerikanischen Kosenamen aufgab. Sie hätte sich mit ›Schatz‹ oder ›Liebling‹ zufriedengegeben.

»Hi. Du, ist Constantin noch da? Ich habe gehofft, ihr würdet zusammen frühstücken.«

»Haben wir auch. Aber dann ist er los. Er wollte mit seinem Vater zum Segeln.«

»Okay.«

»Ich fahre auch gleich nach Hause, da wartet noch Arbeit. Morgen bekommen wir übrigens eine neue Referendarin. Prädikatsexamen. Ich hoffe, dass die was kann.«

Unwillkürlich kam Doro die Model-Anwältin bei Thomas Wilbur in den Sinn. Ich hoffe, dass die anders aussieht, dachte sie.

»Sehen wir uns heute Abend?«, fragte Michael.

»Wenn du möchtest, Honey.«

»Äh … ist alles in Ordnung?«

»Ja, klar. Ich bin gerade auf dem Weg nach Barmbek, um mich in der Klinik, in der Dave Abrath arbeitet, umzuhören.« Doro registrierte den blauen Pfeil auf dem Display des Navis und bog rechts ab.

»Gut. Bis dann«, verabschiedete sich Michael. Ein Knacken in der Leitung beendete das Gespräch.

***

Nieselregen hatte eingesetzt, als Doro fünfzehn Minuten später durch die Tür in der Glasfront des Krankenhauses trat.

Sie orientierte sich in dem weitläufigen Eingangsbereich. Es herrschte bereits das sonntägliche Aufgebot an Besuchern, Angehörige trugen Blumensträuße und Obsttüten. Das Tempo war gemächlicher und die Koffer fehlten, ansonsten hätte man an eine moderne Bahnhofshalle denken können.

Doro hoffte, dass es auf den Stationen durch den zurückgefahrenen Wochenendbetrieb etwas ruhiger zuging und der ein oder andere vom medizinischen Personal Zeit für eine kurze Unterhaltung hatte.

Sie steuerte die Fahrstühle an, betrat hinter einer älteren Dame eine der Kabinen und fuhr in die zweite Etage.

Der Kunststoffboden quietschte leise unter ihren Schritten, während sie über den Gang lief. Krankenhäuser riefen in Doro grundsätzlich einen Fluchtimpuls hervor. Ihre Arbeit hatte sie schon zu oft hineingeführt, meist war es um Gewaltverbrechen gegangen. Ihr Gehirn hatte über diese wiederkehrenden Erfahrungen die Gebäude nicht mit Heilung verknüpft, sondern mit dem Gegenteil davon.

Sie folgte einem Hinweisschild, auf dem »Information« stand, bog um eine Ecke des Flures. Ein Mann im Rollstuhl kam ihr entgegen, träge schob er sich voran. Wässrig rote Wundflüssigkeit lief über einen Schlauch, der sich unter einem Morgenmantel hervorschlängelte, in einen angeklemmten Beutel.

Instinktiv sah Doro weg.

Sie erreichte den verglasten Empfangsbereich in der Mitte des Ganges. Die Tür zu dem dahinterliegenden Schwesternzimmer stand offen. Eine Frau in azurblauem Oberteil saß am Tisch und biss in ein belegtes Brötchen.

»Hallo?«, rief Doro.

Die Frau blickte auf.

»Vanessa?« Sie sprach jemanden im nicht einsehbaren Teil des Raumes an. »Guckst du mal. Ich hab Pause.«

Eine junge Frau erschien in der offenen Tür. Ihr dickes blondes Haar war zu einem Zopf gebunden, hellblaue Augen strahlten unter langen dunklen Wimpern in einem herzförmigen Gesicht.

In Sekundenbruchteilen beschleunigte sich Doros Puls. *Diese* Frau hätte Bellas Schwester sein können, die Ähnlichkeit mit Bella war frappierend. Unwillkürlich dachte Doro, dass sie seinerzeit nach der Geburt im Krankenhaus mit der rustikalen Dagmar vertauscht worden war.

»Bitte?«, fragte die Frau. »Kann ich etwas für Sie tun?«

Auf der Brustseite ihres Oberteils war ein Namensschild befestigt, »V. Rapp« stand darauf.

»Dorothee Anders, Kripo Hamburg. Hat Doktor Abrath heute Dienst?«

Die Veilchenaugen weiteten sich. »Wieso? Warum fragen Sie nach ihm?«

Doro wurde hellhörig. Die Gegenfrage war noch besser als eine Antwort gewesen.

»Ich meine …« Vanessa Rapp zögerte. »Nein, er hat heute keinen Dienst.«

»Können Sie mir bitte ein paar Fragen beantworten?«

Suchend blickte sich Vanessa Rapp zum Schwesternzimmer hin um. »Im Prinzip habe ich kurz Zeit. Ich wüsste aber schon gern, worum es geht.«

»Um Doktor Abrath.« Doro lächelte. »Kennen Sie ihn näher?«

In das hübsche Gesicht trat Unsicherheit. »Was heißt näher? Nein, nur beruflich halt. Wieso?« Die geschwungenen Lippen klafften ein Stück auseinander. »Ihm ist doch nichts zugestoßen?«

Wenn es so wäre, hätte ich nicht gefragt, ob er heute Dienst hat, dachte Doro. Sie forschte in Vanessa Rapps Miene nach dem Grund der Verwirrung.

»Ist er ein guter Arzt?«

»Natürlich ist er das. Was glauben Sie denn?« Die gebräunten Arme wurden vor der Brust verschränkt.

»Obwohl sein Interesse eher dem Management seiner Freundin gilt?«

»Management?« Vanessa Rapp zog die Stirn kraus. »Meines Wissens macht er ein paar Termine für sie und ein bisschen was an der Webseite. Warum stellen Sie all diese Fragen?«

»Eine Bloggerin wurde ermordet. Eine Konkurrentin von Herrn Abraths Freundin.«

»Mord?«, kam es tonlos über die rosa Lippen. »Sie glauben doch nicht, dass Dave etwas damit zu tun hat?«

»Dave?«

»Wir haben ein gutes Arbeitsklima auf Station. Viele duzen sich.«

»Könnten *Sie* sich vorstellen, dass er etwas damit zu tun hat?« Die Frage war mehr rhetorischer Natur.

»Unsinn«, hallte es Doro prompt entgegen. »Das ist total absurd. Ich muss jetzt auch weiterarbeiten. Entschuldigen Sie mich.« Energisch wandte sich Vanessa Rapp um, ihr Zopf wippte. Auf flachen Gummisohlen eilte sie den Gang entlang. Nach ein paar Metern öffnete sie eine Tür und huschte aus Doros Sichtfeld.

Womöglich schwärmt sie nur ein bisschen für ihn, meinte ein Teil in Doro, der ungefähr vierzehn war, auf einer Hollywoodschaukel saß und Limonade trank.

Der hat was mit Bellas Klon, entgegnete die Hauptkommissarin.

Ihr Blick hing am Eingang zum Schwesternzimmer. Schließlich wanderte er den Teil des Flures herunter, der entgegengesetzt zu Vanessa Rapps Fluchtweg lag.

In einiger Entfernung schob ein Pfleger einen Wagen mit Geschirr von einem Patientenzimmer zum nächsten. Doro überlegte kurz, dann ging sie zu ihm.

Während sie sich näherte, verschwand er in einem Raum, Doro verlangsamte ihre Schritte. Nach kurzer Zeit tauchte er mit einem Tablett in den Händen wieder auf. In gebückter Haltung verstaute er es auf den Ablageschienen des Wagens.

»Entschuldigen Sie?« Doro sprach ihn an.

Er richtete sich auf. Kopf und Gesicht erinnerten Doro spontan an ein Wiesel.

»Ja?«

»Anders, Kripo Hamburg. Haben Sie einen Moment Zeit, um ein paar Fragen zu beantworten?«

»Kripo?«

Im Grunde gab es drei Gesichtsausdrücke, mit denen Menschen auf die Information, dass ein Kriminalbeamter vor ihnen stand, reagierten: Furcht, Neugier oder Abwehr. Gerade sah Doro blanke Leere.

»Ja, schon«, erwiderte der Mann mit näselnder Stimme. Das Namensschild an seiner Brust wies ihn als »O. Peschke« aus. »Worum geht es?«

»Um Doktor Dave Abrath. Kennen Sie ihn näher?«

Das fliehende Kinn des Mannes wich noch ein wenig zurück. »Näher?«

»Ja. Ist er ein korrekter Mitarbeiter? Ein guter Arzt? Was zeichnet ihn aus?«

Die olivgrünen Augen sahen an Doro vorbei, sie schienen irgendwo am Ende des Flures etwas zu suchen. »Ich kann mich nicht beklagen«, sagte der Pfleger. »Alles in Ordnung so weit.«

»Wissen Sie etwas über Herrn Abraths Privatleben?«

»Privat – Leben?«

Das Näseln war unangenehm in Doros Ohren, der Ton rief das Bild eines Zahnarztbohrers hervor.

Sie betrachtete das ungewöhnlich proportionierte Gesicht des Mannes. Die wulstige Unterlippe überragte das Kinn, die Stirn war gedrungen und von dünnem Haar umgrenzt.

»Ist zum Beispiel bekannt, dass Doktor Abrath sich in seiner Freizeit um die Blogger-Karriere seiner Freundin kümmert?«

»Blogger?« Eine Hand des Mannes umfasste den Edelstahlgriff des Wagens, die Fingerkuppen ragten über die maximal gekürzten Nägel hinaus. »Was ist das genau?«

»So eine Art persönliches Journal im Internet. In Herrn Abraths Fall geht es um Mode.«

Ein stoßartiges, verhaltenes Lachen erklang, Doro erinnerte es an das Ausblasen einer Kerze.

»Das passt zu ihm«, murmelte Peschke.

»Wie soll ich das verstehen?«

Der grüne Blick huschte umher. »Weiß auch nicht.«

»Bitte?« Auffordernd trat Doro einen Schritt näher heran.

»Er kommt mir eben immer so vor, der Doktor Abrath, als wäre das hier nicht seine Welt.« Die Augen streiften über den

Boden, zuckten in mittlere Höhe und wieder an Doro vorbei. »Als hielte er sich für was Besseres.«

»Ach so? Wie äußert sich das?«

»So allgemein halt.« Der Pfleger hob die Schultern. »In seiner Art.«

»In der Art. Aha.« Doro deutete ein Nicken an.

»Manche sind eben überheblich und kalt.« Der spitze Adamsapfel hüpfte einmal auf und ab. Unter dem blauen Oberteil wölbte sich ein Bauchansatz.

»So einer ist Doktor Abrath?«

»Finde ich schon.« Nun wurde der Ton bestimmter. »Man hat das Gefühl, reich und berühmt könnte dem gefallen.«

»Ist das so?« Doro versuchte, den evasiven Blick festzuhalten. Es gelang ihr nicht.

Im Prinzip entsprach die Einschätzung des Pflegers zu Dave Abrath ihrer eigenen. Doch sie hatte den Eindruck, dass darüber hinaus eine tiefe Antipathie mitschwang. Und es wunderte sie, dass Peschke sich so offen negativ äußerte.

»Oliver!«, hallte es über den Gang.

Doro drehte sich um. Die Schwester, die eben im Pausenraum gegessen hatte, winkte von der Info aus rüber. »Kommst du mal bitte?«

»Sofort.«

Oliver Peschke nahm die Hand vom Wagen. Mit einer beiläufigen Bewegung wischte er sie an seiner weißen Hose ab.

»Ich muss«, sagte er. »Die Arbeit.«

»Sicher. Vielen Dank für Ihre Auskunft.«

Ein kurzes Lächeln entblößte schiefe Schneidezähne. Oliver Peschke entfernte sich, seine Beine waren kräftig wie Baumstämme.

Doro beobachtete, dass die Schwester gedämpft mit ihm sprach. Kurz darauf verschwand er in einem Zimmer, über dem eine kleine Signallampe leuchtete.

Nachdenklich machte sich Doro auf den Weg zum Fahrstuhl. Gern hätte sie jetzt der kleinen Ophelia und ihrer Mutter Hallo gesagt.

11

Täglich kamen neue auf die Welt. Sie schossen aus aufgeblähten Leibern wie Knollenblätterpilze aus regenfeuchter Erde. Jeden Tag – in seiner unmittelbaren Nähe. Der Beginn unnützer Leben abseits ihrer eigentlichen Bestimmung. Es ekelte ihn an.

Im Forum diskutierten sie, ob es zu wenige oder zu viele Fembots auf der Welt gab. Diejenigen, die einen höheren Anteil wollten, zwei Drittel vielleicht, meinten, dass jedem Mann dann mindestens eine zur Verfügung stünde.

Die, die eine Überzahl von Männern befürworteten, wollten die Vorherrschaft des Mannes stärken. Im Grunde genommen wollten die Harems- und die Herrscherfraktion jedoch dasselbe. Und fast alle im Forum waren der Ansicht, dass die Halbe-halbe-Verteilung eine unselige Laune der Natur war.

Sie wurde fortgesetzt, Tag für Tag, auf unzähligen Geburtsstationen dieser Welt.

Viele Incels nahmen sich Auszeiten, um durchhalten zu können. Manche flogen zum Vögeln nach Thailand, andere gingen zu Huren. Es war keine Wohltat, mit Käuflichen rumzumachen, selten wurde es einem klarer, dass sie gefühllose Maschinen waren. Aber für die Männer ging es ums Überleben.

Er registrierte flirrende Unruhe in sich und einen unangenehmen Druck hinter dem Brustbein. Es war quälend, niemandem von seiner Tat erzählen zu können, nichts mitzuteilen, im Forum um den heißen Brei herumzureden. Dass er sein Wissen über die Wirksamkeit der Weißen Pille nicht in die Gruppe herausschreien konnte, brachte seinen Schädel fast zum Platzen.

Er war raus nach Harburg gefahren. Die Fickmobile wechselten manchmal ihren Standort, aber man fand immer welche.

Angespannt stierte er aus der Frontscheibe seines Kombis in die Dunkelheit, bog ab, scannte die Umgebung wie ein Jäger.

Der Tag heute war gut gewesen. Er hatte sich vor der Bullenfrau nicht in die Hose geschissen, sondern einen Verdacht bekräftigt. Der schmierige Abrath war ins Visier geraten. Das war noch besser, als er erwartet hatte.

Die Weiße Pille hatte ihn verändert. Sie wirkte Wunder.

Er bog um die nächste Kurve. Dahinter erspähte er ein Brimborium bunter Lichter, sie flackerten um ein großes rotes Herz herum. Mit reduzierter Geschwindigkeit näherte er sich, bremste ab und parkte den Wagen in einigen Metern Entfernung am Straßenrand. Er stoppte den Motor, zog den Schlüssel ab, stieg aus.

Ob man geil auf sie wurde, hing nicht davon ab, ob sie schön waren. Schönheit erweckte das Begehren, zu besitzen, Geilheit war etwas anderes.

Die Hure, die vor dem Wohnmobil stand, war kräftig gebaut. Sie hatte ausladende Hüften und eine massige Oberweite.

Er kam näher, ihr Make-up war grell, darunter war sie alt, Anfang vierzig. Wahrscheinlich war sie billiger. Er hatte ein Limit von dreißig Euro, mehr war ihm die Angelegenheit nicht wert.

»Hallo, Süßer.« Sie klang nach Kneipe und Rauch. Die Stimme war rau, verbraucht, augenblicklich flammte die Erinnerung in ihm auf. »Für fünfzig kriegst du 'ne halbe Stunde.«

Die Worte schleiften das Gesicht der Cunt in sein Gehirn. Das Gefühl, auf ihrem speckigen Körper zu liegen, kehrte zurück, ihre maulige Beschwerde, ihre Unverschämtheit. Die Bilder malträtierten seine Eingeweide, forderten Rache.

»Dreißig«, sagte er.

»Pfh. Dafür lohnt sich's ja kaum, anzufangen.« Das Dekolleté der Hure glich einem dicken Hintern, die Haut war schon runzlig. »Na gut, wegen mir. Aber nur 'ne Viertelstunde.« Sie öffnete die Tür zum Wohnmobil. »Los, komm.«

Ihre Hüften waren in einen schwarzen Ledermini gepresst. Sie ächzte leise, als sie sich die beiden Stufen hoch in den Wagen bewegte. Er folgte ihr.

Drinnen war es stickig, der Geruch von Lufterfrischer hing über Gestank. Die Hälfte des engen Raumes nahm ein breites Bett mit roter Decke und ein paar Kissen ein. Leicht gebückt bewegte sich die Hure darauf zu. Sie griff nach einer Packung Feuchttücher, das Foto eines properen Babys prangte darauf.

»Hier«, sagte sie. »Mach dich sauber.«

Unwillig nahm er ihr die Tücher ab. »Und du?«

»Ich mach das immer danach. Bei mir muss sich keiner beschweren.«

Er zögerte.

»Die Zeit läuft«, blaffte die Hure. »Willst du ficken oder diskutieren?«

Er zog ein Feuchttuch aus der Packung, schob seine Hose nach unten, wischte über Schlaffheit.

»Wenn da mal 'ne Viertelstunde reicht«, nuschelte die Hure. Sie öffnete den Knopf an ihrem Rock und streifte ihn runter. Die Netzstrümpfe endeten in der Mitte der Oberschenkel, ihr Gummibund schnitt ins weiche Fleisch.

Breitbeinig legte sie sich auf das rote Bett, den Oberkörper auf die Arme gestützt. Sie musterte ihn gelangweilt.

Er ließ das benutzte Tuch zu Boden fallen. Die Packung warf er ihr entgegen, sie landete knapp neben ihrer Hüfte auf der Decke.

»Nur mit Gummi.« Ihr Kopf mit dem struppigen blonden Haar deutete auf eine Plastikschale, die auf der Umrandung der Matratze stand.

»Blasen ohne.« Es war keine Frage, sondern ein Befehl.

Die Hure runzelte die faltige Stirn. »Für dreißig Euro?«

Zorn raste in ihm hoch. »Hast du gerade was Besseres vor, oder was?«, schrie er. »Stehn die reichen Freier bei dir Schlange? Guck dich doch an.«

Die Hure richtete ihren in schwarzen Stoff eingepferchten Oberkörper auf, die Beine gingen zusammen. Sie war unschlüssig. Sein Schwanz regte sich, plötzlich hatte er Lust.

»Erst das Geld«, maulte sie.

Diese Stimme.

Er bückte sich, zog einen Zwanziger und einen Zehner aus der Hosentasche. Das Geld hatte er immer passend dabei. Nur Idioten gingen mit mehr, als sie bereit waren auszugeben, zu

Nutten. Er trat auf sie zu, sie streckte die Hand aus, er ließ die Scheine herunterfallen. Sie landeten auf ihren fetten Schenkeln.

»Jetzt mach«, befahl er und reckte sein Becken vor.

Die Hure verstaute die Scheine in ihrem Oberteil. Dann fasste sie ihn mit spitzen Fingern an.

Er schloss die Augen. Sie lutschte lustlos. Er drängte weiter vor.

»Gib dir Mühe«, zischte er. Wieder kam ihm die Cunt in den Sinn.

Seine Lider klappten hoch, er sah auf den Scheitel der Hure. Das gewebte Material der Perücke schien durch die Haare, sie glänzten kunststoffartig. Die Nase stand wie ein Geodreieck vor, die Wangen waren vom Saugen hohl, über die Falten der Oberlippe schmierte sich das Rot des Lippenstifts.

Er zog das, was ging, aus der Hure. Maximierte sein Kopfkino. Er stand, sie saß, er hätte ihr den Schädel spalten können. Sie diente, er bestimmte, war Herr über sie.

Ein Becken voll mit warmem Wasser erschien vor seinem geistigen Auge. Ein paar Weiber, die ihn streichelten, rekelten sich am Rand. Seine Gedanken gingen auf die Reise.

Die Hure saugte, ihr Kopf bewegte sich vor und zurück, er vergaß die Zeit.

Irgendwann bekam er Lust, sie zu besteigen.

»Leg dich hin«, befahl er.

Sie lutschte weiter.

»Hinlegen!«

Die warme Mundhöhle zog sich zurück.

»Denkst du, für die paar Kröten …«, knarzte die Hure.

Drohend hob er die flache Hand. Reflexartig zuckten Muskeln in ihrem Gesicht. Er ahnte, dass sie von der Sorte war, die keinen Ärger wollte.

Langsam wich sie zurück und legte sich auf die Decke, ihre Beine klappten auseinander. Das Ziel seiner Begierde hob sich behaart von dem roten Untergrund ab.

Sie griff in die Plastikschale und hielt ihm einen Gummi hin. Er nahm ihn, riss die quadratische Folie auf und fummelte ihn sich über.

Dann kippte er auf ihren Körper, der weich war und ihn beinahe einsinken ließ.

Er drang in sie ein, stieß auf keinen Widerstand, wurde von Fleisch umhüllt wie von einer losen Decke, hatte Platz und Spiel in alle Richtungen.

Enttäuschung flutete heran. Er biss die Zähne zusammen, stieß, so fest es ging, in eine klaffende Höhle. Rief sich die Cunt vor Augen, konnte nicht aufgeben, kämpfte. Eroberte nach Minuten über mechanische Stöße die Lust zurück.

Die Hure starrte teilnahmslos an die Wohnmobildecke. Sie gab keinen Laut von sich, kniff die Lippen zusammen. Er wusste, dass sie das absichtlich tat. Weniger biestige Nutten, vor allem die jungen, spielten einem manchmal Begehren vor. Die hier zeigte ihm, wie gleichgültig ihr sein Tun war.

Ihre gelblichen Augäpfel wanderten nach rechts. Sie richteten sich zu dem Funkwecker auf einem Ablagebrett.

»Zeit ist um«, verkündete sie laut. Der Ton war nüchtern, doch er registrierte eindeutig die Häme darin. »Hör auf«, meckerte sie. »Oder zahl nach.«

Er konnte nicht aufhören, nicht jetzt. Es dauerte nicht mehr lang, bis er erlöst war.

»Hörst du schlecht?«, rief die Hure. Gleichzeitig bewegte sie ihren Leib zur Seite, entzog sich ihm.

»Nein!«, schrie er.

»Was nein? Dann zahl.«

Er krümmte sich zusammen, fasste sich an, zahlen kam nicht infrage.

»Steh auf. Runter da!«, plärrte die Hure.

Sie schaffte sich vom Bett und zog dabei an seinem Arm.

Tief in seinem Inneren explodierte etwas, Erregung wandelte sich in blanken Hass.

Er schnellte hoch, griff der Hure platt und mit aller Kraft mitten ins Gesicht, stieß sie an die Wand des Wohnmobils, irgendwo klirrte Glas aneinander. Er war rasend, wollte sie vernichten, am Boden zertreten.

Unter seiner Handfläche verrutschte etwas Feuchtes.

Unmittelbar darauf fühlte er einen Kranz von Zähnen, scharfer Schmerz durchfuhr ihn. Wie eine Hyäne biss die Hure zu.

Er wollte seine Hand wegziehen, sie hielt ihn mit ihren verkrampften Kiefern gefangen. Dann schossen ihre Arme nach oben. Sie war stark, mit Gewalt schlug sie ihn von sich weg, schrie wie eine Kampflesbe auf. Seine Hose hing noch um die Fußknöchel, er kam ins Straucheln.

Schnell war die Hure an der Wohnmobiltür, stieß sie auf.

Er wankte nach vorn, bekam das Miststück nochmals zu packen, am Kopf, an den Haaren. Sein Griff zerfloss, er zog und spürte keinen Widerstand. Einen Moment später hielt er die Perücke umklammert.

Der Schädel der Hure war fast kahl, ein paar räudige Strähnen klebten darauf. Darunter zeigte sich weiße Haut.

Er ließ die Perücke fallen. Im selben Augenblick rammte die Hure ihn mit ihrem ganzen Gewicht, schubste ihn aus dem Wagen.

Hart schlug er auf dem kalten Asphalt auf, Schmerz verseuchte seinen Körper.

»Du Drecksau!«, schrie die Hure. »Mach dich weg!«

Sie knallte die Tür zu und verriegelte sie von innen.

Ein Auto näherte sich, die Scheinwerfer grellten im Dunkeln.

In seinem Gehirn schaltete es. So schnell er konnte, rappelte er sich hoch, zog die Hose rauf und hechtete in ein Gebüsch am Straßenrand. Dort kauerte er, bis die Rücklichter des Autos verschwunden waren.

12

Das Kreischen der Bremsen raste durch seinen Gehörgang. Er verriss das Lenkrad, der Wagen kam ins Schlingern. Jemand hupte, anhaltend und nervenzerfetzend.

Reflexartiges Gegensteuern brachte sein Auto wieder in die Spur. Er gab Gas, ließ den erbosten Fahrer, dem er die Vorfahrt genommen hatte, hinter sich.

Krampfhaft versuchte er, sich auf den Verkehr zu konzentrieren, vor Wut und Hass zitternd. Wenn er das nächste Mal zu einer Hure ging, nahm er ein Messer mit.

Die Vorstellung hatte etwas Beruhigendes. Er umklammerte das Steuer und stierte geradeaus. Die Scheibenwischer bewegten sich rhythmisch über das Glas der Windschutzscheibe. Sie entfernten aufgeplatzte Wassertropfen, die direkt durch neue ersetzt wurden.

Als sein Vater überrollt worden war, war es dunkel gewesen, und es hatte geregnet. Er war immer mit dem Fahrrad zur Arbeit in den Hafen gefahren. An diesem Tag hatte er auf dem Rückweg noch etwas in der Apotheke abgeholt. Das war jetzt über zwanzig Jahre her.

Er drückte auf den Knopf des Radios, Plastikmusik hallte ihm entgegen, er wechselte den Sender. Jemand sprach mit getragener Stimme über Entwicklungshilfe im Sudan.

»Gerade Frauen und Kinder …«

Seine Hand schnellte vor und drehte dem Sprecher den Saft ab.

Der Vater hatte in den Radkästen des Lkw gehangen, sie hatten ihn nicht in einem Stück beerdigt. Seine Ledertasche war beim Aufprall weggeflogen, hatte zehn Meter entfernt auf dem Asphalt gelegen. Die Flasche Antibiotikum darin, die er für seinen Sohn abgeholt hatte, war unversehrt geblieben. Die Mutter hatte es ihm zusammen mit Schlägen verabreicht. Da war er neun gewesen.

Er fuhr weiter, gelangte nach einigen Minuten endlich in seinen Kiez. Wie immer begann die Suche nach einem Parkplatz. Er hasste das, neben vielen anderen Dingen.

Seine Wohnung lag zwei Straßen entfernt, vor ihm setzte ein roter Kleinwagen zaghaft aus einer Parktasche. Sofort bremste er, ließ ihn herauskurven, es dauerte.

»Mach doch«, schimpfte er vor sich hin.

Schließlich bog er in die Lücke. Er stieg aus und lief durch den Regen.

In seiner Wohnung angekommen, registrierte er Kühle und Enge. Im Haus war nie renoviert worden. Er wohnte schon seit Jahren dort, mit seinem Gehalt würde er heute Vergleichbares gar nicht mehr finden. Dankbar zu sein für Schlechtes, weil es noch schlechter sein könnte, hatte ihm seine Mutter eingebläut.

Seine erste Anlaufstelle war das Bad. Er wusch seine Hände, das Wasser brannte in der Bisswunde, er fluchte.

Nachdem er sich vorsichtig abgetrocknet hatte, nahm er ein Desinfektionsspray aus dem Spiegelschrank über dem Waschbecken und sprühte den rot-blutigen Kranz ein. Er wusste, wie oft es in der Klinik Probleme mit Hundebissen gab. Was die Nutte alles vorm Zubeißen im Mund gehabt hatte, wollte er sich nicht vorstellen.

Angewidert griff er eine Mullbinde von einem schmalen Glasboden des Schränkchens, zog sie aus der Folienverpackung und versorgte seine Hand.

Danach begab er sich ins Wohnzimmer und setzte sich vor seinen Laptop. Wenn es ein Gefühl von Nachhausekommen gab, verband es sich damit.

Er loggte sich ein, als »Bolide«, darin steckte Oli, das Wortspiel gefiel ihm.

»Nutten rebellieren gegen ihre Auftraggeber«, schrieb er. »Sie brechen Verträge und kommen ihrer Verpflichtung nicht nach. Eine Maschine, die ihren Dienst nicht mehr tut, wirft man auf den Müll.«

Er klickte auf Senden.

Es war immer jemand online, eine Antwort ließ nie lang auf sich warten. Er stand auf und steuerte die offen stehende Klappe des Wohnzimmerschranks an.

Die Cognacschwenker waren aus ganz dünnem Glas. Sie stammten aus dem Nachlass der Mutter. Er hatte mit der Schwester darum gestritten, als sie die heruntergekommene Wohnung ausgeräumt hatten.

Die Flaschen hatte auch er bekommen, Whiskey, Cognac und Wacholder, die Mutter hatte einen ansehnlichen Bestand gehabt. Zwei, drei Flaschen hatte er aufgehoben und altern lassen. Aus einer davon goss er sich nun einen guten Schluck ein. Der Schnaps hatte die Farbe von dunklem Waldhonig. Er roch daran, sog den Duft ein. Dann ging er zu seinem Laptop zurück.

»Locksmith69« hatte geantwortet. »Manchmal lassen sich kaputte Maschinen reparieren. KV wirkt Wunder ☺.«

KV stand für »korrektive Vergewaltigung«.

Er trank einen Schluck. Der Alkohol benetzte seine Schleimhäute, füllte den ganzen Mund aus, desinfizierte ihn, vernichtete die Bakterien, die er bei der Hure eingeatmet hatte.

Früher hatte die Mutter getrunken und geschrien. Abends, wenn der Vater von der Arbeit kam, war es seine erste Aufgabe gewesen, die Prügel zu verteilen, die die Mutter für notwendig hielt. »Nichts haben sie getaugt heute, vor allem dein Sohn nicht. Der braucht eine ordentliche Abreibung.«

Der Vater war mit dem Kleiderbügel ins Zimmer gekommen, über den er später seine Jacke hängte. Nie hatte er gefragt, was den Tag über vorgefallen war, er hatte einfach zugeschlagen.

»Hab's versucht mit KV.« Seine Zeigefinger hämmerten auf die Tastatur des Laptops ein. »Wenn du einen Brummer vor dir hast, wehrt der sich.«

»Gas oder Messer«, antwortete »Locksmith69« umgehend. »Immer in der Hosentasche dabei.«

Klar, dachte er. Sehr schlau. Er kippte den restlichen Inhalt des Glases herunter. Der Sprit brachte Wärme in den Magen, die sich schnell im ganzen Bauch ausbreitete. Sie half ihm, sich zu entspannen. Die Kiefer lockerten sich, er atmete durch, streckte die Beine aus und presste seinen Rücken an die gepolsterte Stuhllehne.

Nach einem kurzen Zögern öffnete er ein neues Browserfenster und gab die Adresse einer Pornoplattform ein. Er klickte auf die Kachel mit den Bondage-Filmen, Vorschaubilder erschienen. Er scannte sie, wählte eines an, drückte auf Play. Ein Fembot hatte den Mund durch einen roten Knebelball gespreizt, schwarze Riemen schnitten ins Fleisch. Er dachte an die Netzstrümpfe der Hure.

Langsam öffnete er seine Hose, fasste sich an. Wollte das vollenden, was die Hure verweigert hatte.

Die Bisswunde an der Hand schmerzte. Mit neu aufflammendem Zorn benutzte er die Fingerspitzen, dann die linke Hand. Es fühlte sich ungewohnt an, er konnte sich nicht auf den Film konzentrieren.

Gerade übernahm er den Job einer Hure.

Hatte sie bezahlt, und sie hatte nicht geliefert.

Noch nicht einmal dazu waren sie gut.

Er wurde weich. Erbost knallte er den Deckel des Laptops zu und sprang auf. Durch die schnelle Bewegung wich das Blut aus seinem Kopf, ihm wurde schwummrig. Er gierte nach Luft, sog Sauerstoff in seine Lungen.

Raus hier, peitschte es durch sein Hirn.

Er schloss seine Hose, hastete in die Diele, streifte die Jacke über und rannte auf die Straße.

Ziellos lief er umher. Der Nieselregen benetzte Haare und Gesicht, tropfte in seinen Kragen.

Damals als Neunjähriger hätte er nicht ohne Jacke rausgehen sollen, sich nicht erkälten sollen, nicht krank werden dürfen. Dann hätte er keine Medizin gebraucht. Es war seine Schuld gewesen. Die Mutter hatte es ihm oft genug entgegengeschrien.

Mit hochgezogenen Schultern lief er weiter, den Blick auf den glänzenden Asphalt gerichtet. Der Stoff seiner Hose wurde auf den Oberschenkeln feucht.

Einmal hatte er sich bei der Mutter beschwert, wollte nicht mehr die verschlissenen Trainingshosen tragen. Die Mutter hatte sie in dem Holzofen in der Küche verbrannt, es hatte nach geschmolzenem Kunststoff gestunken. Am nächsten Morgen hatte sie ihn ohne Hose rausgeschickt, sie hatte die Tür zugeknallt und war zur Arbeit gegangen. Er hatte sich im Park in den Hecken versteckt, bis die Schule aus war. Es war Herbst gewesen und kalt.

Unwillkürlich zog es ihn zu dem Stadtpark in der Nähe.

Er drehte um, bog an der nächsten Kreuzung rechts ab, lief mit eiligen Schritten einige Straßen weiter.

Nach ein paar Minuten betrat er das kleine Stück Natur, um diese Zeit war es verlassen. Unbeobachtet zu sein, war eine Wohltat. Sein Oberkörper straffte sich, der Atem wurde frei.

Manchmal träumte er von der Wildnis Kanadas, den einsamen Weiten. Doch er hatte nicht das Geld, um hinzureisen.

Unter seinen Sohlen knirschten die Steinchen des unbefestigten Weges, es roch nach feuchter Erde. Er schob die linke Hand in die Jackentasche, die rechte mit dem Verband ließ er an der Luft.

Manchmal träumte er von einer Indianerin, die mit ihm in einem Blockhaus lebte. Sie konnte seine Sprache nicht und er nicht ihre. Doch mit der Zeit lernten sie, sich zu verständigen.

Er lief um eine Biegung. Links lagen Blumenbeete mit Bodendeckern und ein paar späten Blüten, rechts säumten dicht gewachsene Hecken den Weg. Dahinter ragten Bäume auf.

Sein Gehör erfasste ein Geräusch. Es war leise, kam aus einiger Entfernung. Er blieb stehen und horchte.

Zwei Sekunden später huschte er instinktiv vom Weg ab ins Gebüsch. Nasse Zweige umfingen ihn, er drängte sich hinein, sie stachen ihn in den Nacken.

Die rhythmisch tappenden Laute kamen näher, jemand lief, in einem gleichmäßigen mittleren Tempo. Vorsichtig bog er ein paar Zweige zur Seite und spähte aus der Hecke.

Die Person kam heran. Im nächsten Augenblick sah er sie – eine Joggerin, in engen schwarzen Hosen und orangefarbener Jacke, die Arme im Laufen angewinkelt, das Haar zum Zopf gebunden.

Eine, die sich bei Dunkelheit in einen schon verlassenen Park traute.

Auf den Ohren trug sie dicke Kopfhörer.

Er hörte ihren Atem. Sie lief vorbei.

In seinem Gehirn berührten sich zwei elektrische Kabel.

Lautlos trat er aus dem Gebüsch, die Silhouette der Frau entfernte sich. Sein Blick klebte an der taillierten Sportjacke und dem kleinen, festen Hintern.

Der Umriss der dicken Ohrmuscheln gab den Ausschlag. Zögern kippte in Entschlossenheit, Starre ins Tun.

Mickymaus.

Taub.

Im Laufschritt setzte er sich in Bewegung, schnell und leise verringerte er die Entfernung zwischen sich und ihr. Noch unauffällig – wenn sie sich umgedreht hätte, wäre er sofort zu einem normalen Spaziergänger geworden.

Er näherte sich. Nur noch ein paar Meter trennten ihn von ihrem Körper.

Ein letztes Mal blickte er sich um, sah niemanden sonst. Dann schnellte er los.

Wie ein Gepard sprang er sie von hinten an, packte sie im Lauf um den Hals und an der Schulter, bemächtigte sich der Beute.

Sie stieß einen Schreckenslaut aus, er presste seine linke Hand auf ihren Mund, der Kopfhörer rutschte herunter. Ihr Bein schnellte nach hinten und verhakte sich mit seinem, er trat es weg. Sie zappelte, versuchte sich zu befreien, gab ein Quietschen von sich, wollte schreien. Er drückte fester zu.

Schlagartig hörte sie auf, sich zu winden.

Er schleifte sie Richtung Gebüsch, ihre Füße rutschten über das feuchte Gras. Durch eine Lücke zwischen zwei Hecken brachte er sie weiter vom Weg weg.

Hinter dem Busch drückte er sie zu Boden, stemmte sein ganzes Gewicht gegen sie, presste sie auf die Erde.

»Wenn du schreist, mach ich dich kalt«, zischte er.

Entsetzt starrte sie ihn an. Mit einer Hand hielt er sie am Hals, die andere riss an ihrer Hose. Der glatte Stoff saß wie eine zweite Haut und ging nicht runter, außerdem konnte er mit dem Verband nicht richtig zupacken.

Sein Griff löste sich vom Hals, wütend schlug er ihr ins Gesicht. Sie jaulte auf, Blut rann aus ihrer Nase. Er grapschte mit beiden Händen an ihre Taille und zerrte am Hosenbund.

In dem Moment schnellte etwas heran. Es traf ihn bretthart seitlich am Hals.

Ihm blieb die Luft weg, ein schwarzer Schatten flog vor seine Augen. In der nächsten Sekunde zerplatzte sein Gesicht. Eine Faust krachte hinein, kräftig und wie von einem Katapult geschossen.

Er schrie auf, hielt die Hände schützend vor den Kopf, nahm wahr, wie die Beute sich unter ihm hervorwand. Blitzschnell sprang sie auf die Beine.

Er wollte hoch, der Schrei der Beute entsetzte ihn. Sie schrie nicht wie ein Opfer. Gleichzeitig traf ihn ein Tritt in die Magengrube, direkt danach einer in den Unterleib. Der Schmerz war bestialisch, gekrümmt sank er zusammen. Etwas knallte an seinen Hinterkopf.

Er versank in tiefer Dunkelheit.

13

Gebannt fixierte Doro den hüpfenden Bauchnabel. Sie hatte nicht gewusst, dass dieses Teil einen derartigen Bewegungsspielraum hatte. Es schien sogar lächeln zu können, in einer Bauchfalte nach oben gezogen und umrahmt von unzähligen glitzernden Pailletten.

»Aha.« Michael kratzte sich an seinem kahlen Schädel. »Interessant.«

Doro kannte ihn schon seit einer Weile. Wenn sie gemeinsam in einem Lokal waren, wohnte *Interessant* normalerweise neben *Nett* und *Mal was anderes* in der Straße ohne Wiederkehr.

Sie befanden sich aber nicht in einem Lokal. Und Michaels Miene nach zu urteilen, handelte es sich um eine andere Art von *Interessant*.

Eben hatten sie einen ungastlichen Raum in einem Industriegebiet betreten. Grund dafür war ein Anruf von Yasmina Dib am frühen Sonntagabend auf dem Kommissariat.

»Frau Anders, da ist eine Frau in der Leitung, die eventuell Hinweise zum Fall Isabell Graumann geben kann«, hatte der Kollege vom Innendienst gesagt und das Telefonat durchgestellt.

Doro hatte kurz mit Yasmina Dib gesprochen und sich für ein persönliches Treffen mit ihr entschieden.

Sonntags um neunzehn Uhr gab Frau Dib einen Bauchtanzkurs. Doros Verabredung mit Michael hatte sich zu einer gemeinsamen Fahrt dorthin gewandelt.

Von der Decke strahlte grelles Neonlicht, aus den Boxen eines Gettoblasters dröhnte orientalische Musik. Acht bis zehn Frauen in farbenfrohen Tanzkostümen schwangen dazu ihre Hüften, ließen Bäuche kreisen und Brüste wackeln. Ihre blanken Füße huschten über einen ausgetretenen Teppich, der in der Mitte des Raumes den Betonboden bedeckte.

Vor ihnen stand eine junge, dunkelhaarige Frau, die die Bewegungen besonders energiegeladen ausführte und den Mittänzerinnen aufmunternd zulächelte.

»Einen Moment noch bitte«, rief sie zu Doro und Michael herüber.

Michael hob grüßend die Hand, klappte die Unterlippe vor und machte sein Nur-keine-Eile-Gesicht.

»Würdest du lieber zu Hause mit mir auf der Couch sitzen?«, flüsterte Doro.

Als Antwort erntete sie ein Grinsen. Michael hatte sich an einer großen Brünetten in türkisfarbenem Rock festgeguckt, die erstaunliche Wellenbewegungen mit ihrer Körpermitte vollführte.

Aus dem Gettoblaster klangen laute Tamburinschläge, dann verstummte die Musik plötzlich und für Doro unerwartet. Die Tänzerinnen hingegen stoppten exakt, das Kinn gehoben, die Hände anmutig geformt, ein Bein vorgestellt.

»Danke, Mädels.« Yasmina Dib klatschte. »Kurze Pause. Gleich geht's weiter.«

Die Frauen bewegten sich aus der Gruppe, umgehend setzte Lachen und Plaudern ein. Sie gingen zu ihren Sachen, die am Rande des Raumes auf Bänken lagen, und hoben Wasserflaschen an die Münder.

»Sie müssen Dorothee Anders sein«, grüßte Yasmina Dib. In ihrem violett schimmernden Dress sah sie wunderschön aus.

»Ja, wir hatten telefoniert. Das ist der ermittelnde Staatsanwalt Michael Faller«, antwortete Doro.

»Danke, dass Sie extra hergekommen sind.« Beim Lächeln prägten sich Grübchen in Yasmina Dibs Wangen. »Wenn ich zu Ihnen hätte fahren müssen, wäre das Training ausgefallen. Dabei hätte ich sicher ein paar Mädels nicht mehr erreicht, die dann umsonst gekommen wären. Das wäre mir sehr unangenehm gewesen.«

»Was möchten Sie uns mitteilen?«, fragte Doro. »Woher kannten Sie Isabell Graumann?«

»Sie war meine Kollegin, als sie noch als Groß- und Außenhandelskauffrau gearbeitet hat. Wir haben uns ein Büro bei der Optiplast geteilt, die Firma ist weltweit in der Verpackungsindustrie tätig.« Yasmina Dib wischte sich ein paar Schweißperlen von der Stirn. »Sie haben den Täter noch nicht?«, fragte sie leise.

»Nein.«

»Berichten Sie bitte weiter«, forderte Michael auf.

»Bella und ich haben über eine längere Zeit zusammengearbeitet. Wir haben uns gut verstanden, hatten uns angefreundet. Sie war auf meiner Hochzeit, außerdem haben wir öfter was zusammen unternommen.«

»Und dann?«, fragte Doro.

»Schon während sie noch bei der Optiplast war, hat Bella mit ihrem Blog angefangen. Sie war ehrgeizig, hat sich richtig reingehängt. Nach ein paar Monaten fing es an, gut zu laufen. Sie hatte immer mehr Follower und erste Anfragen von Unternehmen.« Yasmina Dib schmunzelte. »Bella hat mir oft Produkte mit ins Büro gebracht, auch teure Sachen. In unserem Badezimmer sah es fast wie in einer Drogerie aus. Tobias, also mein Mann, hat schon die Stirn gerunzelt.«

Aus den Augenwinkeln registrierte Doro, dass sich jemand näherte, sie drehte den Kopf. Die brünette Frau mit dem türkisen Tanzkostüm kam zu ihnen, ihren Mund umspielte ein herausforderndes Lächeln.

Können wir bitte weiter ungestört sprechen, lag es Doro bereits auf der Zunge – ein lautes »Michael!« ließ sie stocken.

»Das ist ja eine Überraschung.« Die Frau stand nun dicht vor ihm, legte ihre Hand auf seine Schulter und hauchte ihm einen Kuss auf die Wange.

»Viktoria.« Er setzte ein Strahlen auf, das Doro nicht einordnen konnte. »So ein Zufall. Und dann in dieser ungewöhnlichen Umgebung.« Ein Räuspern erklang.

»Ich finde es sehr erfrischend.« Viktoria wackelte mit ihrem Oberkörper. »Das Tanzen ist außerdem wahnsinnig gut für die Beweglichkeit.«

Zweifellos, dachte Doro. Dabei fing sie einen neugierigen Blick von Viktoria auf.

»Wenn ich raten soll, würde ich sagen, ihr seid dienstlich hier?«

»Ja, genau.« Michael lachte kurz auf. »Das ist Dorothee Anders von der Kripo.«

»Viktoria van Beek.« Die Frau hielt Doro ihre Hand hin, drückte aber nicht zu, als Doro sie nahm.

»Hallo.« Doro ließ die mit Goldringen bestückten Finger wieder los. »Wenn es Ihnen recht ist, würden wir gern weiter vertraulich mit Frau Dib sprechen.«

»Natürlich. Klar.« Viktoria bog ihren Rücken durch. »Sofern es nichts mit Verwaltungsrecht zu tun hat, geht mich die Sache ohnehin nichts an.«

»Das hat es nicht«, erwiderte Michael in verbindlichem Ton.

»Also dann … War schön, dich mal wiederzusehen.« Sie zwinkerte ihm zu, drehte sich mit elegantem Schwung um und ging zu den anderen Frauen zurück. Doro war sicher, dass ihre Hüften mehr wackelten als nötig.

»Das ist ja lustig. Sie kennen Vicky?« Yasmina Dib machte große Augen.

»Flüchtig.«

Doro merkte auf. Im Laufe ihrer Dienstjahre hatte sich dieses Wort die gegenteilige Bedeutung angezogen wie einen leuchtend roten Mantel.

Sie bedeutete Yasmina Dib weiterzusprechen. Die fixierte einige Sekunden die gegenüberliegende Wand, als müsse sie sich sammeln. Dann fuhr sie fort.

»Als Bellas Blog erfolgreicher wurde, hat sie eine andere Bloggerin kennengelernt. Samira, sie nennt sich Samy D.«

Doro nickte.

»Mit Samy war es anfangs wohl sehr nett. Bella hat auch ihren Freund Dave kennengelernt. Nach ein paar Wochen aber kippte die Stimmung. Einmal kam Bella total bedrückt ins Büro. Davor hatte es einen heftigen Streit mit Samy gegeben. ›Die ist neidisch und gemein‹, hat Bella gesagt.«

»Wir wissen um die Konkurrenz zwischen den beiden.« Michael drehte sich so, dass er von den Bauchtanzfrauen abgewandt stand.

»Ja«, sagte Yasmina Dib. »Aber dann kam die Sache mit dem Stalker.«

»Stalker?«, wiederholte Doro.

»Ein Mann hat Bella verfolgt, sie beobachtet, vor ihrem Haus gewartet.«

»Wann war das?«

»Vor etwas mehr als einem Jahr. Jedenfalls noch, bevor Bella in der Firma gekündigt hat.«

»Warum ist sie nicht zur Polizei?«

»Das hatte ich ihr auch geraten. Doch Bella wollte keine große Sache daraus machen. Sie hat befürchtet, dass ihr Image Schaden nimmt, wenn bekannt wird, dass sie ein *Opfer* ist.«

»Wie bitte?« Doro glaubte, sich verhört zu haben.

»In die Welt von Bellas Blog passt keine Polizeigeschichte mit Anzeige-Erstatten, Aussage-Machen und so weiter. Sie war zu der Zeit schon so bekannt, dass sie ihr Image absolut perfekt halten wollte.« Yasmina Dib rollte die Augen. »Bella dachte, dass der Stalker irgendwann aufgibt, wenn sie ihn nicht beachtet. Sie wollte sich nicht von ihm einschüchtern lassen, obwohl er sogar manchmal morgens in derselben S-Bahn wie sie saß. Und dann hat sie eines Tages gesagt, dass sie wisse, wer ihr diesen Fiesling geschickt hat.«

»Moment«, unterbrach Michael. »Soll das heißen, ein Mann wurde beauftragt, sie zu stalken?«

»Bella zufolge ja. Ich finde das ganz schön pervers.«

»Wer soll den Mann auf sie angesetzt haben?« In Doros

Laufbahn bei der Kripo trat gerade erstmalig ein Auftragsstalker.

»Bella sagte, dass sie den Typen zufällig mit Samys Freund Dave gesehen habe.«

Nicht Ihr Ernst, dachte Doro. »Hat Bella Ihnen gegenüber ihren Verfolger beschrieben?«

»Nicht wirklich. Das heißt …« Yasmina Dib hielt inne. »Ich kann zumindest keine Beschreibung wiedergeben. Sie sagte, er sehe fies aus, ein widerlicher Typ. Aber irgendwie sind das ja alle Männer, wenn sie so was tun.«

»Wohl wahr«, pflichtete Michael bei. »Sie müssten Ihre Aussage bitte auf dem Revier zu Protokoll geben. Können Sie weitere Informationen beisteuern?«

»Nun ja … Wenige Wochen nach diesen Vorfällen hat Bella in der Firma gekündigt, um sich nur noch mit dem Blog zu beschäftigen. ›Jetzt erst recht‹, hat sie gesagt. Unser Kontakt hat sich dann bald verloren. Ich fand das schade. Wir haben uns noch mal auf einen Kaffee getroffen. Bella sah super aus, und ihr ging es wohl auch gut.«

Doro und Michael tauschten einen Blick, einige Sekunden standen sie schweigend da.

»Das war eigentlich alles, was ich weiß«, sagte Yasmina Dib. »Wenn es in Ordnung ist, würde ich jetzt mit dem Kurs weitermachen.«

»Ja. Tun Sie das. Vielen Dank für Ihre Hinweise. Hier ist die Anschrift unserer Dienststelle, bitte melden Sie sich morgen dort.« Doro zog eine Visitenkarte aus der Jacke und reichte sie Yasmina Dib.

»Danke. Ich hoffe wirklich, dass der Kerl, der Bella das angetan hat, gefasst wird.«

»Sind Sie sicher, dass es ein Kerl war?«, fragte Michael.

»Frauen machen so was nicht.« Yasmina Dib klang, als glaube sie das wirklich.

Als sich Michael neben Doro zum Ausgang bewegte, winkte Viktoria van Beek ihm zum Abschied gut gelaunt zu.

Yasmina Dib schaltete die Musik wieder an.

»Weiter geht's!«, rief sie.

Unter orientalischen Klängen verließen Doro und Michael den Raum.

»Wird *jetzt* ein DNA-Abgleich für Dave Abrath angeordnet?«, fragte Doro, als sie gemeinsam im Wagen saßen.

»Könnte klappen.« Michael sah aus dem Seitenfenster.

»Außerdem lassen wir die Bestände an Kaliumchlorid in der Klinik, in der Abrath arbeitet, prüfen.« Doro parkte rückwärts aus, legte den ersten Gang ein und fuhr los. »Der Gebrauch dieser Substanz muss doch dokumentiert werden.«

»Vermutlich schon.«

Doro registrierte die Wortkargheit. Schweigend steuerte sie das Auto durch die kaum belebten Straßen.

»Haben die Bella tatsächlich einen Stalker auf den Hals gehetzt, um sie fertigzumachen?«, murmelte sie irgendwann.

Michael stützte den Ellbogen an der Beifahrertür ab und blickte geradeaus.

»Wer ist eigentlich diese Viktoria van Beek?«, fragte Doro.

»Ich wusste es.«

»Was wusstest du?«

»Dass du fragst.«

»Na und? Warum nicht?«

Michael schwieg. Derweil verstärkte sich Doros Ahnung. Dieses Schweigen wohnte in der Abenteuerallee, Ecke Verhältnisstraße.

»Hattest du etwa was mit der?«

»Mit wem?«

Ein trockenes Lachen entfuhr Doro. »Du hast deine Frau betrogen?«

»Äh, ja?« Michael wandte ihr sein unwirsches Gesicht zu. »Ich dachte, du warst dabei.«

»Quatsch, nicht mit mir. Mit noch einer anderen.«

Wieder schwieg er.

»Ich war sechs Jahre mit Caren verheiratet«, maulte er schließlich. »Und es war nur einmal. Auf einer Tagung in Süddeutschland.«

»Ach.« Doro setzte den Blinker und bog ab, sie verließen die Hafengegend. »Hältst du das für einen guten Schnitt?«

Michael kniff die Brauen zusammen, Doro befürchtete, dass er ernsthaft nachdachte.

»Ja«, sagte er. »Eigentlich schon.«

»Pfh.«

»Fährst du bitte bei mir zu Hause vorbei? Ich muss morgen früh raus.«

Die Formulierung war eindeutig.

Fünfzehn Minuten später ließ Doro ihn vor seiner Haustür aussteigen. Schon auf der Straße stehend, beugte er sich noch einmal in den Innenraum des Wagens.

»Wir telefonieren morgen. Komm gut heim.« Endlich erschien ein Lächeln. »Und schlaf gut.«

14

Aus völliger Dunkelheit heraus öffnete er die Augen. Er nahm die helle Fläche einer Zimmerdecke über sich wahr und hörte seinen eigenen Atem, flach und abgehackt. Im nächsten Augenblick setzte ein dumpfer Schmerz in seinem Bauch ein, er brachte heftige Übelkeit mit sich. Der Kopf dröhnte, drohte zu platzen.

Er versuchte, seine Umgebung zu erfassen, bewegte die Augäpfel nach unten, dann zur Seite. Er lag in einem Bett unter einer weißen Decke. In seiner linken Handvene steckte eine grüne Flügelkanüle, umwickelt von einer Mullbinde. Am rechten Handgelenk, oberhalb eines neu angelegten Verbands, befand sich ein Patientenarmband mit Strichcode darauf. Bruchstückhafte Erinnerungen tropften zäh in sein Hirn, der Park, die Joggerin. Das Dreckstück. Hatte ihn ins Krankenhaus gebracht.

Das Lamellenrollo vor dem Fenster war heruntergelassen, Neonlicht erhellte das Zimmer. Rechts neben dem Bett befand sich ein Raumteiler aus gelblichem Stoff.

Die Puzzleteile fügten sich zusammen. Er lag in einem Aufwachraum, vermutlich hatte man ihn operiert. Hoffentlich nicht in *seiner* Klinik.

Was war passiert, nachdem er dieses Miststück im Park zu

Boden gezwungen hatte? Er rang nach Erinnerung, dabei tat sein Schädel so weh, der ganze Körper glich einer einzigen Wunde.

Es war ihm kaum möglich, sich auf etwas zu konzentrieren, Gedanken festzuhalten, weiterzudenken, sie entwichen wie Nattern.

Schritte näherten sich, Gummisohlen quietschten auf Kunststoffboden. Schnell schloss er wieder die Lider.

»Hallo«, sagte kurz darauf eine resolute Frauenstimme. »Hören Sie mich?«

Er wollte sie nicht hören.

»Hallo!« Er spürte eine Berührung an seiner Schulter. »Öffnen Sie bitte mal die Augen.«

Wenn jemand, frisch operiert, nach einer gewissen Zeit nicht ansprechbar war, ergriff man Maßnahmen, er kannte das.

»Augen öffnen, bitte.« Die Stimme war penetrant und gab nicht auf.

Flackernd öffneten sich seine Lider. Ein rundes Weibergesicht neigte sich über ihn, die Backen fielen nach vorn.

»Da ist er ja wieder.« Die Worte klangen hart und teilnahmslos. »Wie heißen Sie?«

Sein Name? Er versuchte, zu kombinieren, zu denken. Eher fragte man nach dem Wochentag oder Ähnlichem, um die Orientierung von Patienten zu prüfen.

Ein Goldtropfen fiel in seine Gehirnwindungen, er brachte gute Erinnerungen mit sich. Als er losgelaufen war, hatte er keinen Ausweis dabeigehabt, keine Papiere, kein Handy. Nur den Wohnungsschlüssel.

»Ihr Name«, insistierte die Schwester.

Sein Mund war ausgetrocknet, die Zunge lag wie ein pelziges Tier in ihrer Höhle. Mühsam brachte er seine Lippen auseinander.

»Tom.«

»Tom«, wiederholte die Schwester laut und wich mit ihrem Hamstergesicht zurück. »Wie weiter?«

»Tom. Boller.«

»Herr Boller, erinnern Sie sich, wo Sie wohnen?«

Hör auf zu fragen, schrie es in ihm. Lass mich in Ruhe.

»Altona«, murmelte er. Egal, welche Straße. »Gerberstraße.« Irgendwo eben, verschwinde endlich.

»Wissen Sie, was passiert ist?« Die Hexe fragte weiter, ihre Arme waren speckig und mit Leberflecken übersät.

»Nein.« Das Atmen tat weh in seinem Bauch. Er musste wissen, wieso. »Was habe ich?«, keuchte er.

Die Schwester trat vom Bett weg, musterte ihn geringschätzig. »Gehirnerschütterung und ein stumpfes Bauchtrauma. Eher geringgradig, Sie wurden endoskopisch operiert. Wenn alles komplikationslos bleibt, sind Sie bald wieder auf den Beinen.«

In seiner Kehle stieg Würgereiz auf.

»Da haben Sie sich wohl die Falsche ausgesucht«, sagte die Hexe. »Wenn es nicht so traurig wäre, könnte man fast lachen. Manche Frauen wissen sich eben zu wehren.«

Halt die Schnauze, hätte er am liebsten gebrüllt.

»Alles Weitere können Sie der Polizei erzählen, Herr Boller. Wir bringen Sie jetzt auf Station.«

Sie verschwand aus seinem Sichtfeld. Er wusste immer noch nicht, wo er war. Doch ihm war klar, dass er wegmusste, raus hier, bevor die Bullen ihn festsetzten.

Wieder näherten sich Schritte.

»Die Hundertsechs, Einzelzimmer«, sagte ein Mann.

Unmittelbar darauf erschien er am Fußende des Bettes, ein Pfleger, noch jung. Grußlos löste er die Feststellbremse, umfasste das Griffrohr am Rahmen und zog das Bett vor. Dann schob er es langsam aus dem Aufwachraum.

Auf dem Flur wartete eine Bullenfrau in schwarzer Uniform.

»Sein Zimmer liegt am Ende des Ganges«, sagte der Pfleger zu ihr. »Wir haben schon einen Stuhl davorgestellt.«

»Alles klar. Ist der Mann bereits vernehmungsfähig?« Das Haar der Bullenfrau war schwarz gefärbt, das Gesicht jugendlich, oval, mit heller Haut.

»Die Oberärztin meint, ab morgen früh. Noch steht er unter den direkten Nachwirkungen der OP.«

»Verstehe.« Die Bullenfrau ging neben dem Pfleger am Fußende des Bettes. »Problematisch für die Gerichtsverwertbarkeit der Aussagen.«

»Das ist Ihr Metier. Für uns muss der erst mal ohne Komplikationen durch die nächsten Tage kommen.«

Das werde ich, dachte er und biss die Zähne aufeinander.

Er wurde unter einer an der Decke hängenden Uhr durchgefahren. Gierig spähte er auf das Zifferblatt. Es war kurz vor Mitternacht. An der Wand links von ihm huschte nach ein paar weiteren Metern ein Hinweisschild vorbei, er konnte »UKE« entziffern. Man hatte ihn in die Uniklinik gebracht.

»Hier ist es.« Der Pfleger hielt an. Er öffnete die vor dem Kopfende des Bettes liegende Tür. Anschließend manövrierte er es in den Raum.

Es war kühl und still darin. Das heruntergelassene Rollo

vor dem Fenster versperrte die Sicht nach draußen. Ein gedämpftes Nachtlicht brannte.

Die Bullenfrau kam mit rein. Prüfend beobachtete sie das Abstellen des Krankenbetts, scannte das Zimmer, gab sich professionell.

Ihr Blick traf seinen.

Unter stark getuschten Wimpern, die ihn an Spinnenbeine erinnerten, lag aufgesetzte, antrainierte Härte. Dahinter lag etwas anderes. Instinktiv ahnte er, mit wem er es zu tun hatte. Mit einem *Mädchen*.

»So.« Der Pfleger arretierte die Feststellbremse. »Wie geht es Ihnen, Herr Boller?«

Er antwortete nicht, hatte die Lider wieder halb geschlossen.

»Herr Boller?«

Sein Ausdruck blieb starr, ohne Reaktion.

»Der ist noch ziemlich durch«, raunte der Pfleger der Bullenfrau zu. »Müssen Sie die ganze restliche Nacht bleiben?«

»Morgen früh um sechs kommt die Ablösung«, antwortete sie gedämpft.

Das schafft die nicht, dachte er.

»Na, dann.« Leise lachte der Pfleger auf. »Die paar Stunden kriegen Sie schon rum. Ich bin auch auf Station. Wenn Sie mögen, bringe ich Ihnen mal einen Kaffee vorbei.«

Während er sprach, entfernte er sich vom Bett, seine Sohlen knarzten über den Boden.

»Gern.« Das Mädchen folgte ihm. Dann fiel die Tür ins Schloss.

Er lag da, öffnete die Augen, mühte sich, den Nebel aus seinem Kopf zu vertreiben.

Vorsichtig bewegte er beide Hände, winkelte die Arme ein Stück an. Dann drehte er seine Füße nach außen. Er hatte Gefühl darin, auch in den Beinen, das linke schob er an den Bettrand.

Auf die Unterarme gestützt, richtete er den Oberkörper etwas auf. Der Schmerz zog ihm die Luft weg. Stöhnend ging er dagegen an, hievte sich trotz des Reißens in seinem Bauch weiter hoch. Ihm wurde schwindelig, dunkle Schatten engten sein Sichtfeld ein. Kraftlos sank er zurück, keuchte, sammelte Atem.

An der Wand gegenüber hing ein gerahmtes Bild, es zeigte zwei Pferde, die auf einer Koppel grasten. Er mochte Pferde nicht, seit seiner Kindheit ertrug er nicht die Berührung von Fell.

Über Monate hatte ihm seine Schwester abends gedroht, dass in der Nacht die Ratten kämen. Immer wieder war er panisch aufgewacht, weil Fell über sein Gesicht und seine Unterarme strich. Manchmal hatte er auch ein leises Fiepen gehört.

Angsterfüllt hatte er in die Dunkelheit gestarrt. Unzählige Nächte lang hatte er nicht bemerkt, dass seine Schwester hinter dem Fußteil des Bettes kauerte, einen alten Teddy in der Hand.

Mitunter schreckte er heute noch aus dem Schlaf auf, weil er glaubte, die streichende Berührung von Fell gespürt zu haben.

Er wagte einen neuen Versuch, sich aufzurichten. Zorn war ein starker Antrieb.

Mit glühenden Schwertern sengte es im Bauch, er setzte sich darüber hinweg. Im Prinzip bedeutete der Schmerz nicht viel. Die Ärzte hatten ihn zusammengeflickt, der Schmerz war kein Warnsignal, sondern ein unwichtiges Überbleibsel.

Zu Hause im Badschrank lag ein Opiat.

Sein ganzes Denken richtete sich darauf, dorthin zu gelangen.

Seine Kleidung war weg, mit ihr der Wohnungsschlüssel in der Hosentasche.

In einer Ecke des Hinterhofs seines Hauses gab es einen zweiten unter einem losen Pflasterstein. Nach der üblen Rechnung eines Schlüsseldiensts hatte er ihn dort deponiert.

Die toten Stunden zwischen zwei und vier. Er wusste, wie sie sich in Nachtdiensten zerdehnten, umso mehr, je weniger los war. Allein auf einem Stuhl vor einem Krankenzimmer zu sitzen, war tödlich.

Er würde abwarten, wach bleiben. Der Schmerz hielt ihn zuverlässig vom Schlafen ab.

Die Tischplatte des Nachtschranks neben dem Bett ragte fast bis zu ihm heran. Auf ihr standen eine Wasserflasche und ein Glas.

Sein nächstes Ziel bestand darin, etwas zu trinken. Die rechte Hand tastete sich vor, umschloss die Flasche, holte sie zu sich. Die Bisswunde tat weh, frischer Zorn erfasste ihn. Er schraubte den Verschluss ab, griff nach dem Glas und goss Wasser ein.

Langsam führte er es zu seinem vertrockneten Mund. Das Wasser rann kühl die Kehle herunter, benetzte die wunden Schleimhäute.

Er stellte Glas und Flasche zurück, dabei blitzte ein Gedanke auf. Ihm folgte ein Lächeln.

Der Oberkörper senkte sich auf die Matratze, die Atmung

wurde tiefer und gleichmäßiger. Er zog sein Patientenhemd hoch, darunter war er nackt. Ein Wundpflaster verklebte den Bauch, umrahmt von violetten Hämatomen und den orangen Spuren des Jods. Er konnte die Wunde selbst versorgen, ihr Abheilen beschleunigen. Es machte ihm keine Angst.

Er wartete, ließ die Zeit vergehen, sagte sich, dass jede Minute ihn bereits der Genesung näher brachte. Feilte in Gedanken an seinem Plan. Und ließ dann nur gute Bilder in seinem Kopf zu, die von Macht, Wärme und Gemeinschaft. Von Sieg über die Unterdrückung und der ruhigen Harmonie, die klare Verteilungen mit sich brachten.

In seinem Blockhaus in Kanada bereitete die Frau das Essen am offenen Feuer zu. Sie lächelte, das dunkle Haar floss auf beiden Seiten des Scheitels wie Schellack herunter.

Ein Geräusch schreckte ihn aus seiner Fantasie. Jemand kam zur Tür herein, Schritte näherten sich.

Er horchte mit geschlossenen Augen, atmete tief, stellte sich schlafend. Sein Herz klopfte bis zum Hals. Er wusste, dass er beobachtet wurde, fühlte den auf ihn gerichteten Blick fast körperlich.

Nach ein paar Sekunden entfernten sich die Schritte wieder Richtung Ausgang.

Seine Lider öffneten sich einen Spalt, die Augäpfel zuckten zur Seite. Der Pfleger verließ den Raum, schloss leise die Tür hinter sich. Durch sie hindurch drangen gedämpfte Stimmen ins Krankenzimmer, die des Pflegers und der Bullenfrau. Kurz darauf war alles still.

Er kannte die Abläufe auf Station. Nach diesem letzten Rundgang streckte sich der Pfleger im Aufenthaltsraum aus, machte ein Nickerchen oder schaute Filme auf dem Handy.

Abwarten, noch eine Stunde oder eine drei viertel. Der Plan stand fest, es gab nur diesen einen.

Langsam und leise vergingen die Minuten. Er kehrte zu seinen Fantasiebildern zurück, wie ein Kind zu seinem Spielzeug.

Begann irgendwann, sich unter der Decke zu bewegen, sich aufzurichten, die Muskeln ins Leben zurückzurufen.

***

Als er die Zeit für reif hielt, drehte er die Beine aus dem Bett. Die Fußsohlen berührten den kalten Boden. Gebeugt verlagerte er sein Gewicht auf sie, erhob sich von der Bettkante, unterdrückte nur knapp einen Schmerzensschrei.

Mühsam richtete er sich aus der gekrümmten Haltung auf. Schweiß stand ihm auf der Stirn, der Puls raste. Er setzte sich zurück auf die Bettkante, trank das Wasserglas leer. Dann wickelte er den Verband von seiner Hand und zog die Kanüle aus der Vene.

Erneut stand er auf, beim zweiten Mal gelang es besser. Ein paar Schritte führten ihn zum Fenster und wieder zurück. Die frühzeitige Mobilisierung nach einer OP fördert die Genesung, predigte man auf Station.

Er griff nach der Flasche, umfasste ihren Hals und ging zur Tür. Behutsam, lautlos, öffnete er sie einen schmalen Spalt. Er spähte lauernd hindurch. Das Display eines Handys leuchtete ihm entgegen. Es lag auf dem Oberschenkel der Bullenfrau. Mit leicht zur Seite geneigtem Oberkörper saß sie da, die Arme verschränkt, den Kopf an die Wand gelehnt. Die Augen geschlossen.

Geräuschlos vergrößerte er die Öffnung zwischen Tür und Rahmen, schlüpfte hindurch. Eine Sekunde später schlug er mit der verbundenen Hand so fest es ging die Flasche auf den schwarz gefärbten Schädel, hörte, wie Knochen brach.

Er fing den seitlich wegsackenden Körper auf, zog ihn vom Stuhl und schleifte ihn ins Zimmer.

Unter dem Haar der Bullenfrau trat Blut hervor, alle Wachsamkeit entfleuchte durch das Loch im Fleisch.

Er selbst spürte plötzlich kaum noch Schmerz, sein Kopf wurde klar. Die Weiße Pille, kam es ihm in den Sinn, ein Wundermittel.

Prüfend betrachtete er den gerundeten Weiberkörper. Er zog die schwarze Hose von ihm herunter und schlüpfte hinein. Dann nahm er die Pistole der Bullenfrau aus dem Holster und steckte sie ein.

Vom Türrahmen aus spähte er den Flur entlang, niemand war zu sehen. Eilig ging er los.

Zwei Türen weiter drangen Schnarchgeräusche aus einem Patientenzimmer. Lautlos drückte er die Klinke herunter und verschwand im Inneren.

Horchend stand er da, ein schwaches Nachtlicht erhellte das Dunkel.

In einem der beiden Betten lag ein älterer Mann, aus seinem Mund klang das Schnarchen. Der zweite Patient atmete ruhig. Er schlief kerzengerade, die Arme an die Flanken des Körpers gepresst, als läge er bereits im Sarg.

Reißende Schmerzen kehrten in seinen Bauch zurück. Er legte die Hand auf die Wunde, danach berührte er die Pistole. Er musste weitermachen, durfte keine Zeit verlieren.

Behutsam öffnete er den Wandschrank. Neben einigen

anderen Teilen hing ein grauer Mantel darin. Er nahm ihn raus und streifte ihn über. Anschließend bückte er sich wie ein Greis nach den Lederschuhen auf dem Schrankboden. Er schlüpfte hinein. Sie waren zu groß, aber es würde gehen.

Der Nachttisch neben dem Bett war mit Obst, Saftflaschen und Knabberzeug überladen. Vorsichtig zog er die Schublade auf.

Er hatte Glück, ein lederner Geldbeutel lag direkt in Griffweite. Er nahm ihn, klappte ihn auf, prüfte das Scheinfach und steckte ihn in die Manteltasche.

Als er aus dem Zimmer schlich, überfiel ihn heftiges Zittern. Polytrauma, ein physiologisches System im Ausnahmezustand, die Symptome waren ihm bekannt. Dazu kam das Bewusstsein, beim Weg zum Ausgang alles auf eine Karte setzen zu müssen.

Er wusste nicht, wie weit entfernt sein Ziel lag, ging einfach los, den Mantelkragen hochgestellt, die Hand an der Pistole.

Der Flur wirkte verlassen. Er legte die Strecke zurück, die er vor Stunden im Krankenbett geschoben worden war. An einer Ecke hielt er an und spähte in die abzweigenden Gänge. In zehn oder fünfzehn Metern Entfernung wies ein kleines Leuchtschild auf das Treppenhaus hin.

So schnell es sein Körper zuließ, steuerte er darauf zu.

Irgendwo hinter ihm fiel eine Tür ins Schloss, er hastete weiter, seine Beine waren weich. Er zwang sie voran, nur noch ein kleines Stück, wenige Meter, die wilden Tiere hinter ihm, das rettende Blockhaus in Sichtweite.

Er zog die Glastür zum Treppenabgang auf, schlüpfte hindurch, schloss sie leise hinter sich, um Lärm zu vermeiden. Dann nahm er die ersten Stufen, atmete in die Brust, nicht in den Bauch, klammerte sich am Geländer fest. Er wankte um die Biegung und stieg die zweite Treppe herunter.

Mit dem Erreichen des Erdgeschosses erfasste ihn Euphorie, eine surreale Freude, die Schmerzen ließen nach. Fast mühelos drückte er die Glastür auf.

Kurz orientierte er sich. An der Wand gegenüber wies ein Schild auf den Ausgang hin. Er drehte sich nach links, bog nach wenigen Metern nochmals links ab. Vor ihm lag ein Flur.

Er straffte seine Haltung, setzte einen Schritt vor den anderen. Lief in lockeren Schuhen voran, an Ambulanzräumen vorbei, nahm einzelne Menschen wahr, senkte den Kopf und ging weiter. Konzentrierte sich auf sein Ziel, erfasste Boden und Wände wie die Ränder eines Tunnels in die Freiheit.

Endlich öffnete sich der Raum vor ihm. Er gelangte zum Eingangsbereich, passierte eilig den Empfang – wie einer von zahlreichen Menschen, die mit Beschwerden zur Notaufnahme gekommen waren und wieder nach Hause konnten.

Fast beschwingt trat er aus dem Gebäude, die Nachtluft kühlte sein Gesicht. Schräg gegenüber dem Haupteingang befand sich ein Taxistand, ein Wagen parkte dort. Er steuerte darauf zu, sah, dass der Fahrer eingenickt war, klopfte energisch an die Seitenscheibe.

Anschließend riss er die rechte Hintertür auf und schaffte sich auf den Sitz. Im Inneren des Wagens roch es nach Zwiebeln.

»Wo soll's hingehen?«, fragte der Fahrer mürrisch.

Er gab eine Adresse zwei Straßen von seiner Wohnung entfernt an. Von dort aus konnte er laufen.

15

»Das ist wirklich mies.« Ben stand mit verschränkten Armen neben dem abgehalfterten Ficus im Büro. Vor dem Polizeipräsidium rauschte der übliche Berufsverkehr eines Montagmorgens vorbei. »Leider wird es schwierig, Samy D. oder ihrem Freund diesen Auftragsstalker nachzuweisen«, fügte er an. »Nach welchem Paragrafen des StGB wird überhaupt Anstiftung zum Stalken bestraft? Weiß *Michael* so was?«

Doro überhörte die letzte Frage. Wenn das Opfer tot ist, vermutlich nach gar keinem, dachte sie.

»Das mit dem Stalker liegt über ein Jahr zurück.« Sie bog eine Büroklammer auseinander und warf das Stück Draht vor sich auf den Tisch. »Selbst wenn wir die Handykommunikation von Samy und ihrem Freund auswerten dürfen, werden bei den Diensteanbietern Nachrichten nicht so lange gespeichert. Womöglich gab es ohnehin keine schriftlichen in dieser Sache.«

Die alte Kaffeemaschine auf dem Aktenregal gluckerte den letzten Rest Wasser durch den Filter, eine kleine Dampffahne waberte darüber.

Doro stand auf, griff eine der kopfüber auf ein Geschirrtuch gestellten Tassen und goss sie voll. »Magst du einen?«

»Gern.« Ben kam heran und nahm den Kaffee. »Unklar ist auch, inwiefern uns diese Stalkergeschichte in der Mordsache weiterbringt.«

»Sie verdeutlicht die Motivlage für Samy und ihren Freund.« Doro schenkte noch eine Tasse ein. »Es schien ihnen sehr wichtig gewesen zu sein, dass Bella von der Bildfläche verschwindet.« Sie ließ einen Teelöffel Zucker in ihren Kaffee rieseln und rührte um. »Was gibt's Neues zu der Handynummer, von der aus Bella mutmaßlich zum Fotoshooting bestellt wurde?«

»Wie angenommen ein Prepaid-Anschluss. Registriert wurde er vor rund drei Wochen übers Internet auf eine Alexandra Müller.«

»Die natürlich nicht da wohnt, wo sie laut der hinterlassenen Angaben wohnen müsste«, ergänzte Doro.

»Exakt. Hamburg und Umgebung nach Alexandra Müllers abzuklappern, können wir uns wohl ohnehin schenken. Das Telefonat mit Bella wurde von einer Funkzelle in der Innenstadt aus geführt, das Handy hat sich davor und danach nicht mehr ins Netz eingebucht. Wahrscheinlich wurde die SIM-Karte nur kurz eingesetzt und direkt wieder entfernt.«

Doro wärmte ihre Handflächen an der Tasse. »Über welchen Internetzugang wurde diese falsche Fotografen-Mailadresse eingerichtet?«

»Über ein öffentliches WLAN, konkret das eines netten Cafés mit Blick auf die Außenalster. Während du gestern Abend Bauchtanzbäuche geguckt hast, habe ich mich dort umgehört.«

»Hast du Fotos von Dave Abrath und seiner schönen Freundin gezeigt?« Doro trank einen Schluck. Wie so oft hatte Ben das Kaffeepulver bedenklich überdosiert.

»Abraths Foto von der Klinikwebseite«, antwortete er. »Von Samy gibt's ja mehr als genug.«

»Und?«

»Tatsächlich steht in dem Café tagsüber immer die Inhaberin hinterm Tresen, auch an dem Tag, als die Mailadresse eingerichtet wurde und die Nachricht an Bella rausging. Leider kamen der Frau weder Samy noch Dave Abrath bekannt vor. Bei der Anzahl an Gästen wäre das aber auch ein Glückstreffer gewesen.«

Doro überlegte, dabei blies sie über den heißen Kaffee. »Bellas Mörder war klug genug, Spuren zu verwischen. Wohin genau sie zum Fotoshooting bestellt wurde, wissen wir immer noch nicht, lediglich aus den ausgewerteten Nachrichten, dass sie wohl am Freitag gegen fünfzehn Uhr nach Neuenfelde fuhr. Sie besaß kein Auto. Entweder hat sie die Bahn genommen, oder jemand hat sie hingefahren. Zu beidem haben wir bislang keine Hinweise.«

»Zwischen dem mutmaßlichen Treffen mit dem Täter und Bellas Tod liegen mehrere Stunden. Die hat sie vermutlich in seiner Gewalt verbracht, eventuell bewusstlos«, ergänzte Ben. »Magda Kirchgasser hat doch gesagt, dass auch K.-o.-Tropfen im Spiel gewesen sein könnten, wenn sie nicht überdosiert und tödlich waren.«

»Auch das hat etwas mit Machtausübung und Überlegenheit zu tun. Jemanden in seiner Gewalt zu haben, über den Körper zu verfügen, passt zu dem üblen Zurichten der Toten.«

»Gehen wir nur von einem männlichen Täter aus?«

»Die Tat insgesamt ist für zwei Menschen leichter zu bewerkstelligen als für einen«, antwortete Doro. »Allein schon, was Bellas Transport vom Treffpunkt zur Fundstelle im Wasserwerk anbelangt. Logischerweise muss der mit einem Auto erfolgt sein. Ein kräftiger Mann würde das aber auch allein hinbekommen. Eine einzelne Frau sehe ich da nicht.«

»Samy mit ihrem *Size Zero*-Gewicht sicher nicht.« Ben schüttelte seinen Wuschelkopf. »Außerdem hätte sie sich dabei einen Fingernagel abbrechen können.«

»Die sind doch eh künstlich.«

»Waren aber alle noch dran.«

»Ich bin von deiner Beobachtungsgabe begeistert, Ben. Hast du schon mal überlegt, zur Kripo zu gehen?«

»Haha.«

»Im Ernst. Derzeit sind Dave Abrath und seine Freundin unsere einzige heiße Spur. Ich würde gern Samy ohne den Beistand ihres toughen Partners befragen. Der muss heute doch bestimmt arbeiten.«

»Fahren wir zu ihrer Wohnung.« Ben sah auf seine Armbanduhr. »Ihren Schönheitsschlaf könnte sie hinter sich gebracht haben.«

Doros Schlaf war kurz gewesen und hatte in ihrer Wahrnehmung nichts zur Schönheit beigetragen. Sie hatte vergangenen Abend noch lange auf Constantin gewartet. Vergeblich. Offenbar war er wieder bei seinem Vater geblieben, eine Nachricht hatte sie nicht bekommen. Ziemlich oft wünschte sie sich Handyortung für ihren Sohn.

Die Bürotür flog auf, mit einem kernigen »Moin« kam Max Holle rein. Sein Hemd war quietschrosa, unwillkürlich hoben sich Doros Augenbrauen.

»Moin, Max«, grüßte sie zurück. »Wie geht's Frau und Kind?«

»Alles bestens.« Max reckte den Daumen hoch. In seiner anderen Hand hielt er eine blaue Mappe. »Allerdings geht es einer Kollegin von uns nicht gut.«

»Was heißt das?«

»Gestern am späten Abend hat ein Mann in einem Park eine Joggerin angegriffen, Tanja Marni.« Max legte die Mappe auf Doros Schreibtisch. »Pech für den Angreifer war, dass Frau Marni seit ihrer Kindheit Wing Chun betreibt.«

»Wing was?«, fragte Ben.

»Es ist das, wonach es klingt. Chinesische Kampfkunst«, erklärte Max. »Außerdem ist Tanja Marni Klettertrainerin und läuft Marathon. Sie hat den Mann mit ein paar gezielten Tritten außer Gefecht gesetzt. Gehirnerschütterung, innere Verletzungen, er wurde in die Uniklinik gebracht.«

Doro ahnte den Fortgang der Geschichte, damit stieg Ärger in ihr auf. »Die Kollegin, die ihn bewacht hat …«

»Ja. Tamara Weber, sie ist erst seit drei Jahren im Dienst.«

Zumindest verwendet Max noch die Gegenwartsform, dachte Doro.

»Was ist passiert?«

»Der Mann, der sich als Tom Boller ausgegeben hat, war frisch operiert. Tamara Weber wurde vom zuständigen Revier abgeordnet und hat etwa ab Mitternacht vor dem Krankenzimmer Wache geschoben. Boller hat sie mit einer Sprudelflasche niedergeschlagen. Schädelbasisbruch, die Kollegin liegt auf Intensiv, wird aber voraussichtlich durchkommen. Es hat wohl eine Weile gedauert, bis man sie gefunden hat. Boller hat ihre Waffe mitgenommen und konnte, offenbar in

Kleidung, die er aus einem Patientenzimmer entwendet hat, fliehen. Obwohl er nach Auskunft der Ärzte dazu kaum in der Lage gewesen sein konnte.«

»Tom Boller ist nicht der richtige Name des Mannes?«, fragte Ben.

»So ist es, das wurde bereits geprüft. Er hatte im Park keine Papiere bei sich. Seine Kleidung und ein Haustürschlüssel sind in der Uniklinik verblieben und wurden sichergestellt.« Max schob sein gepflegt bebartetes Kinn vor. »Tanja Marnis Aussage findet ihr in der Mappe da. Zumindest hat sich Sport in dem Fall mal gelohnt.«

Kommt drauf an, dachte Doro. Die Rettung der einen war zum Verhängnis der anderen geworden. Ihr Ärger wuchs.

»Die Personenbeschreibung für den angeblichen Tom Boller ist auch da drin?« Sie klappte den Deckel auf.

»Noch besser.« Max Holle ruckelte an der auffälligen Silberschnalle seines Gürtels. »Mit dem für Boller zuständigen Pfleger und der OP-Schwester hat einer unserer Spezialisten bereits ein Phantombild angefertigt. Das liegt unter der Personenbeschreibung.«

Doro nahm das Blatt, das sich in der Mappe obenauf befand, heraus. Darunter kam ein Gesicht zum Vorschein.

»Nee«, entfuhr es ihr.

»Wie, nee?« Ben kam zu ihr.

»Ich glaube, den kenne ich.« Doro griff nach dem Phantombild und betrachtete es noch einige Sekunden. Dann reichte sie es Ben.

»Der Mann ist Pfleger auf Dave Abraths Station«, erklärte sie. »Ich habe gestern mit ihm gesprochen. Wartet ... Peschke, heißt der, Oliver Peschke. Er schien Abrath nicht sonderlich zu mögen. Ich hatte den Eindruck, es könnte um mehr gehen als um mangelnde Sympathie unter Kollegen.«

»Das ist aber echt ein komischer Zufall.« Ben rieb mit dem Zeigefinger die Seite seiner kräftigen Nase entlang, Doro erinnerte die Geste an eine Kindersendung.

»Gleich glaubst du gar nicht mehr an Zufall«, sagte sie. »Bellas Freundin Yasmina Dib zufolge hat Bella diesen Stalker als fies und widerlich beschrieben, und Peschke ist wirklich nicht gerade attraktiv.« Doro griff nach ihrer Jacke. »Wir teilen uns auf. Ben und ich fahren mit Verstärkung zu Peschkes Meldeadresse, Max, du nimmst Bereitschaftskräfte mit ins Klinikum Barmbek zu Peschkes Arbeitsstelle. Zur Beweissicherung benötigen wir außerdem deren Dokumentation über Bestellungen und Gebrauch von Kaliumchlorid. Es kann sein, dass Bella das injiziert wurde.«

»Alles klar.« Max war schon bei der Tür. Dann eilte er über den Gang davon.

16

Zu Verdächtigen, die mutmaßlich eine Polizistin lebensgefährlich verletzt hatten, kam man nicht als netter Besuch. In der Regel krachten Türen nach dem Einsatz von Brecheisen auf, nach festen Stiefeltritten oder wegen zerschossener Schlösser.

Bei Oliver Peschke verlief die Angelegenheit eleganter. Den in der Uniklinik sichergestellten Schlüssel hatte eine Beamtin per Blaulichtfahrt zu Peschkes Adresse gebracht. In Doro war ein kleines Triumphgefühl aufgestiegen, als er an der Eingangstür des Hauses gepasst hatte. Somit waren sie auf der richtigen Spur, und vermutlich war auch die Wohnung mit dem Schlüssel zu öffnen.

Angespannt wartete Doro im ersten Stock hinter den Männern der Spezialeinheit.

Die Tour de Force der letzten Nacht konnte Peschke ernsthaft geschadet und ihn halb tot an sein Bett gefesselt haben. Vielleicht kümmerte sich eine Lebensgefährtin um ihn, die ihn auch des Nachts in die Wohnung gelassen hatte, als er ohne Schlüssel vor der Tür stand.

Womöglich war Peschke gar nicht da.

Ein Polizist schob den Schlüsselbart ins Schloss, drehte, die Tür ging auf. Im selben Moment stürmten er und seine Kollegen vor, prüften mit Waffen im Anschlag die vom Flur abgehenden Räume, drangen in ein Zuhause ein, das augenblicklich keines mehr war.

Schon nach wenigen Sekunden kam die Meldung, dass sich die Zielperson nicht im Objekt befand.

Im Laufe ihrer Dienstjahre hatte Doro viele fremde Wohnungen betreten, die von Opfern und die von Tätern. Sie konnte nicht sagen, dass beide unterschiedlich lebten, dass sich Eigenheiten in der ganz persönlichen Umgebung fanden, die die zwei Gruppen voneinander abgrenzten. Oft hatte sie sich gefragt, ob es überhaupt Merkmale gab, die Täter und Opfer unterschieden, oder ob es Zufall und Gelegenheit waren, die jemanden dahin oder dorthin verorteten. Die einzig zuverlässige statistische Größe war das Geschlecht, Doro betrat die Wohnung eines männlichen Täters.

Das Erste, was ihr auffiel, waren die im Flur in Reih und Glied abgestellten Schuhe. Das Paar ganz rechts ragte über die anderen hinaus, es war erkennbar größer.

»Sind das die, die Peschke dem Patienten geklaut hat?« Auch Ben hatte den Unterschied bemerkt.

»Nehme ich an.«

Die Spurensicherung würde sie als ein Beweismittel mitnehmen, darüber hinaus begann die Suche nach weiteren Indizien. Vom Handy bis zum Hausmüll konnte alles Hinweise auf Peschkes Tat und vor allem seinen Aufenthaltsort geben.

Die erste vom Flur abzweigende Tür führte ins Schlafzimmer. Doro betrat es, Ben ging weiter vor zu den anderen Räumen.

Sie sah sich um. Es war kühl, das Fenster stand auf Kipp, die helle Gardine bewegte sich durch den Luftzug von draußen.

In dem kleinen Zimmer mit Bett, Schrank und Nachttisch lag nichts herum, keine Kleidung, keine sonstigen Dinge, die Bettdecke war gefaltet.

Vorsichtig klappte Doro sie zurück. Auf dem weißen Laken zeichneten sich bräunlich rote Flecken ab.

Peschke war nach seiner Flucht aus der Klinik in die Wohnung gekommen, hatte wohl Zugriff auf einen zweiten Schlüssel gehabt, hatte sich ausgeruht, Kräfte gesammelt und war dann wieder aufgebrochen. In seinem Zustand brauchte er einen Unterschlupf, eventuell auch Versorgung, wobei er als Krankenpfleger darin unabhängiger war.

Doros Blick blieb am Kleiderschrank hängen, dessen Türen bereits von den Einsatzkräften aufgerissen worden waren. Exakt gefaltet lagen Pullover und T-Shirts Kante auf Kante, glatte Bettwäsche und Handtücher bildeten gezirkelte Stapel. In einem seitlichen Gefach befanden sich ineinandergestülpte Sockenpaare wie Munitionshülsen in ordentlichen Reihen.

Struktur an der Grenze zur Zwanghaftigkeit, dachte Doro. Ein Teil von Peschke lebt in einer eigenen Welt.

»Doro!« Ben rief aus einem Nachbarraum. »Komm mal, bitte.«

Sie begab sich ins Wohnzimmer. Auch dort herrschte Ordnung, die steril wirkte. Über einer Lehne der Couch lagen eine schwarze Hose und ein OP-Hemd.

Ben deutete darauf. »Mehr Indizien braucht es wirklich nicht.«

»Klar«, erwiderte Doro. »Er war hier und ist wieder weg. Konnten schon Computer oder Handy sichergestellt werden?«

»Negativ. Das hat er wohl mitgenommen.«

Doro nickte. Eine Handyortung war bereits eingeleitet, Peschkes Rufnummer über die Bundesnetzagentur zügig erfragt worden.

Personenzielfahndungen führten fast immer zum Erfolg. Wenn der Gesuchte verletzt war, erhöhten sich die Chancen. Das Kennzeichen des auf Peschke zugelassenen Wagens war über das Zentrale Fahrzeugregister ermittelt worden, die Fahndung nach dem Auto lief.

Peschke besaß relativ viele Bücher. Doro trat an das Regal heran und musterte die Buchrücken. Nietzsche, Karl May, Edgar Wallace, Asterix-Hefte, ein paar Schweden-Krimis. Alles Mögliche, querbeet.

»Frau Anders?« Ein Polizeibeamter erschien im Türrahmen. »Draußen ist ein Nachbar, schon ziemlich alt. Er fragt, was los ist.«

»Ich komme.« Die Befragung der Nachbarschaft stand ohnehin an.

Doro verließ die Wohnung. Ein hochbetagter Mann stand auf dem Gang. Beunruhigung und Verwirrung in seinem zerfurchten Gesicht ließen ihn zerbrechlich wirken. Den altersfleckigen Schädel umgab ein weißer Haarkranz, der Mann zitterte.

»Guten Morgen. Mein Name ist Dorothee Anders, ich bin von der Kriminalpolizei.«

»Was ist denn los? Was ist mit Herrn Peschke?« Die nackten Füße des Mannes steckten in Stoffpuschen. Die Hose endete an den Knöcheln, das gestreifte Oberteil gehörte zu einem Schlafanzug.

»Lassen Sie uns doch einen Moment in Ihre Wohnung gehen. Dann erkläre ich Ihnen, warum die Polizei da ist.«

Die Hohlaugen in dem alten Gesicht starrten, die Hände schlackerten an den Flanken des mageren Körpers.

»Kommen Sie.« Doro deutete auf die offene Wohnungstür gegenüber.

Langsam setzte sich der Mann in Bewegung.

»Wie heißen Sie?«

»Reinhold Gall.« Er betrat den Flur und schlurfte voran. Doro folgte ihm in ein von Möbeln, Bildern und Büchern überfülltes Wohnzimmer. Klapprig ließ er sich in einen mit Decken ausgelegten Sessel fallen. »Nehmen Sie Platz, wenn Sie wollen.«

Doro setzte sich auf eine abgestoßene Couch. Auf dem Wohnzimmertisch vor ihr häuften sich Tablettenschachteln und Zeitschriften. Das Telefon lag zwischen einigen Schreiben, die wie Rechnungen aussahen, benutzte Papiertaschentücher bildeten kleine Zellstoffhügel.

»Herr Gall, die Polizei sucht Oliver Peschke, weil er gestern Abend eine Frau überfallen und später eine Polizistin lebensgefährlich verletzt hat.«

In Reinhold Galls Miene trat Unverständnis, überlagert vom Bemühen, Doros Worte zu begreifen.

»Herr Peschke doch nicht.« Ein langsames Kopfschütteln begleitete den Satz. »Der ist doch Krankenpfleger, der hilft den Leuten.«

»Kennen Sie Ihren Nachbarn gut?«

»Er wohnt schon viele Jahre neben mir. War immer freundlich, wenn auch zurückhaltend. Seitdem ich diese unselige Krankheit habe, sieht er öfter nach mir.«

»Woran leiden Sie?«

»Parkinson. Meine Frau ist schon lange tot, ich bin froh,

dass sie mich nicht so erlebt.« Reinhold Gall legte die schlackernden Hände in den Schoß.

»Wann haben Sie Herrn Peschke zuletzt gesehen?«, fragte Doro.

»Er war heut früh bei mir. Aber gesehen habe ich ihn da nur kurz.«

Doro stutzte. »Was heißt das?«

»Seit einer Weile hat er einen Schlüssel zu meiner Wohnung. Falls mal was ist, damit jemand reinkommt. Und auch, damit ich nicht immer zur Tür muss, wenn er nach mir sieht.«

»Heute Morgen hat er also selbst aufgeschlossen?«

»Ja. Ich lag noch im Bett. ›Herr Gall‹, hat er gerufen, ›darf ich mir ein bisschen Kaffeepulver nehmen?‹ Seins war wohl ausgegangen. ›Natürlich‹, hab ich gesagt. Mit der Dose ist er dann kurz am Eingang zu meinem Schlafzimmer aufgetaucht, die Tür lasse ich immer offen. ›Ist alles in Ordnung bei Ihnen?‹, hat er gefragt. Er sah blass aus, konnte wohl einen Kaffee vertragen. ›Ja‹, hab ich gesagt, doch ich war noch ziemlich schläfrig. Die Medikamente, wissen Sie?«

Doro wusste nicht, nickte aber zustimmend.

»Dann ist Herr Peschke mit der Kaffeedose zu sich in die Wohnung?«, fragte sie.

»Ja. Etwas später hat er sie wiedergebracht und sich nochmals bedankt.«

»Wann genau war das?«

»Ich hab noch auf meinen Wecker gesehen, zwanzig nach sechs war das.« Reinhold Gall schüttelte wieder den Kopf, dieses Mal unwirsch. »Sie vertun sich bestimmt. Ich kann mir nicht vorstellen, dass Herr Peschke zu solchen Sachen fähig ist, wie Sie das sagen.«

»Wissen Sie, wo er jetzt sein könnte?«

»Nein. Wahrscheinlich muss er arbeiten?«

Das wohl kaum, dachte Doro. »Hat er Familienangehörige oder eine Freundin?«

»Von einer Frau weiß ich nichts, ich weiß überhaupt nicht viel über ihn.« Reinhold Gall senkte den Kopf. An der Schläfe prangte ein großer dunkler Fleck mit ausgefransten Rändern. »Dass ich so alt bin, wie sein Vater jetzt wäre, hat er mir mal erzählt. Aber der ist schon lange tot, seit Jahrzehnten.«

»Und die anderen Familienmitglieder?«

»Keine Ahnung. Herr Peschke lebt eher zurückgezogen, ein ruhiger, guter Nachbar.« Die letzten Worte kamen mit Nachdruck. Reinhold Gall kratzte sich an der Wange. »Mehr kann ich Ihnen nicht sagen.«

Wie aus dem Nichts strich etwas um Doros Beine, sie schrak zusammen. Lautlos war eine Katze hinter dem Sofa vorgekommen.

»Das ist Minka.« Reinhold Gall gab ein paar hohe, lockende Laute von sich. Die Katze sprang auf seinen Schoß, die adrigen Hände begannen zitternd, ihr Fell zu streicheln. »Ich habe Herrn Peschke gefragt, ob er sie versorgt, wenn ich mal nicht mehr bin. Das wollte er aber nicht. Mit Katzen hat er es nicht so.«

»Hm.« Doro betrachtete den alten Mann und sein Haustier. »Haben Sie eigentlich auch einen Schlüssel zu Herrn Peschkes Wohnung?«

»Nein, er ist doch nicht krank.«

Nachdenklich verharrte Doro auf der abgewetzten Couch. »Herr Peschke wird wohl erst einmal nicht mehr nach Ihnen schauen. Haben Sie jemand anderen?«

Reinhold Gall sah verloren drein, er hob die mageren Schultern.

Ob Magda Kirchgasser das ab und zu machen will?, überlegte Doro. Sie stand auf.

»Danke für Ihre Auskunft, Herr Gall. Wenn es Ihnen recht ist, sehen sich meine Kollegen gleich noch in Ihrer Wohnung etwas um.«

»Wenn's sein muss.«

»Hier ist meine Telefonnummer.« Sie zog eine Karte aus ihrer Jackentasche und legte sie auf den Wohnzimmertisch. »Sie müssen sich auf jeden Fall melden, wenn Sie Ihren Nachbarn wiedersehen oder etwas von ihm hören. Alles andere wäre strafbar.«

Leise lachte Reinhold Gall auf. »Was soll ich in einem Gefängnis?«

»Nichts, Herr Gall. Aber bitte helfen Sie uns, Oliver Peschke zu finden. Er ist sehr gefährlich.«

Die verschatteten Augen richteten sich gen Teppichboden.

»Auf Wiedersehen«, verabschiedete sich Doro. Mit einem wehmütigen Gefühl ließ sie den alten Mann allein.

Auf dem Etagenflur blieb sie stehen.

Keine Angehörigen, überlegte sie, ein ruhiges, zurückgezogenes Leben. Keine Freundin.

Wo ist Peschke untergekommen?

Keine Freundin, keine Katzen.

Doro hielt inne. Vor ihrem geistigen Auge erschien Peschkes Bücherregal.

Sie eilte in sein Wohnzimmer und stellte sich davor. Dann rief sie Ben dazu.

»Siehst du irgendein Buch von einer Frau?«

»Hä?« Ben guckte skeptisch. »Du meinst …« Er ging in die Hocke, legte den Kopf schräg und überflog die Buchrücken auf den beiden unteren Regalbrettern. Schließlich kam er wieder hoch. »Wie ist der denn drauf? Nur Männer. So eine Auswahl hab ich ja noch nie gesehen. Wobei Leute, die akribisch ihre Konservendosen stapeln und das Besteck in der Schublade abzirkeln, vielleicht so sind.«

»In der Küche ist es also auch so ordentlich?«

»Herr Pedant auf großer Fahrt.« Ben zog die Nase hoch.

»Diese extreme Struktur wirkt auf mich wie eine Art Symptom, wie ein Anker in die normale Welt, etwas, das Halt geben muss.« Abwesend beobachtete Doro eine Polizistin, die die Polster der Couchgarnitur abnahm. »Ich glaube, Peschke verabscheut Frauen.«

»Und ich glaube, du glaubst, dass wir Peschke nicht nur wegen versuchtem Mord an der Kollegin suchen, sondern auch, weil er Bellas Mörder sein könnte.« Ben kniff die Brauen zusammen. »Vom Auftragsstalker zum Auftragskiller?«

»Kann sein. Ob die DNA-Spur aus dem Elbwasserwerk, das Haar auf Bellas Jacke, zu ihm gehört, werden wir bald wissen. Dann ist zumindest ziemlich klar, *dass* er es war.«

»Nur warum er es war, noch nicht. Oder wer ihn dazu gebracht hat.«

Doro überlegte kurz. »Ich möchte wissen, welche Internetseiten von Peschkes Anschluss aus besucht wurden. Was er sich ansieht, wo er unterwegs ist, mit wem er kommuniziert. Womöglich wurde er zum Mord an Bella angestiftet. Unabhängig davon glaube ich, dass weiter Gefahr von ihm ausgeht.«

Ihr Handy klingelte. Sie zog es aus ihrer Hosentasche und ging ran.

»Hallo, Max.«

»Wir sind in der Klinik«, klang es an ihr Ohr. »Peschke hat heute frei, den hat also noch niemand vermisst.«

»Hat jemand aus dem Kollegenkreis eine Vermutung, wo er sich aufhält?«

»Wir sind noch bei der Befragung. Er gilt als zurückgezogen, eigenbrötlerisch. Privates scheint niemand hier über ihn zu wissen, da sind wir bislang nicht weitergekommen.«

»Was ist mit Dave Abrath?«

»Der arbeitet, er ist gerade bei Untersuchungen.«

»Dann lass ihn erst mal weiterarbeiten. Konntest du das mit dem Kaliumchlorid klären?«

»Ja und nein. Ich habe nachgefragt, mir Bestellungen an die zuliefernde Apotheke zeigen lassen. Doch im Prinzip kannst du nicht jeden Milliliter nachverfolgen.«

»Inwiefern?«

»Das flüssige Kaliumchlorid befindet sich in kleinen Glasflaschen. Eigentlich dient es zur Herstellung von isotonischen Lösungen, also nicht dazu, Leute um die Ecke zu bringen. Es verbleiben mitunter Reste in den Flaschen, die entsorgt werden oder vielleicht auch nicht. Der Umgang mit Kaliumchlorid ist anders als der mit Medikamenten, die unter das Betäubungsmittelgesetz fallen. Letztlich gibt es Kaliumchlorid sogar auch einfach als Nahrungsergänzungsmittel zu kaufen.«

»Verstehe.« Die Tollkirsche und der Fingerhut im Garten, dachte Doro. Gifte waren überall verfügbar. »Danke, Max. Bis später.« Sie legte auf.

»Frau Anders, Herr Fleck?« Ein uniformierter Kollege betrat das Wohnzimmer. »Oliver Peschkes Auto wurde sichergestellt. Es parkt nur etwa hundert Meter entfernt.«

17

»Übereinstimmung. Blutgruppe null.«

Doro war überrascht. »So schnell geht das mit der Analyse?«

»Ah gä, des macht ma in zehn bis zwanzig Minuten. Stellt's euch vor, da liegt einer rum, der braucht an Blut, da könnt's ihr ja ned tagelang analysieren, bis ihr die passende Blutgruppe habt.«

»Da haben Sie recht, Frau Kirchgasser. Danke für Ihren Anruf.« Während sie sprach, zuckte Doros rechter Fuß reflexhaft, Ben fuhr wie ein Henker.

»In China wurd sogar an Test erfunden, der nur dreißig Sekunden braucht. Aber so eilig woars bei euch wahrscheinlich ned.«

»Nein, nein. Die Blutgruppe ist ohnehin nur ein Hinweis, die genetische Analyse bringt dann Gewissheit. Also, nochmals vielen Dank und bis bald.«

»Pfiats eich. Grüße an den Herrn Ben.« Magda Kirchgasser kicherte. »Und an den Herrn Staatsanwalt.«

»Richte ich aus.« Doro tippte auf das rote Hörersymbol.

»Treffer«, verkündete sie an Ben gewandt. Der lavierte sich weiter dicht hinters Steuer geklemmt durch den Stadtverkehr. »Die Blutgruppe der in Peschkes Auto gefundenen Spuren stimmt mit Bellas Blutgruppe überein. Höchstwahrscheinlich hat er sie zusammengeschlagen und im Kofferraum seines Wagens transportiert.«

Ben gab Gas. »Wo steckt der Kerl?«

Keller und Dachboden von Peschkes Wohnhaus waren abgesucht, Nachbarn befragt und die Hamburger Taxidienste durchtelefoniert worden. Die nächtliche Fahrt von der Uniklinik aus ließ sich rekonstruieren, danach konnte Peschke kein Taxi mehr zugeordnet werden.

Die Auswertung der Videoaufnahmen aus den U- und S-Bahn-Stationen nahm Zeit in Anspruch. Verbindungsdaten zu Peschkes Mobilnummer hingegen lagen bereits vor. Bis vier Uhr einunddreißig war das Handy in der Funkzelle, in der sich Peschkes Wohnung befand, eingebucht gewesen. Anschließend war es nicht mehr zu orten. Telefonate vom Handy oder Festnetz waren seit Tagen nicht geführt worden.

»Peschke muss in seinem Zustand irgendwo Unterschlupf finden«, sagte Ben. »Bei einem Kumpel, den er fußläufig erreichen konnte?«

»Möglich.«

Die Rücklichter des vorausfahrenden SUV kamen gefährlich nah.

»Mach Platz mit deiner Dickschiffkarre«, schimpfte Ben und drückte auf die Hupe.

Der schwarze BMW bremste ab.

»Waas?« Ben hupte anhaltend, Doro verdrehte die Augen.

Unvermittelt hielt der Wagen vor ihnen. Um ein Haar wäre Ben auf das wuchtige Heck geknallt.

»Ähj«, rief er. »Fahr!«

Im nachfolgenden Verkehr begann ein Hupkonzert.

»Auf den letzten Metern musst du eigentlich nicht so einen Aufriss machen«, murrte Doro.

Die Fahrertür des BMW öffnete sich. Ein eleganter Trenchcoat, blondes Haar und schlanke Beine erschienen. Auf zierlichen Pumps stöckelte eine Frau heran.

»Was kommt jetzt?«, sagte Ben.

Die Frau klopfte an die Seitenscheibe, ihr hübsches Gesicht war vor Ärger verzerrt.

»Hallo«, rief sie mit hoher Stimme.

Ben ließ das Fenster herunter. »Gnädigste, würden Sie bitte weiterfahren. Wir haben es etwas eilig.«

»Empf. Das ist kein Grund, andere Verkehrsteilnehmer so …« Die Frau wedelte mit ihrer schlanken, juwelengeschmückten Hand. »Also, da müssen Sie eben rechtzeitig losfahren, wenn Sie's eilig haben. Ich meine …«

Bei den ersten Wörtern war sich Doro noch nicht sicher gewesen, mittlerweile war sie es. Die Aussprache klang leicht verwaschen, ein schwacher Alkoholdunst wehte bis zu Doros empfindlicher Nase.

»Ist gut. Machen Sie bitte einfach die Straße frei.« Ben hatte die Art von geduldigem Ton, der keine Geduld mehr ausdrückte.

»Tss. Na ja. Meinetwegen. Aber beim nächsten Mal …«

»Beim nächsten Mal sollten Sie den Wagen stehen lassen und mit der Bahn fahren. Sie wissen selbst, warum.«

Die Frau sah konsterniert drein, die Falten links und rechts ihrer Mundwinkel waren tief geworden. Schließlich drehte sie sich wortlos auf ihren Absätzen um, eilte zu ihrem Auto und fuhr los.

Ben schloss dicht auf.

»Gasig«, murmelte er. »Und zu high-class, um einfach die Klappe zu halten und in ihrer Karre sitzen zu bleiben. Geben wir das Kennzeichen an die Kollegen durch?«

Doro sah aus dem Seitenfenster. »Wär wohl angebracht.«

Sie machte eine Meldung per Funk, während Ben schweigend den Wagen bis zum Ziel steuerte. Neben dem Gründerzeithaus, in dem Samira Daub mit Dave Abrath wohnte, parkte er im Halteverbot.

Kurz darauf klingelte er in etwa so, wie er zuvor gehupt hatte.

»Hallo?«, fragte eine Frauenstimme unfreundlich durch die Sprechanlage.

»Kripo, öffnen Sie bitte.«

»Schon wieder? Wir haben bereits alles gesagt, was es zu sagen gibt.«

»Entweder wir sprechen bei Ihnen zu Hause mit Ihnen oder auf dem Revier.« Ben hatte hörbar wenig Lust zu diskutieren.

Kurz war es still. Dann summte der Türöffner.

Sie stiegen das blitzblanke Treppenhaus hinauf.

An der Eingangstür zur Wohnung wartete Samira Daub. Sie war ungeschminkt, der Unterschied zur letzten Begegnung war frappant.

Unwillig ließ sie Doro und Ben eintreten. »Ich frühstücke gerade. Allerdings habe ich nun keinen Appetit mehr.«

»Das macht nichts.« Ben steuerte die Küche an, Doro folgte ihm.

Auf dem Tisch standen eine Teetasse und ein Schälchen, dessen vogelfutterartigen Inhalt Doro für Chia-Samen hielt.

Sie öffnete eine Kopie von Oliver Peschkes Passbild auf ihrem Handy und hielt es Samira Daub hin.

»Kennen Sie diesen Mann?«

Das schöne Antlitz wich minimal zurück, etwas Abweisendes trat hinein. Als fürchte sie sich vor Unattraktivität, dachte Doro.

»Nein, nie gesehen. Wer soll das sein?« Samira Daub setzte sich auf einen der weißen Holzstühle und schlug ein Bein über das andere. Die graue Jogginghose hatte eigentlich eine andere Bezeichnung verdient, Doro tippte auf reines Kaschmir. Im Jahr ihrer Scheidung hatte sie sich ein solches Teil zu Weihnachten geschenkt, zusammen mit einer teuren Flasche Rotwein. Ihrer Ansicht nach waren es lohnende Investitionen gewesen.

»Frau Daub, Sie wissen, wer dieser Mann ist.« Ben stellte Tatsachen fest.

»Bitte?« Die schmal gezupften Brauen schnellten nach oben.

»Das haben unsere Untersuchungen bereits zweifelsfrei ergeben.«

Der Bluff. Seit Jahrzehnten eine gut eingeführte Methode polizeilicher Ermittlungsarbeit. Manchen lag er, anderen nicht. Ben hatte eine gewisse Begabung, vermutlich weil er von sich selbst überzeugt war. Wenn bluffen nicht fruchtete, zuckte er mental mit den Achseln und ging mitunter zu plattem Drohen über. Ein Mann vieler Talente.

»Da müssen Sie sich irren.« Samira Daub griff nach ihrer Teetasse und trank einen Schluck.

Der Versuch, Zeit zu gewinnen, dachte Doro. Aber irgendwann ist die Tasse leer.

»Ich kann mich an niemanden erinnern, der *so* aussieht.« Samira Daubs flauschiger weißer Pulli rief Doro ein Angorakaninchen in den Sinn.

»Es ist zwar schon über ein Jahr her«, erklärte Ben. »In Ihrem Alter sollte Ihr Gedächtnis allerdings so weit zurückreichen.«

In Samira Daubs Gesicht ging eine minimale Veränderung vor, ein Anflug von Entschlossenheit oder Trotz härtete ihre Züge.

»Klären Sie mich auf?«, sagte sie kühl.

»Gern. Selbst wenn Sie sich nicht mehr erinnern könnten, kann es die Cloud, in der verschiedene Nachrichtendienste gesendete und empfangene Messages abspeichern.«

»Und?« Der gerade erst zugelegte Biss begann schon wieder nachzulassen.

»Der Mann auf diesem Foto ist Oliver Peschke, ein Pfleger auf der Station, auf der Ihr Lebensgefährte arbeitet. Sie haben Peschke beauftragt, Isabell Graumann einzuschüchtern, zu belästigen, zu stalken.«

»Was?« Ein spitzes Lachen erklang. »So ein Unsinn.«

»Frau Daub«, Ben beugte sich leicht nach vorn, »Sie müssen mir *zuhören*. Wir haben entsprechende Nachrichten von Oliver Peschke ausgewertet. Außerdem wusste Bella, dass Ihr Freund und Sie ihr den Mann auf den Hals gehetzt hatten, und sie hat es dokumentiert. Wir suchen Oliver Peschke wegen Mordes, Frau Daub. In dieser Sache hängen Sie mit drin.«

»Bitte?« Das Angorakaninchen fixierte die Schlange.

Doros Blick lief weiter zu der teuren Schweizer Kaffeemaschine. Nach der Brühe im Büro hätte sie sich gern einen richtigen Cappuccino gemacht. Ben kam gut allein klar.

»Mord, Frau Daub, ist eine sehr ernste Sache.« Trotz seines Out-of-Bed-Looks traf Ben den Ton eines Strafrichters.

»Nachdem Bellas Blog ungeachtet Ihrer Einschüchterungsversuche immer mehr Follower angezogen hat, haben Sie Oliver Peschke beauftragt, die Konkurrenz endgültig aus dem Weg zu schaffen.«

»Nein!« Samira Daub sprang auf. »Doch nicht Mord.«

»Setzen Sie sich bitte wieder. Sie sollten uns die Wahrheit sagen, Frau Daub.«

Die hat schon zu viel gesagt, dachte Doro. Erstaunlicherweise machten die Leute immer wieder ohne einen Anwalt den Mund auf.

Blass geworden ließ sich Samira Daub zurück auf den Stuhl fallen. »Es war Daves Idee«, murmelte sie.

Surprise, dachte Doro.

»Er wollte meine Karriere pushen, mich, also uns, nach vorn bringen. Bella war uns im Weg, sie hat zunehmend an Einfluss gewonnen. Der Markt ist hart umkämpft.«

»Was war Daves Idee?«, fragte Ben.

»Das mit dem Stalker.« Die Gesichtszüge bekamen im Schmerz etwas Madonnenhaftes. »Nur das. Das müssen Sie mir glauben, es ist die Wahrheit. Mit Bellas Tod haben wir nichts zu tun.«

Doro war sich diesbezüglich nicht sicher. »Haben Sie eine Vermutung, wo sich Oliver Peschke aufhält?«

»Ich kenne den Mann doch gar nicht!«

Der Knall ging beinahe in der grellen Stimme unter. Die Wohnungstür war zugefallen, einen Augenblick später stand Dave Abrath in der Küche.

»Was ist hier los?«

»Herr Abrath, grüße Sie.« Ben rang sich ein Lächeln ab. »Müssen Sie nicht arbeiten?«

»Ich habe wichtige Unterlagen vergessen, die ich holen wollte.«

»Ach so. Wir haben uns ein wenig mit Ihrer Lebensgefährtin unterhalten.«

Samira Daub führte ihre Acrylnägel an den blassen Lippen entlang.

»Ohne unseren Anwalt machen wir keinerlei Angaben mehr.« Dave Abrath schnaubte. »Alles, was meine Lebensgefährtin gesagt haben sollte, können Sie ohnehin nicht verwerten. Das sind unrechtmäßig erlangte Informationen. Sie dürfen nicht einfach in unsere Wohnung eindringen.«

»Eindringen? Jetzt machen Sie mal einen Punkt. Herr. Abrath.« Ben mochte die direkte Konfrontation. Den Schwanz einzuziehen, ging ihm völlig ab.

»Was, denken Sie denn, hat Frau Daub uns erzählt?«, fragte Doro.

»Es gibt nichts, was für Sie von Belang sein könnte«, entgegnete Dave Abrath.

»Dave …«, Samira Daub zögerte. »Die Polizei wusste das mit diesem Mann schon. Dem, der bei dir in der Klinik arbeitet.«

»Was?« Dave Abraths Gesicht wechselte die Farbe. »Welcher Mann?«

»Oliver Peschke«, antwortete Doro. »Er wird wegen Mordes gesucht. Wo könnte er sich aktuell aufhalten?«

»Stopp!« Dave Abrath schnitt mit seiner flachen Hand waagerecht durch die Luft. »*Cut. Freeze.* Wir sagen ohne Anwalt nichts mehr.«

»Dave …«

»Nichts mehr!«

»Herr Abrath, Ihre Lebensgefährtin war bereits so freundlich, uns von Ihrem Auftrag an Oliver Peschke zu unterrichten«, bemerkte Ben.

»Raus! Verlassen Sie unsere Wohnung.«

»Gern. Wir laden Sie im Gegenzug zu uns aufs Revier. Ihren Anwalt können Sie natürlich mitbringen.« Ben linste zum Küchentisch. »Vogelfutter und Jasmintee gibt's bei uns nicht, aber einen Kaffee bekommen Sie bestimmt.«

Marke Magenfraß, dachte Doro.

»Gehen Sie!« Dave Abraths Hals hatte rote Flecken bekommen.

Doro warf Ben einen auffordernden Blick zu. Sie kannte seine Vorliebe, sich festzubeißen. Darin glich er, trotz seiner Körpergröße, einem Terrier.

Widerwillig wandte er sich zum Ausgang.

»Vergessen Sie Ihre wichtigen Unterlagen nicht«, raunte er. Dann verließ er mit Doro die Wohnung.

Auf dem Gang blieb sie stehen und horchte.

»Du dämliche Kuh!«, hörte sie Dave Abrath drinnen schreien. »Wieso hältst du nicht einfach die Klappe?«

Häusliche Gewalt kann er sich zurzeit nicht leisten, überlegte Doro. Er wird sich wohl beherrschen.

Sie steuerte die Treppe an, am Absatz wartete Ben.

»Wird Abrath versuchen, zu Peschke Kontakt aufzunehmen?«, fragte er.

»Hoffen wir's.« Sie stieg die Stufen hinunter. »Ich brauche einen anständigen Kaffee und was zu essen. Lass uns zu der Bäckerei gegenüber gehen.«

18

Das Schokocroissant war über Stunden Doros einziger Mageninhalt geblieben. Andernfalls wäre ihr schlecht geworden.

»Ben, wusstest du, dass alle Frauen nur auf ein Alphamännchen warten? Auch Lesben.«

Ben rollte mit dem Bürostuhl zur Seite, griff in die Tüte Gummibärchen auf seinem Schreibtisch und warf sich eine Ladung in den Mund.

»Wenn man kein Alphamännchen ist, so wie diese armen Incels, bleibt man ziemlich auf der Strecke.« Er schmatzte. »Und manche wünschen sich tatsächlich den Islam, weil sie glauben, dass die Frauen da dienstbar und unterwürfig sind.«

Doro stand auf. »Die Persönlichkeitsprofile sind offenkundig gestört. Die Wahrnehmung und die Weltsicht der Männer erscheinen in ihrem eigenen Kosmos konkludent, aber von außen betrachtet sind sie völlig krank.«

Während draußen die Fahndung nach Oliver Peschke auf Hochtouren lief, waren Doro und Ben den Verbindungsdaten von Peschkes Internetanschluss nachgegangen.

Neben Pornoplattformen war die am häufigsten aufgerufene Seite die eines Forums für Incels, einer Community, die Ende der Neunzigerjahre als *Involuntary Celibacy Project* gestartet war. Kurze Zeit später war sie von sexuell erfolglosen Männern übernommen worden.

Die unfreiwillig Zölibatären tauschten Gewaltfantasien aus und radikalisierten sich zunehmend auch politisch. Der Mann, der 2018 in Toronto als bekennender Incel mit dem Auto in eine Menschenmenge gerast war, wurde als Held gefeiert.

Doro hatte Aufrufe zur Vergewaltigung gelesen, diverse Verschwörungstheorien und hasstriefende Beiträge, die die bedingungslose Vorherrschaft weißer Männer forderten.

»Ich glaube, es liegt nicht primär am Aussehen.« Ben hielt ihr die Gummibärentüte hin. Als sie ablehnte, griff er hinein. »Guck dir die Frauen von Bernie Ecclestone an. Eine schöner als die andere.« Er kaute mit vollem Mund. »Es liegt an der Verkorkstheit. Und wenn Aussehen, Geld oder Intelligenz da nichts kompensieren können, hast du als Mann den Salat.«

»Oder als Frau«, erwiderte Doro. »Mich wundert, dass die Szene bei uns gar kein Monitoring erfährt. Ab und an wird ein Forum wegen übler Hasstiraden geschlossen, dann formiert sich woanders ein neues, und das gleiche Spiel geht von vorn los. Die fließenden Übergänge zum Rechtsextremismus scheinen unseren Verfassungsschutz bislang wenig zu interessieren.«

»Es geht halt in erster Linie um Frauen und Sex.«

»Äh ... nein? Es geht um Gewalt, auch um politisch motivierte Gewalt.«

Ben zuckte mit den Schultern. »Guck dir das hier mal an.« Er deutete auf seinen Bildschirm, Doro kam heran.

»Ich habe versucht, die Zeiten, die Peschke auf der Incel-Seite war, mit Postings und Usernamen abzugleichen. Also rauszufinden, welcher User zu der Zeit gepostet hat, zu der Peschkes Internetverbindung bestand.«

»Und?«

»Es gibt nur einen Usernamen, der für das Zeitprofil passt: ›Bolide‹. Das scheint Peschkes Alias zu sein.«

Doro überlegte. »Boller? ... Daher dieser Nachname, den Peschke in der Klinik angegeben hat? Nee, warte ... Oli. In *Bolide* steckt Oli drin, Oliver.«

»Stimmt.« Ben fuhr mit dem Mauszeiger in das obere Drittel des Bildschirms. »Das dort sind seine letzten Posts.«

Doros Augen flogen über einen Text.

Nutten rebellieren gegen ihre Auftraggeber. Sie brechen Verträge und kommen ihrer Verpflichtung nicht nach. Eine Maschine, die ihren Dienst nicht mehr tut, wirft man auf den Müll.

»Klingt, als sei der kürzlich bei einer Prostituierten gewesen«, sagte sie.

»Genau. Aber alle Hamburger Huren auf der Suche nach Hinweisen zu seinem Verbleib abzuklappern, ist unrealistisch.«

Doro fixierte den Bildschirm. »Ein gewisser ›Locksmith69‹ hat ihm geantwortet.«

»In den vorangehenden Posts sind es andere User. Mal der, mal der, und immer der gleiche üble Mist. Etwas, das uns zu Peschkes Aufenthaltsort führen könnte, war nicht rauszulesen.«

»Wir lassen über einen Abgleich der IP-Adressen prüfen, wer aus Hamburg und Umgebung diese Forenseite aufruft. Vielleicht ist Peschke bei einem Incel-Kollegen untergekommen. Das werden keine Massen sein, die Szene ist nicht besonders groß. Zumindest noch nicht.«

»Dafür gefährlich«, sagte Ben. »Ich kümmere mich darum. Allerdings wird es dauern, bis wir die Angaben zu den Usern bekommen. Heute wird das sicher nichts mehr.«

»Da draußen läuft ein Mörder frei rum. Hunde und Hubschrauber haben uns bislang nicht weitergebracht. Wir brauchen eine konkrete Spur.«

Mit Doros letztem Satz war Max Holle ins Büro gekommen.

»Die Auswertung der Videoaufzeichnungen bei den U- und S-Bahnen liefert uns die leider auch nicht«, sagte er.

Doro ging zum Fenster, draußen war es bereits dunkel. Die Scheibe spiegelte undeutlich ihr Gesicht, tiefe Schatten lagen darin.

»Der fragliche Zeitraum liegt zwischen sechs Uhr zwanzig, als Peschke seinem alten Nachbarn zufolge noch in der Wohnung war, und etwa neun Uhr zehn, als unsere Leute bei Peschke rein sind«, erklärte Max weiter. »Das heißt, wir landen voll in der morgendlichen Stoßzeit und dem ganzen Trubel. Peschke war auf keiner Aufzeichnung der Haltestellen in seiner Nachbarschaft zu identifizieren, wir haben drei Leute darangesetzt.«

»Shit«, zischte Doro. »Wo steckt der?«

»Eine Millionenstadt wie Hamburg bietet unzählige Schlupflöcher, dazu der Hafen, das Umland.« Max hob seine knallrosa Schultern. »Das mit der Kleingartenkolonie Borgweg war leider auch nichts.«

»Leider nicht«, murrte Doro.

Ein Hinweis aus der Bevölkerung hatte Einsatzkräfte zu den Kleingärten geführt, die ein taugliches Versteck bieten konnten. Tatsächlich griffen die Kollegen einen Mann auf, der eigentlich nicht dorthin gehörte. Er hatte ausgesagt, er habe »nur mal gucken wollen«. Wie auch immer es sich damit verhielt, es war nicht Peschke gewesen.

Kurze Zeit später war nach einem weiteren Anruf ein Regionalzug nach Ahrensburg auf freier Strecke gestoppt und von SEK-Männern durchsucht worden. Peschke blieb verschwunden.

»Wie ist der von zu Hause weggekommen?«, sagte Doro. »Es wirkt, als habe er sich aus dem Haus gebeamt. Kein Taxi, keine öffentlichen Verkehrsmittel, keine Anrufe, um abgeholt zu werden.«

»Laut den Ärzten in der Klinik ist Fahrradfahren bei seiner Verletzung auch kaum drin«, ergänzte Max. »Da kommt er nicht weit.«

»Also Flucht zu Fuß. Oder es befand sich schon in der Nacht jemand in Peschkes Wohnung und hat ihn weggebracht.«

»So sieht's aus. Die Fluchtszenarien grenzen sich ein, allerdings bringt das die Ermittlungen noch nicht voran. Äh, darf ich?« Max zeigte auf die Gummibärentüte.

»Klar, bedien dich«, sagte Ben. »Hättest du eigentlich bei einem Jungen ein hellblaues Hemd angezogen?«

»Glaub schon.«

»Findest du das nicht ein bisschen ... stereotyp?«

»Hä?« Max steckte sich Gummibären in den Mund. »Wie bist du denn drauf? Meine Süße mag im Moment eben gern Rosa.«

»Die große oder die kleine Süße?«

»Beide.«

Nicht Bens Welt, dachte Doro. Sie kehrte zu ihrem

Schreibtisch zurück und hob den Hörer vom Telefon. Michaels Nummer war eingespeichert. Er meldete sich direkt.

»Hi, Doro. Ich wollte dich gerade anrufen. Eine Mitarbeiterin vom molekulargenetischen Labor hat durchgegeben, dass die im Elbwasserwerk sichergestellte DNA mit der von Oliver Peschke übereinstimmt. Die Blutspuren im Kofferraum seines Wagens sind ebenfalls eindeutig Bella zuzuordnen. Der Täter ist somit ermittelt.«

»Aber nicht festgenommen.«

Michael zögerte einen Moment. »Seid ihr weitergekommen?«, fragte er dann.

»Wie man's nimmt.« Doro fasste kurz den aktuellen Stand zusammen. »Was ist mit Dave Abrath? Ist der jetzt trotz der Stalkinggeschichte raus aus der Sache? Es ist möglich, dass er Peschke auch zum Mord angestiftet hat.«

»Für weiterführende Ermittlungsschritte gegen Abrath und seine Freundin reichen die Umstände derzeit nicht aus. Abraths Anwalt hat außerdem eine Stellungnahme geschickt, wonach seine Mandantschaft alle Auskünfte gegeben habe, die in der Sache relevant sein könnten. Dave Abrath und Samira Daub werden sich im Weiteren nicht äußern.«

»Super. Bekommen wir die Handydaten der beiden?«

»Per Richtervorbehalt nicht. Ob ihr Abrath in anderer Form überwachen lassen wollt, müsst ihr selbst wissen.«

»Peschkes Telefon ist tot. Selbst wenn Abrath versucht, ihn zu erreichen, läuft er ins Leere. Falls Peschke ein weiteres Handy nutzt, kennen wir die Nummer nicht.«

»Und physisch kontaktieren wird Abrath Peschke nicht«, ergänzte Michael. »Sofern er weiß, wo sich Peschke aufhält, wäre ihm das sicher zu heiß.«

»Vermutlich ja.« Doro machte eine Pause. »Sehn wir uns später?«

»Du, ich bleib länger im Büro. Die neue Referendarin ist ziemlich fit. Die will alles wissen, ich arbeite sie noch weiter ein.«

»Ah so.« Doros auf dem Schreibtisch liegendes Handy gab einen Piepton von sich. »Wie heißt sie denn?«

»Wer?«

»Die Referendarin.«

»Nina Masuhr. Prädikatsexamen mit »gut«, ein rares Pflänzchen also. Ich hoffe, sie kann mir bald Arbeit abnehmen. Du weißt, dass wir in Akten ersaufen.«

»Na dann. Sauf mal nicht ab.«

»Ich versuch's. Tschüs. Bis morgen oder so.«

»Tschüs.« Doro legte auf.

Oder so? Mit einem Stirnrunzeln öffnete sie die Nachrichten-App auf ihrem Handy.

Constantin hatte geschrieben. »Bin da.«

Fünf Buchstaben. Das Minimum, um den Inhalt zu vermitteln.

Knappheit, die Constantin seit Grundschulzeiten pflegte.

»Er ist eben ein Mann«, hatte sein Vater einmal lachend gemeint und war selbst überbordend gewesen, wenn es um den Erfolg seiner neu gegründeten Firma gegangen war.

Egal, dachte Doro. Constantin war zu Hause, und da wollte sie auch hin.

»Komme gleich«, antwortete sie ihm, schob ihr Telefon in die Hosentasche und loggte sich an ihrem Rechner aus.

»Ihr beiden, ich muss los. Ich will zumindest mal kurz mit meinem Sohn sprechen, bevor er vergisst, wie ich aussehe.«

»Alles klar. Wir halten dich auf dem Laufenden.« Ben ließ ihr ein Lächeln zukommen, das für seine Verhältnisse regelrecht herzlich war. »Grüß Constantin.«

»Mache ich. Bis später.«

Doro verließ das Büro, lief das Treppenhaus runter und trat in den herbstlichen Abend. Sie zog ihr Rennrad aus einem Fahrradständer in der Nähe des Eingangs und strampelte los Richtung Eppendorf.

Luft und Bewegung taten ihr gut. Nach einigen Hundert Metern merkte sie, wie hungrig sie war. Ein Abendessen zusammen mit ihrem Sohn, vielleicht ein Glas Rotwein – ein Lichtblick an einem Tag voller Abgründe.

Ihre Gedanken liefen zu Peschke zurück. Ein psychopathischer Frauenhasser war auf der Flucht. Diese Männer hatte es schon immer gegeben, doch Doro hatte nicht gewusst, wie organisiert und radikal die Szene mittlerweile war. Das Internet machte es möglich. Ihrer Vermutung nach hatte ein Gesinnungsgenosse Peschke Unterschlupf gewährt, Männer waren traditionell gut im Netzwerken.

Sie trat kräftiger in die Pedale, mit Speed raste sie durch die Stadt. Ihr Weg führte sie über die Alster. Mit dem am Wasser gelegenen Hayns Park verband sie bei jeder ihrer Fahrten Erinnerungen an Constantins Kindheit, an Spaziergänge mit ihm, an sein Lachen, wenn er Herbstlaub in die Luft geworfen hatte.

Nach weiteren zehn Minuten erreichte sie atemlos ihre Wohnung.

Ein warmer Lichtschein fiel durch die Fenster nach draußen, sie atmete auf, Constantin war noch da.

Kurz darauf betrat sie die Diele.

»Constantin?«

Er antwortete nicht. Die Tür zu seinem Zimmer stand offen, sie ging rein.

»Hey, Consti. Alles klar?«

In einem ausgeleierten Kurzarmshirt saß er an seinem Schreibtisch. Noch während Doro gesprochen hatte, war erst Erstaunen und dann Adrenalin in ihr aufgestiegen. Constantins rechter Oberarm war mit Klarsichtfolie umwickelt.

»Was ist das?« Ihre Stimme war scharf.

»Ein Tribal.« Constantin drehte sich noch nicht einmal um, Doro starrte auf seinen wuscheligen Hinterkopf.

»Du hast dich tätowieren lassen?« Mit zwei Schritten war sie bei ihm. »Hast du sie noch alle? Das bleibt für *immer*.«

»Soll es ja auch.« Maulig griff Constantin nach seinem Handy.

»Du brauchst für so was die Erlaubnis deiner Eltern. Die hattest du nicht. Wer hat das gestochen?« Doro erkannte die Umrisse unter der Folie. »Scheiße, das ist ein Riesenteil.«

»Papa hat's erlaubt.« Constantins Finger glitt über das kleine Display, demonstrativ interessiert sah er darauf.

Doro war außer sich. »Was hat der? Ohne mit mir zu sprechen?«

»Mach doch nicht so einen Aufriss. Alle haben ein Tattoo.«

»Ach ja? Wieso willst du dann nicht besonders bleiben und keins haben?«

Trotzig blickte Constantin auf. »Jetzt bin ich eben nicht mehr besonders.«

»Du weißt genau, dass ich das so nicht gemeint habe.« Doro schnappte nach Luft.

Constantins hübsches Gesicht verfinsterte sich weiter. Er sprang auf. »Es geht nicht immer nur nach dir. Mit meinem Körper kann ich machen, was ich will.« An Doro vorbei stürzte er aus dem Zimmer.

»Wo willst du hin?«

»Zu Papa.«

»Stopp, warte! Vielleicht hab ich überreagiert. Es war ein anstrengender Tag auf dem Revier.« Doro lief ihrem Sohn hinterher. Der hatte seine Jacke angezogen und riss die Wohnungstür auf.

»Bei mir brauchst du dich nicht mehr anzustrengen«, blaffte er und stürmte raus.

»Constantin!«

Seine schnellen Schritte hallten auf der Treppe. Wenig später knallte die Haustür im Erdgeschoss zu.

19

»Du kannst nicht hierbleiben. Also, klar, die eine Nacht schon. Aber länger geht's nicht.« Mit seinem Feuerzeug hebelte Roland die Halbliterflasche Bier auf und reichte sie ihm. »Trink erst mal was. Du siehst aus wie der Tod auf Urlaub.«

Entgeistert nahm er die Flasche an, Furcht kroch in seine Eingeweide. »Warum das denn nicht, Roland? Ich brauche was zum Pennen.« Er trank, sein Bauch tat wieder weh, die Wirkung des Opiats hatte nachgelassen.

Die Ahnung, dass das keine normalen postoperativen Schmerzen waren, machte ihm zu schaffen. Die Patienten, die er nach ähnlichen OPs gesehen hatte, waren mit ihrem Ibuprofen ruhiger gewesen.

»Ich weiß echt nicht, wohin ich sonst soll. Unter uns muss man sich doch aufeinander verlassen können«, drängte er.

»Mensch, Oli, das kannst du ja auch. Es ist nur so, dass … im Moment … Also …«

»Also was?«, plärrte er, seine Nerven lagen blank.

»Ich hab jemanden kennengelernt.« Roland hob die Bierflasche an seine schmalen Lippen. Die Schlucke klangen dumpf in der Kehle.

»Wie?« Er starrte seinen Kumpel an. Der setzte die halb

geleerte Pulle wieder ab. In dem hageren Gesicht lag ein schlecht unterdrücktes Grienen. »Etwa eine Zippe?«

»Du, die ist echt anders.« Rolands verschrobene Züge formten sich zu einer Kennermiene. »Türkin.«

»Scheiße.« Er knallte seine Flasche auf den Küchentisch. »'ne Kopftucheule? Bist du noch ganz dicht?«

»He, mach mal halblang«, raunte Roland.

»Alle Weiber sind gleich, Türkin hin oder her. Und wenn se vom Nordpol käme.«

»Ja, klar, sicher.« Mit seinen spinnenartigen Fingern griff Roland nach dem Päckchen Tabak auf der ranzigen Tischplatte und begann, sich eine Zigarette zu drehen. »Ist auch nix Ernstes.«

»Wie? Nur zum Ficken, oder wie?« Eine fiebrige Hitze überlief ihn, die Küchenschränke schienen sich zu wellen und auf ihn zuzukommen. »Du hast neulich erst gesagt, dein Schwanz wäre so nutzlos wie ein Blinddarm.«

»Da lief mit Emese ja auch noch nix.« Ein Ende der Kippe verschwand in Rolands Zahnlückenmund, das andere wurde angezündet. »Ich nehm das halt einfach mit. Wie Bumsurlaub oder so.«

»Den kannst du nächste Woche auch noch machen.« Sein Bauch brannte wie Feuer. »Sag der Eule wenigstens die nächsten drei, vier Tage ab.«

»Das geht nicht.« Roland schnippte die Kippe auf den Rand des Aschenbechers, obwohl sich noch gar keine Asche gebildet hatte. »Die ist sonst weg. Die wird misstrauisch, wenn ich der absage. Bei so einer musst du zu deinem Wort stehen.«

»Komm doch nicht mit so 'nem Scheiß. Ehrenwortscheiß,

oder was? Du willst die nageln, willst nicht drauf verzichten. Das ist Verrat!« In ihm zog sich alles zusammen. Auf dem Herd stand der Rest eines Doseneintopfs, der Geruch füllte die enge Küche und verursachte ihm Übelkeit.

»Jetzt halt mal die Luft an«, schnauzte Roland. »Ich hab mich einfach … weiterentwickelt.«

»Du hast *was*?« Er war fassungslos.

»Pass auf, es ist doch so …« Roland zog an der Kippe, schmallippig blies er Rauch aus. »Wenn wir Veränderung wollen, 'ne andere Gesellschaft, eine, in der Weiber wissen, wo ihr Platz ist, dann muss man da politisch rangehen. Groß denken, verstehst du?«

Die Diskussion kannte er aus dem Forum zur Genüge. Sein Ansatz war ein anderer, der einer direkten Aktion.

»Und?«, fragte er wenig interessiert.

»Ich hab mich bei den Identitären umgesehen. Ist nicht schlecht, was die machen.« Roland lehnte sich auf dem alten Küchenstuhl zurück, der Kragen seines Sweatshirts hatte gelbe Ränder. »Klar, die haben den Verfassungsschutz am Arsch, da muss man aufpassen. Aber das heißt ja nur, dass die was bewegen, dass die ernst genommen werden«, dozierte er. »Die europäische Kultur muss gestärkt werden, die Identität des Abendlands, gegen Moslems und so. Wir hatten da schon mal gute Ansätze über die deutschen Grenzen hinweg, im Prinzip war das damals ein europäischer Gedanke. Da wussten die Frauen auch, wo sie hingehören.«

»Identitäre?«, wiederholte er perplex. »Du knallst 'ne Türkin!«

»Die ist hier geboren. Das ist keine richtige.«

»Scheiße, Mann. *Ich* hab was für uns getan, für unsere Sache.« Seine Stimme kippte. »'ner Plastikhure das Licht ausgeblasen. Die Weiße Pille geschluckt.«

»Ja, das ist topp. Deshalb helf ich dir ja auch.« Roland sprach beschwichtigend. »Aber, wie gesagt. Meine Ische kommt gleich von der Arbeit, wär gut, wenn du da schon pennen würdest. Und morgen früh vor neun solltest du weg sein. Die muss dich nicht bei mir sehen. Ob die die Klappe halten würde, weiß ich nicht. Ist also zu deinem eigenen Schutz.«

Das bittere Lachen blieb ihm im Hals stecken. Er kramte in seiner Hosentasche nach den Targin, drückte die vorletzte Tablette aus der Blisterpackung und schluckte sie mit Bier runter.

»Keine Angst«, näselte Roland. »Ich lass dich nicht auf der Straße stehen. Ich hab 'nen Kumpel, Thorsten, bei dem kannst du ein, zwei Tage unterkommen. Der ist okay. Seine Alte ist vor paar Monaten mit den Kindern weg, der hat auch von Weibern die Schnauze voll.« Er stand auf, ging in die Diele und kam mit einem Zettel zurück, den er auf den Tisch legte. »Das ist die Adresse. Morgen früh kannst du zu ihm.«

Nur beiläufig sah er auf eine Anschrift in Rahlstedt. »Wie soll ich da hinkommen? Die Bullen filzen alles da draußen. Dann musst du mich schon fahren.«

Roland runzelte die eckige Stirn. Er inhalierte einen tiefen Lungenzug. Der ausgeblasene Rauch waberte durch das grelle Neonlicht. »Hm.«

»Was?«

»Du, im Moment ist mir das zu heiß. Das kann ich nicht riskieren. Wenn mich die Bullen anhalten, bin ich am Arsch. Wir beide.«

In ihm stieg Verzweiflung auf. Sie wandelte sich in glühenden Zorn. Seine Kiefer mahlten aufeinander. Er zog seine Wangen ein und biss auf die Mundschleimhaut, wie um dem Schmerz im Bauch einen anderen entgegenzusetzen.

»Ich kann dir ein Fahrrad leihen«, sagte Roland. »Und 'ne Mütze oder so, die du tief ins Gesicht ziehen kannst.«

Die Worte fraßen wie Säure in ihm. Ein paar Sekunden saß er gekrümmt da, dann stand er auf. »Mir ist nicht gut, ich geh pennen.«

»Klar. Penn dich aus. Morgen früh geht's dir besser. Ganz bestimmt.« Roland hob die rechte Hand.

Erschöpft schlurfte er aus der verqualmten Küche, ging aufs Klo, wand sich in Krämpfen. Beim Abspülen sah er das Blut in der dreckigen Schüssel. Nachblutungen kommen vor, sagte er sich. Sind keine Katastrophe.

In einem winzigen Zimmer voller Gerümpel legte er sich auf eine Campingliege und zog die muffige Wolldecke über sich.

Die Schmerzen ließen nach, das Opiat benebelte ihn, tauchte seinen Kopf in eine gnädige Wolke.

Er versuchte, sich zu entspannen, zu schlafen, Kräfte zu sammeln.

Das Bild eines kapitalen Hirsches trat vor seine Augen. Blut troff aus der Flanke des Tieres, es sprang über eine Lichtung, weiter durch einen Wald, das Halali seiner Jäger hinter sich. Doch der Hirsch kannte sich in seinem Revier aus, lief in einem Bachlauf am Ufer entlang, verwischte seine Fährte für die Hunde.

Der Opiatdunst verdichtete sich, besänftigte das Hirn, die Augenlider wurden schwer. Er nahm eine Zuckung seiner

Beine wahr, schreckte kurz zusammen, fiel wieder zurück in die Schläfrigkeit. Wenig später ließ er sich treiben.

Die Blockhütte in Kanada war das Letzte, woran er dachte.

***

Ein scharfes, rhythmisches Geräusch schreckte ihn in der Dunkelheit des stickigen Raumes auf. Sekundenlang wusste er nicht, wo er war. Sein nasses T-Shirt klebte am Körper, zuerst dachte er, er sei in den Bach gefallen. Dann fühlte er kalten Schweiß überall auf seiner Haut.

Das stoßartige Knallen hielt an, Stöhnen mischte sich darunter, drängend und hart. Eine Frauenstimme quiekte, rief etwas, das er nicht verstand.

Ekel überlief ihn, Abscheu, den man für einen Verräter übrig hat. Er wollte die Ohren schließen wie die Augen, presste seine Fäuste vor die Muscheln.

Das Stoßen aus dem Nachbarzimmer drang hindurch, gnadenlos wie ein Dampfhammer. Die Signale rauschten in sein Gehirn. Und dann katapultierten sie ihn zurück, wie im freien Fall, um Jahre und Jahre, bis in seine Jugend.

Nebenan vögelte seine nichtsnutzige Schwester irgendeinen Kerl, er hörte die beiden. Sie tat es mit Absicht, um ihn zu beschämen, ließ ihn wissen, dass sie es konnte und er nicht.

Er hatte es ihr zeigen wollen, hatte eine mit dünnen Haaren und schiefen Zähnen mit zu sich genommen. Sie hatte bei ihm Cola getrunken und die ganze Zeit über ihre gemeine Freundin gelästert. Als er sie auf sein Bett geschubst und festgehalten hatte, hatte sie ihn angespuckt, sich aus seinen Griffen gewunden und war zeternd aus der Wohnung gerannt.

Tack, tack, tack, hämmerten Rolands Stöße von nebenan, mit der zähen Ausdauer des mageren Leibes, die Türkin quietschte.

Er lag da, war kurz davor, sich übergeben zu müssen.

Benommen kippte er die Beine vom Polster, atmete tief durch. Dann griff er seine auf dem Boden liegende Hose, schlüpfte hinein und stand auf. Leise drückte er die Türklinke herunter.

Draußen wirkten die Geräusche, als stünde er unmittelbar daneben. Ein plötzlicher Impuls, in Rolands Zimmer zu stürzen und den Verräter von der Türkin zu zerren, überkam ihn. Standrechtliche Erschießung, kurzer Prozess.

Er nahm seine Jacke vom Haken an der Garderobe, die Waffe der Bullenfrau steckte in der Innentasche. Kurz verharrte er reglos in dem Mief der engen Wohnung. Das Knallen wurde schneller, »Oi, oi, oi«, schrie die Türkin.

Angewidert schluckte er galligen Schleim runter, griff in die speckige Jeansjacke seines ehemaligen Kumpels und zog den Autoschlüssel heraus. Danach öffnete er die Wohnungstür und trat auf den dunklen Flur.

20

»Ich sitze hier nur mit dir, weil ich dich ganz gut leiden kann.«

»Danke.«

»Und weil es bestimmt ein blödes Gefühl ist, von seinem Sohn im Streit verlassen zu werden.«

»Ist es.«

»Aber im Gegensatz zu dir hätte ich durchaus schlafen können. Sogar ziemlich gut.«

»Ben, ich weiß wirklich zu schätzen, dass du es gerade nicht tust.« Vom Beifahrersitz aus beobachtete Doro die erleuchteten Fenster des Gründerzeithauses in Altona. In einem Zivilwagen stand sie mit Ben vor Dave Abraths Wohnung. »Und ich weiß, dass unsere Warterei wenig Aussicht auf Erfolg hat. Wenn die da oben das Licht ausmachen, brechen wir ab.«

Ben räusperte sich. »Es ist einen Versuch wert. Falls sich Peschke bei Abrath meldet, tut er es zeitnah, in seiner Situation wird er nicht noch Tage abwarten.«

Spätestens seit dem G20-Gipfel vor einigen Jahren war die Hamburger Polizei technisch gut ausgerüstet. Einer der seinerzeit eingesetzten IMSI-Catcher befand sich auf der Mittelkonsole zwischen Doro und Ben. Kaum größer als ein Funkgerät, simulierte dieses Teil einen Mobilfunkmast.

Das Handy, dessen Kommunikation verfolgt werden sollte, buchte sich bei diesem starken Signal ein. Der IMSI-Catcher leitete den Sendeverkehr an das normale Mobilfunknetz weiter, funktionierte dabei aber wie eine dazwischengeschaltete Wanze, mit der abgehört wurde.

Derartige Einsätze durch die Polizei waren keine Einzelfälle. Häufig kamen die Catcher bei der Suche nach vermissten Personen zum Einsatz. Aber auch Gefahrenabwehr und Strafverfolgung boten typische Anwendungsfelder.

Die Nutzung bei Dave Abrath und Samira Daub gehörte allerdings in eine dienstrechtliche Grauzone, Ben hatte sie als anthrazit bezeichnet. Zudem rechnete Doro kaum mit einem Fortschritt in den Ermittlungen.

Mobilfunktechnisch herrschte Sendepause bei Dave und Samira. Ob sie in ihrer Wohnung stritten oder schwiegen, wusste Doro nicht.

Herzhaft gähnend streckte Ben die Beine aus.

»So schlimm finde ich das mit dem Tattoo nicht. Ob er es zwei Jahre früher oder später stechen lässt, wen kümmert's.«

»Mich.«

»Ich hab übrigens auch eins.« Ben drehte ihr sein Jungengesicht zu.

»Soll ich jetzt raten, wo?«

»Kommst du eh nicht drauf.«

»Ein Kolibri auf der Pobacke.« Doro zog eine Packung Kaugummis aus ihrer Jackentasche.

»Wer hat dir das verraten?«

»Weibliche Intuition.« Sie hielt ihm das Päckchen hin, er schüttelte den Kopf. Zwei der Pfefferminzteile landeten in ihrem Mund, sie begann zu kauen.

»Eigentlich kannst du doch froh sein, dass dein Sohn so einen starken Willen hat«, sagte Ben. »Eine Milchsemmel willst du auch nicht zu Hause hocken haben.«

Doro schwieg einen Moment. »Die würde ich aber auch lieben«, murmelte sie.

»Hm.« Ben strich über das Lenkrad. »Denkst du, Dave und Samira lieben sich? Oder ist das mehr eine Zweckgemeinschaft?«

»Manchmal verbindet sich …«

Ein heller Signalton durchschnitt Doros Stimme. Fast wäre ihr der Kaugummi in die Luftröhre gerutscht.

»Ein Anruf.« Ben klang hellwach. Gleichzeitig mit Doro neigte er den Kopf zum Display des IMSI-Catchers. Dave Abraths Handy wurde von einem Hamburger Festnetzanschluss angewählt.

»Eins, acht, eins, acht am Anfang«, sagte Ben. »Das ist doch eine Nummer aus Abraths Klinik.«

Doro nickte. Sie griff nach dem Kuli auf der Ablage und kritzelte die nachfolgenden Zahlen auf einen Zettel.

Dreimal erklang der Rufton, dann klickte es.

»Abrath.«

»Hallo, Doktor Abrath, hier ist Wagner«, sagte eine männliche Stimme. »Frau Peemöllers Zustand hat sich verschlechtert, Sie wollten entsprechend informiert werden. Sie klagt über pochende Schmerzen in der oberen Brust und hat erhöhte Temperatur. Im Ultraschall lässt sich ein innen liegender Herd ausmachen, unterhalb der *Pars costalis* proximal des Ösophagus. Wir bereiten für die Abszesseröffnung vor.«

Der Anrufer hielt inne, sekundenlang war es still in der Leitung. Auch Abrath schwieg.

»Ösophagus?«, fragte er schließlich. »Hm. Sind Sie nicht ausreichend besetzt? Ich bin nicht im Dienst.«

»Aktuell leider nein, es gab einen Zwischenfall. Könnten Sie herkommen? Dann können Sie sich selbst ein Bild machen.«

Wieder zögerte Abrath. »In Ordnung. Ich mache mich auf den Weg«, sagte er dann. Ohne eine Antwort abzuwarten, legte er auf.

»Okay.« Ben dehnte das Wort und kratzte sich am Kinn. »Ein engagierter Arzt. Fahren wir hinterher?«

Doro überlegte kurz. »Ja. Machen wir.«

Sie packte den Catcher in einen kleinen Metallkoffer und stellte ihn in den Fußraum hinter den Fahrersitz.

Im Treppenhaus gegenüber ging das Licht an. Kurz darauf erschien Dave Abrath in der Eingangstür und trat auf den Gehweg.

Er eilte in die Richtung seines in Sichtweite parkenden Autos, der helle Stoff des offenen Mantels blähte sich wie ein Segel. Abrath neigte den Oberkörper nach vorn, mit einer Hand strich er ordnend über sein Haar.

Die Blinklichter des Audi leuchteten beim Entriegeln der Schlösser auf. Abrath stieg ein, die Scheinwerfer flammten ins Dunkel, Ben startete ebenfalls den Motor.

Er wartete, bis sich Abraths Wagen in Bewegung setzte, parkte aus und folgte ihm.

»Fährt der in die Klinik, weil er so besorgt um seine Patienten ist?«, fragte er. »Oder hat der was verkackt und will Schlimmeres verhindern?«

»Daran habe ich auch gedacht. Derzeit kann er nicht noch eine Baustelle gebrauchen.«

Der Audi bog aus der ruhigen Wohngegend in die nächstgrößere Straße. Ben fuhr hinterher, die Ampel voraus war rot.

»Samira haben wir jetzt allein gelassen, gell?«

»Ich glaube, da passiert nicht viel«, erwiderte Doro. »Der Kopf in diesem Team ist Abrath.«

Die Ampel schaltete auf Grün, Dave Abrath gab Gas. Ben beschleunigte zeitverzögert hinter ihm.

»Der schneidet also gleich Frau Peemöller die Eiterbeule auf?«

»Lassen wir uns überraschen.« Unvermittelt nervte Doro ihr eigenes Gekaue. Sie zog ein Papiertaschentuch hervor, spuckte den Kaugummi rein und steckte es wieder in die Jacke.

»Erh. Wirf den doch aus dem Fenster.«

Doro schwieg.

Um diese Zeit waren die Straßen relativ frei, Dave Abrath überschritt die zulässige Geschwindigkeit erheblich. Dabei war er auch als Arzt im Einsatz vor Bußgeldern und Fahrverbot nicht gefeit. Im Zweifelsfall ließ sich dokumentieren, dass es nicht um Leben und Tod abhängig von Minuten gegangen war.

Ben hingegen hielt das Tempo juristisch gebilligt mit.

Die nächtliche Stadt glitt vorbei, wieder hatte Nieselregen eingesetzt. Der Scheibenwischer fegte durch den Tropfenschleier.

Die Betriebsräume der Klinik waren abgesucht worden, Peschke hatte nicht seinen Arbeitsplatz als Unterschlupf gewählt. Warum sie Dave Abrath nach Barmbek folgten, hätte Doro kaum erklären können, doch Ben fragte nicht nach. Bei ähnlichen Gelegenheiten hatte ihm ein »Nur so« als Antwort gereicht, Doro schätzte das.

Nach einigen Minuten fuhr Dave Abrath auf das Klinikgelände ein, neben dem Haupteingang befand sich das zugehörige Parkhaus. Er lenkte den Wagen in die Zufahrt, die Schranke öffnete sich. Rasch verschwand das Heck des schwarzen Audi dahinter.

Ben orientierte sich kurz und steuerte auf eine freie Stellfläche zu. »Storchenparkplatz – Reserviert für werdende Eltern«, verkündete das Schild daneben. Der Storch mit dem roten Bündel im Schnabel schien zu grinsen.

Doro und Ben stiegen aus. Sie begaben sich zum Haupteingang und betraten das Gebäude.

Der offene, freundliche Raum mit den roten Sitzgruppen war Doro mittlerweile vertraut. Hinter dem hellen Holztresen des Empfangs saß ein älterer Mann. Ben ging zu ihm. Doro hielt sich einige Schritte zurück und beobachtete den weitläufigen Eingangsbereich.

»Guten Abend.« Ben sprach den Mitarbeiter an. »Wo finden wir eine Patientin namens Peemöller?«

Der Mann zog die Brauen zusammen. »Sie können um diese Zeit keine Patienten besuchen.«

»Darum geht es auch nicht.« Ben zeigte seinen Dienstausweis. »Wir benötigen lediglich eine Auskunft.«

»Verstehe. Einen Moment, ich schaue nach.« Die Augen hinter der rahmenlosen Brille richteten sich auf den Computermonitor, Fingerspitzen tippten auf die Tastatur. »Peemöller, Eike, Zimmer 217.« Der Mann sah auf. »Herr Peemöller.«

»Nicht Frau?«

»Bei uns im System wird Eike Peemöller als Mann geführt.«

»Alles klar, vielen Dank. Falls Ihnen heute Nacht etwas Ungewöhnliches auffällt, melden Sie sich bitte bei der Polizei. Wir suchen einen Mitarbeiter der Klinik, Oliver Peschke.«

»Ich weiß. Das hat sich bereits herumgesprochen. Wir sind informiert.«

»Dann noch einen ruhigen Abend.«

Ben wandte sich zu Doro. Im selben Augenblick eilte Dave Abrath herein. Ohne sich umzusehen, peilte er die Fahrstühle an.

»Komm«, raunte Doro. Sie setzten sich in Bewegung.

Dave Abrath erreichte die Aufzüge, drückte einen Knopf, die Tür öffnete sich und gab die leere Kabine frei.

»Hallo, Herr Abrath«, grüßte Doro. »So ein Zufall.«

Er fuhr herum. Das Erstaunen in seiner Miene wechselte blitzschnell zu Verärgerung.

»Was machen Sie hier? Verfolgen Sie mich etwa?«

»Keinesfalls. Dafür gibt es gar keinen Anlass.« Doro lächelte. »Zumal die Polizei ohnehin so wenig Personal hat. Wir haben uns nur kurz mit dem Herrn am Empfang unterhalten, ihn informiert und gebeten, die Augen offen zu halten. Sie wissen ja, wir suchen immer noch nach Oliver Peschke.«

»Ich muss auf Station.« Dave Abrath setzte einen Schritt vor in die Lichtschranke. »Ein Patient braucht mich. Wenn Ihnen Ihre Karriere bei der Polizei etwas bedeutet, sollten Sie mich nicht aufhalten.«

»Natürlich. Die Gesundheit geht vor. Wo sich Peschke befinden könnte, wissen Sie immer noch nicht?«

»Nein.« Dave Abrath begab sich in die Kabine. Vor seinem

strengen Gesicht schloss sich die Tür. Der Fahrstuhl surrte nach oben.

»Tja«, meinte Ben. »Es geht offensichtlich um die Eiterbeule.«

Doro zögerte. »Ja«, sagte sie dann. »Obwohl mir irgendwas merkwürdig vorkommt.«

»Kann sein. Aber es gibt diesen Patienten, und vermutlich liegt er schon im OP. Wenn wir da jetzt weiter nachgehen, kann es Ärger geben. Und unsere Abhöraktion sollte nicht an die große Glocke gehängt werden. Lass uns nach Hause.«

Gepresst atmete Doro aus. »Du hast recht. Ein bisschen Schlaf wäre nicht schlecht, bevor es morgen früh wieder losgeht.«

21

»Halt, Constantin, du hast dein Handy vergessen.« Doro reckte ihrem flüchtenden Sohn das Handgerät eines Schnurlostelefons entgegen. »Ich muss dich doch erreichen können.«

Constantin blieb stehen und drehte sich um. Mürrisch kam er zurück, schwarze Kolibris umflatterten sein Haar. Er griff nach dem Telefon, in diesem Moment verwandelte es sich in einen IMSI-Catcher.

Entgeistert sah Constantin auf das Gerät. »Du spionierst mir nach!«, schrie er. »So wie deinen Kriminellen. Papa ist ganz anders, der vertraut mir.«

Rasender Herzschlag schreckte Doro auf. Die Worte ihres Sohnes hallten in ihren Ohren nach. Der unruhige Schlaf war abrupt beendet.

Sie griff nach ihrem neben dem Bett liegenden Handy, drückte auf eine Taste. Der grelle Bildschirm hielt ihr 06:02 entgegen und keines der Symbole für empfangene Nachrichten. Constantin hatte sich nicht gemeldet, sein Vater ebenfalls nicht.

Doro rieb sich über Stirn und Wangen, ihr Kopf schmerzte, der Hals war trocken.

Die Traumbilder kehrten zurück, sie wirkten immer noch

seltsam real. Wo hatte sie da gestanden, mit diesem Telefon in der Hand?

Papa vertraut mir.

Sie war bei Oliver Peschkes Nachbarn gewesen, dem alten Herrn Gall.

Blitzartig durchzuckte sie ein Gedanke, ein Adrenalinstoß beförderte sie aus dem Bett. Sie schlüpfte in die Klamotten, die auf dem Korbsessel lagen, Duschen fiel aus, Kaffee ebenfalls. Ein Schluck Wasser in der Küche, Boots und Lederjacke an, dann klappte die Wohnungstür hinter ihr zu.

Im Laufschritt erreichte sie ihr Auto, klemmte sich hinters Steuer und fuhr los. Sie dachte daran, Ben zu benachrichtigen. In Anbetracht der Uhrzeit entschied sie sich erst einmal dagegen.

Es war nur eine Vermutung, eine Idee, getriggert von einem wirren Traum.

Vor Oliver Peschkes Haus angekommen, waren zwei Fenster im Erdgeschoss erleuchtet. Ein kinderloses Paar lebte dort, die Frau war Lektorin an der Uni, der Mann arbeitete bei den Stadtwerken. Zu Peschkes Aufenthaltsort hatten sie bei der Befragung der Nachbarn keine Angaben machen können, sie kannten ihn praktisch nicht.

Doro parkte den Wagen, sprang raus und klingelte bei dem Ehepaar. Nach einer knappen Erklärung stand sie kurz darauf vor Reinhold Galls Wohnung.

Sie läutete und klopfte. »Herr Gall«, rief sie, »Dorothee Anders hier, können Sie bitte öffnen?«

Es tat sich nichts, alles blieb still. Peschkes Tür gegenüber war nach wie vor versiegelt.

»Herr Gall? Hallo!« Irgendwann wird er schon wach werden, dachte Doro, klingelte und klopfte.

Endlich hörte sie eine knarzige Stimme aus dem Inneren der Wohnung.

»Was ist denn los?«

»Ich bin es, Dorothee Anders von der Polizei. Machen Sie bitte auf.«

Ein Schlüssel drehte sich im Schloss. Vor Doro erschien Reinhold Gall, verdattert und noch älter und zerbrechlicher wirkend als bei ihrem letzten Besuch.

»Guten Morgen, entschuldigen Sie die frühe Störung«, haspelte sie. »Ich brauche Ihr Telefon.«

»Wie… wieso das?« Das Zittern nahm zu, der ganze Mensch wackelte. »Das liegt auf dem Wohnzimmertisch, glaube ich.«

Doro lief an Reinhold Gall vorbei in den übervollen Raum. Es war heiß darin, die Heizung lief auf Hochtouren. Zwischen dem Wust an Dingen lag das Handgerät. Doro nahm es vom Tisch.

»Wann haben Sie zuletzt damit telefoniert, Herr Gall?«

»Äh, also …« Eine fahrige Hand griff an die Knopfleiste des Schlafanzugoberteils, es schlackerte um den ausgemergelten Körper. »Am Sonntag hat meine Schwester mich angerufen. Davor, am Freitag, habe ich mit meinem Hausarzt telefoniert, Doktor Hüllein. Die Nummer ist unter seinem Namen abgespeichert.«

Doro inspizierte das Telefon, drückte auf die grüne Ruftaste. Die erste Verbindung aus der Wahlwiederholungsliste wurde angezeigt – ein Hamburger Festnetzanschluss, aber nicht der des Arztes.

Von ihrem Handy aus rief sie auf dem Revier an. Während sie mit einer Kollegin sprach, ruhte ihr Blick auf Reinhold Gall. Er hatte sich aufs Sofa gesetzt und atmete schwer.

Strafverfolgungsbehörden konnten bei der Bundesnetzagentur Kundendaten zu Telefonanschlüssen rund um die Uhr schnell und automatisiert abfragen. Die Auskunftserlangung war eine Sache von wenigen Augenblicken.

Doro wartete. Kurz darauf hatte sie Name und Anschrift zu der in Reinhold Galls Telefon gespeicherten Nummer. Sie beorderte zwei Einsatzwagen zu der Adresse, anschließend rief sie Ben an.

»Och nee, Doro. Was ist denn jetzt schon wieder?« Er meldete sich verschlafen. Dreißig Sekunden später klang er deutlich wacher. »Ich bin unterwegs. Wir treffen uns bei diesem Roland Schneider.«

Doro legte auf.

»Tschüs, Herr Gall. Ich muss los. Danke für Ihre Mithilfe.«

Das Kopfwackeln wurde zu einem Nicken. »Keine Ursache.«

Einen Moment stand Doro noch da. Die Einsamkeit des gelebten Lebens vor ihr kroch in ihre Poren. »Ich kenne eine Ärztin, die vielleicht ab und an mal nach Ihnen sehen könnte. Wenn es Ihnen recht ist, frage ich Frau Doktor Kirchgasser?«

»Ja … Dann wäre mal jemand da.« Die hellblauen Augen lagen wie tiefe Wasserlöcher in ihren Höhlen.

»Gut. Bis bald, Herr Gall.«

Doro verließ die Wohnung, eilte zu ihrem Wagen und fuhr durch die erwachende Stadt.

Als sie vor dem Mietshaus im östlichen Stadtteil Horn ankam, parkte Bens *Essen auf Rädern* bereits dort. Sie stellte ihr Auto dahinter ab, stieg aus und lief zu dem Wohnblock.

Ben wartete mit den Bereitschaftspolizisten im Eingangsbereich des Hauses. Die Tür aus Stahl und verdrahtetem Sicherheitsglas stand offen.

»Hi, Doro«, grüßte er. »Wenn wir Glück haben, können wir morgen ausschlafen.« Sein Haar stand in alle Richtungen.

»Welcher Stock?«

»Dritter.«

Hinter den Einsatzkräften lief Doro mit ihm die Treppe hoch.

Gemeinhin verschaffte man sich nach dem zweiten erfolglosen Klingeln, begleitet von lautem Rufen, auf andere Art Zutritt zu einer Wohnung. Kurz bevor es dazu kam, öffnete ein schmächtiger Mann in Boxershorts.

»Roland Schneider?«, fragte einer der Polizisten.

»Ja?«

Schon stürmten sie an ihm vorbei ins Innere.

»Nein! Hilfe!« Eine hohe Frauenstimme gellte bis nach draußen.

»Ich weiß von nix«, stammelte Roland Schneider. »Von gar nix. Ich hab bis grade eben gepennt, ich hab überhaupt keine Ahnung.« Das verbrauchte Gesicht war fahl, Strähnen des schütteren Haares hingen hinein. Die nackte Brust bildete einen Trichter.

»Gehen Sie bitte in Ihre Wohnung«, wies Doro an. »Wovon haben Sie keine Ahnung?«

»Von nix halt.« Auf blanken Sohlen trat Roland Schneider zurück. »Meine Freundin und ich, wir haben nur da im Bett gelegen.«

»Wo ist Oliver Peschke?«, fragte Ben.

»Wer?«

»Zielperson nicht im Objekt«, meldete einer der Polizisten.

Roland Schneiders Augenlider zuckten, der Mund öffnete sich einen Spalt.

»Offenbar hat eine dritte Person in einem der Räume genächtigt«, erklärte der Polizist.

Doro folgte ihm zu einem kleinen Zimmer. Es roch muffig darin, eine Liege mit einer zurückgeschlagenen Wolldecke stand an der Wand, das Sofakissen am Kopfende war eingedellt.

»Spurensicherung«, sagte Doro.

Sie begab sich in den Flur und sah ins Schlafzimmer. In dem breiten Bett zog eine dunkelhaarige Frau die Decke bis ans Kinn hoch.

»Aufstehen!«, forderte einer der Polizisten. »Wohnungsdurchsuchung.«

Die Frau krallte ihre Hände in den gestreiften Stoff des Plumeaus.

»Haben Sie diesen Mann in den letzten Tagen gesehen?« Ben ging zu dem Bett. Er hielt der Frau das Passfoto von Peschke hin.

Die erschrockenen braunen Augen wurden noch größer, begleitet von einem ängstlichen Kopfschütteln.

»Sehen Sie mal.« Ein junger Beamter reichte Doro einen Zettel. »Der lag auf dem Küchentisch.«

Doro las einen in kritzeliger Schrift notierten Namen und eine Anschrift. Sofort ging sie zu Roland Schneider. Er saß in der Küche.

»Wer ist Stefan Roßbach, und für wen lag diese Notiz auf dem Tisch?«

»Weiß ich doch nicht.«

»Schluss jetzt!«, schrie Doro. »Sie landen sowieso im Knast. Allenfalls können Sie noch die Haftzeit verkürzen, wenn Sie uns sagen, was Sie über den Verbleib von Oliver Peschke wissen.«

»Fotze«, zischte Schneider.

»Festnehmen«, sagte Doro.

»Die Frau auch?«, fragte der junge Beamte.

»Ist der Papst katholisch?« Ben war in die Küche gekommen. Doro hielt ihm den Notizzettel hin.

Telefonisch forderte er Verstärkung an. Kurz darauf rasten Doro und er in einem Einsatzwagen zu Stefan Roßbach nach Rahlstedt.

22

Seine Lider klappten hoch, dennoch war er unsicher, ob er wach war oder schlief. In seiner Mundhöhle sammelten sich Unmengen an Speichel, angeekelt schluckte er ihn herunter.

Ihm war schwindelig, seine Beine begannen zu zucken. Er hatte das Gefühl, aufstehen zu müssen, gleichzeitig schien es ihm unmöglich.

Zwischen den Rohren der Anlage war es warm. Er stellte sich vor, sein Körper krieche hinein, winde sich die Biegungen entlang. Geschmeidig verformt fand er in dem Röhrensystem das perfekte Versteck.

Die Schmerzen waren nicht mehr scharf und stechend, eher wie ein dumpfes Hintergrundrauschen, das womöglich gar nicht zu ihm gehörte.

Hinter einem der Rohre bewegte sich etwas dicht über dem Betonboden, er schrak zusammen. Seine Augäpfel zuckten hin, ein nadeldünner Schwanz verschwand. An seiner Spitze war eine winzige Hand gewesen.

In Gedanken folgte er ihr, tauchte in einen unterirdischen Gang. Lief klein geschrumpft weiter, immer der Hand nach, durch ein schier endloses Geflecht an engen, warmen Gängen.

Er erreichte einen Wasserlauf, ließ sich von dem sprudelnden Nass nach oben tragen, gelangte in eine Landschaft, deren Grün ihn überwältigte.

Sein Herz schlug schnell. Er beobachtete seinen eigenen Zustand. Dort draußen in der Natur ging es ihm gut. Ein Schmetterling war auf seinem Arm gelandet.

Er hatte ein Antibiotikum bekommen, intravenös, einen Gyrasehemmer, er hatte es geprüft. Der Moment, in dem Abrath den Zugang gelegt hatte, war heikel gewesen, ein Augenblick des Ausgeliefertseins.

»Das muss noch mal aufgemacht werden«, hatte Abrath gesagt, als er den Bauch betastet hatte. »Doch damit werde ich nichts zu tun haben. Ich helfe dir nur dieses eine Mal, dafür wirst du mich in Zukunft nicht mehr kennen.«

Abrath hatte ihm Schmerzmittel und eine weiße, teilbare Tablette dagelassen. Außerdem OP-Kleidung, Mundschutz und Haube.

»Sieh zu, dass du hier wegkommst, sobald es dir etwas besser geht«, hatte er gesagt. »Das da kannst du anziehen. Die einzelne Tablette macht dich für ein paar Stunden wach und schmerzfrei. Und ruf mich nie wieder an!« Dann war er gegangen.

Die Antibiose war durchgelaufen, währenddessen musste er eingeschlafen sein. Die Schmetterlingskanüle steckte noch in seiner Vene. Wieder schluckte er schalen Speichel herunter, dann zog er sie raus.

Blut rann nach, er bedeckte Zeige- und Mittelfinger mit dem Stoff seines Hemdes und drückte auf die Stelle. Dabei sah er sich selbst zu. Er hätte Arzt werden können. Ein Mann, dem die Frauen vertrauen.

Irgendjemand lachte.

Hinter ihm.

Er drehte sich um. Winzige Wesen krabbelten über den Betonboden, mit nackter Haut und kahlen Köpfen. Er blinzelte, sie stoben auseinander und verschwanden.

Kleine Fembots, die aus den Körpern der großen gekrochen waren.

Plötzlich waren sie wieder da, kreisten ihn ein, überliefen ihn, vermehrten sich rasend, wie Bakterien.

Entsetzt richtete er sich auf, unter ihm wurde es feucht und kühl. Er sah hin. Das Rot des Blutes glich einem Signalfeuer in der Nacht.

In kalter Klarheit erkannte er, dass er nicht mehr viel Zeit hatte. Er musste handeln.

Seine zitternde Hand griff nach der weißen Tablette. Er teilte sie nicht, mit einer Ladung Spucke glitt sie seine Kehle runter. Ein oder zwei Minuten wartete er ab, vor seinem geistigen Auge formten sich die Bilder. Er würde gehen – aber nicht allein.

Vorsichtig, gegen den Schwindel ankämpfend, stand er auf. Dann zog er die OP-Kleidung an.

***

»Fuck!«, fluchte Ben. »Noch so einer, der angeblich von nichts weiß.«

»Das aber zumindest überzeugender als Roland Schneider«, erwiderte Doro. »Höchstwahrscheinlich ist Peschke nie bei diesem Stefan Roßdorf gewesen.«

»Dafür spricht auch, dass Peschke den Adresszettel bei seinem Kumpel Roland liegen lassen hat. Diese Fährte hätte er ansonsten verwischt.«

Stefan Roßdorf war ebenfalls aus dem Bett geholt worden, in einem kleinen Reihenhaus einer Siedlung in Rahlstedt. Vor der Durchsuchung war es in den Räumlichkeiten kaum ordentlicher gewesen als danach, zwei chaotische, verwaiste Kinderzimmer, Klamotten, benutztes Geschirr, ein heilloses Durcheinander überall. Dazwischen ein Mann mit einer abgestandenen Fahne und der Art von krakeelender Unverschämtheit, die es von vornherein unwahrscheinlich gemacht hatte, Peschke in dem Haus zu finden.

»Und jetzt?«, fragte Ben.

Doro saß neben ihm im Auto und versuchte, ihre Gedanken zu fokussieren.

»Von Roland Schneider aus verliert sich unsere Spur«, sagte sie. »Schneider hat Peschke die Anschrift seines Kumpels Stefan Roßdorf gegeben, dort ist Peschke jedoch nicht aufgetaucht. Er hatte eine andere Idee, eine bessere. In seiner vermutlich ziemlich schlechten Verfassung. Und er ist schon vor dem Morgen weg. Roland Schneider hatte das nicht bemerkt, ihm war die Überraschung darüber anzumerken.«

»Diese Frau in Schneiders Bett …«, ergänzte Ben. »Der ist kein echter Incel, der hat sexuelle Kontakte.«

»Genau. Und Peschke sollte gehen, Schneider wollte ihm keinen Unterschlupf mehr gewähren, vielleicht wegen dieser Frau. Das wird Peschke sauer gemacht haben.«

Nickend zog Ben die Nase hoch.

»Brauchst du ein Taschentuch?«

»Äh, was?« Sein Ausdruck lag zwischen Amüsiertheit und Entrüstung. »Ich bin nicht dein Sohn.«

»Jaja, schon gut.«

Unvermittelt kicherte Ben. »Meine Tante hat ihrem Sohn mal einen Blumenkohl hinterhergeschmissen. Da war die in den Wechseljahren oder so. Daniel hatte ’ne fette Beule.«

»Das ist wirklich lustig.« Doro verzog keine Miene.

»Tja. Meine Tante Eike hat Haare auf den Zähnen.«

In Doros Gehirn griffen zwei Rädchen ineinander. »Eigenartiger Vorname irgendwie. Ob es Eike Peemöller wieder besser geht?«

Ben ließ seine Handflächen am Lenkrad entlanggleiten. »Seltsam, dass in dem nächtlichen Anruf an Dave Abrath von einer Patientin gesprochen wurde, Peemöller aber ein Mann ist. Ich hatte mich gewundert, aber gedacht, dass diese Verwechslung bei Eike vorkommen kann.«

Doro runzelte die Stirn. In dem ungepflegten Vorgarten des Reihenhauses vor ihr ließen verwelkte Blumen die Köpfe hängen.

»Kann sie auch. Aber womöglich war’s keine«, meinte sie.

»Das bedeutet?« Bens Frage ware eher rhetorisch, er war schnell im Denken.

Doro kramte in ihrer Jackentasche. Sie zog den Zettel raus, auf den sie gestern Nacht die auf dem IMSI-Catcher angezeigte Telefonnummer der Klinik notiert hatte.

»Der Anrufer hat sich mit Wagner gemeldet«, murmelte sie, während sie die Ziffernfolge auf ihrem Handy eintippte.

»Czerny«, erklang eine tiefe Männerstimme.

»Oh«, sagte Doro. »Bin ich bei Ihnen richtig? Mein Mann und ich möchten uns gern Ihren Kreißsaal ansehen.«

»Sie sind hier beim Facility Management, die Geburtshilfe hat die Zwei Null am Ende.«

»Ach, dann entschuldigen Sie bitte.« Doro legte auf.

»Der Hausmeister«, sagte sie zu Ben.

»Shit! Dann war Peschke in der Klinik. Wahrscheinlich hat er einen Schlüssel, vielleicht einen Einheitsschlüssel. Gestern Nacht hat er aus dem Hausmeisterbüro angerufen.«

Doro zögerte kurz. »Eventuell kam er da von seinem Kumpel Roland. Es kann sein, dass er schon vor Mitternacht dort weg ist.«

»Was bedeuten würde, er hält sich mit einer gewissen Wahrscheinlichkeit immer noch in der Klinik auf.« Ben führte den Gedanken weiter. »Und er hat die Waffe der niedergeschlagenen Polizistin.« Er stockte. »Wie gehen wir vor?«

Doro überlegte. »Das ist eine riesige Klinik, wir können weder stürmen noch evakuieren. Wenn sich Peschke noch dort befindet und mitbekommt, dass die Polizei vor Ort ist, steigt das Risiko, dass er die Nerven verliert.«

»Okay, ich gebe eine entsprechende Meldung raus, SEK im Hintergrund. Und wir gehen rein.«

***

Er verließ den Betriebsraum. Der Weg im Untergeschoss war kritisch, hier verkehrten normalerweise keine Ärzte in OP-Kluft. Er konnte auffallen, von Technikern oder Mitarbeitern aus der Versorgung angesprochen werden. Natürlich rechnete er damit, dass nach ihm gefahndet wurde, dass die Angestellten der Klinik informiert waren.

Doch das, was vor ihm lag, war ein Fest. Doktor Tod.

Eine tiefe Kraft pushte ihn. Er machte sich auf den Weg durch den neonbeleuchteten Gang.

Ein Mann in einem Arbeitskittel bog in einiger Entfernung vor ihm um die Ecke in den Flur ein.

Er spürte die Waffe der Bullenfrau zwischen Hüfte und Hosenbund. Wenn es ein Problem gab, wusste er es an Ort und Stelle zu lösen.

Sein Blick war fest und geradeaus, unbeirrt setzte er seine Schritte. Er spürte die Wirkung der weißen Tablette, sie machte ihn unbesiegbar, in seinem Kopf tanzten leuchtende Farben.

Er begann zu husten, hielt sich die Hand vor den Mund, hustete weiter und zog schließlich den Mundschutz herauf. Der Techniker näherte sich, nur noch wenige Meter trennten sie voneinander.

»Schietwedder, was?«, klang es unter dem grauen Schnäuzer hervor.

»Und ob.« Lässig deutete er einen Gruß an, ging einfach weiter.

Hinter ihm entfernten sich die Tritte der Arbeitsschuhe. Vor ihm lagen die Fahrstühle. Das Himmelfahrtskommando zum ersten Stock.

***

Kurz vor der Klinik stellte Doro Blaulicht und Sirene aus, fuhr auf das Gelände ein und hielt dicht beim Hauptgebäude. Die Klinikleitung war informiert worden, Einsatzkräfte in Zivil waren ausgerückt, bewaffnet, aber von Besuchern oder Angehörigen kaum zu unterscheiden.

Doro hatte Max Holle benachrichtigt. Nun sah sie ihn vom Wagen aus am Eingangsbereich warten.

Ben und sie stiegen aus. Die schusshemmenden Westen unter den Jacken, die Waffen entsichert, begaben sie sich zum Haupteingang.

Max war bleich. »Wenn ich an die Frauen und Babys auf der Geburtsstation denke, wird mir ganz anders. Aber wir dürfen ja keinen Alarm schlagen.«

Es galt, Panik zu vermeiden. Ohnehin war nicht wirklich sicher, dass sich Peschke noch in der Klinik aufhielt. Bei aller Zurückhaltung durften keine Leben aufs Spiel gesetzt werden. Ein Drahtseilakt.

»Max, du durchsuchst mit einer Einheit das Untergeschoss, Betriebsräume, Büros. Im Erdgeschoss laufen Patientenaufnahme, Diagnostik und so weiter, dort herrscht viel Betrieb und Bewegung. Es ist eher unwahrscheinlich, dass sich Peschke da befindet.«

Max nickte. »Unsere Leute haben sich verteilt. Sie sichern die Ausgänge und sind im Gebäude unterwegs.«

»In Ordnung. Ben und ich gehen in den ersten Stock, zur Gynäkologie und Geburtshilfe. Für einen Mann wie Peschke ist das womöglich ein lohnendes Ziel.«

Doro durchquerte mit Ben das Erdgeschoss bis zu den Treppenaufgängen. Sie liefen hinauf, Doros Anspannung wuchs.

Derartige Einsätze machten ihr seit Constantins Geburt zu schaffen. Das eigene Leben aufs Spiel zu setzen, zu riskieren, dass ihr Sohn ohne Mutter aufwuchs, erschien ihr mitunter absurd. Sie hatte sich oft gefragt, warum sie es trotzdem tat. Aktuell stellte sich eher die Frage, ob Constantin sie überhaupt vermissen würde.

Sie erreichten die erste Etage, Ben öffnete die Tür zur Station.

Ein leerer Flur lag vor ihnen. Helle Farben und warme Holztöne vermittelten eine freundliche Atmosphäre – an diesem Tag täuschte sie. Von den Gängen zweigten unzählige Türen ab, unzählige Gelegenheiten, ein Fanal zu setzen.

Eine Ärztin trat aus einem Raum im vorderen Teil des Flures.

»Hallo, ich bin Marlene Solms, eine der Oberärztinnen«, grüßte sie mit gedämpfter Stimme. »Einige Ihrer Kollegen sind bereits auf Station. Ein Teil der Räumlichkeiten wurde schon überprüft. Bislang haben wir nichts Auffälliges bemerkt. Wir haben die Patientinnen angewiesen, auf ihren Zimmern zu bleiben. Die Babys im Säuglingszimmer sind zu ihren Müttern gebracht worden.«

»In Ordnung«, antwortete Doro.

»Ungünstigerweise wird im OP gerade ein Kaiserschnitt vorgenommen. Eine Hebamme, ein Arzt und Pflegepersonal befinden sich dort. Außerdem liegt eine Frau unter starken Wehen in der Geburtswanne.«

Trapped, dachte Doro und hoffte, dass Ben es nicht aussprach.

»Wir müssen auch diese Räume überprüfen«, sagte er.

Gerade wollte sich Doro in Bewegung setzen, als eine durchsichtige Babywanne in ihr Blickfeld kam. Auf einem Rollgestell bog sie von rechts in den hellen Flur ein. Dahinter schlurfte eine Frau in einem pinkfarbenen Morgenmantel. In aller Seelenruhe schob sie ihr Baby den Gang entlang.

»Stopp«, zischte Ben. »Was machen Sie da?«

Die Frau blieb stehen, sie musterte Ben von oben bis unten.

»Ich gehe mit meinem Sohn in die Lounge.«

»Bitte was?«

»Wir haben einen gesonderten Comfort-Bereich«, sagte Marlene Solms. »Die Nutzung kann bei der Anmeldung zur Geburt gebucht werden.«

»Sie gehen nirgendwohin.« Schon war Ben bei der frischgebackenen Mutter.

»Was fällt Ihnen ein? Uns wurde keine hinreichende Erklärung gegeben, warum wir auf den Zimmern bleiben sollen. Irgendwas mit Überprüfung. Wir sind mündige Menschen, ich lasse mich doch nicht einsperren.«

»Es kann sein, dass sich eine polizeilich gesuchte Person in den Räumlichkeiten der Klinik aufhält«, erklärte Ben.

»Heißt das, wir sind in Gefahr?«

»Genau das heißt es.« Ben öffnete die nächstgelegene Tür zu einem Patientenzimmer, eilte hinein und überprüfte wortlos den Raum.

»Hier rein«, befahl er der Frau.

Die zögerte.

»Los jetzt!«

Endlich bewegte sie sich samt der Babywanne ins Zimmer.

»Sie bitte auch«, sagte Ben an die Oberärztin gewandt.

Marlene Solms betrat den Raum und schloss die Tür hinter sich.

Nun lag der lange Gang menschenleer vor Doro und Ben. Sie gingen langsam voran, die Waffen im Anschlag.

Der Empfangsbereich der Station war verlassen, der angrenzende Aufenthaltsraum ebenfalls.

Doro öffnete eine Tür, an der ein Schild hing: »Zutritt nur für Personal«.

Ein Wäscheraum lag dahinter, sie schaltete das Licht an.

Behälter, die mit »rein« und »unrein« gekennzeichnet waren, standen an der Wand, Regale voller Weißwäsche und Bekleidung bildeten enge Gänge. Doro schlich vor, versuchte, ihre Augen überall zu haben, bog um die erste Regalreihe, nahm den Geruch von Desinfektionsmittel wahr. Ein Luftzug streifte ihren Nacken, sie schnellte herum.

Hinter ihr befand sich ein Belüftungsschacht. Sie prüfte das Gitter, es war verschraubt. Erleichtert lief sie an den übrigen Regalen entlang. Es war niemand im Raum.

Gerade wollte sie ihn verlassen, als ihr Blick auf einen dunkelroten Punkt am Boden fiel. Ihr Herzschlag beschleunigte sich, sie ging in die Hocke. Die Spitze ihres Zeigefingers berührte vorsichtig den Fleck. Es war Blut.

Rasch richtete sie sich auf und trat auf den Gang. Zeitgleich gellte ein markerschütternder Schrei an ihre Ohren. Einen Augenblick lang glaubte sie nicht, dass er von einem Menschen stammte. Ben stand wenige Meter entfernt.

»Die Wassergeburt. Ich war dort. Das wollte ich eigentlich nicht sehen. Die können den Raum abschließen, haben sie hinter mir auch gemacht.«

»Im Wäscheraum ist ein frischer Blutfleck«, sagte Doro.

Mit angespannten Zügen deutete Ben auf die breite Milchglastür am Ende des Flures. »OP – Kein Zutritt«, stand darauf. »Der steht noch aus.«

»Wir müssen zumindest bis in den Schleusenbereich.« Doro eilte vor, dicht gefolgt von Ben.

Sie registrierte den Türöffnungsschalter an der Wand. Statt ihn zu betätigen, zog sie vorsichtig am Griff des einen Flügels. Durch den Spalt huschten sie hinein.

Vor ihnen lag ein gekachelter Raum mit weißen Schränken, Wäschebehältern und Handwaschbecken. An einem Ende befand sich eine Edelstahltür mit runden Glasfenstern. Sie führte in den Operationssaal.

Ein Arzt in Montur mit Haube und Mundschutz sah sie erstaunt an. Doros und sein Blick hingen aneinander fest.

Dann zuckten ihre Pupillen zu den Füßen des Arztes. Unter der grünen Hose trug er Straßenschuhe.

Das Erkennen passierte in Sekundenbruchteilen. Blitzschnell griff der Mann unter sein Oberteil, Doro richtete die Waffe auf ihn.

»Halt!«, schrie sie. »Hände hoch!«

In der Drehung seines Körpers zog der Mann eine Pistole heraus, hinter Doro schoss Ben. Das Projektil schlug knapp neben dem Mann in die Wand. Er schrie auf, stürmte dabei durch die Edelstahltür, Doro hechtete hinterher.

Er schoss. Ohrenbetäubend peitschte der Knall durch den OP, laute Schreie gellten. In der Mitte des Raumes lag eine Frau, ihr runder Leib war mit Tüchern abgedeckt. Um sie herum stoben Menschen in Kitteln und Hauben kreischend auseinander, eine Person lag am Boden.

Doro zielte auf den Mann, er hatte die Pistole erhoben.

Sie drückte ab. Ihr Arm schnellte zurück, unmittelbar auf ihren Schuss folgte ein zweiter aus der Waffe des Mannes. Pfeifend zischte die Kugel an Doros Kopf vorbei.

Ihre war in Fleisch eingeschlagen, der Mann sackte zusammen.

Doro erstarrte.

Reglos lag er am Boden, die Augen geschlossen, der Mundschutz war über das Kinn heruntergerutscht. Auf Peschkes Brust breitete sich dunkelrotes Blut aus.

23

Ein Sturm fegte über die Stadt, Regen prasselte an die Fensterscheibe.

»Wir könnten ein paar Tage nach Venedig fliegen. Etwas Abstand gewinnen.« Michael saß mit übereinandergeschlagenen Beinen auf einem der Küchenstühle.

Um diese Jahreszeit?, dachte Doro. Feuchtkalter Nebel über der Lagune, dunkles Wasser, das an die Kaimauer klatscht. Venedig sehen und sterben.

»Ja, vielleicht«, sagte sie.

»Mach dir bitte keine Vorwürfe.« Michaels Hand legte sich auf ihre. »Du hast mit Sicherheit alles richtig gemacht. Natürlich wird es, wie immer in solchen Fällen, eine Untersuchung zur Körperverletzung im Amt geben. Aber die Begründung der Gefahrenabwehr ist offensichtlich. Das war Notwehr.«

Doro hatte nach den Vorfällen im OP mit einer Psychologin vom Kriseninterventionsteam gesprochen. Hatte sich einigermaßen gefasst gefühlt und auch später im Kommissariat darum gebeten, im Dienst zu bleiben. Aber vor ihr lag, neben der mentalen, auch die dienstliche Aufarbeitung der Ereignisse.

»Hm.« Sie stand auf. Unruhig ging sie in der kleinen Küche hin und her. Dass Peschkes Kugel sie fast getroffen hätte, machte ihr zusätzlich zu schaffen. Am Kühlschrank hingen Fotos aus gemeinsamen Urlauben mit Constantin, ein gerahmtes Kinderbild von ihm zierte die Wand. Er war noch immer zu jung, um seine Mutter zu verlieren.

Noch nie hatte sie auf einen Menschen geschossen. Es tun zu müssen, gehörte zum Berufsrisiko. Und es veränderte alles.

»Letztlich ist es glimpflich abgegangen«, sagte Michael. »Man kann von Glück reden, dass Peschke die OP-Schwester nur leicht verletzt hat. Auf die Distanz hätte der Schuss tödlich sein können.«

Die Szenen waren in Doros Erinnerung weiterhin plastisch, sie bekam sie nicht aus ihrem Kopf. Die Panik im OP, die Schreie, das Blut. Die gebärende Frau.

Mit eröffnetem Unterleib hatte sie auf dem Edelstahltisch gelegen, das Baby noch in der Bauchhöhle. Doro hatte in ihren Körper hineingesehen. Entsetzt hatte sich die Frau aufgerichtet, so als wolle sie fliehen, mit offenem Bauch, schmerzfrei durch die Anästhesie.

Ben hatte sie zurückgehalten.

»Scheiße«, hatte er später geflucht. »Das braucht echt kein Mensch.« Für seine Verhältnisse war er ziemlich mitgenommen gewesen.

Als Peschke blutend am Boden gelegen hatte, hatte Doro seine Waffe weggetreten. »Es ist vorbei!«, hatte sie geschrien und den Arzt zu der Gebärenden gedrängt. »Machen Sie da weiter, um Himmels willen.«

»Wenn Peschke es übersteht, wird er sich womöglich wünschen, er hätte es nicht überstanden.« Michael holte Doro aus ihren Gedanken. »Auf ihn wartet lebenslänglich.«

»Er wird längere Zeit nicht haftfähig sein«, murmelte sie. »*Wenn* er es überlebt.«

Hoffentlich tut er das, dachte sie.

»Leider noch nicht einmal vernehmungsfähig«, schloss Michael an. »Im Gegensatz zu Dave Abrath. Doch der eine kann nicht und der andere will nicht reden. Es wird ein Husarenstück werden, Abrath nachzuweisen, mit welcher Absicht er Peschke geholfen hat.« Michael schnalzte mit der Zunge an den Gaumen. »Ich bin ganz froh, dass wir gerade jetzt unsere neue Referendarin haben.«

»Der muss sich g'fühlt hoabn wie Graf Koks in der Achterbahn«, hatte Magda Kirchgasser die Analyse von Oliver Peschkes Blut zusammengefasst, nachdem er operiert worden war.

»An Antibiotikum, bei dem erhöhte Suizidalität zu den Nebenwirkungen zählt. Dann Ketamin, des is an Anästhetikum, das gern als halluzinogene Rauschdroge missbraucht wird. Drittens an Opiat und viertens an Amphetamin. Herrschaftszeiten, wer bei dem Cocktail ned durchknallt, is aus Holz.«

Die Flasche, in der sich das Antibiotikum befunden hatte, war in einem der Betriebsräume sichergestellt worden, dazu Kanüle und Infusionsschlauch. Die Analyse des Flaschenrests hatte eine Beimischung von Ketamin ergeben. Magda Kirchgasser zufolge war das Mittel vermutlich über eine Injektionsspritze durch die Aluminiumkappe der Flasche gegeben und dann Peschke verabreicht worden.

Ben hatte diese Informationen bärbeißig kommentiert. »Abrath hat es drauf angelegt. Ich wette, dass Peschke die Substanzen von ihm bekommen hat. Abrath hat gehofft, dass Peschke Amok läuft, festgesetzt in der Klinik, voller Hass und irgendwann mit Wahnvorstellungen. Polizisten sollten Peschke erschießen. Das ist die absolut eleganteste Lösung, ihn loszuwerden – kein Prozess, keine Aussagen, und Abrath selbst musste sich die Hände nicht schmutzig machen. Die Polizei, dein Freund und Helfer. Dass unschuldige Menschen dabei hätten draufgehen können, war Abrath egal.« Er hatte Doro auf die Schulter geklopft. »Insofern können wir echt froh sein, dass du Peschke als Zeugen nicht erledigt hast. Gute Arbeit.«

Das Dankeschön war Doro im Halse stecken geblieben.

Innerlich aufgewühlt stand sie ein paar Augenblicke vor der Kühlschranktür mit den Fotos. Dann öffnete sie ihn und angelte ein Bier raus.

Das Aufploppen des Bügelverschlusses ließ sie zusammenschrecken. Es hatte in ihren Ohren wie ein Schuss geklungen. Eine kleine Kohlensäurefahne stieg aus dem Flaschenhals auf.

Ausgehauchtem Atem gleich.

Hör auf damit, mahnte sie sich.

Sie trank und ging wieder zu Michael. Seine Anwesenheit beruhigte sie etwas. Doch wie es so war, wenn man sich mit abgeklärten Männern umgab: Ein Schaumbad aus Empathie wurde einem nicht eingelassen.

Sein Handy klingelte, es lag auf dem Küchentisch. Er sah darauf.

»Die Referendarin.« Ein Lächeln huschte über seine Lippen. »Hallo, Frau Masuhr«, meldete er sich.

Doro trank einen Schluck Bier.

»Ah, sehr gut«, meinte er nach kurzem Zuhören. »Ausgezeichnete Arbeit.« Das Schmunzeln wich einer skeptischen Stirnfalte. »Sind Sie etwa noch im Büro?«

Die für Doro unverständliche Frauenstimme antwortete etwas.

»Ach was, machen Sie Schluss. Morgen früh geht's weiter«, sagte Michael jovial.

Wieder sprach Nina Masuhr.

»Ja, Ihnen auch einen schönen Abend.« Mit leicht verklärtem Ausdruck legte er auf.

»Der zuständige Richter hat die U-Haft für Dave Abrath bestätigt. Nina Masuhr hatte den Antrag glänzend vorformuliert, ich musste praktisch nichts mehr ändern. Und das, obwohl sie in den Fall kaum eingearbeitet ist.«

»Super«, erwiderte Doro. »Ein echter Schatz.«

»Höre ich da etwa ein Fünkchen Eifersucht heraus?«

»Gäbe es einen Grund dafür?«

»Sei nicht albern.« Michael streckte seinen Arm aus und zog sie zu sich. Sie landete auf seinem Schoß, er begann, sanft ihren Nacken zu massieren.

»Schalt mal ab, Darling.«

»Kannst du mich bitte nicht so nennen.« Doro sprang auf.

»Was?« Verständnislos sah Michael sie an.

»Nicht so amerikanisch halt.«

»Klar. Kein Problem.« Er runzelte die Stirn. »Au-gen-stern. Lie-be-lein. Besser?«

»Nee.« Doro starrte auf den Küchenboden. Wenige Sekunden später hörte sie das Schloss der Wohnungstür aufschnappen.

Constantin, dachte sie. Endlich.

Ein Pflaster auf einem verwundeten Tag.

»Hallo? Dorothee?« Alexanders Stimme klang vom Eingang her. Augenblicklich schrillten bei Doro sämtliche

Alarmglocken. Ihr Ex-Mann mit dem Schlüssel ihres Sohnes?

Sie hastete in den Flur. Dort standen Alexander und Constantin.

»Hey, Constantin«, grüßte sie erleichtert. Dann beäugte sie Alexander. Misstrauen kroch in ihr hoch. »Was machst du hier?«

»Wir wollten ein paar von Constantins Sachen abholen.«

»Wie bitte?« Atem setzte aus, Knie wurden weich. »Was für Sachen? Wieso das?«

»Constantin hat sich entschieden, zu uns zu ziehen.« Alexanders Miene trug die Art von Freundlichkeit, unter der Beton lag. »Zumindest für eine Weile.«

Doro war fassungslos. Ihr Inneres geriet in Aufruhr. Du hast ihn manipuliert, hätte sie am liebsten geschrien. Mit deinem Heile-Familie-Fake, bei dem du selbst kaum anwesend bist. Constantin will das überhaupt nicht.

Doch sie sah ihren Sohn an, verschlossen und entschlossen stand er da.

»Stimmt das?«, fragte sie ihn leise.

»Du bist doch eh die meiste Zeit nicht da«, murmelte er. »Bei Papa ist immer jemand.«

Klar, außer Papa, dachte Doro. Der ist nämlich in seiner Firma. Sie schwieg.

Hinter ihr kam Michael heran.

»Hi«, sagte er nur. Seine Handfläche berührte sanft Doros Rücken.

»Hallo. Gut, dann wollen wir mal.« Alexander steuerte Constantins Zimmer an. »Wir packen erst mal nur ein paar Dinge für den Rest der Woche ein.«

Soll mich das jetzt beruhigen?, gellte es in Doro.

Es traf sie mitten ins Herz. Bei allem Streit hatte sie nicht gedacht, dass Constantin tatsächlich ausziehen könnte.

Ihre Nase begann zu ziepen, kurz darauf füllten sich die Tränenkanäle. Sie konnte die ersten Tropfen zurückhalten, bis Constantin mit dem Rücken zu ihr in seinem Kleiderschrank wühlte. Dann brachen die Dämme.

Michael begleitete sie in die Küche zurück. Doro war ihm dankbar dafür, dass er nichts sagte. Trostfloskeln oder solche über flügge werdende Kinder hätten ihr den Rest gegeben. Sie schniefte und versuchte, die Fassung zurückzugewinnen.

Der heutige Tag war eine einzige Katastrophe.

Nach ein paar Minuten erschien Constantin in der Küchentür. »Wir haben fürs Erste alles, Schulsachen, ein paar Klamotten.«

Alexander wartete hinter ihm, eine große Reisetasche über der Schulter.

»Sehen wir uns am Wochenende?«, fragte Michael Constantin. Nochmals war Doro ihm dankbar.

»Joah. Könnte sein. Tschüs dann.« Ihr Sohn sah betreten nach unten.

Als er und sein Vater gegangen waren, heulte Doro wie ein Schlosshund.

24

Dr. Hanno Stern erinnerte Doro in seiner massigen Gestalt frappant an einen ehemaligen Bundeskanzler.

Dave Abrath saß mit seinem Anwalt in einem Befragungsraum der Untersuchungshaftanstalt Hamburg. Doro kannte die Einzelzellen des ehemals als Mutteranstalt bezeichneten Gefängnisses. Mütterlich ging es darin nicht zu.

In dem aus dem neunzehnten Jahrhundert stammenden Gemäuer herrschten die verschärften Bedingungen für Untersuchungshäftlinge: Unterbindung von Außenkontakten, Handyverbot, Einzelhaft.

Hanno Stern hatte den Haftprüfungsantrag für seinen Mandanten bereits eingereicht. Neben den Tatvorwürfen wurde die Flucht- und Verdunklungsgefahr darin bestritten, die Freilassung gegen eine Kautionsleistung gefordert.

Doro und Ben mussten ihre Felle festhalten, um sie vor dem Davonschwimmen zu retten.

Michael hingegen saß mit einem Ausdruck, der Doro das Bild eines warmen Apfelstrudels mit Vanilleeis und Sahne vor Augen rief, neben seiner Referendarin Nina Masuhr. Sie glich der jungen Grace Kelly und war die anmutigste Erscheinung, die Doro seit Langem gesehen hatte. Augenblicklich hatte sich ihre Stimmung weiter verfinstert.

Seit dem gestrigen Schusswechsel lag Oliver Peschke auf der Intensivstation. Die Indizienlage gegen ihn war erdrückend, Bellas Mörder war gefasst.

Mittlerweile war auch klar, dass er von seinem Kumpel Roland Schneider aus in dessen Auto zur Klinik Barmbek gelangt war. Der Wagen war in der Nähe des Hauptgebäudes sichergestellt worden. Peschke hatte Schlüssel zu Räumlichkeiten des Krankenhauses bei sich gehabt, unter anderem einen zu einem Nebeneingang.

Dave Abraths Part in der Causa Peschke war nach Ansicht von Doro und Ben weitreichend. Derzeit wurde ihm vonseiten der Staatsanwaltschaft Strafvereitelung und Gefährdung der körperlichen Sicherheit vorgeworfen. Michael zufolge gab das Abraths mutmaßlicher nächtlicher Kontakt zu Peschke her.

Für Doro und Ben hingegen ging es um Anstiftung und Beihilfe zum Mord. Ohne weiteres belastendes Material und ohne eine Aussage von Oliver Peschke blieb das jedoch nicht mehr als eine Vermutung. Mit einem Geständnis von Abrath rechnete in dem kahlen Befragungsraum niemand.

Hanno Stern räusperte sich. Sein korpulenter Oberkörper war in ein dunkelgraues Jackett gezwängt. In dessen Taschen befand sich weder ein Handy noch Geld, außerdem waren Zigaretten, Feuerzeuge, Schlüssel und Ähnliches abzugeben. Für die Mandantenbesuche von Anwälten in der Untersuchungshaftanstalt galten gleichsam verschärfte Regelungen.

»Sie haben keinerlei belastbare Indizien dafür, dass mein Mandant Oliver Peschke Medikamente beziehungsweise eine Infusion verabreicht hat, geschweige denn Beweise«, hob

Hanno Stern an. »Nicht einmal die Fingerabdrücke von Doktor Abrath fanden sich auf den in dem Betriebsraum sichergestellten Medikamentenverpackungen.«

»Ärzte tragen mitunter Handschuhe«, entgegnete Ben.

»Tja.« Hanno Stern zog seine wulstigen Lippen über die Zähne zurück. »Das ist wohl so.«

»Herr Abrath, wie wahrscheinlich ist es, dass ein an der Galle operierter Patient postoperativ einen Abszess in der Nähe der Speiseröhre entwickelt?«, fragte Doro, auf den nächtlichen Anruf abzielend, bei dem es um Eike Peemöller gegangen war.

»Was weiß ich. Das kann alles vorkommen.«

Die Erschöpfung stand Abrath im Gesicht. Mit dem Anlegen der Haftkleidung war er in eine andere Welt eingetreten. Mode und Stil machten einen großen Bogen um die Mutteranstalt.

»Nein, Herr Abrath, es ist höchst unwahrscheinlich«, widersprach Doro. »Sie haben am Montag um 23 Uhr 52 einen Anruf von einem Festnetzanschluss der Klinik erhalten. Für Sie war erkennbar, um wen es eigentlich ging – nicht um den Patienten Peemöller, der zudem als Frau ausgegeben wurde. Oliver Peschke wusste um seinen kritischen Gesundheitszustand, wusste, dass er Hilfe brauchte. Und dass Sie kommen würden. Weil er Sie mit etwas in der Hand hat.«

»Das ist reine Spekulation.« Hanno Stern wiegelte ab. »Eine Hypothese, die Sie aufstellen. Nichts weiter.«

»Wir haben auf Ihrer Station nachgefragt.« Ben wandte sich an Dave Abrath. »Sie hatten sich Montagnacht dort nach Herrn Peemöller erkundigt, schließlich von falschem Alarm gesprochen und sich wieder auf den Weg gemacht. Allerdings nicht auf den Nachhauseweg, sondern ins Untergeschoss des Gebäudes. Dorthin, wo sich der Büroraum befindet, aus dem der Anruf gekommen war. Der Hausmeister Rüdiger Czerny ist erst seit drei Monaten im Dienst, sein Vorgänger war Heinz Wagner. Sie, Herr Abrath, haben den Code des Anrufs entschlüsselt und Peschke die kritische Medikation verabreicht.«

Gelangweilt winkte Hanno Stern ab. »Codierte Anrufe. Ich bitte Sie.«

»Herr Abrath, Sie sind in dieser Montagnacht gegen 0 Uhr 13 mit dem Fahrstuhl zu Ihrer Station gefahren«, stellte Doro fest. »Dort haben Sie sich nach dem Patienten erkundigt. Ausweislich der Aufzeichnungen der an der Parkhausschranke installierten Kamera sind Sie mit Ihrem Wagen erst um 0 Uhr 48 wieder ausgefahren. Was haben Sie in der Zwischenzeit getan?«

»Ich war auf Toilette.«

»So lange?«, fragte Ben.

»Ich habe ein leichtes Reizdarmsyndrom.«

Herr im Himmel, dachte Doro.

»Ach. Dann ist Ihnen wohl etwas auf den Magen geschlagen?« Ben gab sich interessiert. »Eine besonders stressige Situation vielleicht?«

»Eher das scharfe Essen am Abend. Samira hatte indisch gekocht.«

»Kochen kann sie auch?«

»Sehr gut sogar.« Dave Abrath verzog keine Miene.

»Sind wir jetzt bei den Kochkünsten der Lebensgefährtin angelangt?«, spottete Hanno Stern. »Ich könnte mit meiner Zeit etwas Sinnvolleres anfangen.«

Einige Sekunden war es still im Raum.

»Die Aussage von Yasmina Dib, einer Freundin von Isabell Graumann, lässt darauf schließen, dass Ihr Mandant Oliver Peschke beauftragt hat, Isabell Graumann zu verfolgen und einzuschüchtern«, erklärte Doro.

»Mitnichten. Dass mein Mandant angeblich mit Oliver Peschke gesehen wurde, besagt rein gar nichts. Herr Abrath arbeitet mit ihm auf derselben Station. Wenn sie sich besprochen haben, ging es um Patientenbelange.«

»Haben Sie Oliver Peschke zum Mord an Isabell Graumann angestiftet?« Ben stellte Dave Abrath die direkte Frage.

Ein galliges Lachen war die Antwort.

»Haben Sie?«

Mit einer Geste zwischen Erschöpfung und Langeweile lehnte sich Abrath auf seinem Stuhl zurück. »Als müsste man diesen Frauenhasser zu irgendetwas anstiften.«

»Woher wissen Sie, dass er ein Frauenhasser ist?«

»Das war mir aus der gemeinsamen Arbeit mit ihm bekannt. Auf unserer Station ist das kein Geheimnis.«

»Insofern wussten Sie, dass Peschke der geeignete Mann für die Drecksarbeit ist«, insistierte Ben.

»Ich habe keine Drecksarbeit zu vergeben. Ich bin Arzt.«

»Genau.« Doro nickte. »Offen gesagt war ich ein wenig enttäuscht, dass auch Sie dieses abgestandene Klischee von der Affäre zwischen Arzt und Krankenschwester bedienen.«

Die Muskeln um Abraths Mundwinkel zuckten.

»Vanessa Rapp war so freundlich, uns diesbezüglich Auskunft zu geben«, bluffte Doro.

Abraths blasses Gesicht gewann an Farbe, die Lippen wurden schmal.

»Derartige Privatangelegenheiten meines Mandanten sind im vorliegenden Fall nicht von Belang«, sagte Hanno Stern.

»Da haben Sie womöglich recht. Nur wird die Lebensgefährtin Ihres Mandanten sicher auch enttäuscht sein.«

»Lassen Sie Samira da raus«, drohte Dave Abrath. »Die Geschichte mit Vanessa hatte keinerlei Bedeutung.«

Doro horchte auf. Für solche Bemerkungen hatte sie ein Faible. In ihrer Vorstellung humpelten zwei bucklige Satzgestalten einen Schotterweg entlang: *Es hat keinerlei Bedeutung* und *Es ist nicht so, wie es aussieht*. An der nächsten Biegung wartete *Der Alltag mit dir war einfach so wenig magisch* unter einem laublosen Baum.

»Das verstehe ich gut.« Sie lächelte. »Ein Power Couple, wie Sie und Samira es sind, wirft eine kleine Affäre nicht aus der Bahn.«

Abrath funkelte Doro an. »Ich werde nichts mehr sagen. Mein Anwalt hat meine Stellungnahme bereits schriftlich gefasst.« Er stand auf. »Ich möchte in meine Zelle zurück.«

Du wirst noch um jede Minute froh sein, die du da rauskommst, dachte Doro. Gleichzeitig hörte sie eine sanfte Stimme.

»Ähm, Herr Abrath …«

Sie wandte den Kopf zur Seite. Nina Masuhr schob das Edelstahlband ihrer Uhr hin und her und blickte Dave Abrath nahezu schwärmerisch an.

»Ich wollte Ihnen noch sagen, dass ich Ihren Blog, also, den Ihrer Freundin, wirklich toll finde.«

Bitte?, dachte Doro. Prädikatsexamen?

»Die Beiträge zur neuen Romantik und zum Countrystyle haben mich sehr inspiriert. Das war ein wunderbar gelungenes Herbstthema. Ich habe mir direkt so eine Karobluse mit Rüschen zugelegt.«

Michael hüstelte, betreten sah er auf seine Unterlagen.

»Die Fotos mit diesem hübschen Jungen bei den Pferden draußen im Alten Land fand ich super.«

Mittlerweile stand allen im Raum die Irritation im Gesicht. Außer Nina Masuhr, die strahlte wie ein Weihnachtsengel.

»Justin heißt der«, fuhr sie freundlich fort. »Und man sieht ja schon auf den Bildern, wie gut Samira und er harmonieren.«

Ach was, dachte Doro. Dahin geht die Reise?

»Die Fotos haben wirklich eine ganz besondere Atmosphäre eingefangen. Ich glaube, dem Zauber konnte sich kaum jemand entziehen.« In Nina Masuhrs Zügen lag träumerische Bewunderung. »Na ja, es ist sicher gut, wenn sich jetzt jemand um Samira kümmert.« Sie lächelte. »Als wir ihre Handynachrichten ausgewertet haben, war ich fast ein wenig erleichtert.«

Dave Abrath erstarrte, seine Kiefer mahlten aufeinander.

»Unsinn«, zischte er.

Doro hatte von Knackis gehört, deren größter Psychostress darin bestand, dass ihre Frau als sogenanntes Freiwild draußen tun und lassen konnte, was sie wollte. Eine Inhaftierung bedeutete den totalen Kontrollverlust. Außerhalb der Haftanstalt ging das Leben weiter, es konnte für den Gefangenen günstige oder ungünstige Wendungen nehmen, er konnte es nicht beeinflussen. Und oft genug bekam er noch nicht einmal etwas davon mit. Er war abgeschnitten, isoliert, bewegte sich auf dünnem Eis, wusste nie, ob er nicht schon längst eingebrochen war.

»Die Beziehung meines Mandanten ist nicht Gegenstand

des Verfahrens«, erklärte Hanno Stern kühl. Er nickte dem an der Tür stehenden Vollzugsbeamten zu.

Dave Abrath setzte sich in Bewegung, er wurde von dem Gefängnismitarbeiter herausgeführt.

»Auf Wiedersehen«, verabschiedete sich Hanno Stern. Mit durchgedrückter Brust verließ er hinter seinem Mandanten den Raum.

Doro sah ihm nach, dann stand sie ebenfalls auf.

Nina Masuhr war gut gewesen. Ihr Schachzug säte womöglich Zwietracht zwischen zweien, die gemeinsame Sache machten. Und wahrscheinlich hätte ihn niemand glaubwürdiger vorbringen können als sie.

»Woher wissen Sie das mit diesem Pferdejungen?«, fragte Michael sie verwundert.

Hat der's nicht kapiert?, fragte sich Doro.

»Ich weiß es gar nicht«, antwortete Nina Masuhr. »Außer dass er Justin heißt, das stand in den Blogbeiträgen. Die habe ich mir gestern Abend angesehen.«

»Verstehe.« Michael hob den Daumen. »Sie waren durchaus überzeugend.«

»Danke schön.«

»Dorothee, wir brauchen mehr Fakten und Indizien.« Michael stützte die Hände in die Hüften, das Hemd unter dem Jackett lag dicht an seinem trainierten Bauch. »Ansonsten ist es gut möglich, dass der Richter dem Haftprüfungsantrag stattgibt und Abrath freikommt.«

»Herr Faller, wir tun unser Bestes.« Ben klang freundlich, Doro kannte ihn gut genug, um Gereiztheit wahrzunehmen. »Komm, Doro. Wir besorgen uns irgendwo einen Kaffee. Danach besuchen wir Samira.«

25

Es war Zeit für ein Bier. Doro dachte an den durstigen Mann in der Wüste. Das entsprechende Tuborg hatte Teile ihrer Jugend begleitet – Festivalbesuche, Konzerte, Partys, Abhängen mit Freunden. Geselligkeit und Spaß.

Zu Hause in der Wohnung hatte die Einsamkeit mit klammen Fingern nach ihr gegriffen, die Wände näher kommen lassen und Ängste geschürt. Wie Schimären tauchten Szenen des gestrigen Morgens in ihrer Erinnerung auf, der OP-Saal, die gebärende Frau, Peschke, wie er am Boden lag. Die Bilder waren greifbar real. Dann verschwanden sie, dem Signal eines Leuchtturms gleich, das kurz darauf wieder aufflammte.

Doro vermisste ihren Sohn. Er war erst einen Tag weg, sie hatte versucht, sich einzureden, er sei in Urlaub. Es hatte nicht funktioniert.

Michael war noch im Büro. Doro wusste nicht, ob seine Überstunden wirklich am Arbeitsaufkommen lagen. Bevor sie sich im Grübeln verlor, hatte sie das Haus verlassen.

Ihre Schritte hallten auf dem Asphalt, die Luft war frostig. Doro stellte den Kragen ihrer Jacke hoch.

Frauen konnten ihren abtrünnigen Männern gegenüber ziemlich loyal sein, oder zumindest so tun. Doros Ex-Mann hatte diesen Zug an ihr vermisst, er hatte es ihr mehrfach vorgehalten.

Dave Abrath musste sich diesbezüglich nicht beschweren.

»Einen Keil zwischen uns zu treiben, wird Ihnen nicht gelingen«, hatte Samira Daub erklärt und die Nachricht von der Affäre ihres Lebensgefährten mit perfekter Contenance aufgenommen.

Seinem Naturell folgend hatte Ben nachgelegt und einige schlüpfrige Details erfunden. Eine feine Traurigkeit war in Samira Daubs Züge getreten.

»Ich glaube Ihnen nicht«, hatte sie gesagt. »Ich will es nicht, und daher tue ich es nicht.«

Ben hatte kurz gestockt. »Frau Daub, es geht um Mord. Da machen wir uns nicht die Welt, wie sie uns gefällt.«

Samira Daub zuckte mit den schmalen Schultern, die in einer karierten Countrystyle-Bluse steckten. Das Haar war aus dem ungeschminkten Gesicht frisiert, auch ohne Makeup war sie eine Schönheit.

»Noch mal, Frau Daub, was hat Ihr Lebensgefährte zu Ihnen gesagt, bevor er Montagnacht in die Klinik gefahren ist?«, hatte Ben insistiert.

»Dass es einem Patienten schlecht gehe und er nach ihm sehen wolle.«

»Was noch?«

»Nichts weiter. Hören Sie, wir haben eigentlich nichts mit diesem Peschke zu tun. Ich kenne ihn gar nicht, und mein Mann kennt ihn quasi nur beruflich.«

Offenbar war Dave Abrath in den Ehestand aufgestiegen.

»Unsinn«, hatte Ben widersprochen. »Sie haben seinerzeit Peschke beauftragt, Bella zu stalken und einzuschüchtern.«

»Hören Sie auf! Ich bedaure Bellas Tod zutiefst. Das habe ich Ihnen und meinen Followern erklärt. Darüber hinaus möchte ich mich nicht äußern. Unser Anwalt hat es mir ohnehin untersagt. Also, gehen Sie bitte.« Samira Daub hatte schrill geklungen. Weitere Fragen an sie waren unbeantwortet geblieben. Schließlich waren Doro und Ben aufs Revier zurückgekehrt.

Der Rest des Tages war größtenteils mit Papierkram vergangen. Doro hatte einen längeren Bericht zu den Vorfällen im OP geschrieben, erneut mit der Leitung ihres Dezernats gesprochen. Gegen Abend hatte sie sich noch einmal telefonisch im Krankenhaus nach Peschkes Zustand erkundigt. Er war unverändert kritisch.

Wenn der stirbt, höre ich auf. Während sie den Gehweg entlanglief, war es ihr plötzlich ganz klar. Dann war's das, dachte sie. Dann bin ich raus.

Ein Menschenleben. Ein ehemaliges Kind.

Ein Mörder, der weiter töten wollte.

Trotzdem. Ein Mensch.

Und wenn er überlebt, machst du weiter?, fragte eine Stimme in ihr. Mit dem Risiko, in Zukunft jemanden zu töten?

Halt die Klappe!, schimpfte Doro lautlos. Ihre inneren Dialoge waren seit dem Schusswechsel zermürbend.

Sie näherte sich dem beleuchteten Kneipenschild. Wenig später zog sie die Tür zur »Goldenen Jolle« auf.

Augenblicklich wogten ihr Gitarrengeschrammel und Stimmengewirr entgegen. Sie trat ein.

In der Wärme des Raumes hatte sich der Sauerstoffgehalt zugunsten von Körperausdünstungen auf ein Minimum reduziert, offenkundig störte es niemanden. Die Kneipe war voll, die Stimmung ausgelassen.

Doro ignorierte den Impuls, umzukehren. Sie steuerte die Theke an.

Zahllose Augenpaare glotzten aus Männergesichtern, taxierten sie, hingen an ihrem Körper, dem Haar, dem Gesicht. Ein paar Mundwinkel hoben sich.

Die holzvertäfelten Wände waren voller Bilder von stattlichen Segelschonern. Buddelschiffe standen auf Sideboards, ein alter Rettungsring mit ehemals goldenen Bordüren prangte zwischen zwei Fenstern. Das Portfolio an maritimem Zierrat war ausgeschöpft worden, es schaffte angeranzte Gemütlichkeit.

Hinter dem Tresen stand Bellas Schwester Dagmar Graumann und zapfte Bier. Sie stellte ein Glas mit gelungener Schaumkrone vor einem Gast ab, lachte, sprach ein paar Worte und machte mit einem Kuli einen Strich auf den Bierdeckel.

Dann bemerkte sie Doro. Das Lächeln erstarb in einer Grimasse, der Mund klappte ein Stück auf.

»Oh«, klang es Doro hohl entgegen. »Sie hier? Gibt es Neuigkeiten?«

»Hallo, Frau Graumann. Am liebsten hätte ich erst einmal ein Pils.« Doro setzte sich auf einen freien Barhocker, der Kerl neben ihr linste zu ihr hin.

Dagmar Graumann hielt ein Glas unter den Zapfhahn.

»Falls Sie noch was wissen wollen, ich hab echt schon alles gesagt. Ich meine, natürlich hab ich noch mal überlegt, hin und her, aber ich hab keine Ahnung, wer das Schwein ist.«

»Wir aber.« Doro legte ihre Hände auf dem Tresen übereinander.

»Was? Sie haben ihn?« Dagmar Graumann sprach laut und hart, an der Theke verstummten für einen Augenblick die Gespräche.

Doro nickte.

»Wer ist dieser Drecksack? Ich will den sehen!«

»Das geht derzeit nicht. Der Mann liegt schwer verletzt auf der Intensivstation.«

»Ich mach den kalt!«, rief Dagmar Graumann. »Am Ende kommt der mit paar Jahren auf Bewährung davon. Das ist bei euch doch dauernd so.«

»Frau Graumann, zum einen ist es keine gute Idee, ihn kaltzumachen. Zum anderen liegt er im Vollzugskrankenhaus, da kommen Sie gar nicht rein.«

Misstrauisch legte Bellas Schwester den Kopf schräg, Doro sah demonstrativ auf das angezapfte Bier. Dagmar Graumann füllte den Rest des Glases und stellte es Doro hin.

»Danke schön.« Sie trank drei gute Schlucke. Schaum blieb an ihrer Oberlippe hängen, sie wischte ihn mit dem Handrücken weg.

»Warum liegt der im Krankenhaus?« Dagmar Graumann kniff die Brauen zusammen. »Wieso ist der verletzt?«

Doro zögerte. »Das ist beim polizeilichen Zugriff passiert«, sagte sie schließlich.

»Wie?« Kräftige Arme stemmten sich in runde Hüften, unter dem Rand des T-Shirts lugte Bauchspeck hervor. »Einer von euch hat den … angeschossen, oder was?«

Doro trank einen Schluck.

»Welcher Volldepp von euch war das denn? Wieso habt ihr den nicht direkt abgeknallt?«

Auf dem unbequemen Barhocker straffte Doro ihre Haltung. »Frau Graumann, ich wollte Sie lediglich darüber informieren, dass der mutmaßliche Mörder Ihrer Schwester gefasst ist. Nicht mehr.«

»Pah. So. Nicht mehr. Ich will aber mehr wissen!«

»Dagmar, zwei Pils und zwei Klare«, rief ein Gast von einem kleinen Tisch ein paar Meter vom Tresen entfernt. »Und ein Pizzabaguette.«

Und fünfundvierzig Weizenbiere für den Reisebus vor der Tür, dachte Doro. Damit Dagmar beschäftigt ist.

Sie trank ihr Glas leer. Gerade hatte sie es abgestellt, als ein lautes Lachen zu ihr hinklang. Sie drehte den Oberkörper.

An einem hinteren Ecktisch saßen drei Frauen beim Würfeln. Offensichtlich hatten sie Spaß. Die eine knallte den Würfelbecher auf die Tischplatte, alle drei guckten auf das Ergebnis, ein Johlen brach los, wieder gab es lautes Gelächter. Sie hoben jeweils ein gefülltes Schnapsglas und kippten den Inhalt herunter.

»Wollen Sie etwa noch eins?« Dagmar Graumann deutete auf Doros leeres Glas.

»Ja, eins würde ich noch nehmen.« Doro hatte geantwortet, ohne nachzudenken. Sie spürte das schnell getrunkene Bier bereits als Nebel im Kopf, so wie sie es eigentlich beabsichtigt hatte. Dennoch fühlte es sich nicht gut an.

Dagmar Graumann war hinter dem Tresen zugange. Ihr Haar hing strähnig über die Schultern, die Gesichtsform erinnerte Doro an einen Flaschenkürbis. Mit Herzenswärme punktete Bellas Schwester auch nicht unbedingt. Dennoch konnte sie vermutlich jeden Abend einen Typen aus dieser Spelunke mit nach Hause nehmen.

»Wie heißt er?«, fragte sie unvermittelt.

Doros zähes Denken brauchte einen Moment. »Sie meinen den Mörder Ihrer Schwester?«

»Bestimmt nicht ihren Grundschullehrer.«

Doro atmete flach. »Peschke. Oliver Peschke.«

Das volle Glas wurde unsanft vor ihr abgestellt, die Schaumkrone floss über.

»Ist der im Internet? Kann ich den angucken, gibt es Fotos? Ich will wissen, wie so einer aussieht.«

Nachdenklich musterte Doro Dagmar Graumann. »Wieso?«, fragte sie dann.

»Was wieso? Ich will's eben.«

Doro trank das Bier halb leer, Nebelschwaden für die Schaltzentrale. Meinetwegen, dachte sie. Und danach gehe ich.

Sie zog ihr Handy aus der Tasche. Mit ein paar Berührungen des Displays erschien das Passfoto von Oliver Peschke.

»Bitte schön.« Sie hielt das Bild Dagmar Graumann hin.

Die sah darauf.

Ihr Blick wurde zu ungläubigem Starren. Das Kinn klappte herunter, die Mundhöhle klaffte auf. Blankes Entsetzen trat in Dagmar Graumanns Züge. Sie schwankte zur Seite, ein würgendes Geräusch entfuhr ihr. Die Hände krallten sich am Rand der Edelstahlspüle fest.

Was ist jetzt los?, fragte sich Doro irritiert.

Das Gesicht vor ihr war kalkweiß geworden, röchelnd sank Dagmar Graumann zusammen.

In der Kneipe war es mit einem Mal totenstill.

»Ist ein Arzt anwesend?«, rief Doro.

Eine der würfelnden Frauen sah auf. Sie erhob sich und eilte heran.

»Ich bin Internistin«, sagte sie. »Was ist passiert?«

»Sie hat möglicherweise eine Art Schock erlitten. Nachdem sie ein bestimmtes Foto gesehen hat.« Doro war von ihrem Barhocker gestiegen und kniete bei Dagmar Graumann. Die Ärztin ging neben ihr in die Hocke.

Dagmar Graumann kauerte leichenblass auf den Fliesen und japste nach Luft. Die Ärztin fühlte den Puls, besah sich die Patientin und klopfte ihr leicht auf die bleichen Wangen.

»Das scheint der Kreislauf zu sein«, erklärte sie. »Trinken Sie erst mal einen Schluck Wasser.«

»Cognac«, keuchte Dagmar Graumann.

»Geht auch.« Die Ärztin stand auf und griff beherzt nach einer Flasche mit fuchsbraunem Inhalt. Sie goss zwei Fingerbreit in ein Wasserglas. Dann reichte sie es Dagmar Graumann.

Die nippte vorsichtig, schmatzte, rollte kurz die Augäpfel und leerte den Schnaps. Ein kehliger Laut erklang. Ein paar Sekunden später schüttelte sie sich, das Leben schien in sie zurückzukehren.

»Können Sie wieder aufstehn?«

Dagmar Graumann nickte. Die Ärztin half ihr auf die Beine.

»Verdammte Hacke«, keuchte Dagmar Graumann. »Nehmen Sie sich auch einen.« Sie wies auf die Cognacflasche.

»Gern.« Die Ärztin angelte einen Schwenker aus dem Glasregal. Sie stockte kurz und nahm einen zweiten heraus. Beide goss sie halb voll, einen reichte sie Doro.

»Nein danke«, lehnte die ab. »Eigentlich möchte ich keinen.«

Sie konnte es kaum erwarten, die Frage zu stellen. Dass Oliver Peschke für Bellas Schwester kein Unbekannter war, war offensichtlich. »Sie kennen den Mann?«

Angewidert verzog Dagmar Graumann das Gesicht. »Ich hab mit dem gefickt.«

Grundgütiger, schrillte es in Doros Gehirn. Sie griff nach ihrem Cognac und kippte ihn runter.

»Wann war das?«, fragte sie tonlos.

»An dem Abend, nachdem ich von Bellas Tod erfahren hatte. Zum Glück nur einmal. Der Typ war so krank.« Dagmar Graumann blies die Backen auf. Einen Moment später weiteten sich ihre Augen, das Weiß trat hervor, hob sich aber kaum noch von der Gesichtsfarbe ab. Sie stürzte hinter der Theke heraus, rannte quer durch die Kneipe und riss eine braune Tür mit einem Toilettenschild auf.

Skeptisch sah die Ärztin Doro an. »Wenn die in ein paar Minuten nicht da rausgekommen ist, muss ich wohl rein. Scheint um eine üble Geschichte zu gehen.«

»Ja, kann man so sagen.« Doro nickte. »Danke für Ihre Hilfe eben. Sind Sie öfter hier?«

»So ein- bis zweimal im Monat, immer mittwochs. Es ist einfach urig hier, und das Bier ist günstig und frisch.«

»Ja. Auf jeden Fall.«

»He, wenn du schon da hinterm Tresen stehst, kannst du mir noch ein Pils machen«, rief ein Mann mit Halbglatze und ausgeleiertem Wollpulli der Ärztin zu.

»Mach's dir selbst«, konterte sie und kam hinter der Theke vor. »Der Ton ist in der Jolle ein bisschen durchwachsen«, meinte sie an Doro gewandt. »Aber das ist eine erfrischende Abwechslung zu der korrekten Sprache in meinem Job.«

Doro schmunzelte. »In meinem Beruf ist es oft ziemlich unkorrekt.«

»Sie sind bei der Polizei, oder?«

»Sieht man das?«

»Habe ich kombiniert. Und ein wenig haben Sie auch so eine Art.«

»Aha. Hm ...«

Gerade als Doro weitersprechen wollte, öffnete sich die Klotür. Dagmar Graumann tauchte auf, mit unsicheren Schritten wankte sie zum Tresen. Um ihren Mund herum glänzte Feuchtigkeit, ein Wassertropfen hing an dem breiten Kinn.

»Geht's wieder?«, fragte die Ärztin.

Ein undefinierbarer Laut war die Antwort. Ihm folgte ein genuscheltes »Muss ja«.

»Okay, dann gehe ich wieder zu meinen Mädels. Wenn was ist, melden Sie sich.« Sie kehrte zu dem Ecktisch zurück.

Derweil hielt Dagmar mechanisch ein Pilsglas unter den Zapfhahn und füllte es, dann das nächste und noch eins. In diesem Laden herrschte dauernd Bedarf an Nachschub.

»Frau Graumann«, sagte Doro. »Uns fehlen immer noch Informationen zum Tathergang. Wir vermuten, dass Oliver Peschke Ihre Schwester in eine Falle gelockt hat, wissen aber nicht, wo genau er sie getroffen hat. Und seine Motive sind auch nicht eindeutig geklärt. Haben Sie irgendeinen Hinweis diesbezüglich?«

»Motive?«, fauchte Dagmar Graumann. »Der Typ ist ein einziges Motiv. Der ist so was von aggro. Ist mir an den Hals gegangen, hat gesagt, man müsste mich an einem Baum aufhängen.« Sie zog die Nase hoch. »Und ein Versager ist er außerdem.«

»An einem Baum aufhängen?«, wiederholte Doro.

»Was weiß ich, warum der da drauf kam. Oder kaputt reiten, hat er gesagt.«

Doro stockte. Merkwürdige Bilder, dachte sie. »Haben Sie ihm bei Ihrer Begegnung vom Tod Ihrer Schwester erzählt?«

»Was glauben Sie denn? Denken Sie, ich hock da rum wie ein Klotz und tu so, als wäre alles in Ordnung?«

Die hat sich an dem Abend volllaufen lassen, dachte Doro. Und Peschke hat sie aufgegabelt. Er hat erfahren, wer sie war, wohingegen sie keine Ahnung hatte. Ein Schauer lief über Doros Rücken. Peschke war wissentlich mit der Schwester seines Opfers im Bett gewesen.

»Waren Sie bei ihm oder bei Ihnen in der Nacht?«, fragte sie weiter.

»Bei mir. Danach hab ich echt die Bettwäsche gewechselt.« Der Ekel war zu hören.

»Hatten Sie seitdem noch einmal Kontakt zu ihm?«

»Haben Sie 'nen Knall? Glauben Sie, ich mach's noch mal mit dem? Ich hab auch keine Handynummer oder so was.«

Doro atmete gepresst aus. Gleichzeitig brummte ihr Handy, sie zog es aus der Jackentasche.

»Micha mobil«, stand auf dem Display. Sie tippte auf das grüne Hörersymbol.

»Hi.«

»Liebling, wo bist du? Ich bin jetzt im Büro fertig.«

»In der Goldenen Jolle.«

»Wo?«

»Das ist die Kneipe, in der Bellas Schwester arbeitet«, antwortete Doro leise.

»Ach so. Du hast mit ihr gesprochen. Soll ich dich abholen?«

Doros Blick lief über das Flaschenregal hinter dem Tresen. Es war nichts Buntes einsortiert, keine Liköre für farbenfrohe Cocktails. Der Alkohol war hier klar oder braun.

»Bringst du Nina Masuhr mit?« Sie erschrak selbst über ihre Frage, sie war ihr einfach rausgerutscht.

»Bitte?«

»Ach nichts. Ja, komm vorbei.«

Dagmar Graumann belud ein Tablett mit vollen Pilsgläsern. Einer der Männer an der Theke sprach sie an, schallend lachte sie auf.

»Am besten schnell«, sagte Doro.

26

Es hatte geschneit. Er war raus aus der Stadt, in eine Landschaft mit sanft geschwungenen Hügeln und schneegekrönten Tannen. Alles war so weiß und rein, wie ein Bett aus unberührtem Leinen.

Sanft knirschend durchbrachen seine Schritte die Schneedecke, nur er durfte seine Spuren hinterlassen. Der Rhythmus seines Ganges wurde von einem hellen Ton begleitet, etwa im Sekundentakt. Die Luft war klar und kalt, der Himmel hellgrau, unaufdringlich, angenehm.

»Warte!«, rief eine hohe Stimme.

Wieso sollte ich?, dachte er.

»Halt. Warte auf mich!«

Unwillig hielt er an und drehte sich um. Ein Mädchen mit blonden Zöpfen und rotem Mantel stakste ihm hinterher. Ihre kurzen Beine versanken halb im Schnee, sie lachte.

Das leise Aufschlagen eines Tropfens drang an sein Ohr, fein und harmlos. Das Geräusch wiederholte sich. Er sah nach unten.

Wie Rubine funkelten zwei Blutstropfen auf dem Schnee. Neben sie setzten sich weitere, zerplatzten auf den weißen Kristallen, wurden mehr und immer mehr.

Verwundert richtete er den Blick auf seine Brust. Aus einem Loch floss das Blut. Schoss plötzlich in einer Fontäne heraus, färbte alles rot, breitete sich über die ganze Landschaft aus.

Panik erfasste ihn, er riss die Augen auf, wollte schreien, etwas versperrte seinen Mund.

***

Die Hitze kam aus dem Zentrum ihres Körpers, wie von glühendem Magma im Bauch, das Herz raste.

Schlagartig war Doro hellwach, Schweiß hatte ihr Hemd durchnässt. Neben sich nahm sie tiefe, gleichmäßige Atemzüge wahr. Michael lag schlafend da, den Rücken zu ihr gewandt.

Doro war nicht allein und war es doch. Die nächtliche Einsamkeit des Schlaflosen neben dem Schlafenden wog doppelt schwer.

Sie schlug die Decke zurück und setzte ihre nackten Füße auf den Boden. Behutsam öffnete sie eine Schrankschublade, nahm ein T-Shirt heraus und zog sich um.

»Oft fängt es mit nächtlichem Schwitzen an.« Doros Gynäkologin war eine Schulfreundin von ihr. »Keine Sorge, der Wandel bedeutet nicht das Ende. Heute sowieso nicht mehr. Das gute Leben ist nicht vorbei.«

Ist es nicht?, fragte sich Doro. Sie verließ das Schlafzimmer, ging in die Küche und trank ein Glas Wasser. Damit überlief sie Eiseskälte. Der Hitze folgte Frost, er brachte pochende Kopfschmerzen mit sich.

Sie hatte mit Michael ein drittes Bier in der »Goldenen Jolle« getrunken und Dagmar Graumann dabei zugesehen, wie sie rasch wieder in Form kam. Irgendwelche verwertbaren Hinweise hatte sie nicht mehr gegeben. »Ich will an den Abend echt nicht mehr erinnert werden. Sagen Sie mir bloß noch Bescheid, wenn's der Typ nicht überlebt.«

»Freu dich doch mal«, hatte Michael später zu Doro gemeint. »Der Fall Bella ist aufgeklärt.«

Mit einem noch ungewissen Ende, hatte Doro gedacht und geschwiegen.

Fröstelnd steuerte sie Constantins Zimmer an. Sie schlang die Arme um ihren Oberkörper und lehnte einen Moment am Türrahmen. Dann schlüpfte sie in das alte Holzbett und zog die Decke bis zur Nase hoch.

Räume bewahren eine Spur des Menschen, der sie bewohnt hat.

Immer noch bewohnt, dachte Doro.

Ihre Gedanken liefen zu dem vergangenen Abend in der Kneipe zurück, zu unseligen Zufällen und Begegnungen.

Wieso hatte Peschke von *kaputt reiten* gesprochen?

Das Alte Land mit Bäumen, Koppeln und Pferden tauchte vor Doros geistigem Auge auf – die Blog-Beiträge von Samira Daub, die sie mit dem jungen Mann zeigten.

Doro hielt es für sehr wahrscheinlich, dass Peschke Bella in Anlehnung an diese Fotos zu einem Treffpunkt auf dem Land bestellt hatte. Neuenfelde war stadtnah mit der Bahn gut zu erreichen. Er hatte sie dort an einen wenig belebten Ort gelotst, aus dem Hinterhalt zusammengeschlagen und in sein Auto verfrachtet. Doro sah Szenen der Tat förmlich vor sich.

Aber Peschke schwieg, lag halb tot im Krankenhaus.

Auf seinen Konten waren keine größeren Geldbeträge eingegangen, Bargeld hatte sich in seiner Wohnung nicht gefunden. Wenn Abrath ihn bezahlt hatte, war fraglich, wo das Geld geblieben war.

Doch letztlich ist Bellas Mörder gefasst, sagte sich Doro. Vielleicht sollte ich mich wirklich freuen. Wenn er überlebt.

Sie drehte sich auf den Rücken und starrte an die Zimmerdecke. Das hereinfallende Licht der Straßenlaternen warf Schatten in den Raum. Constantins kreatives Chaos darin beruhigte sie.

Irgendwann fiel sie in einen unruhigen Schlaf zurück.

Sie zuckte zusammen, als in einem Traumbild jemand einen Faden durchschnitt.

***

An den Wänden hingen keine gerahmten Bilder mit pelzigen Tieren. Die Tür war aus Stahl.

Langsam war die Erinnerung in seinen Schädel gesickert, eine Frau mit offenem Bauch, eine andere, die eine Pistole auf ihn richtete. Der Schuss, sein Ende. Er war fertig, der Kampf um eine gerechtere Welt war ausgekämpft. Die Weiße Pille mussten in Zukunft andere schlucken.

Das Piepen des Herzmonitors taktete die Minuten. Vor Mund und Nase saß eine Beatmungsmaske, er fühlte den Druck, mit dem Sauerstoff in ihn gepresst wurde. Eine Weile lag er reglos da, hörte die Geräusche der Apparatemedizin um sich herum.

Dann war es klar. Wenn, dann jetzt. Er wusste, dass er mit zunehmender Genesung kaum noch die Möglichkeit dazu hatte.

Zögerlich bewegte er die Finger der rechten Hand, es ging. Er spürte Arme und Beine. In einem Kraftakt drehte er den Kopf. Im Halbdunkel des Raumes war er von Maschinen umgeben. Der leuchtende Monitor neben ihm zeigte Zahlen und Kurven der Blutgase an.

Mit unbändigem Willen hob er den rechten Arm. Der Zeigefinger ragte zitternd vor, wie auf der Suche nach göttlicher Berührung. Die Erschaffung Adams.

Die Kraft für das letzte Tun kam nicht mehr aus seinem kaputten Körper, etwas anderes hatte sich seiner bemächtigt.

Er tastete mit den Fingerspitzen zu der Maske, zog sie von Mund und Nase herunter, wartete, nahm wahr, wie sich die Zeit dehnte.

Letzte Sekunden.

Schwindel erfasste ihn, er hatte das Gefühl, dass seine Lungen verschlossen waren. Er bekam keine Luft mehr. Das helle Piepen wurde schneller, kurz darauf langsamer. Er fiel ins Dunkel, glaubte noch, einen anhaltenden Ton zu hören. Dann war es still.

27

»Was ist das denn?« Doro knallte ihre Tasche auf den Schreibtisch und streifte die Jacke ab. Sie fühlte sich wie durch den Wolf gedreht. Nach einem kurzen Schlaf in Constantins Bett war sie wieder in ihr eigenes zurückgekehrt und hatte den Rest der Nacht wach gelegen.

»Siehst du doch, ein Präsentkorb XXL.« Ben stand von seinem Bürostuhl auf und näherte sich der röchelnden Kaffeemaschine. »Da sind echt leckere Sachen drin, Belugakaviar, Schampus, Pastete, Blue Mountain Kaffee, das volle Programm.« Er goss zwei Tassen ein und reichte eine Doro.

»Danke schön. Und wieso steht der bei uns?«

»Der Mann dieser Frau, die auf dem OP-Tisch lag, hat ihn bringen lassen. Ein stadtbekannter Kaffeehändler, so ein Pfeffersack eben. Du hast quasi die Erbfolge seines Unternehmens gesichert. Seine Frau hat trotz des Zwischenfalls einen gesunden Sohn zur Welt gebracht.« Genüsslich schlürfte Ben einen Schluck aus seiner sonnengelben Tasse.

»Zwischenfall?« Doro beäugte den riesigen, in Cellophan eingepackten Korb. »Wie geht's der Frau?«

»Keine Ahnung. Meine Tante hat immer gesagt: Kind geboren, Schmerz verloren.«

»Aha. Die, die den Blumenkohl geschmissen hat?«

»Jepp.«

In der mit einer blauen Samtschleife zusammengehaltenen Folie steckte ein Briefumschlag. Doro zog ihn heraus und öffnete ihn. Er enthielt eine Karte aus dickem Büttenpapier.

»Mit bestem Dank für Ihren Einsatz«, stand darauf. Unterzeichnet war mit unleserlichen Tintenschwüngen.

Doro hob eine Augenbraue. »Echt überschwänglich. Der muss doch wissen, dass wir so etwas nicht annehmen dürfen.«

»Och nee, Doro! Den lässt du aber nicht zurückgehen.«

»Ich rufe bei der Hamburger Tafel an, die können ihn abholen.« Sie loggte sich am Rechner ein.

»Pfh«, schnaubte Ben. »Ich hab Hunger.«

»Zwei Straßen weiter gibt's eine Bäckerei.« Die Suchmaschine zeigte die Nummer der Tafel an, Doro griff nach dem Telefonhörer.

Eine Minute später war der Abtransport organisiert.

»Mir vergeht bei der Erinnerung an vorgestern Morgen in der Klinik ohnehin der Appetit«, murmelte sie.

»Dir vielleicht. Aber warum nicht blöden Gefühlen ein bisschen Genuss entgegensetzen?«

Doro ließ ihm ein schräges Lächeln zukommen. »Apropos blöde Gefühle. Dagmar Graumann war mit dem Mörder ihrer Schwester im Bett.«

»Was?« Bens Augen wurden groß. »Ähj, nee. Hast du das gestern Abend erfahren?«

Doro nickte und fasste kurz die Begegnung in der »Goldenen Jolle« zusammen.

»Schöner Mist. Das ist wie ein Negativ-Sechser im Lotto«, sagte Ben. »Du, hier ist übrigens die Liste mit den Hamburger Internetanschlüssen, von denen aus das Incel-Forum mehr oder weniger regelmäßig aufgerufen wird.« Er reichte Doro ein bedrucktes Blatt. »Acht Adressen. Ob wir die jetzt noch brauchen, weiß ich nicht. Wie du siehst, ist auch Peschkes Kumpel Roland Schneider darunter, außerdem stehen zwei Frauen drauf. Die sind Inhaberinnen der Anschlüsse, womöglich aber nicht die jeweiligen User.«

Doro überflog Namen und Adressen, Blankenese und Nienstedten waren ebenfalls vertreten.

»Offenbar gibt's auch reiche Frauenhasser.« Sie legte das Blatt zur Seite.

»Hast du daran gezweifelt?«

»Nein.« Abwesend griff Doro nach der Kaffeetasse und probierte einen Schluck. Wie erwartet zog sich alles in ihrem Mund zusammen. »Boah, kannst du nicht mal nur die Hälfte Pulver nehmen?«

»Dann trink doch gleich heißes Wasser.«

»Mach ich auch.« Doros Stimme war schrill. »Davon kriegt man wenigstens kein Magengeschwür.«

»Doro? Welche Laus ist dir denn über die Leber gelaufen?«

»Frag lieber, welche Laus nicht drübergelaufen ist«, ihre Ungehaltenheit nahm zu. »Constantin ist zu seinem Vater gezogen, ich hab womöglich einen Menschen erschossen, und bei der Staatsanwaltschaft arbeitet neuerdings Miss Beautiful.«

Ben legte den Kopf schräg. Langsam ging er zum Fenster, griff nach der kleinen Messinggießkanne und ließ einen Strahl Wasser in den Topf des Ficus laufen.

»Vielleicht solltest du mal ein, zwei Wochen Urlaub nehmen«, sagte er.

Doro schwieg, der Schweiß war ihr ausgebrochen.

»Ja, vielleicht«, grummelte sie schließlich. Irgendwohin ans Meer, in die Sonne, dachte sie.

Lustlos zog sie die Liste mit den Internetanschlüssen heran und überflog erneut die Namen. Eine der beiden Frauen war Dr. Charlotte Rupert. Sie wohnte in Blankenese im Treppenviertel, eine der besten Adressen Hamburgs.

Aus purer Neugier gab Doro den Namen der Frau in die Suchmaschine ein.

Die oberen Treffer führten zur Universität Hamburg. Doro klickte den ersten an.

Charlotte Rupert war Dozentin für Alte Geschichte. Das zugehörige Foto zeigte eine vollschlanke, dunkelhaarige Frau. Sie war schätzungsweise Mitte vierzig und wirkte freundlich und vital. Doro las das Kurzprofil. Als Schwerpunkte waren Griechische Sozialgeschichte und Randgruppenforschung, Kriminalitätsgeschichte sowie Neue Medien in der Alten Geschichte ausgewiesen.

In Doros Kopf versuchte sich etwas miteinander zu verknüpfen. Ähnlichkeiten oder Verbindungen deuteten sich an, aber die Enden der Fäden passten nicht recht zusammen.

Sie rief die Seite des Incel-Forums auf. Wer aus diesem Akademikerhaushalt postet auf einer solchen Plattform?, überlegte sie. Oder geht es am Ende um eine Art wissenschaftliches Interesse?

Doro betrachtete den Bildschirm. Das Forum der Frauenhasser trieb immer wieder neue Blüten. Einer der neuesten Beiträge zeigte ein Foto einer hübschen, lachenden Frau. Sie stand vor einem gedeckten Esstisch und hatte ein ebenfalls fröhliches Kind auf dem Arm.

Das ist für uns unerreichbar. Doro las den darunterstehenden

Kommentar eines Incels. *Nur weil wir nicht groß genug sind. Wehrt euch endlich, Betas! Klein gewachsene Männer brauchen ihre eigene Bewegung. Alle haben sich Rechte und Respekt erkämpft, Schwule, Lesben, Transen, Fette, Dürre, Schwarze. Nur Short Men schweigen und sind unsichtbar! Steht auf und nehmt euch, was euch zusteht!*

Doros Ausatmen klang wie ein Seufzen. Kleine Männer bildeten eine Untergruppe der Incels. Einige von ihnen waren Black Piller, die jegliche Hoffnung aufgegeben hatten – an der Körpergröße ließ sich nichts ändern. Auf dem Beziehungsmarkt wurden sie ignoriert, nicht in Erwägung gezogen. Frauen kam es ihrer Überzeugung nach nicht auf innere Werte an.

Doro erinnerte sich an ein im Forum viel diskutiertes Chadfishing-Experiment, von dem sie gelesen hatte. Ein Mann hatte auf einer bekannten Dating-App ein Profil mit einem äußerst attraktiven Foto eines Männermodels angelegt. Er hielt bei den persönlichen Angaben nicht mit seiner Neigung zum Kindesmissbrauch hinter dem Berg, versicherte aber, an seinen Fehlern zu arbeiten.

Zahllose Frauen hatten einen Chat mit ihm begonnen, flirteten, schickten ihm Nacktfotos, die er ohne ihr Wissen ins Netz stellte. Er veröffentlichte Auszüge der Chats, aus denen hervorging, wie oberflächlich die Frauen waren, gleichgültig gegenüber Persönlichkeit und Charakter und nur am Äußeren eines Alphamännchens interessiert. Das alles war Wasser auf die Incel-Mühlen.

Doro rieb sich über Stirn und Schläfen, ihr Kopf dröhnte. Sie scrollte am Bildschirmrand nach unten und überflog weitere Beiträge des Forums, auf der vagen Suche nach Hinweisen zu Charlotte Rupert. Bens Tippen auf der Tastatur klang zu ihr hin. Es war energischer als gewöhnlich, Ben schmollte wegen des Fresskorbs.

An einem fast leeren Beitragsfenster blieb Doros Blick hängen. Es enthielt lediglich einen längeren Internetlink und den kurzen Zusatz »mehr davon«. Der Post war unkommentiert. Bei der sonstigen Fülle an Kommentaren, dem allgegenwärtigen Drang, seinen Senf dazuzugeben, erschien Doro das ungewöhnlich.

Mehr von was?, fragte sie sich und klickte auf die angegebene Internetadresse.

Sie führte zu einer Dropbox-Seite, einem virtuellen Speicherplatz, der auf den Nutzernamen »Barbaros« angelegt war.

Der aufgeräumte, in Blau und Weiß gehaltene Bildschirm zeigte einen weiteren Link an. *Tief im Kaninchenbau;-) User: Elliot*, stand darunter. Sonst nichts.

Doro kopierte die URL und gab sie in ein neues Browserfenster ein.

Die Seite eines Cloud-Speichers öffnete sich. Der Zugriff erforderte die Eingabe eines Benutzernamens und Passworts.

»Elliot«, tippte Doro in das obere Feld.

Der Name war ihr seit einigen Tagen bekannt. Elliot Rodgers erschoss 2014 in Isla Vista in Kalifornien sechs Menschen und verletzte dreizehn weitere. Als sein Hauptmotiv galt der Hass auf Frauen.

Sie zögerte kurz, fixierte das leere Passwortfeld. Dann gab sie »Rodgers« ein.

Die Meldung *Access Denied* erschien.

Das Passwort muss eines sein, das die Community kennt, zu dem es einen Bezug gibt, dachte Doro. Die anderen Incels sollen sehen, was in diesem Speicherort abgelegt ist. Sie tippte »Isla Vista« ein.

Wieder wurde der Zugriff verweigert.

»Wann genau war das?«, murmelte sie und sah im Internet nach. Dann gab sie die Zahlenfolge »23. 5. 2014« ein.

Der Zugang öffnete sich. Im selben Augenblick stockte Doro der Atem.

»Ben«, keuchte sie. »Sieh dir das an.«

»Was?« Mürrisch lugte er zu Doro hin. Ihr entsetzter Ausdruck ließ ihn umgehend aufstehen und zu ihr kommen.

»Heilige Scheiße«, entfuhr es ihm.

Auf dem Monitor prangte ein Foto der toten Bella, an Stelle des Gesichts klaffte die riesige blutige Wunde.

Wie ein Faustschlag traf Doro die Erinnerung. Sie mischte sich mit dem Bild vor ihr, brachte Kälte und Geruch aus dem Wasserwerk zurück, verursachte ihr Schwindel.

Unter dem Foto stand: »Zur Nachahmung empfohlen ;-)«.

»Dieser Fotograf, der Bella gefunden hat, Jürgen Kemmerer.« Ben griff zum Telefonhörer. »Ich schicke einen Streifenwagen zu ihm nach Hause und zu seiner Arbeitsstelle.«

Doro nickte. Gleichzeitig öffnete sich schräg hinter ihr die Bürotür. Sie drehte sich um. Max Holle stand dort. Doro registrierte sofort, dass seine Miene nichts Gutes verhieß.

Furcht überfiel sie. Peschke, dachte sie. Er ist gestorben.

Max hustete trocken. »Einsatz«, sagte er. »Eine Frau wurde ermordet aufgefunden, in ihrer Wohnung im Treppenviertel. Sie heißt Charlotte Rupert.«

28

»Gute Güte, was hat die da im Mund?« Ben beugte sich nach vorn.

»Kuchen.« Dr. Jerome Grothe kam aus der Hocke hoch. »In der Küche steht eine Platte, auf der sich die Reste einer Schokoladentorte befinden. Ich vermute, die halbe Speiseröhre und die Luftröhre sind voll von dem Zeug.«

»Was soll das denn?« Ben schüttelte den Kopf.

»Was den Täter dazu getrieben hat, müssen wohl Sie herausfinden. Ich bin nur für die Anatomie zuständig.«

Jerome Grothe, Oberarzt in der Rechtsmedizin, war in Vertretung für Magda Kirchgasser am Fundort der Toten. Magda hatte heute frei und nach einem gestrigen Gespräch mit Doro angekündigt, am Vormittag bei dem alten Herrn Gall, dem Nachbarn von Peschke, vorbeizuschauen. Doro war froh über Magdas Vorhaben gewesen, nicht ahnend, dass sie heute schon auf ihren Kollegen treffen würde.

Dass nach Oliver Peschkes Ergreifung noch eine Frau getötet worden war, hatte Doro das Blut in den Adern gefrieren lassen. Sie hatte nicht mit einem weiteren Mord gerechnet. Während der Fahrt zum Fundort der Leiche hatte sie abwechselnd geflucht und geschwiegen, fühlte sich unter Druck wie bislang kaum in ihrer Laufbahn. Bens Ton war lakonisch geblieben. Aber an seinen abgehackten Gesten hatte Doro seine Nervosität bemerkt.

Nun stand sie mit ihm in einer gepflegten Vier-Zimmer-Wohnung im Treppenviertel. Das große Wohnzimmerfenster bot eine traumhafte Aussicht auf die Elbe. Gerade kämpften sich ein paar Sonnenstrahlen durch das morgendliche Grau und ließen die Wasseroberfläche glitzern.

Der Anblick direkt vor Doro hingegen war furchtbar. Mit verdrehten Gliedmaßen lag Charlotte Rupert auf dem Teppich. Die Augen starrten ins Leere, die Lippen klafften wie im Schrei auseinander, die Mundhöhle war mit einer braunen Masse verschlossen. Die Zurichtung der Leiche hatte etwas Entwürdigendes.

Charlotte Ruperts hellblaue Bluse war halb geöffnet und, wie die weiße Unterwäsche darunter, mit bräunlichen Flecken verschmutzt. Der hochgerutschte Rock entblößte die Oberschenkel. Wächsern quoll das Fleisch der kräftigen Beine aus der zerrissenen Feinstrumpfhose.

»Sie ist stranguliert worden.« Jerome Grothes Stimme klang verraucht. »Die Strangmale am Hals sind gut zu erkennen. Ausweislich der Totenflecken und der Körpertemperatur würde ich sagen, dass sie seit gestern Abend beziehungsweise Nacht tot ist.«

»Der Kuchen wurde ihr in den Mund gestopft, nachdem sie umgebracht worden ist?«, fragte Ben.

»Davon kann man ausgehen.« Jerome Grothe streifte seine Latexhandschuhe ab. Mit silberberingten Fingern nahm er ein Klemmbrett vom Wohnzimmertisch und notierte etwas auf einem Formular.

Doro sah sich im Raum um. Die Einrichtung war gediegen, ihrer Ansicht nach passte sie zum Beruf der Ermordeten. Einige gerahmte Bilder mit hellenistischen Motiven hingen an den Wänden, dicke Teppiche bedeckten den Parkettboden. Gegenüber dem Fenster befand sich ein breites Bücherregal mit zahlreichen, teilweise ledergebundenen Bänden.

Auf einem antiken Buffetschrank stand eine etwa fünfzig Zentimeter große Skulptur. Bereits beim Betreten des Raumes war sie Doro aufgefallen, nun blieb ihr Blick daran hängen. Ben bemerkte es.

»Ganz schön porno«, kommentierte er.

Ein junger, muskulöser Mann lehnte schlafend auf einem Felssporn. Er war nackt, spreizte die Beine auseinander und stellte seine Geschlechtsteile offen zur Schau.

Jerome Grothe sah von seinem Formular auf. »Das ist der Barberinische Faun.«

»Echt?« Ben klappte die Unterlippe vor. »Woher wissen Sie das?«

»Altsprachliches Gymnasium.«

»Aha.«

»Soweit ich mich erinnere, stammt der aus dem dritten Jahrhundert vor Christus«, fügte Jerome Grothe an. »Im Original ist die Skulptur fast zwei Meter, also quasi lebensgroß. Sie steht in der Glyptothek in München. Beim Transport aus Rom ist ihr allerdings unter anderem der vordere Teil des Penis abgebrochen.«

»Das haben Sie sich seit Ihrer Schulzeit gemerkt?« Ben war hörbar erstaunt.

Jerome Grothe grinste und schrieb weiter.

Doro überlief ein Hitzeschwall, sie wollte den Raum verlassen. »Lass uns zu der Besitzerin des Hauses.«

Gerlinde Hansen hatte heute Morgen die Polizei benachrichtigt, nachdem sie an der nur noch angelehnten Haustür Einbruchspuren festgestellt hatte. Jemand hatte sich mit einem Brecheisen daran zu schaffen gemacht.

Die Tür zu Charlotte Ruperts Wohnung war ebenfalls aufgebrochen worden. Der Mörder war gewaltsam in das Zuhause seines Opfers eingedrungen.

An den Kollegen der Spurensicherung vorbei stiegen Doro und Ben eine mit einem dicken Läufer ausgelegte Treppe runter ins Erdgeschoss.

Gerlinde Hansens Wohnungstür stand offen, sie traten ein. In der Diele setzte sich die wohlhabende Gediegenheit des ersten Stockes fort.

»Frau Hansen?«, rief Doro.

»Hier«, klang es laut und deutlich aus einem Raum, der rechts vom Flur abzweigte. Sie gingen ins Wohnzimmer.

Augenblicklich überkam Doro ein Déjà-vu. Einrichtung und Dekoration glichen dem, was sie gerade bei Charlotte Rupert gesehen hatte. Der Barberinische Faun fehlte allerdings.

»Dorothee Anders, Kripo Hamburg«, stellte Doro sich vor. »Das ist mein Kollege Ben Fleck.«

»Hansen. Guten Morgen.« Gerlinde Hansen saß auf einem Sessel der dunkelgrünen Couchgarnitur. Ihr schmaler Oberkörper steckte in einem fliederfarbenen Twinset, über dem eine Perlenkette hing.

Das silbergraue Haar war akkurat in Wellen gelegt, Gerlinde Hansen bewahrte Haltung.

»Heute Morgen gegen sieben Uhr fünfzig haben Sie also die Einbruchspuren an der Tür bemerkt und die Polizei verständigt«, begann Doro. »Ist Ihnen in der Nacht oder gestern Abend etwas aufgefallen?«

»Außer dass Frau Rupert mal wieder ihr Damenkränzchen hatte, nichts.«

»Damenkränzchen?«

»Einmal im Monat kamen abends zwei andere Frauen zu ihr«, näselte Gerlinde Hansen mit norddeutschem Einschlag. »Es ging dann recht munter zu, offenbar amüsierte man sich. Frau Rupert war ja alleinstehend und eigentlich eine ruhige Mieterin. Aber zu diesen Treffen trank man Sekt und hatte sich wohl lustige Begebenheiten zu berichten. Mitunter wurde auch Musik angestellt.«

»Wissen Sie, wer diese anderen Frauen sind?«, fragte Doro.

»Nein, die Namen kenne ich nicht.«

»Haben Sie gestern Abend mitbekommen, wann die Damen gegangen sind?«

»Nun, das ließ sich nicht vermeiden. Die Verabschiedung fiel kaum leiser als das Begrüßungshallo aus.« Gerlinde Hansen sprach mit leichtem Tadel, ihre Hände lagen ruhig auf dem Tweedstoff des Rockes. »Frau Rupert wohnt schon seit acht Jahren in diesem Hause. Mein verstorbener Mann war Latinist an der Universität, er war mit Frau Rupert bekannt. Wir hätten uns auch niemanden ins Haus geholt, der nicht unseren Vorstellungen entspricht. Irgendein Mieter wäre für uns nicht infrage gekommen.«

»Das kann ich gut verstehen.« Ben nickte. »Bei diesen ganzen Mietnomaden weiß man wirklich nicht, welche Laus man sich in den Pelz setzt.«

»Verfügen Sie auch über Haus und Grund?« Skeptisch musterte Gerlinde Hansen ihn.

»Gewiss.«

Doro rollte innerlich die Augen. »Um wie viel Uhr haben sich Charlotte Ruperts Freundinnen verabschiedet?«

»Gegen zweiundzwanzig Uhr dreißig.«

»Danach ist Ihnen nichts mehr aufgefallen? Haben Sie keine Geräusche gehört, die mit dem Aufbruch der Türen zusammenhängen können?«

»Gute Frau, dann hätte ich sicherlich in der Nacht schon die Polizei verständigt. Ich habe geschlafen. Nach dem turbulenten Abend war ich froh um die Ruhe, die mir letztlich ein leichtes Medikament verschafft hat. Wenn Frau Rupert diese Treffen öfter abgehalten hätte, hätte ich das nicht tolerieren können.«

Von einer massiven Standuhr erklang ein matter Glockenton, Doro zuckte zusammen.

»Hatte Frau Rupert Herrenbesuche?«, fragte sie.

»Besuch*e*?« Gerlinde Hansen rümpfte die Nase.

»Besuch.«

»Aktuell nicht dass ich wüsste. Es muss ja auch nicht alles zusammenkommen.«

»Aktuell? Was ist mit den vergangenen Wochen oder Monaten?«

»Nun ja, vor etwa einem Jahr war ihr Cousin ab und zu da, ein netter junger Mann. Ebenfalls Altphilologe, frisch von Stuttgart nach Hamburg gezogen. Diesen Kontakt verstehen Sie aber vermutlich nicht unter Herrenbesuch.«

Kommt drauf an, dachte Doro. »Gab es noch jemanden?«

Gerlinde Hansen drehte den Goldring an ihrem rechten Ringfinger.

»Als mein Mann noch lebte, vor drei Jahren etwa, logierte

einige Male ein Herr bei Frau Rupert. Allerdings wurden wir unfreiwillig Zeugen eines unschönen, lautstarken Streits zwischen den beiden. Daraufhin haben wir uns weitere Besuche des Herrn verbeten.«

»Kennen Sie den Namen des Mannes?«

»Nein. Ich habe ihn seitdem auch nicht mehr gesehen. Er wirkte nicht sonderlich gebildet oder wohlhabend. Attraktiv war er auch nicht. Es ist mir ein Rätsel, was eine Frau an einem solchen Mann finden kann.«

Gerlinde Hansen hielt inne, eine fleckige Röte war in ihre Wangen getreten.

»Ich möchte meinen, dass Sie nach einem derartigen Vorfall in unserem Viertel verstärkte Präsenz zeigen«, knarzte sie weiter. »Dieses Haus ist seit Generationen in Familienbesitz. So etwas Unschönes hätte nicht passieren dürfen.«

»Ja, sehr schade, Frau Hansen.« Ben wandte sich zum Gehen.

»Wie ist sie überhaupt … gestorben? Ich meine, gibt es viel Blut?«, fragte Gerlinde Hansen.

Charlotte Rupert war von den Kollegen, die wegen des Einbruchs gekommen waren, gefunden worden. Gerlinde Hansen hatte die Tote nicht gesehen.

»Nein. Es gibt gar kein Blut«, antwortete Doro. »Charlotte Rupert wurde stranguliert.«

Das Gesicht der alten Dame blieb reglos, dennoch glaubte Doro, einen Funken Erleichterung darin auszumachen.

»Falls Ihnen noch etwas Sachdienliches einfällt, melden Sie sich bitte bei uns«, sagte Ben.

»Es mag wohl angehen, dass Sie sich bei mir melden, wenn Sie hoffentlich bald Erfolge vorzuweisen haben. Derzeit kann man sich ja nicht mehr sicher fühlen.«

»Danke für Ihre Auskunft, Frau Hansen.« Doro steuerte die Tür an. Hinter Ben verließ sie die Wohnung.

»Was man alles auf sich nimmt, um in dieser Gegend zu wohnen«, grummelte er auf der Treppe.

Wieder in der ersten Etage angekommen, ging Doro zu dem Kriminaltechniker, der die Einbruchspuren an der Wohnungstür untersuchte.

»Die aufzubekommen, war keine große Kunst«, erklärte er. »Im Prinzip ist das eher eine Innentür. Alt und hübsch gemacht, aber nichts Sicheres.«

Doro betrachtete die weiße Holzfront mit den bunten Glaseinsätzen.

»Mit einem einfachen Kuhfuß kriegt man das auf. Die Stange wurde oberhalb des Schlosses angesetzt, das sehen Sie an den Spuren dort.« Der Techniker wies auf Kratzer im Lack des Türrahmens. »Dann wurde gehebelt. Das wird keinen besonderen Lärm gemacht haben, ein Knacken, zack, das war's.«

»Verstehe.« Nachdenklich kehrte Doro mit Ben in die Wohnung zurück. Die Spurensicherung hatte sich über alle Räume verteilt, aus dem Wohnzimmer kam Jerome Grothe.

»Von meiner Seite aus kann die Tote in die Rechtsmedizin«, sagte er. »Den Autopsiebericht bekommen Sie später.«

»Alles klar. Danke.« Ben hob verabschiedend die Hand.

»Was denkst du?« Er wandte sich an Doro. »Kannte Charlotte Rupert ihren Mörder?«

»Die meisten Opfer kennen ihren Mörder. Aber wenn sie ihn gut gekannt hat, hätte sie ihn vermutlich in die Wohnung gelassen, und er hätte nicht einbrechen müssen.«

»Oder sie.«

»Genau. Oder die Mörderin. Das ist natürlich offen.«

»Womöglich kannte Charlotte ihn oder sie und hat genau deshalb nicht die Tür geöffnet«, warf Ben ein. »Sie verband mit der Person eine unangenehme Bekanntschaft. Wie bei dem Kerl, mit dem sie gestritten hat.«

»Nach drei Jahren taucht der wieder auf?«

Ben zuckte mit den Schultern. »Zumindest ist anzunehmen, dass der Täter wusste, wo und wie Charlotte Rupert lebt.«

»Und wir können davon ausgehen, dass sie noch wach war, noch angezogen, als er eingedrungen ist. Also beginnt unser Zeitfenster nach halb elf und endet gegen, sagen wir mal, Mitternacht.«

»Was soll das mit dem Kuchen?« Ben rümpfte die Nase. »Das ist ekelhaft.«

»Die Assoziationen, die sich einstellen, sind ziemlich klar.« Doro begab sich in einen kleinen Raum, der als Arbeitszimmer diente.

In zwei Regalen waren Bücher und Aktenordner ordentlich in Reih und Glied gestellt, die Ablageflächen zierten mehrere Büsten und Skulpturen. An einer Wand hing eine antiquarische Landkarte. »Das Römische Reich zur Zeit seiner größten Ausdehnung unter Kaiser Trajan«, stand am oberen Rand.

»Du denkst an ein Spanferkel?«, fragte Ben.

Doro blies Luft durch die zusammengepressten Lippen. »So ähnlich.«

An dem Schreibtisch vor dem Fenster saß die Technikerin, die sie bereits in Bellas Wohnung getroffen hatten. Mit behandschuhten Fingern tippte sie auf der Tastatur eines Laptops.

»Interessant, was die Leute so alles machen«, sagte sie.

»Was haben Sie gefunden?« Doro trat heran.

»Natürlich jede Menge Dokumente für die Uni. Seminarunterlagen, einige von Frau Rupert verfasste wissenschaftliche Artikel, etliche Fotos von historischen Stätten. Doch da ist noch was anderes.«

»Nämlich?«

»Frau Rupert war in der Body-Positivity-Bewegung aktiv. Als Charlotte von Hoff hat sie in einem Forum gepostet. Außerdem hat sie unter dem Namen eine Internetseite und einen Blog betrieben.«

»In welcher Bewegung bitte?«, fragte Ben.

»Body-Positivity. Ihr Körper ist schön, selbst wenn er nicht dem gängigen Schönheitsideal entspricht.«

»Meiner?«

»Der von jedem Menschen.« Die Technikerin schmunzelte. »Body-Positivity macht frei von Zwängen der Äußerlichkeit und der Beautyindustrie. Sei du selbst, oder wie Frau Rupert auf ihrer Seite propagierte: Ichsein ist das neue Schönsein.«

Von dem Laptopbildschirm lachte Doro Charlotte Rupert entgegen. In der Tat gab es wenig Ähnlichkeit mit gängigen Modelfotos. Auch kaum welche mit der toten, entstellten Frau im Nachbarzimmer.

»Die notwendigen Angaben zum Impressum der Webseite listen Namen und Anschrift.« Die Technikerin hatte auf den entsprechenden Link geklickt.

»Somit ist für jeden ersichtlich, wo sie wohnt«, folgerte Ben. »Jemand, dem ihre Ansichten nicht gefallen, kann einfach vorbeikommen.«

»Denkst du, dieser Mord hat etwas mit dem Mord an Bella zu tun?«, fragte Doro.

Erstaunt sah Ben sie an. »Glaubst du das etwa nicht?«

29

»Dann hat die Hansen die Geschichte mit Charlottes Cousin tatsächlich geglaubt.« Katrin Buntschuh schnäuzte sich, Augen und Nase waren vom Weinen gerötet.

Über die Kontaktdaten auf Charlotte Ruperts Laptop hatte die Kriminaltechnikerin die beiden Freundinnen des Damenkränzchens schnell ausgemacht. Ben befragte Elke Zimny in einem Biotechnik-Unternehmen in Hamburg-Mitte. Doro war zu Katrin Buntschuh gefahren, die als Grundschullehrerin in der Neustadt arbeitete.

»Wer ist der Mann, wenn er nicht Frau Ruperts Cousin ist?«, fragte Doro erstaunt. Sie saß mit Katrin Buntschuh in einem leeren Klassenzimmer. Schon beim Eintritt waren Erinnerungen an Constantins Grundschulzeit aufgekommen, an auf kleinen Stühlchen verbrachte Elternabende, in dem liebevoll dekorierten Raum der damaligen Erdmännchen-Klasse. Doros Nase hatte geziept, die Gefühle waren nur noch mit Mühe zu bändigen gewesen.

»Charlotte hatte was mit dem, Jannis heißt er.« Katrin Buntschuh schniefte, eine Träne floss über ihre Wange. »Ich kann das einfach nicht begreifen. Gestern Abend war es noch so lustig. Und dann, nachdem wir weg waren … Wer tut so was Furchtbares?«

»Kennen Sie den Nachnamen von diesem Jannis?«

»Nein, der ist meines Wissens nicht gefallen.«

»Wieso hat Frau Rupert den Mann als ihren Cousin ausgegeben?«

»Ach, Sie haben die Vermieterin doch getroffen.« Katrin Buntschuh machte eine wegwerfende Handbewegung. »Nach dem Stress seinerzeit mit Harald sind die Hansens noch spießiger geworden. Charlotte wollte keinen Ärger, sie wollte die Wohnung auf jeden Fall behalten. So was findet man doch nie wieder. Außerdem war es ihr selbst, nun ja, unangenehm. Für sie war es eigentlich ein No-Go.«

»Was genau?«

»Jannis war einer von Charlottes Studenten. Er hat eines ihrer Seminare besucht und ist auf eine Exkursion nach Griechenland mitgefahren. Dabei muss es Charlotte erwischt haben. Gegen ihren Willen sozusagen, dafür umso heftiger.«

»Wann ging die Beziehung auseinander?«

Katrin Buntschuh schüttelte ihr schulterlanges Haar nach hinten. »Darüber hat Charlotte kaum gesprochen. Die beiden haben sich öfter bei ihm als bei ihr getroffen, eine Zeit lang war Charlotte richtig verknallt. Der Mann tat ihr gut, und so jung war er auch nicht, Anfang dreißig. Doch irgendwann ist das Feuer wohl erloschen. ›Das ist nicht meine Welt‹, hat Charlotte vor einer Weile gemeint. Sie wirkte desillusioniert.« Katrin Buntschuhs Stimme war leise geworden. »Mehr kann ich Ihnen dazu eigentlich nicht sagen.«

»Und dieser Harald?«, fragte Doro.

An der Wand vor ihr hingen bunte Plakate, Porträtfotos der Kinder saßen auf gemalten Tierkörpern. Einerseits sah das lustig aus, andererseits fand Doro es irgendwie gruselig.

»Harald hat zwischenzeitlich geheiratet. ›Der kann jetzt eine andere runtermachen‹, hat Charlotte damals gesagt. Ich glaube, sie war froh, ihn endgültig los zu sein.«

Doros Blick ruhte einige Sekunden auf Katrin Buntschuhs verheultem Gesicht. Sie konnte sich in etwa vorstellen, was in ihrem Kopf vorging. Vermutlich war auch die Frage aufgekommen, was passiert wäre, wenn der Täter sich früher am Abend Zutritt zur Wohnung verschafft hätte. Doro hielt das allerdings für unwahrscheinlich. Charlottes Mörder hatte sie allein antreffen wollen.

»Haben Sie etwas Ungewöhnliches bemerkt, als Sie gestern von Ihrer Freundin aufgebrochen sind? Eine Person in der Nähe des Hauses?«

Katrin Buntschuh wischte mit dem Handrücken über ihre Wangen. »Nein. Elke und ich sind gegen halb elf zu unseren Autos. Auf der Straße ist uns niemand begegnet. Auch nachdem ich losgefahren war, ist mir in der Nachbarschaft nichts aufgefallen.«

»War Charlotte Rupert an dem Abend anders als sonst? Hat sie zum Beispiel Nachrichten erhalten, oder wirkte sie unruhig?«

»Sie war wie immer. Wir haben uns über alles Mögliche unterhalten, Charlotte hatte gute Laune. Wir haben nachträglich auf ihren Geburtstag angestoßen, sie ist ja letzte Woche vierundvierzig geworden.« Ein wehmütiges Lächeln huschte über Katrin Buntschuhs Züge. »Sie hat sich selbst so eine Statue geschenkt, eine Replik eines berühmten Teils. Sie stand bei ihr im Wohnzimmer.«

Der Barberinische Faun, dachte Doro. »Sagt Ihnen der Begriff Incel etwas?«, fragte sie.

»Das sind doch diese Frauenhasser. Charlotte hat davon erzählt. Einmal haben wir abends so ein Forum aufgerufen. Echt ätzend, was da geschrieben wird.« Katrin Buntschuh verzog den Mund. »Für Charlotte war das ein Graus. Sie hat versucht, sich einzumischen, hat vor längerer Zeit ein paar durchdachte Beiträge geschrieben. Daraufhin wurde sie übel beschimpft. Das hat echt keinen Zweck mit denen.«

»Denken Sie?«

»Ich ... ich bin glücklich mit meinem Freund. Das ist alles nicht meine Baustelle.« Mit zitternden Händen umklammerte Katrin Buntschuh das Papiertaschentuch, sie schluchzte auf.

Doro schwieg ein paar Augenblicke. Dann fragte sie ganz direkt. »Haben Sie irgendeinen Verdacht, wer Frau Rupert umgebracht haben könnte?«

Die blassen Lippen verkniffen sich. »Da hat doch so ein Irrer im alten Wasserwerk eine Frau ermordet, eine Bloggerin.«

Der Fall war von den Medien hinlänglich aufgegriffen worden. »Der Schlächter vom Wasserwerk«, hatten die Ermittler gelesen, »Die Schöne und das Biest«.

»Ist Frau Rupert wegen ihrer Internetseite und ihres Engagements angefeindet worden?«, fragte Doro.

»Sie hat nichts dergleichen erzählt. Sie hatte etliche Follower, war so lebenslustig und klug.« Wieder erklang ein Schluchzen. »Als Historikerin kannte sie die Veränderlichkeit von Schönheitsidealen. ›Warum sich für etwas verbiegen, was im Prinzip völlig beliebig ist?‹, hat sie gesagt. Sie mochte sich tatsächlich so, wie sie war. Das hat mitgerissen, sie hatte eine tolle Ausstrahlung.«

Doros Handy klingelte. Max Holle war dran. Sie begab sich einige Schritte hin zum Fenster.

»Hallo, Max.«

»Hi. Du, ich habe Neuigkeiten zu diesem Fotografen, der Bella im Wasserwerk gefunden hat.«

»Schieß los.«

»Die Kollegen sind ihm ziemlich auf die Pelle gerückt. Er hat zugegeben, ein Foto der toten Bella im Darknet verkauft zu haben.«

»Ernsthaft?«

»Tja. Auch dafür gibt es dort einen Markt. Das Bild eines echten Mordopfers. Dem Empfänger war es umgerechnet zweihundert Euro wert, bezahlt in Bitcoins.«

»Lass mich raten«, erwiderte Doro. »Die Transaktion lässt sich nicht nachverfolgen.«

»Exakt. Ebenso wenig das Hochladen des Bildes im Incel-Forum. Dass Jürgen Kemmerer das entsprechende Foto auf seiner Festplatte hat, lässt sich allerdings nachweisen. Er hat am Tatort doch fotografiert.«

»Hat er ein Alibi für gestern Abend?«, fragte Doro leise.

»Ja. Das wurde geprüft. Er saß mit zwei Kumpels bis etwa Mitternacht beim Bier.«

»Was passiert jetzt mit ihm?«

»Die Kollegen waren unsicher, wegen was sie ihn belangen können«, antwortete Max.

Unwillkürlich hoben sich Doros Mundwinkel. »Das dachte ich mir.«

»Unerlaubte Weitergabe personenbezogener Daten, rechtswidrige Erlangung eines Beweismittels, Behinderung polizeilicher Ermittlungen – das alles kommt in Betracht, passt aber nicht so richtig. Die Staatsanwaltschaft soll sich weiter damit befassen.«

»Danke, Max. Bis später.« Doro legte auf und kehrte zu der bleichen Katrin Buntschuh zurück.

»Ich kann nicht mehr in den Unterricht«, flüsterte die. »Mir ist so schlecht. Vor den Kindern zu stehen, das schaff ich nicht. Ich muss nach Hause.«

»Kann Sie jemand abholen?«

»Nein, ich … kann … ich bin mit dem Fahrrad da, frische Luft wird mir guttun. Wie ist Charlotte … ich meine, wie ist sie gestorben?«

»Sie wurde stranguliert.«

»Oh Gott.«

Doro zögerte einen Moment. »Es gab gestern Abend Schokoladenkuchen?«, fragte sie dann.

»Ja, ich hatte welchen mitgebracht. Wieso?« Misstrauen lag in den Worten.

»Nur so.«

Entsetzte grüne Augen forschten in Doros Gesicht.

»Entschuldigung«, presste Katrin Buntschuh hervor. »Mir ist wirklich übel.«

»Brauchen Sie einen Arzt?«

»Nein, es geht schon.« Sie stützte sich am Lehrertisch ab. »Ich muss nur dringend hier raus.«

»Dann kommen Sie.« Doro trat zu ihr, hielt sie am Oberarm und brachte sie zur Tür.

»Danke.« Katrin Buntschuh sog Luft ein. »Ich hole noch meine Sachen aus dem Lehrerzimmer und melde mich ab.«

»In Ordnung. Rufen Sie uns bitte an, wenn Ihnen noch etwas Sachdienliches einfällt.«

»Ja. Natürlich.«

Doro verabschiedete sich und lief über den Flur zum Treppenhaus. Die Wände hingen voller Bilder und Bastelarbeiten. Ein kleiner Junge kam ihr am Ende des Ganges entgegen. Offenkundig trödelte er, setzte nur zögerlich einen Fuß vor den anderen, blieb wieder stehen, beäugte Doro neugierig.

»Die Eltern sollen nicht mit ins Schulhaus«, sagte er.

»So?« Doro hob die Brauen. »Ich bin aber gar keine Mutter.« Ein Schauer überlief sie. »Quatsch, natürlich bin ich eine Mutter«, fügte sie laut an.

Der Junge guckte fragend. Doro eilte an ihm vorbei. So schnell sie konnte, lief sie die Treppe runter.

Draußen hastete sie durch die Kälte zu ihrem Auto, ein Gefühl von Panik trieb sie an. Sie schloss auf und ließ sich auf den Fahrersitz fallen.

Mit dem Zuschlagen der Tür kehrte Sicherheit zurück, der kleine abgeschlossene Raum beruhigte sie. Als sie sich dessen bewusst wurde, kam die Panik wieder.

Fahrig zog sie ihr Telefon aus der Tasche und rief Ben an.

»Hi, bist du noch bei Elke Zimny?«

»Ich habe eben ihr Büro verlassen.«

»Was hat sie gesagt?«

»Die drei Frauen haben gestern Abend Sekt getrunken, Häppchen und Torte genascht und sich eine nette Zeit gemacht. Und stell dir vor: Der Cousin ist nicht der Cousin.«

»Sondern ein Student. Das hat Katrin Buntschuh auch berichtet, leider kannte sie seinen Nachnamen nicht.«

»Elke Zimny auch nicht. Aber den von Charlottes Ex-Freund Harald. Der heißt Lemnitzer.«

»Sehr gut.«

»Insgesamt hat das Gespräch mit Frau Zimny wenig Neues ergeben«, fuhr Ben fort. »Meinem Eindruck nach war sie wirklich schockiert und traurig, hat aber keinen Verdacht, wer als Täter infrage kommt.«

»Katrin Buntschuh auch nicht.« Doro sah durch die Windschutzscheibe auf die Straße. »Ben, wir treffen uns im Revier. Bis wir Näheres zu Jannis und Harald wissen, klappern wir die User ab, die auf der Incel-Plattform aktiv sind. Womöglich bringt uns das weiter.«

»Jepp.« Ben klang munter und unverzagt. »Nach Charlotte Ruperts Tod bleiben sieben *Hater*. Da der halb tote Peschke und sein festgenommener Kumpel Roland Schneider ebenfalls schon ausscheiden, sind's nur noch fünf.«

30

Hans-Jörg Strohm wohnte in einer repräsentativen Villa in Nienstedten. Die Immobilienpreise lagen in diesem Viertel noch über denen von Blankenese.

Von einer Angestellten waren Doro und Ben in ein als Salon bezeichnetes Wohnzimmer geführt worden. In Anzugweste und mit akkuratem Seitenscheitel begrüßte Hans-Jörg Strohm die beiden herablassend unfreundlich.

Von Doro auf seine Aktivitäten im Netz angesprochen, machte er weder aus seinem Frauenhass noch aus seinen Beiträgen im entsprechenden Forum einen Hehl.

»Ab und zu bestelle ich mir eine Nutte nach Hause. Natürlich nichts Billiges«, sagte er. »Ich musste schon zweimal die Agentur wechseln, weil sich die Huren über mich beschwert haben und man mir keine mehr schicken wollte.«

»So genau wollen wir es gar nicht wissen«, erwiderte Ben.

»Sollen Sie aber. Wenn Sie schon da sind.« Hans-Jörg Strohm bleckte die tadellosen Zähne. Er kam mit seinem Rollstuhl hinter dem schweren Eichenholztisch hervor. »Ich versuche, den Schwestern der dämlichen, blinden Kuh, die mich zum Krüppel gefahren hat, möglichst viel an Sympathie zurückzugeben.«

»Verkehrsunfall?«, fragte Doro.

»Ich würde es nicht unbedingt Unfall nennen.« Der Satz kam scharf wie ein Skalpellschnitt. »Wenn frau hinter dem Steuer ihr Make-up im Rückspiegel kontrolliert, statt auf die Straße zu sehen.«

»Schon gut«, maulte Ben. »Dass Sie gern würden, aber nicht können, ist uns klar. Trauen Sie noch jemand anderem von Ihren Gesinnungsgenossen einen Mord zu?«

»Allen.«

»Danke schön. Wir finden allein raus.«

»Er könnte jemanden beauftragt haben«, meinte Ben wenig überzeugt, als Doro und er wieder im Auto saßen.

»Ich glaube, der verstreut seinen Hass im Hausgebrauch.« Doro startete den Motor und parkte aus.

»Anwärter auf den Goldenen Jammerlappen«, nuschelte Ben. »Okay, als Nächstes geht's zu einem Marco Wittkowski.« Er gab die Adresse ins Navi ein.

***

Eine halbe Stunde später waren sie nach vergeblichem Klingeln an der Wohnungstür von einer Nachbarin an Marco Wittkowskis Arbeitsstelle verwiesen worden. Die Fahrt dorthin hatte nur wenige Minuten gedauert, vor Doros geistigem Auge waren dabei immer wieder Bilder der toten Charlotte Rupert erschienen. Sie hatten Gedanken an einen Wettlauf zwischen Mörder und Polizei mit sich gebracht. Womöglich ging es nicht nur um Aufklären, sondern auch um Verhindern. Das Engegefühl in Doros Brust hatte zugenommen.

Nun saß Marco Wittkowski ihnen in einem Aufenthaltsraum des Seniorenstifts, in dem er als Pfleger beschäftigt war, gegenüber. Offenkundig war er erschrocken über den Besuch der Polizei. Er verfiel mehrfach in Stammeln, Bens harscher Ton verstärkte dies noch.

»Wo waren Sie gestern Abend?«

»Zu Hause. Allein.«

»Das ist schlecht für Sie.«

»Ich hab die ganze ... Zeit Computerspiel ... mit einem Bekannten, online. Das ... können Sie prüfen, Sie haben doch bestimmt eh alle meine Netzdaten.«

»Was haben Sie gespielt?«

»*WarCraft* und *Ethnic Cleansing*.«

»Bitte was?«

»So bisschen Shooter halt. Wie ... wie Aufräumen.«

Marco Wittkowski war klein und schmächtig – eine füllige Frau wie Charlotte Rupert zu überwältigen, hätte für ihn ein Problem dargestellt. Auf Doro wirkte er gleichzeitig unsicher, verloren und aggressiv.

»Wie können Sie mit den alten Frauen in diesem Haus umgehen, wenn Sie sie so verachten?«, fragte sie.

»Das sind doch nur noch Hüllen.« Die Antwort war flüssig und ohne Zögern gekommen. »Außerdem finde ich keinen anderen Job.«

»Sagt Ihnen der Name Charlotte von Hoff etwas?«

»Nein. Adlige ... kenn ich keine.«

»Charlotte Rupert?«

»N... nie gehört.«

Ben wandte sich zur Tür. Doro merkte, dass er die Sache abkürzen wollte. Auch ihrer Ansicht nach kamen sie mit Marco Wittkowski nicht weiter.

Unvermittelt drehte sich Ben noch einmal um. »Mögen Sie Schokoladenkuchen?«

»He? Wie… wieso?« Marco Wittkowski sah irritiert drein. Dann wieselte sein Blick davon. »Im Bett? Als … Sex oder was?«

»Vergessen Sie's.«

***

»Dieser Wicht ist erbärmlich«, sagte Ben, wieder im Auto sitzend. »Allerdings war zu erwarten, dass wir auf keinen Ausbund an Liebenswürdigkeit treffen.« Er schnallte sich an und gab die nächste Adresse ein. »Hast du daran gedacht, dass es schon bald ein weiteres Opfer geben könnte?«

»Natürlich. Wir wissen nicht, wie viele den Aufruf im Netz gesehen haben, wie viele tatsächlich zu einem Mord bereit sind. Einer zumindest läuft noch frei herum.« Doro fuhr los.

»Vermutlich hast du auch an Samira Daub gedacht. Ihr Lebensgefährte sitzt im Knast und sie als verhasste Beauty allein zu Hause.«

»Und soweit ich mich erinnere, ist die Wohnung ebenfalls nicht einbruchsicher«, bemerkte Doro.

»Sollten wir sie informieren?«

»Sollte man machen. Gib's doch bitte an die Kollegen von der Streife weiter. Die können bei ihr vorbeifahren.« Doro folgte der Anweisung des Navis, bog ab und beschleunigte den Wagen.

***

Jens Terjung war weder in seinem Apartment in Altona noch bei seiner Arbeitsstelle anzutreffen. Er hatte einige Tage Urlaub genommen. Sein Vorgesetzter, der Inhaber eines Meinungsforschungsinstituts, bot Doro und Ben einen Kaffee an, sie lehnten ab.

»Jens ist morgen wieder im Büro«, erklärte Terjungs Chef in verbindlichem Ton. »Vor dem Wochenende möchte er noch ein paar Dinge abarbeiten. Er ist seit einigen Monaten für uns tätig, zu meiner vollen Zufriedenheit übrigens.« Gepflegte Hände schränkten sich ineinander. »Worum geht es, sagten Sie?«

»Wir sagten gar nichts«, antwortete Ben. »Doch wenn Sie schon fragen … Können Sie sich vorstellen, dass Herr Terjung ein Problem mit Frauen hat?«

Ein Lachen erklang. »Mit zu vielen auf einmal?«

»Wie sollen wir das verstehen?«

»Nun ja, Jens sieht recht gut aus, ist selbstbewusst, hat angenehme Umgangsformen. Und ganz sicher keinen Mangel an weiblichen Kontakten.«

»Aha. Aus welchem Grund könnte er dann einschlägige Frauenhasser-Seiten im Netz aufrufen?«

Erstaunt hob Terjungs Chef die Brauen. »Keine Ahnung. Aber Jens hat während seines Soziologiestudiums aberrantes Verhalten von Subkulturen untersucht. Womöglich hat es etwas damit zu tun.«

»Sie meinen Geschlechterhass als Forschungsobjekt?« Doro runzelte die Stirn.

»Dazu befragen Sie ihn am besten selbst.«

»Das tun wir«, erwiderte Ben. »Haben Sie seine Handynummer?«

»Natürlich. Sie ist eingespeichert.« Terjungs Chef tippte auf das Wahlfeld des Tischtelefons und hielt Ben den Hörer hin.

Mehrere Ruftöne folgten, die Ansage einer Mailbox erklang, Ben legte auf.

»Richten Sie Herrn Terjung morgen bitte aus, dass er sich umgehend bei uns melden soll.« Er legte seine Karte auf den Schreibtisch.

»Selbstverständlich. Ich begleite Sie hinaus.« Terjungs Chef erhob sich.

»Nicht nötig. Auf Wiedersehen.«

»Zumindest scheint Terjung kein unfreiwillig Sexloser zu sein«, sagte Doro beim Verlassen des Gebäudes. »Aber ein Problem mit Frauen kann er natürlich trotzdem haben.«

»Bei unserer nächsten Adresse ist das eher fraglich.« Ben steuerte auf den Dienstwagen zu. »Wir fahren zu der zweiten Frau auf der Liste.«

***

Etwa vierzig Minuten später saßen sie in der engen Küche einer Hochhauswohnung in Dulsberg. Einbauschränke und Spüle glänzten blank gescheuert, über dem Tisch hing ein in die Jahre gekommenes Foto eines Mädchens mit Schultüte.

Elvira Schladt war eine leise Frau in den Fünfzigern.

»Von meinem Computer aus? Solche Seiten? Nein, das kann nicht sein. Ich schicke meiner Tochter E-Mails, sehe nach, was im Fernsehprogramm läuft oder wie das Wetter wird. Aber so ein … was, sagten Sie?«

»Nutzt noch jemand Ihren Rechner?«, fragte Ben.

»Manchmal übernachtet mein Bruder bei mir. Wenn er in der Stadt ist.«

»Wann war er zuletzt da?«

»Vor fünf Tagen. Für eine Nacht.« Elvira Schladts Schultern hingen nach vorn, die Gläser der altmodischen Brille hatten eine gelbliche Tönung. Sie ließen das früh gealterte Gesicht kränklich aussehen.

»Wo lebt Ihr Bruder sonst?«, fragte Ben.

»Ihm geht es nicht gut. Er hatte ein Zimmer in Bremen, ich glaube, er ist immer noch dort.«

»Wie heißt er?«

»Uwe. Uwe Schladt.«

»In Ordnung.« Doro stand auf.

»Uwe hat ganz sicher nichts Böses getan.« Elvira Schladts Stimme war energisch geworden. »Er hat ein paar Probleme, aber er ist kein schlechter Mensch.«

»Frau Schladt, es handelt sich, wie gesagt, erst einmal nur um eine Routinebefragung. Wenn Ihr Bruder in den nächsten Tagen bei Ihnen auftaucht, melden Sie sich bitte bei uns.«

Elvira Schladt nickte stumm.

Doro und Ben verließen die enge Wohnung und fuhren mit dem Fahrstuhl sechs Stockwerke hinunter bis ins Erdgeschoss.

Vom Wagen aus bat Doro Kollegen in Bremen um eine Personenüberprüfung.

Sie wollte den Motor anlassen, doch ihr Arm hob sich nicht. Wie paralysiert sah sie auf das Lenkrad. In ihrem Kopf herrschte plötzlich Leere, Gedankenfäden rissen ab.

»Soll ich fahren?«, fragte Ben.

Doro blinzelte. »Ja. Wäre vielleicht besser.«

Wortlos stiegen sie aus und tauschten die Plätze.

In einem Impuls zog Doro ihr Handy hervor. Constantin war um diese Zeit in der Schule. Hoffentlich, dachte sie.

Auch in der Kursstufe herrschte Handyverbot. Trotzdem schrieb sie ihm.

»Hi, alles ok bei dir?« Dahinter setzte sie einen Igel. Das Icon verwendeten sie manchmal.

»Mama, denkt der Igel von sich, er hätte Locken?«, hatte Constantin als kleiner Junge einmal gefragt.

»Auf zur letzten Adresse.« Bens Stimme holte Doro aus den Gedanken. »Lothar Zilz.«

Er fuhr los und steuerte den Wagen zu einem Reihenhaus in Barmbek.

***

Lothar Zilz wohnte mit seiner Mutter zusammen, Irmgard Zilz war offenkundig betrunken.

»Der is' heut Morgen weg nach Polen«, lallte sie. »Hat 'ne Tour dahin mit'm Laster.«

»Ist er als Lkw-Fahrer angestellt?«, wollte Ben wissen.

»Nee, als Barkeeper.« Das Lachen ging in ein bedenklich rasselndes Husten über.

»Bei welcher Firma arbeitet Ihr Sohn?«

»Müller und Schieß mich tot. Is 'ne Spedition.« Irmgard Zilz schwankte, sie stützte sich am Türrahmen ab. »War's das, oder wollen Sie auf ein Bierchen reinkommen?«

»Wo war Ihr Sohn gestern Abend?«, fragte Doro.

»Keine Ahnung.« Das Achselzucken brachte die ganze Frau ins Wanken. »Er war nach der Arbeit mal da, hat rumgebrüllt, weil nix zu essen auf'm Tisch stand. Denkt, der kriegt hier ein Drei-Gänge-Menü, oder was.« Es klang wie ausgespuckt. »Aber wovon denn bitte schön? Von was soll ich einkaufen gehen, wenn der kein Geld heimbringt?«

»Das heißt, Ihr Sohn ist dann wieder gegangen?«

»Zum Glück. Der soll woanders rumbrüllen.«

»Wann kam er nach Hause?«

»Weiß ich nicht. Hab nix gehört.«

»Gut, danke.«

Nach einer kurzen Recherche im Internet und einer weiteren Fahrt durch den Hamburger Stadtverkehr erklärte ihnen Josef Müller, Inhaber der Firma Müller&Dengler, dass Lothar Zilz gegen sechs Uhr am Morgen Richtung Danzig aufgebrochen sei.

»Morgen Vormittag ist er zurück. Wenn der was ausgefressen hat, braucht er hier allerdings nicht mehr anzutanzen.« Josef Müllers runder Schädel verschwand beinahe hinter den Schwaden aus Zigarettenqualm. In dem unordentlichen Büro war der Sauerstoff knapp geworden.

»Es geht um eine Routineüberprüfung«, erklärte Doro.

»Quatsch, Routine. Der ist mir eh suspekt.«

»Inwiefern?«

»Komischer Typ.«

»Was noch?«

»Das reicht doch, oder?« Der Lungenzug klang pfeifend. »Aufsässig irgendwie, gefällt mir nicht. Dabei hässlich wie die Nacht. Aber heutzutage findest du ja kaum noch deutsche Fahrer. Die sind mir lieber als die Ostler.«

»Unterlassen Sie es bitte, Herrn Zilz über unseren Besuch zu informieren«, wies Ben an.

»Und Sie reden von Routine? Der hat doch Dreck am Stecken.«

»Wenn Sie Ihren Lkw planmäßig hierher zurückgefahren haben wollen, halten Sie den Mund.«

Doro war froh, aus der Räucherhöhle zu kommen. Der Qualmgeruch hing in ihrer Kleidung und verbreitete sich im Auto.

»Charlotte Ruperts Mörder kann in einer anderen Stadt leben«, sagte Ben, nachdem sie einige Hundert Meter gefahren waren.

»Klar kann er das.«

»Und auch nie in diesem Forum aufgetaucht sein.«

»Natürlich«, erwiderte Doro.

»Aber meiner Meinung nach hat das, wofür Charlotte Rupert stand, das Mordmotiv begründet.«

»Das denke ich auch.«

31

Am späten Nachmittag saß Doro mit Ben und Max Holle im Büro auf dem Revier. An der Schulter von Max' purpurrot changierendem Hemd prangte ein milchig weißer Fleck.

Der Klassiker, dachte Doro. Bäuerchen mit Soße.

»Wir haben diesen Harald Lemnitzer, Charlottes Ex-Freund, aufgesucht.« Max schlug ein Bein über das andere, die braunen Lederschuhe waren vom Feinsten. »Meines Erachtens war er ehrlich schockiert über die Todesnachricht. Seine Frau hat bestätigt, dass er den gestrigen Abend mit ihr zu Hause verbracht hat. Die beiden haben einen kleinen Sohn.«

»Irgendwelche Hinweise von seiner Seite?« Ben angelte das zweite Puddingteilchen aus der Tüte auf seinem Schreibtisch. Nach einem Zwischenstopp an einer Imbissbude hatte es noch ein Nachtisch sein müssen.

»Er hat Charlotte Rupert als anstrengend und fordernd bezeichnet, aber auch als lebenslustig und humorvoll. ›Die Frau mit den vielen Gesichtern‹ nannte er sie.«

»Ist das nicht Gundel Gaukeley?« Ben biss in den Blätterteig, leise knackend stoben Krümel ab.

»Kommt das figurtechnisch hin?« Max runzelte die Stirn.

»Haallo!« Abrupt stand Doro auf. »Könnt ihr euch das für eure Herrenkränzchen aufheben?«

»Jaja, schon gut. Also, Harald Lemnitzer hat keinen Verdacht geäußert, wer als Mörder infrage kommt. Die Befragung der Nachbarschaft in Blankenese hat bislang leider auch nichts ergeben.« Max zwirbelte an seinem Schnäuzer. »Außer dass sich die Kollegen echt viele Beschwerden anhören mussten, dass sie einen Mord im Treppenviertel zugelassen hätten.«

Doro verzog einen Mundwinkel.

»Eigentlich haben die in der Nachbarschaft riesige Ohren, in dieser Puppenstube hört man die Flöhe husten.«

»Dann hat unser Floh nicht gehustet«, meinte Ben kauend. »Der Täter kam unauffällig, leise, hat schnell gehandelt, sein Opfer ohne langen Kampf überwältigt. Ebenso unauffällig ist er wieder verschwunden.«

»Ihr wart bei Charlotte Ruperts Mutter, oder?«, fragte Doro Max. »Gibt es Hinweise aus ihrer Familie?«

»Charlotte war Einzelkind. Der Vater ist vor Jahren verstorben, die Mutter lebt in einem Hamburger Seniorenheim.« Max hielt kurz inne. »Sie ist hochgradig dement. Es war weniger belastend, ihr die Todesnachricht zu überbringen. Aber es hatte etwas Gespenstisches.«

Doro konnte Max' Worte nachvollziehen. Sie schwieg einen Augenblick. »Also, keine verwertbaren Informationen«, sagte sie dann. »Was ist mit diesem Jannis, dem Studenten, mit dem Charlotte was hatte?«

»Bisher Fehlanzeige. Die Belegung der Lehrveranstaltungen erfolgt an der Uni über ein elektronisches System. Die Studierenden registrieren sich mit ihren persönlichen Daten für jeden Kurs online.«

»Das ist doch super.« Ben schnappte mit einem Bissen die Puddingfüllung seines Teilchens weg.

»Im Prinzip ja. Wir sind Charlotte Ruperts Lehre der letzten Semester durchgegangen. Kein Student heißt mit Vornamen Jannis. Auch nicht Jannik oder Ähnliches.«

»Unter den Teilnehmern der erwähnten Exkursion nach Griechenland ist er auch nicht aufgeführt?«, fragte Doro. Sie lehnte mit dem Rücken an der kalten Fensterscheibe.

»Merkwürdigerweise nicht«, antwortete Max. »Auch das zählt als studienbezogene Veranstaltung und wurde mit einem Leistungsnachweis verbucht. Sieben Mitreisende, kein Jannis.«

»Hm. Er hat teilgenommen, ohne sich zu registrieren.« Doro überlegte. »Bereits als Charlottes Begleiter? Oder er trägt einen völlig anderen Namen? Diese sieben Teilnehmer müssen befragt werden.«

Max nickte. »Charlotte Ruperts Handy konnte nicht sichergestellt werden«, fuhr er fort. »Es ist auch nicht zu orten. Wir haben keinen Zugriff auf ein Kontakteverzeichnis, können allenfalls über den Provider Nachrichtenverkehr auswerten. Das Handy ist mutmaßlich das Einzige, was der Täter aus der Wohnung mitgenommen hat.«

Doros Bürotelefon klingelte wie auf Kommando. Sie eilte hin und nahm den Hörer ab.

»Anders.«

»Hallo, Frau Anders«, meldete sich eine noch junge Stimme. »Mein Name ist Markus Vollmar. Ich bin Oberarzt im Justizvollzugskrankenhaus.«

Scheiße, dachte Doro. Peschke. Ihre Hand umklammerte den Hörer.

»Ja?«

»Es geht um Oliver Peschke.« Markus Vollmar räusperte

sich, Doro wurde schwindelig. »Die Haftgründe sind mir bekannt, auch der Grund der Einlieferung in das JVA-Krankenhaus«, sagte der Arzt. »Ich wollte Sie informieren.«

»Worüber?« Doro klang hohl.

»Peschke hat einen Suizidversuch unternommen.«

Versuch?, hämmerte es in ihrem Kopf. »Das heißt?«

»Er hat seine Beatmungsmaske entfernt, mutmaßlich in suizidaler Absicht. Entgegen unserer Erwartung ist er dazu in der Lage gewesen.«

»Und?« Doro hatte das Gefühl, sich übergeben zu müssen.

»Durch die Mangelversorgung mit Sauerstoff hat sich sein Zustand weiter verschlechtert. Auch sind die Folgen der eingetretenen Hypoxie nicht abzusehen. Wenn er durchkommt, voraussichtlich mit bleibenden Beeinträchtigungen.«

Doros Blick begegnete dem von Ben, er hatte aufgehört zu essen, seine Miene war ernst.

»Wie hoch sind die Chancen, dass er durchkommt?«, fragte sie leise.

»Das kann man schlecht abschätzen.«

»Tun Sie es bitte trotzdem.«

Am anderen Ende der Leitung war es still. »Zwanzig Prozent vielleicht«, sagte Markus Vollmar dann.

Wie gelähmt stand Doro da. In ihrem Gehirn tosten Gedanken durcheinander. Einer drängte sich nach vorn, andere versuchten, ihn zurückzuschieben. Es gelang ihnen nicht. Mit Ellbogengewalt setzte er sich durch.

»Ich komme vorbei«, hörte Doro sich selbst sagen. »Ich will ihn sehen.«

»Bitte, Frau Anders.« Die Ablehnung war hörbar. »Wozu das denn? Peschke ist aktuell nicht bei Bewusstsein.«

»Egal. Es ist wichtig.«

Gegenüber von Doro kniff Ben die Brauen zusammen. Wie in Zeitlupe ließ er den Rest des Teilchens auf die Papiertüte sinken.

In der Telefonleitung herrschte Schweigen.

»Wenn Sie unbedingt wollen«, meinte Markus Vollmar schließlich.

»Danke. Bis gleich.« Doro legte auf.

»*Wo* willst du hin?«, fragte Ben.

»Ins Vollzugskrankenhaus. Peschke hat versucht, sich umzubringen.«

»Wenn er jetzt stirbt, hast du nichts mehr damit zu tun.« Ben erhob sich.

Einer von Doros Gedanken war in diese Richtung gegangen. Ein anderer hatte klar widersprochen. So einfach war die Sache nicht.

»Ich komme mit«, sagte Ben.

»Wieso? Nein, das musst du nicht.«

»Keine Diskussion. Ich lasse dich da nicht allein hin. Die Idee an sich ist schon bescheuert. Aber wenn du diesen Besuch für deinen Seelenfrieden oder was auch immer brauchst, komme ich wenigstens mit.«

»Okay«, murmelte Doro. »Danke.«

***

Wenige Minuten später saß sie auf dem Beifahrersitz des Dienstwagens. Ben fuhr los Richtung Karolinenviertel. Die sehr beliebte Wohngegend war für die Insassen der Haftanstalt wenig reizvoll. Auch von dem großen nahe gelegenen

Park Planten un Blomen mit seiner botanischen Vielfalt, der Kunst und den zahlreichen Veranstaltungen hatten sie wenig.

Doro fühlte sich wie versteinert. Das Brummen ihres Handys konnte sie im ersten Moment nicht zuordnen. Verstört zog sie es aus der Tasche.

Michael war dran.

»Hi, Micha.«

»Hi. Du bist vermutlich im Stress, oder? Habt ihr eine heiße Spur bei Charlotte Rupert?«

»Bislang nicht.«

»Der Fall liegt aktuell bei einer Kollegin von mir. Wir, also, ich stecke eh schon bis zum Hals in Arbeit.«

»Ich weiß.«

»Halt mich trotzdem auf dem Laufenden, ja? Heute Abend habe ich ein Arbeitsessen, da wird's zu spät, um bei dir vorbeizukommen.«

Doro sah aus dem Beifahrerfenster. Der Nachmittagsverkehr füllte die Straßen. Sie wusste nicht, ob sie es eilig hatte, ans Ziel zu kommen.

»Mit wem?«, fragte sie.

»Mit, ehm … Nina Masuhr.«

In Doros Schläfen stach etwas. Vor ihrem geistigen Auge kippte jemand einen Eimer bräunliches Wasser in eine volle Regentonne. Daneben stand Grace Kellys Zwillingsschwester und zog lächelnd ihre zierlichen Pumps vor der Flut zurück.

»Ja, klar, mit wem auch sonst.« Doro spürte, wie Dämme brachen, Geduldsfäden rissen, konnte nicht mehr an sich halten. »Zieh doch direkt bei der ein!«

»Äh. Was?«

»Oder sie bei dir. Deine Wohnung ist garantiert besser.«

»Ist alles in Ordnung mit dir?«

»Was soll denn nicht in Ordnung sein?«, rief Doro. »Alles bestens, vielen Dank.«

»Doro?« Michael zögerte. »Du bist ja total stutenbissig.«

»Was?« Doro glaubte, sich verhört zu haben. »*Stutenbissig?* Aus deiner Hengstparade bin ich jedenfalls raus.« Erbost drückte sie auf das rote Hörersymbol. Fast hätte sie das Handy aus dem Auto geschmissen.

Ben beäugte sie skeptisch von der Seite. »Ich frag mal nicht, ob alles in Ordnung ist.«

»Pfh.«

»Doro.« Er zögerte. »Du solltest ein bisschen freinehmen. Und noch mal mit einem unserer Psychologen sprechen. Ich meine, das war echt ziemlich viel für dich, die letzten Tage.«

Doro schwieg.

»Irgendwie muss man das ja verarbeiten. Geh doch mal zu Bülthoff. Der kennt sich aus mit so Posttrauma-Sachen.«

Doro schwieg immer noch. Sie wusste, dass Ben recht hatte. Die Dinge mit sich selbst ausmachen zu wollen, war höchst unprofessionell.

»Ja. Ich guck mal.«

Ben hüstelte und schaltete das Radio an. Popmusik trällerte durch den Innenraum des Wagens.

»Wenn's dich stört, mach's wieder aus.«

»Nee, ist super.«

Doro begann zu schwitzen. Einsame ältere Frau wegen psychischer Probleme aus dem Polizeidienst geschieden, dachte sie. Und privat vergraule ich auch alle.

Ben wechselte den Sender.

»And she's buying a stairway to heaven«, sangen Led Zeppelin, eilig drückte er auf den Aus-Knopf.

Der Holstenglacis lag vor ihnen. Ben bog in die breite Straße ein. Einige Hundert Meter weiter passierte er das Stahltor der Untersuchungshaftanstalt, in der das Zentralkrankenhaus untergebracht war. Auf einem ausgewiesenen Feld parkte er den Wagen.

Beim Aussteigen war Doro wieder übel. Zweifel überkamen sie. Peschke zu sehen, verwundet, als Opfer, konnte die Dinge nicht besser machen. Sie wusste nicht mehr, was sie hierhergetrieben hatte. Die Hoffnung, mit quälenden Gedanken abschließen zu können?

Sie durchliefen die Besucherkontrollen der JVA. Am Eingang zum Krankenhaus nahm der Oberarzt sie in Empfang.

»Derzeit sind wir fast voll belegt«, sagte er. »Das kommt eher selten vor. Außer Oliver Peschke befindet sich noch ein Patient auf Intensiv. Geplatzter Blinddarm.« Markus Vollmar ging über den alten Laminatboden der Gänge voran. »Wenn Peschke durchkommt, wird er längerfristig nicht haftfähig für den regulären Vollzug sein.«

In dem kühlen Flur gelangten sie zu einer Stahltür. »Intensivstation. Hinter der Schleuse nur steril«, stand auf einem Schild.

»Kommen Sie mit?«, fragte Markus Vollmar Ben.

»Bis in die Schleuse, denke ich.«

In dem Raum hinter der Stahltür standen ein paar Metallspinde, ein Regal und eine Bank. Markus Vollmar händigte Doro Schutzkleidung und Überzieher für die Schuhe aus, sie streifte alles über. Danach führte der Arzt sie zum Eingang des Intensivzimmers, eine runde Fensteröffnung gewährte den Blick ins Innere. Markus Vollmar schloss auf und ließ Doro eintreten.

In dem Krankenbett vor ihr lag ein Mann, zögerlich setzte Doro einen Fuß vor den anderen. Trotz der Geräusche des Beatmungsgeräts, des Herzmonitors und aller Technik um Peschke herum herrschte eine sonderbare Ruhe, so als sei die Zeit stehen geblieben.

Peschke hatte die Augen geschlossen. Die Haut war wächsern gelblich, löchriger, dünner Bartwuchs bedeckte das fliehende Kinn. Er sah harmlos aus, schlafend, fast freundlich.

Die ewige Diskussion, ob Täter immer auch Opfer ihrer eigenen Geschichte seien, hatte Doro zu Beginn ihrer Dienstzeit für sich geklärt. Es gab einen klaren Unterschied zwischen beidem. Dennoch erfasste sie unerwartet heftiges Bedauern.

»Wären wir uns bloß nie begegnet«, flüsterte sie.

Schuld flammte auf, Zorn darüber, dass ihr Job von ihr verlangt hatte, zu schießen.

Plötzlich wusste sie, dass sie nicht hätte herkommen sollen.

Es war ein Fehler. Die Bilder aus dem OP, Peschke als rasender Täter, hätten die letzten von ihm sein sollen.

Plötzlich wusste sie, dass er wieder versuchen würde, sich umzubringen, wenn er in der Lage dazu wäre. Und notfalls wieder und wieder. Eine entschiedene Sache.

Etwas in Doro ging auf Distanz. Sie betrachtete das wieselartige Gesicht, die breiten Hände. Eine diffuse Furcht, dass Peschke die Augen öffnen könnte, überkam sie.

Ihr Handy gab einen Signalton von sich, sie schrak zusammen. Im selben Moment zuckte Peschkes Augenlid.

Doro starrte ihn an, seine Züge blieben ruhig.

Es drängte sie fort, raus aus diesem Raum.

Sie drehte sich um. Hinter ihr erklang ein leises Röcheln. Entsetzt wandte sie sich wieder Peschke zu. Er lag unverändert still da.

Langsam rückwärtsgehend, ihn beobachtend, gelangte sie zum Ausgang. Sie öffnete die Tür und betrat die Schleuse. Kalter Schweiß rann ihren Rücken herunter, sie atmete schwer.

Ben stand von der Bank auf und kam auf sie zu. »Setz dich mal.«

Mit einem Kopfschütteln streifte sie den hellblauen Kittel ab. »Geht schon.« Sie knäulte ihn in den Händen. Dann nestelte sie ihr Telefon hervor.

»Der Igel hat Stacheln«, hatte Constantin geschrieben. »Alles bestens.«

32

»Ich fand das während meiner Studienzeit sehr spannend.« Ein offener Blick aus blauen Augen wanderte zwischen Doro und Ben hin und her. Jens Terjung war athletisch, hatte ein ansprechendes Gesicht und trug einen guten Haarschnitt. Das dunkelblaue Jackett saß wie angegossen über dem weißen Hemd. Es war offenkundig, dass er auf sein Äußeres achtete.

»Ich lese heute noch häufiger die Beiträge des Forums. Es gibt klare Muster und Persönlichkeitsstrukturen.«

»Nämlich?« Ben lehnte mit verschränkten Armen an der Fensterbank des Befragungsraums im Kommissariat. Jens Terjung hatte sich gegen neun Uhr am Morgen telefonisch gemeldet. »Der soll herkommen«, hatte Ben geknurrt. »Wir sind gestern genug durch die Stadt gegurkt.«

»Die Incels sind ein Phänomen der westlichen Kultur, einer Gesellschaft, die sich von klassischen Geschlechterbildern und -rollen entfernt hat«, führte Jens Terjung aus. »Frühkindliche Vernachlässigung, Gewalterfahrung, Demütigung durch weibliche Bezugspersonen spielen eine tragende Rolle. Hinzu kommt ein volatiles und zugleich von Erwartungen überfrachtetes Männerbild.«

»Hm«, machte Ben. »Aber es geht hauptsächlich um fehlende Sexualkontakte, oder?«

»Ja und nein.« Jens Terjung lächelte, die Zähne waren sehr hell. »Etliche Incels haben Sex gegen Bezahlung. Das ist allerdings nicht dasselbe wie Sex in einer Beziehung.«

»Schon klar.« Ben kehrte zum Besprechungstisch zurück, er nahm auf dem Stuhl neben Doro Platz.

»Kennen Sie einzelne Mitglieder der Szene persönlich?«, fragte sie.

»Nicht wirklich.«

»Das heißt?«

»Ich habe mich vor Jahren einmal mit einem Mann getroffen, der sich Rob Roy nannte, seinen richtigen Namen kenne ich nicht. Er diente als Informant für meine Studien.«

Doro versuchte, ein Gähnen zu unterdrücken. Oliver Peschke war in der vergangenen Nacht als *Walking Dead* durch ihre Träume gegeistert. Schweißgebadet war sie aufgewacht.

»Welche Studien genau?«, fragte Ben. »Was können wir uns darunter vorstellen?«

Jens Terjung legte die Hände übereinander auf der Tischplatte ab. Er benutzte einen frischen, klaren Duft. Immer wenn er sich bewegte, wehte ein Hauch zu Doro hin.

»Im Wesentlichen habe ich eine Sentiment-Analyse der Beiträge vorgenommen«, sagte er. »Das ist die Herausarbeitung von Einstellungen und Meinungen der Textproduzenten. Liegen große Textmengen vor, betreibt man die Analyse mithilfe spezieller Software, die sich auf verwendete Substantive und Adjektive fokussiert. Ich habe aber auch qualitativ, also über reflektiertes Lesen, untersucht. Insgesamt ermittelt dieses *Opinion Mining*, ob die Äußerungen der Leute eine positive, negative oder neutrale Stimmung, zum Beispiel gegenüber einem Produkt oder einem gesellschaftlichen Phänomen, spiegeln.«

»Lassen Sie mich raten«, sagte Ben. »Bei den Incels ist sie negativ.«

»Sicher.« Wieder lächelte Jens Terjung. »Aber die Frage ist, wie stark, und woran macht sich das fest. Textsammlungen mit weitgehend einseitigen Äußerungen in eine Gefühlsrichtung können als Trainingskorpora für maschinelles Lernen dienen. Die Software verbessert sich über diese Analysen.« Er kam mit seinem Oberkörper ein Stück vor, Doro nahm eine leichte Meeresbrise wahr. »Stolpersteine für jede maschinelle Analyse sind Ironie, Übertreibung, Sarkasmus. Wenn ich zum Beispiel sage: ›Das ist ja ganz toll‹, versteht die Software, dass es toll ist. Gemeint ist aber das Gegenteil. Intelligente Programme müssen auch Ironie-Signale im Text erkennen. Hier besteht noch Entwicklungsbedarf.«

»Interessant.« Doro musterte Jens Terjungs markantes Kinn, die gerade Nase und die hohen Wangenknochen. »In der Firma, in der Sie arbeiten, beschäftigen Sie sich auch mit solchen Analysen?«

»Die Sentiment-Analyse ist ein zunehmend wichtiger Bereich in der Marktforschung, spätestens seit es die riesigen Textwelten der sozialen Medien gibt«, erklärte er. »In unserer Agentur machen wir jedoch alles Mögliche im Bereich Marktanalysen – Produktplatzierung, Bewertung, Umfragen und so weiter.«

Doro schwieg kurz, dann wechselte sie das Thema. »Wie haben Sie denn Ihren Urlaub verbracht?«

»Den Urlaub? Ach, ich habe einfach ein paar Tage ausgespannt.«

»Verstehe. Und was haben Sie vorgestern Abend gemacht?«

»Da war ich ebenfalls zu Hause. Allein, falls das Ihre nächste Frage beantwortet.« Die Stimme blieb fest und sicher.

»Sind Sie Single?«

»Aktuell ja.« Jens Terjung schmunzelte. »Ich genieße durchaus die Vorzüge, die das Singleleben bietet.«

»Seit wann?« Doros Instinkt setzte den Bohrer an.

»Sie meinen, wie lang meine letzte Beziehung her ist?« Nun schwang hörbare Verwunderung mit. »Das geht aber ziemlich ins Detail.«

»Wir mögen Details«, stellte Ben trocken fest. »Wer war die Glückliche, und seit wann sind Sie getrennt?«

Eine der Eigenschaften, die Doro an Ben schätzte, war die Selbstverständlichkeit, mit der er ihre Intuitionen aufgriff.

»Lassen Sie mich kurz nachdenken ...« Jens Terjungs Stirn legte sich in Falten. »Seit nunmehr zwei Jahren. Julia hieß sie, Julia Meyer. Sie ist aus Hamburg weggezogen, der Kontakt hat sich verloren.«

»Bedauern Sie das?« Ben hakte nach.

»Nein.« Ein herbes Räuspern erklang. »Hören Sie, es stand in der Presse. Kurz hintereinander wurden in der Stadt zwei Frauen ermordet. Da ich in der Lage bin, eins und eins zusammenzuzählen, gehe ich davon aus, dass Sie mich im Zuge diesbezüglicher Ermittlungen befragen.«

»Exakt.« Ben zog ein Taschentuch aus seiner Jeans und schnäuzte sich. »Fliegen eigentlich immer noch irgendwelche miesen Pollen?«, fragte er Doro. Die rätselte einen Moment über den Subtext.

»Herr Terjung, noch einmal zurück zu den im Netz aktiven Incels«, sagte sie. »Wenn Sie die Beiträge der Community analysiert haben, sind Ihnen womöglich Unterschiede mit Blick auf die Aggressivität aufgefallen.«

»So ist es.« Jens Terjung nickte. »Ich bin kein Psychologe, doch ich denke, dass verbal hoch radikale Beiträge nicht immer die tatsächliche Gewaltbereitschaft spiegeln, zumindest nicht proportional. Diese, nennen wir sie einmal Maulhelden, reagieren ihren Hass im Schreiben oder Reden ab. Sie nutzen drastische Formulierungen als Ventil für angestaute Aggressionen, verhalten sich in der Realität aber relativ unauffällig.«

»Wie glauben Sie die gefährlichen Beiträger zu erkennen?« Doro wurde neugierig. Nach zahlreichen Dienstjahren, etlichen Weiterbildungen und Gesprächen mit Profilern war sie gespannt auf Terjungs These.

»Die in meinen Augen Prekären kommen aus unterschiedlichen Milieus. Die Grundorientierung ist weniger auf Haben, Erleben und Genießen ausgerichtet als auf Selbstverwirklichung und Emanzipation. Hier finden sich sowohl Vertreter der Unter- als auch der Mittel- und Oberschicht.«

Doro dachte an den Rollstuhlfahrer in Nienstedten.

»Die von ihnen in den Foren gebrauchte Sprache ist abwertend, jedoch eher kühl und technokratisch«, fuhr Jens Terjung fort. »Frauen werden als Geräte oder Maschinen bezeichnet. Typisch sind Verben wie gebrauchen, wegwerfen, entfernen, entsorgen oder Adjektive wie kaputt, unnütz, fehlerhaft. Entpersönlichung senkt die Hemmschwelle.«

»Kennen Sie jemanden, auf den das konkret zutrifft?«, fragte Ben.

Jens Terjung hob die Schultern. »Einen bestimmten Verdacht zu äußern, halte ich für heikel. Meine eigentliche Beschäftigung gilt anderen Bereichen. Mein Job in der Agentur ist recht zeitintensiv und fordernd.« Er schmunzelte. »Ich kümmere mich gerade um die Marktplatzierung eines Olivenöls.«

»Haben Sie jemanden im Auge?«, insistierte Ben.

»Dem ein oder anderen aus der Gruppe würde ich ein Gewaltverbrechen zutrauen.« Jens Terjung hielt inne, besah die Tischplatte und schien nachzudenken. »Ich erinnere mich an einen User … Seinen *Nickname* habe ich vergessen. Meines Erachtens hat er eine pathologisch gestörte Mutterbeziehung. Es kann sein, dass er als Fernfahrer arbeitet. Er hatte seinen Truck erwähnt, das Freiheitsgefühl und dass im Osten noch andere Verhältnisse herrschten.«

Doro und Ben tauschten einen Blick.

»Die Beiträge dieses Mannes hielt ich für besonders kritisch. Entschieden, kühl, technokratisch, ohne angelegtes Wertesystem.« Jens Terjung sah auf, die Brauen kniffen sich zusammen. »Doch das ist, wie gesagt, nur meine Einschätzung.«

»Natürlich.« Doro erhob sich. »Dann danken wir Ihnen erst einmal für Ihre Einschätzung. Bitte halten Sie sich zu unserer Verfügung.«

»Sicher. Sie wissen, wie Sie mich erreichen können.« Im Aufstehen richtete Jens Terjung sein Jackett.

»Ich bringe Sie zum Ausgang.« Ben wies zur Tür und ging vor, Doro folgte hinter Jens Terjung.

Wenig später saß sie mit Ben im Einsatzfahrzeug, die Zieladresse war noch im Navi eingespeichert.

33

»Was hältst du von dem?«

»Eh? Von wem?«

»Von Terjung.« Kaugummi kauend beugte sich Ben ein Stück herüber. Doro roch seinen Pfefferminzatem. »Guten Morgen, Dorothee.«

Gegen ihren Willen musste sie lächeln.

»So sympathisch?«, fragte Ben. »Oder träumst du noch?«

Doro drückte ihren Rücken durch. »Terjung … Der ist glatt, gelackt, etwas aufgesetzt, aber nicht wirklich unsympathisch. Er hat sich mit den Incels beschäftigt, offenbar kennt er sich ganz gut aus, obwohl er keiner ist.«

»Was würde den, rein theoretisch gesprochen, zu einer Frau wie Charlotte Rupert führen?«

»Das habe ich mich auch gefragt. Zumindest nichts, was sich uns bislang erschließt.«

»Genau. Anderes Beuteschema, würde ich sagen. Wobei man natürlich nicht drinsteckt.«

Doro warf Ben einen schrägen Seitenblick zu. Er sah auf seine Uhr. Die Ankunft von Lothar Zilz samt Lkw war ihnen von seinem Chef in dessen verqualmtem Büro angekündigt worden. »Die Trucks sind alle GPS-überwacht. Der Zilz muss in zehn bis fünfzehn Minuten einlaufen.«

Doro und Ben hatten es vorgezogen, im Auto zu warten.

»Du, übrigens hat heute früh, als du noch nicht im Revier warst, Magda Kirchgasser angerufen.« Ben kaute vor sich hin.

»Und?«

»I hoab die Sektionsergebnisse zu eurer Kuchenleich.« Er ahmte Magdas Dialekt fast perfekt nach.

»Lass hören.«

»Es gibt nach aktuellem Stand keine toxikologischen Befunde, keine Spuren von Medikamenten, Drogen oder Gift. Todesursache war, wie vermutet, die Strangulation, das Tatwerkzeug ein Tuch oder Schal. An der Haut des Halses konnten feinste Fasern gesichert werden. Der Kuchen fand sich bis in die Luftröhre hinunter. Er wurde kräftig in den Mund gepresst. Allerdings gab es zu dem Zeitpunkt schon keine Atmung mehr, ansonsten hätten sich tiefer im Bereich der Lunge noch Spuren gefunden.«

»Konnte Fremd-DNA an der Leiche gesichert werden?«, fragte Doro.

»Zum Beispiel Zellmaterial unter den Fingernägeln? Leider negativ.«

»Charlotte Rupert wird doch versucht haben, sich zu wehren«, erwiderte Doro. »Zumal, wenn sie offenbar nicht sediert war.«

»Davon ist auszugehen. Sie hat aber wohl keine Hautareale oder Haare zu fassen bekommen. Ihre Nägel waren außerdem sehr kurz geschnitten.«

Doro griff nach der Flasche Wasser in der Mittelkonsole, öffnete sie und trank einen Schluck. »Hat Magda Kirchgasser noch was gesagt?«

»Dass ich dir einen schönen Gruß ausrichten soll.«

»Danke.«

»Und dass sie bei Peschkes Nachbarn war, dem alten Herrn Gall. Er sei ein feiner Mensch, gebildet und höflich. Früher war er Musiker im Orchester der Staatsoper. Magda will ihn wohl wieder besuchen.«

»Das ist gut.« Doro stellte die Flasche zurück und beobachtete weiter die Einfahrt zu dem lang gestreckten Hof der Spedition.

Von rechts kommend fuhr ein dunkelgrüner Lkw auf der Straße an. Er bremste ab, der Blinker leuchtete auf. Die Zugmaschine bog ein. Doros Blick schnellte zum Kennzeichen.

»Das ist er.«

Ben streckte die Hand nach dem Griff der Beifahrertür aus.

»Warte«, sagte Doro. »Lass ihn parken und aussteigen.«

Mit polterndem Dieselmotor fuhr der Laster an ihnen vorbei und weiter zu einer Halle mit Laderampe am anderen Ende des Hofes. Dort parkte er in einer breiten Haltebucht.

Das Überdruckventil der Bremsanlage zischte, das Motorengeräusch verstummte. Kurz darauf öffnete sich die Fahrertür.

Ein Mann sprang aus dem Führerhaus. Er reckte sich noch einmal in die Fahrerkabine und nahm eine Lederjacke und eine braune Sporttasche heraus. Dann schlug er die Tür zu und ging in Richtung des Gebäudes, in dem das Büro untergebracht war.

Doro und Ben stiegen aus. Sie eilten vor. Unmittelbar darauf kreuzten sie den Weg des Fahrers. Der stoppte in seinem schnellen Gang, skeptisch musterte er sie.

»Lothar Zilz?«, fragte Doro.

»Wer will das wissen?« Der Mann war groß und dicklich.

Ein beachtlicher Bauch wölbte sich unter dem T-Shirt, auf dessen Brust der Print eines Longhorn-Schädels prangte. Das Gesicht darüber war schief, es wirkte zerdrückt, die großen Nasenlöcher standen wie dunkle Höhlen in der Mitte.

»Kripo Hamburg.« Ben wies sich aus. »Wir haben ein paar Fragen an Sie.«

»Bullen?« Der Ausdruck verfinsterte sich weiter. »Ich muss erst mal ins Büro, die Papiere abliefern. Keinen Bock drauf, dass mich der Chef wieder wegen Verspätung rundmacht. Danach würde ich gern meine Ruhezeit antreten. Da seid ihr Bullen doch so hinterher.« Lothar Zilz schickte sich an, weiterzugehen.

»Stopp.« Ben trat ihm in den Weg. »Sie bleiben hier.«

»Ähj, mach mich nicht an! Wir sind nicht im Polizeistaat, ich hab Rechte.«

Selbstverwirklichung und Emanzipation, Doro erinnerte sich an Jens Terjungs Ausführungen. Scharfer Schweißgeruch wehte zu ihr hin. »Wo waren Sie vorgestern Abend?«, fragte sie.

»Das muss ich Ihnen nicht sagen.« Die Oberlippe war hochgezogen, der Mund blieb leicht geöffnet, die Zähne standen auf Lücke.

»Wir ermitteln in einem Mordfall, Herr Zilz. Eine Frau wurde umgebracht, Ihre Haltung zu derartiger Gewalt ist uns bekannt.«

Lothar Zilz glotzte Doro an. Ein plötzliches Flashback ließ sie erschauern.

Nach dem Abitur hatte sie in einer Kneipe gekellnert. An einem Abend musste der Theker früher los, sie war gegen Mitternacht allein mit dem letzten Gast in dem engen Schankraum gewesen. Er hatte nicht gehen wollen, war ihr, groß und schwer, auf die Pelle gerückt. Doro hatte nur knapp flüchten können. Man sah es. Man spürte und wusste es, wenn jemand bereit war, die Grenze zu übertreten.

»Ich war zu Hause«, antwortete Lothar Zilz. »Meine Mutter kann das bezeugen.«

»Sie hat bereits das Gegenteil bezeugt«, sagte Ben. »Wir haben mit ihr gesprochen. Sie waren an dem fraglichen Abend unterwegs.«

»Was sagt die? Die kriegt doch eh nix mit, besoffen, wie die ist. Natürlich war ich daheim.«

Ben zückte sein Telefon. Er trat ein paar Schritte zur Seite und tippte auf das Display.

»Sie können ins Büro und Ihre Unterlagen abliefern«, sagte Doro.

»Das heißt, das war's mit der Fragerei?«

»Fürs Erste ja.«

Lothar Zilz zog Rotz hoch und spuckte ihn neben Doro auf den Boden. Dann drehte er sich um und steuerte das Bürogebäude an.

»Kommt ihr bitte«, hörte Doro Ben am Telefon sagen. »Festnahme. Dringender Tatverdacht.« Außer Sichtweite stand ein Einsatzfahrzeug der Polizei.

Wenig später erschienen drei Beamte der Bereitschaft.

»Zilz ist ins Büro.« Ben deutete mit dem Kopf zu dem Bau hin. »Im Erdgeschoss, erste Tür rechts.«

»Alles klar.« Die Männer setzten sich in Bewegung.

Laut fluchend wurde Lothar Zilz kurz darauf von ihnen abgeführt.

Am Ausgang des Gebäudes erschien sein Chef. »Ich wusste

es«, rief er, zog an seiner Kippe und blies eine Rauchwolke aus. »Der ist nicht normal. Und so was fährt meinen Hunderttausend-Euro-Truck. Jetzt muss ich erst mal kontrollieren, ob da noch alles drin ist, was reingehört.«

»Wir durchsuchen was anderes?«, fragte Ben an Doro gewandt.

»Ja.«

»Warten wir auf einen Durchsuchungsbeschluss?«

»Nein. Gefahr im Verzug.«

***

»Frau Zilz, stehen Sie bitte mal auf.«

Eine halbe Stunde später stand Doro vor einer mit fusseligen Decken ausgelegten Couch. Darauf lag Irmgard Zilz, ihre Züge trugen die Teilnahmslosigkeit von Betrunkenen, gelöst und matt. Einer ihrer Füße hing vom Sofa, er war nackt. Die krummen Zehen hatten braun verhornte Nägel, bläuliche Adern schienen unter der Haut hervor.

»Hm?« Irmgard Zilz verdrehte die Augen.

»Lass sie liegen«, sagte Ben. »Die Couch nehmen wir uns zum Schluss vor.«

Neun uniformierte Männer und Frauen durchsuchten das Reihenhaus. Durcheinander und Chaos ließen die Räume trostlos wirken. Im Wohnzimmer standen Bierflaschen und Geschirr mit Essensresten herum. Eine Glasscheibe des schwarzen Vitrinenschranks war zerbrochen, eine Ecke der Granitfensterbank daneben abgesplittert.

Das Fenster stand offen, kalte Luft strömte herein. Ben schloss den Flügel, mit einem Knall klappte er zu.

»Hee.« Irmgard Zilz hob den Kopf. »Mir is schlecht, lass das auf, ich brauch Luft.«

»Sie brauchen einen Entzug«, erwiderte Ben.

»Ah, leck mich doch.« Irmgard Zilz zog eine der Decken über ihre Schultern hoch.

Doro verließ das Wohnzimmer. Sie durchquerte die enge Diele, in der ein Beamter den Garderobenschrank ausräumte, und stieg eine Holztreppe hinauf. Die Stufen knarrten unter ihren Füßen.

Die Räume im ersten Stock hatten Dachschrägen, alle Türen standen offen, die Einsatzkräfte waren bei der Arbeit. Doro betrat ein kleines Schlafzimmer, eine Polizistin durchsuchte den Raum. Gerade öffnete sie einen an der Wand abgestellten Umzugskarton und kippte den Inhalt aus.

Schriftstücke, ein paar Bücher und zwei Spielzeug-Lkw landeten auf dem hellgrünen Teppichboden.

Ein Einzelbett mit zerwühlter Steppdecke stand in der Mitte des Zimmers. Hosen und Shirts lagen überall herum, die Türen des Kleiderschranks waren geöffnet. Vor dem Fenster befand sich ein Holztisch, darauf ein Laptop und eine Spielekonsole.

»Beides sicherstellen«, sagte Doro.

Einen Augenblick lang kam sie sich vor wie in einem alten Schuhkarton, in dem seit Jahren ein Sammelsurium an Dingen aufbewahrt wurde, die niemand mehr brauchte.

Sie ging zu dem Bett, auf dem Boden der dem Fenster zugewandten Seite lagen Pornohefte. Eine füllige nackte Frau mit lasziv geöffnetem Mund zierte das Cover des obenauf liegenden Magazins. »Dralle Hausfrauen brauchen es jeden Tag«, stand unter dem Foto.

»Doro!« Bens Stimme schallte aus dem Erdgeschoss nach oben. »Kommst du mal bitte.«

Sie verließ den Raum und ging die Treppe runter.

»Wir haben was gefunden.« Bens Wangen waren gerötet. »In dem kleinen Garten hinter dem Haus.«

Doro folgte ihm durch das Wohnzimmer auf die Veranda. Unkraut wuchs zwischen den Betonplatten, vertrocknetes Gestrüpp überwucherte die winzige Parzelle Land davor.

Rechts der drei Stufen, die von der Terrasse herunterführten, lag eine Regentonne aus blauem Kunststoff. Die Erde drum herum war matschig vom ausgekippten Wasser.

Mitten in der Lache sah Doro einen Kuhfuß, ein kleines, gebogenes Brecheisen. Daneben ein Handy.

Sie pfiff durch die Zähne.

»Das habe ich auch gedacht«, sagte Ben neben ihr. »Wenn das mal nicht Charlotte Ruperts Telefon ist. Und der Ablageort ist optimal gewählt. In der Regentonne unter Wasser ist auch mit modernster Technik kein Handy mehr zu orten. Die Elektronik, samt gespeicherten Daten, ist sowieso ersoffen.«

Ein Beamter nahm das Telefon mit behandschuhten Fingern auf und schob es in einen durchsichtigen Beutel. Der Kuhfuß wurde ebenfalls sichergestellt.

Doro und Ben kehrten ins Haus zurück.

»Es ist natürlich möglich, dass die beiden Dinge von jemand anderem als Lothar Zilz in die Tonne geworfen wurden«, sagte sie nachdenklich.

»Möglich ja, aber unwahrscheinlich.«

Irmgard Zilz lag immer noch komatös auf der Couch. Der zweite Fuß war halb heruntergerutscht, er trug einen dunkelblauen Strumpf.

»Müssen wir sie aufs Revier mitnehmen?«, fragte Ben.

»Ja, sie kann erst mal in einer Ausnüchterungszelle weiterschlafen. Danach spricht sie hoffentlich mit uns.«

»Okay, Frau Zilz.« Ben klatschte laut in die Hände. »Hoch mit den müden Knochen!«

Irmgard Zilz grunzte. Sonst regte sich nichts, die Lider blieben geschlossen.

»Ich sage zwei Jungs Bescheid.« Ben verschwand aus dem Wohnzimmer.

Wenig später wurde Irmgard Zilz von den Polizisten nach draußen geschleppt. Sie maulte und fluchte.

»Nehmt bitte ein paar Schuhe und eine Jacke für sie mit«, rief Doro den Kollegen hinterher.

Die Couch stand verlassen vor ihr, das Nest aus Wolldecken war leer. Mit seinen blauen Latexhänden zog Ben sie herunter und schüttelte sie aus. Dann schob er mit dem Bein das Sofa zur Seite, es quietschte über den Laminatboden.

Dicke Staubflocken kamen zum Vorschein, Krümel und Kronkorken. Dazwischen lag nah an der Wand etwas Violettes.

Ben bückte sich und hob es auf. Noch bevor er das Stoffteil hochhielt, wusste Doro, was es war.

Zwischen Bens Fingern entfaltete sich ein seidig glänzender Schlüpfer. Die Größe war eindeutig nicht die von Lothar Zilz' ausgemergelter Mutter.

»Das könnte einer Bekannten von Lothar Zilz hinters Sofa gerutscht sein.« Ben klang alles andere als überzeugt. »Vielleicht einer Prostituierten?«

»Wenn wir Glück haben, findet sich DNA daran. Die Analyse dauert allerdings etwas.« Doro beugte sich ein Stück vor.

»Lass mal sehen.« Auf dem Wäscheetikett an der Rückseite des Slips stand die Größe, darunter ein Schriftzug der Eigenmarke einer großen Kaufhauskette und deren Logo. Doro überlegte. »Diese Artikel gibt's oft im Zweierpack.«

»Ah«, Ben hob einen Mundwinkel. »Die Kombipackung Unterhosen, die kenne ich.«

»Wir könnten bei Charlotte Rupert nachsehen lassen, ob sich ein identisches Stück in ihrem Schrank befindet. Das wäre zumindest schon ein Indiz.«

»Machen wir. Ich kümmere mich darum.«

34

»Gib zu, das hast du mit Absicht gemacht.«

»Natürlich.« Ben hatte keine Miene verzogen.

Untersuchungshäftlingen stand ein Anwalt zu. Allerdings hatten sie nicht das Recht, sich im Internet einen auszusuchen. Aller elektronischen Medien entledigt, nannten sie entweder einen konkreten Namen oder bekamen einen Verteidiger zugeteilt.

Lothar Zilz hatte keinen Rechtsbeistand benennen können.

Gemeinhin verfügten Gerichte über Listen von Pflichtverteidigern. Es gab jedoch auch, für jeden im Netz zugänglich, das Bundesweite Amtliche Anwaltsverzeichnis. Man konnte den Namen eines Anwalts eingeben und mit einem Klick überprüfen, ob derjenige Interesse an Pflichtverteidigungen hatte.

Carol Mangold, die schöne Freundin des Fotografen Thomas Wilbur, war entsprechend gelistet. Ben hatte sie angerufen, sie hatte sofort zugesagt. Daraufhin hatte er mit einer Mischung aus Charme und abstoßenden Fakten zur Incel-Szene die Haftrichterin dazu gebracht, Carol Mangold für Lothar Zilz zu bestellen.

Doro erinnerte sich gut an den morgendlichen Besuch in dem lichtdurchfluteten Penthouse von Thomas Wilbur, auf der Spurensuche nach Bellas Mörder. Carol Mangold hatte ihn verteidigen wollen, nun konnte sie das Mandat für Lothar Zilz übernehmen.

»Seid ihr irre? Doch nicht so eine.« Als Zilz seine Verteidigerin gesehen hatte, klang es, als müsse er sich erbrechen. »Die kann doch nix.«

»Herr Zilz, bitte. Ich werde Ihnen sach- und fachgerecht zur Seite stehen.«

»Kotz. Dreck.«

Leicht irritiert hatte sich Carol Mangold abgewandt. Nun saß sie neben Zilz im Befragungsraum der Untersuchungshaftanstalt.

»Kommt Ihnen das bekannt vor?« Ben hielt den Plastikbeutel mit dem Handy hoch. Es war von der KT als das von Charlotte Rupert identifiziert worden.

»Wem seins soll das sein?«

»Das von Charlotte Rupert.«

»Kenn ich nicht.«

»Und das Brecheisen?« Ben deutete auf den anderen Beutel.

»So 'nen Kuhfuß haben wir im Lkw.« Lothar Zilz gab sich demonstrativ gelangweilt. »Aber 'nen schwarz legierten.«

Ben zog ein Foto aus der vor ihm liegenden Mappe. Es zeigte den gefundenen Slip, der sich aktuell in der kriminaltechnischen Untersuchung befand.

»Kommt Ihnen dieses Kleidungsstück bekannt vor?«

Beiläufig sah Lothar Zilz auf das Bild. »Wieso zeigt ihr mir so was?«, greinte er. »Nie gesehen, das Teil.«

»Es wurde in Ihrem Haus sichergestellt.«

»Entschuldigung«, Carol Mangold schaltete sich ein. »Meiner Kenntnis nach wohnt mein Mandant mit seiner Mutter zusammen. Es besteht daher die Möglichkeit, dass …«

»Was?«, schrie Lothar Zilz. »Denkst du, meine Mutter trägt so 'n Nuttenzeug?«

»Die Größe kommt überhaupt nicht hin«, informierte Ben lapidar.

»Morgen liegen uns die Ergebnisse der DNA-Analyse vor«, sagte Doro. »Wir gehen davon aus, dass der Slip Charlotte Rupert gehörte. Es ist ihre Konfektionsgröße, und sie besitzt ähnliche derselben Marke.«

Ein Zwilling des Wäschestücks hatte sich bei Charlotte Rupert nicht gefunden. Dennoch diente Doro und Ben der Slip als Indiz.

»Ich kenn den Wal nicht.«

»Woher kennen Sie dann ihre Figur?«

»Bei dem Teil da?« Lothar Zilz deutete mit dem Kopf auf das Foto.

»Ich denke, es ist geboten, bezüglich dieses Fundstücks die Resultate der Analyse abzuwarten«, sagte Carol Mangold. »Derzeit befinden Sie sich im Bereich reiner Spekulation.«

»Boah, kannst du klugscheißen.« Lothar Zilz verdrehte die Augäpfel.

»Hören Sie«, brauste Carol Mangold auf, »ich bin hier, um Sie zu verteidigen. Ich habe hervorragende Examina und vertrete eine renommierte Kanzlei. Also mäßigen Sie sich!«

Fehler, dachte Doro.

Lothar Zilz' Augen verengten sich zu Schlitzen.

»Du sagst mir, was ich tun soll? Du? Ich will einen Mann als Verteidiger, keine Barbiepuppe.«

»Herr Zilz«, sagte Doro ruhig. »Es kann gut sein, dass eine Richterin Ihrem Verfahren vorsitzt. Gewöhnen Sie sich also am besten daran.«

»Halt die Schnauze.«

»Hey«, brüllte Ben. »So nicht!«

»Sonst *was*?«

»Sonst können Sie in Ihrer Einzelzelle bis zum Prozess verfaulen.«

»Pfh. Maulheld.«

Doro ging dazwischen. »Sie haben von Ihrem Computer aus Charlotte Ruperts Webseite aufgerufen. Das wurde festgestellt.«

Lothar Zilz lehnte sich auf seinem Stuhl zurück. Er legte die Unterarme auf seinem Schoß ab, die Gelenke waren von Handschellen umschlossen.

»Na und? Jemand hatte über die Fette geschrieben, also hab ich mir die Seite mal angeguckt.«

»Charlotte Rupert wurde umgebracht!«, rief Ben. »Und zwar von Ihnen.«

»Schön wär's.« Lothar Zilz zog Rotz hoch. »Eine weniger auf dieser Welt.«

Seine Anwältin musterte ihn angewidert.

»Wo waren Sie vorgestern zwischen zweiundzwanzig Uhr dreißig und Mitternacht?«, fragte Doro.

»Zu Hause. Egal, was die versoffene Kuh sagt.«

»Sie reden von Ihrer Mutter?«

Ein spöttisches Lachen erklang. »Die hat die Beine breitgemacht. Neun Monate später ist sie ins Krankenhaus, und als sie rauskam, hatte sie schon wieder die Schnapsflasche in der Hand.«

Carol Mangold kniff die geschwungenen Brauen zusammen, hinter ihrer Stirn schien es zu arbeiten.

»Herr Zilz, Ihre Mutter nüchtert gerade aus«, fuhr Doro

fort. »Sie wird ihre Aussage, wonach Sie an dem betreffenden Abend nicht zu Hause waren, sicherlich wiederholen.«

Lothar Zilz legte den Kopf schräg.

»Sie müssen hierzu keine Angaben machen«, sagte Carol Mangold.

»Scht!« Er reckte die Hände hoch. Der rechte Zeigefinger war erhoben. »Kein Weibergedusel an mein Ohr, bitte.«

Herausfordernd glaste er Doro an. »Ich bin rumgelaufen an dem Abend. Auf Sankt Pauli, hab da ein, zwei Bier getrunken, mir 'ne Show angesehen.«

»Kann das jemand bezeugen?«

»Weiß ich doch nicht.«

»Hat Ihnen die Show gefallen?«, fragte Ben.

»Das Titten- und Arschwackeln? Wie die sich zur Schau stellen? Das ist absolut erbärmlich.«

»Warum gucken Sie's dann?«

»Weil's so erbärmlich ist. Erniedrigend.«

Doro verstand.

»Charlotte Rupert war eine Hassfigur für Sie und Ihresgleichen. Sie war gebildet, selbstbewusst, zufrieden mit sich und ihrem Körper. Sie sind dem Aufruf im Incel-Forum gefolgt und haben sie getötet.«

»Ich mach mir nicht die Finger an so einem Schwabbel schmutzig.« Lothar Zilz grinste, der zahnlückige Mund erinnerte Doro an einen Halloweenkürbis.

Carol Mangolds Ausdruck veränderte sich.

»Ich möchte mich kurz mit meinem Mandanten besprechen«, sagte sie.

»Bitte schön.« Ben stand auf. Er trat ein paar Schritte vom Tisch weg. Doro blieb sitzen.

Carol Mangold beugte sich zu Lothar Zilz hin, dessen Blick wurde lauernd.

»Ich denke, wir sollten auf verminderte Schuldfähigkeit plädieren«, flüsterte sie. »Pathologische Misogynie, begünstigt durch ein fetales Alkoholsyndrom.«

Lothar Zilz' Pupillen rutschten zur Seite, die Lippen schlossen sich.

»Wenn Ihre Mutter in der Schwangerschaft getrunken hat, hatte das gravierende Auswirkungen auf *Ihre* geistige und emotionale …«

Pfeilschnell schoss Lothar Zilz von seinem Stuhl hoch. »Du Fotze!«, schrie er.

Mit einem Sprung war Ben bei ihm. Die beiden Vollzugsbeamten, die an der Tür standen, eilten heran, erschrocken flüchtete Carol Mangold in eine Ecke des Raumes.

»Setzen Sie sich sofort wieder«, wies einer der JVA-Bediensteten Lothar Zilz an. Energisch drückte er ihn auf seinen Platz.

»Die ist nicht meine Anwältin!«, brüllte Zilz. »Die nicht. In meinem Kopf ist alles bestens. Bei *der* stimmt was nicht.«

Verstört stand Carol Mangold ein paar Schritte entfernt. Zilz saß wieder, die Beamten hielten ihn fest.

»Flossen weg, schon gut«, plärrte er.

»Wollen Sie weitermachen?«, fragte einer der Männer Doro. Sie nickte.

Zögerlich kam Carol Mangold heran.

»Ich lege das Mandat nieder«, sagte sie. »Das ist eine Zumutung.«

Quod erat demonstrandum, dachte Doro. Wem auch immer Ben es beweisen wollte.

Hasserfüllt funkelte Zilz Carol Mangold an. Die raffte ihre Unterlagen zusammen, dabei blieb sie mit ihrem Oberkörper möglichst weit vom Tisch weg.

»Auf Wiedersehen.« Sie eilte zur Tür und verließ den Raum.

Die JVA-Mitarbeiter blieben neben Zilz stehen, Ben setzte sich wieder.

»Zurück zu Charlotte Rupert«, sagte Doro. »Und zu dem Foto der toten Isabell Graumann im Netz. Sie sind dem Link im Forum gefolgt, haben das Bild gesehen. Womöglich haben Sie es sogar eingestellt.«

»Was für'n Foto?«, äffte Zilz Doros Stimme nach. »Welches Foto? Ich weiß von keinem Foto.«

»Sie haben es einem Gesinnungsgenossen gleichgetan, der Isabell Graumann kaltblütig umgebracht hat!«

»Ach.« Lothar Zilz lehnte sich zurück. Wieder erschien das boshafte Lächeln. »In dem Fall haben Sie auch ermittelt?« Er stockte kurz. »Sind Sie am Ende die Bullenfrau, die unseren Kumpel abgeknallt hat?«

Ruhig bleiben, ermahnte sich Doro. Gesichtsmuskeln einfrieren.

»Klar sind Sie das«, setzte Zilz nach.

Du weißt es, ich weiß es, dachte Doro. Im selben Augenblick nahm sie ein Zucken in der teigigen Visage vor sich wahr, wulstige Lippen formten sich zu einer Rosette.

Reflexhaft wich Doro zur Seite aus, unmittelbar darauf streifte etwas Kaltes, Feuchtes ihre Ohrmuschel.

Ben sprang auf.

»Raus!«, brüllte er. »Raus mit dem!«

Lothar Zilz lachte.

Zum ersten Mal tat Doro der Schuss auf Oliver Peschke nicht leid.

Die beiden Justizbeamten packten Zilz an Schultern und Oberarmen. Unter seinem höhnenden Gelächter führten sie ihn ab.

Doro wartete, bis er verschwunden war. Dann wischte sie mit dem Pulli-Ärmel über ihr Ohr.

»Vielleicht lag die Mangold nicht so falsch mit dem fetalen Alkoholsyndrom«, sagte Ben.

»Die hatte keine Chance, das wusstest du.«

»Ja. Für Zilz gibt es aber kein Anwaltswunschkonzert. Und eine ausgefeilte Verteidigung hat er meiner Meinung nach einfach nicht verdient. Außerdem hat er sein wahres Gesicht gezeigt, Carol Mangold wirkte da wie ein Katalysator.«

»Das hatte er schon vorher.«

»Stimmt auch wieder.« Ben steuerte den Ausgang an. »Hoffentlich ist seine Mutter zahmer.«

Doro ging mit ihm aus dem Befragungsraum.

»Ach«, hörte sie ihn noch sagen. Dann wäre sie beinahe mit Michael zusammengestoßen.

Er stand auf dem Gang, in Begleitung von Nina Masuhr.

»Was machst du denn hier?«, fragte Doro erstaunt. Die Schönheit der Frau neben ihm irritierte sie unerwartet stark.

»Ich arbeite bei der Staatsanwaltschaft. Das führt mich ab und zu hierher.«

Nina Masuhr lächelte, Doro nicht.

»Wir haben den mutmaßlichen Mörder von Charlotte Rupert befragt«, sagte sie.

»Ich weiß, ich habe bei deiner Dienststelle angerufen.« Michael sah sie direkt an. »Wir sind primär aus einem anderen

Grund da. Der zuständige Richter hat dem Haftprüfungsantrag von Dave Abraths Anwalt stattgegeben. Die Haft wird gegen eine Kautionszahlung ausgesetzt.«

»Ernsthaft?«, fragte Ben. Es klang wie: *Hast du sie noch alle?*

»Herr Fleck, auch Ihnen wird bekannt sein, dass der Vollzug ausgesetzt wird, wenn andere Maßnahmen hinreichend der Flucht- oder Verdunklungsgefahr entgegenwirken«, dozierte Michael. »Dave Abrath hat einen angesehenen Beruf, ein stabiles soziales Umfeld. Ihm wurde neben der Kaution die Auflage erteilt, sich regelmäßig bei einer Polizeidienststelle zu melden.«

»Der Richter hat festgestellt, dass die Ermittlungsbehörden keine neuen belastenden Indizien beitragen konnten«, ergänzte Nina Masuhr. »Dass die Haftgründe sich also nicht hinreichend intensiviert haben.«

Doro musste an sich halten. »Entschuldigung, uns kam leider noch ein Mord dazwischen.«

Ben trat einen Schritt näher an sie heran, einen Moment lang fühlte sich Doro wie unter Aufsicht.

»Hat die Staatsanwaltschaft im Fall Dave Abrath nicht weiter ermittelt?«, fragte er auffallend freundlich.

»Es ist, wie es ist. Abrath kommt frei, wir haben bis zur Aufnahme des Prozesses Zeit, die Beweislage auszubauen.«

»Mit Prädikatsexamen wird euch das sicher gelingen.« Doro hörte sich selbst reden. Halt doch die Klappe, dachte sie.

Ben zog sie leicht am Ärmel. »Du, die betrunkene Mutter kann uns jetzt bestimmt sagen, ob die Reizwäsche ihr gehört.«

Fragend hob Michael eine Augenbraue. »Ich ruf dich an«, meinte er zu Doro. »Heute oder morgen.«

»Morgen reicht«, maulte sie und ging mit Ben davon.

35

»Auf dich, Doro. Und auf deinen kriminalistischen Spürsinn.« Ben hob sein Bier.

Doros Glas war feucht und kühl, die Schaumkrone glich einer Schönwetterwolke. Augenzwinkernd stieß sie mit Ben an.

»Komm, lass uns einen trinken gehen«, hatte er sie am frühen Abend im Büro aufgefordert. »Dass wir Charlotte Ruperts Mörder so schnell gefasst haben, verdient ein kühles Blondes. Außerdem ist Freitag. Das Wochenende steht vor der Tür.«

»Okay.« Doros leere Wohnung hatte sie wenig gereizt. Sie war gern mit Ben zu einer Eckkneipe in der Nähe gegangen.

Der Arbeitstag war lang gewesen und hatte, wie so oft, Einblicke in menschliche Abgründe gewährt, auf die die meisten Leute gut verzichten konnten.

Lothar Zilz' Mutter hatte bei reduziertem Blutalkohol zu zittern begonnen. Angst hatte sie überfallen.

Das Rebound-Phänomen war unter Trinkern weit verbreitet. Häufiger Alkoholkonsum störte den Gehirnstoffwechsel. Irgendwann waren die Rezeptoren so eingerichtet, dass sie ein Feuerwerk aus neurologischen Problemen verursachten, wenn sich keine Alkoholmoleküle an sie anlagerten.

Verhärmt, mit eingefallenen Wangen und dunklen Schatten unter den Augen, hatte sich Irmgard Zilz an den Abend zu erinnern versucht, an dem Charlotte Rupert umgebracht worden war.

»Ich hab auf'm Sofa gelegen, ein oder zwei Bier getrunken, Fernseh geguckt. So 'ne Sendung, wo Leute die Wohnung so voll haben. Dann kommt jemand und räumt auf.«

»Ihr Sohn war nicht zu Hause.« Ben hatte nicht gefragt, sondern Tatsachen festgestellt.

»Der hat nix ausgefressen, bestimmt nicht.« Irmgard Zilz kaute auf ihrer aufgesprungenen Unterlippe.

»Haben Sie mitbekommen, wann er in der Nacht nach Hause kam?«

»Nee. Weiß nicht.«

»Wann sind Sie denn ins Bett?«

»Ins Bett?« Die Hohlaugen hatten Ben unsicher angestarrt. »Ich bleib unten auf der Couch. Der erste Stock ist für den Lothar. Der will nicht, dass ich hochgehe. Aber die Couch is gut für mich, da hab ich alles, was ich brauche.« Die zitternden Hände hatten sich ineinandergeklammert.

»Arbeiten Sie noch?«, wollte Doro wissen.

Ein bitteres Lachen erklang. »Seit meiner Rücken-OP bin ich Frührentnerin. Ging schief, das mit den Schrauben. Pech gehabt.«

»Wird Ihr Sohn manchmal ausfällig oder gewalttätig?«

Die knochigen Schultern zuckten hoch, für Doro glich es einem Schutzreflex. »Unsinn«, antwortete Irmgard Zilz. Dann schwieg sie.

Der Unterschied zwischen der krakeelenden Besoffenen vom Vormittag und der ängstlichen Frau auf Entzug war beklemmend. Beide Zustände für sich genommen sowieso.

Mir is schlecht, ich brauch Luft, hatte es in Doros Ohren nachgehallt. Ihr war ein Gedanke gekommen.

»Steht das Fenster bei Ihnen manchmal auch nachts auf?«

»Fenster?« Ein glasiger Blick ging in die Ferne. »Ja, kann schon sein.«

»Sind Sie tagsüber mitunter außer Haus?«

»Vielleicht mal im Edeka um die Ecke, was einkaufen.« Irmgard Zilz' Ausdruck änderte sich. Er wirkte plötzlich wacher, Hoffnung oder Gier spiegelten sich darin.

Die denkt ans Spritkaufen, war es Doro in den Sinn gekommen.

Nachdem Irmgard Zilz' Aussage zu Protokoll genommen worden war, hatten sie sie nach Hause geschickt.

Auf einem Barhocker neben Ben sitzend, hob Doro erneut ihr Bier an die Lippen. Die Kneipe war gut besucht, das Publikum gemischt, man unterhielt sich, trank und lachte.

»Ich kapier das mit diesen Incels immer noch nicht ganz.« Ben musterte die junge hübsche Frau hinter dem Tresen. »Eigentlich kann doch heutzutage jeder Topf seinen Deckel finden. Bei den ganzen Dating-Apps und Internetplattformen.«

»Tja. Sagst du.«

»Außerdem kann man am Aussehen mittlerweile so viel machen.«

»Das kostet aber richtig Geld. Sofern man sich überhaupt unters Messer legen kann und will. Und den Charakter kannst du nicht operieren.«

»Wohl wahr.«

Doro neigte sich auf ihrem Hocker zur Seite. »Hast du zurzeit einen Deckel?«

Ben trank einen Schluck. »Nee. Ich suche auch nicht. Vielleicht bin ich die geborene Kasserolle.«

Und ich der geborene Dampfkochtopf, dachte Doro. Ihr war warm, sie leerte ihr Bier bis auf einen kleinen Rest.

»Magst du noch eins?«, fragte Ben.

Doro zögerte. »Mir ist gar nicht so nach Feiern.«

»Beruflich oder privat nicht?«

»So insgesamt nicht.«

»Das heißt, beruflich auch nicht.« Ben hatte Lunte gerochen, Doro konnte es hören. »Was passt für dich nicht?« Er klang leicht genervt.

»Eigentlich passt alles. Die Indizienlage ist eindeutig.«

»Aber?« Ben winkte der Bedienung zu, deutete demonstrativ mit dem Zeigefinger auf sein Bierglas und hob den Daumen. *Noch eins*. Internationale Kneipenzeichensprache.

»Dass Zilz ein schrecklicher Mensch ist, ist klar«, sagte Doro. »Nur ob er ein Mörder ist, weiß ich nicht genau. Weil ... irgendwie doch was nicht passt.«

Ben trank sein Glas leer, kurz darauf stand ein neues vor ihm. Die Thekerin lächelte, ein Zungenpiercing blitzte auf.

»Beschreibung und Realität?«, fragte er.

»Genau. Zilz ist völlig anders, als dieser Jens Terjung ihn beschrieben hat. Er ist nicht kühl und technokratisch, von einer Entpersönlichung weiblicher Wesen habe ich nichts bemerkt.«

»Womöglich stellt er sich im Forum anders dar, schreibt anders, als er spricht. Das haben wir noch nicht geprüft.«

»Kann schon sein.« Doro drehte den Bierdeckel hin und her. »Es könnte aber auch sein, dass ihm jemand die Beweisstücke untergeschoben hat. Jemand, der im Garten war und durch ein offenes Fenster eingestiegen ist, zum Beispiel.«

Ben schwieg. Seine Unterarme lagen auf der Theke, die kräftige Nase ragte im Profil heraus, das wuschelige Haar umrahmte Wangen und Kieferknochen. Doro ahnte, dass er ihren Gedankengängen nur unwillig folgte. Doch er folgte.

»Wenn du so argumentierst, gibt es nur einen, der infrage kommt«, sagte er. »Nämlich der, der uns auf Zilz' Spur gebracht hat.«

Doro nickte. »Jens Terjung.«

»Wir wissen aber nichts über eine eventuelle Verbindung von Terjung zu Charlotte Rupert. Er ist kein Incel und präferiert sicher einen anderen Frauentyp.«

»Jannis und Jens?«, fragte Doro. »Könnte das trotzdem ein und derselbe Mann sein?«

»Wir können Teilnehmern dieser Griechenland-Exkursion ein Foto von Terjung zeigen.«

»Könnten wir machen.« Doro winkte der Bedienung, deutete mit dem Zeigefinger auf ihr Bierglas und hob den Daumen.

»Och, Doro.« Ben drehte ihr sein mürrisches Gesicht zu. »Da haben wir gerade unseren Fall einigermaßen in trockenen Tüchern, und dann kommst du und bohrst wieder dran rum.«

»Das ist jetzt aber nicht dein Ernst. Wäre es dir lieber, Lothar Zilz wird für etwas verurteilt, das er nicht getan hat?«

»Nee, geht auch nicht.«

Doro sah der Bedienung beim Bierzapfen zu. Dabei vibrierte ihr Handy in der Hosentasche. Constantin, dachte sie. Oder Michael. Hoffentlich irgendwas Erfreuliches.

Sie angelte das Telefon heraus. »Kirchgasser privat«, stand auf dem Display.

»Anders, hallo?«

»Frau Anders, entschuldigen S' die Störung«, knarzte Magda Kirchgasser am anderen Ende der Leitung. »Aber i hoab woas g'funden.«

»An Charlotte Ruperts Leiche?«

»Naa. In der Wohnung vom alten Herrn Gall.«

Doro war überrascht. »Um was geht es?«

»Na ja, i bin heut Abend noch mal zu ihm. Hoab a bisserl aufgeräumt und wollt uns was kochen.«

»Und?«

»In einem der Küchenschränke, hinten an der Seitenwand befestigt, da, wo sich der Herr Gall niemals nicht hingebeugt hätt, lag an Packerl.«

»An Packerl?«, wiederholte Doro. Sie sah Ben an, der wiederum spitzte erkennbar die Ohren.

»Ah gä, schaut's euch des an«, sagte Magda Kirchgasser. »Die Kriminaltechnik schickt's ihr am besten auch her.«

»Danke, Frau Kirchgasser. Wir sind gleich da.« Doro legte auf.

»Ben, trink aus, wir müssen los.« Sie zog ihren Geldbeutel aus der Jackentasche. »Ich zahle, und ich fahre.«

»Äh, zu welchem Packerl geht's jetzt genau?«

»Zu einem bei Peschkes Nachbarn. Es war im Küchenschrank deponiert, Magda Kirchgasser hat es zufällig gefunden.«

Ben kippte sein Bier auf ex herunter, Doro legte einen Zehner und ein paar Münzen auf die Theke.

Wenig später saß sie hinter dem Steuer von Bens Wagen.

Essen auf Rädern raste durch den abendlichen Stadtverkehr. Ben informierte telefonisch die KT und gab Reinhold Galls Adresse durch.

Kurz vor dem Ziel wandte er sich an Doro. »Was glaubst du, wer bei Herrn Gall das Päckchen deponiert hat?«

»Das ist mehr eine rhetorische Frage, oder?« Sie bog ab und gab noch einmal Gas. Auf dem Navi wurden die letzten zweihundert Meter angezeigt.

»Hast du was Aktuelles von Peschke gehört?«

»Nein. Ich gehe davon aus, dass sein Zustand unverändert ist.« Doro spürte ein Kratzen im Hals. Sie versuchte, es wegzuräuspern.

»Wenigstens geht es unserer Kollegin, die er bei seiner Flucht aus der Uniklinik zusammengeschlagen hat, besser«, erwiderte Ben.

»Ach ja?«

»Die Info habe ich von Max. Sie ist von der Intensivstation runter.«

»Das ist gut.« Doro bremste ab und parkte den Wagen vor einer Einfahrt neben Peschkes Haus. Im Außenspiegel bemerkte sie einen silbergrauen Transporter. Er fuhr an und stellte sich in zweiter Reihe vor Bens Wagen.

»Die Techniker.« Ben öffnete die Beifahrertür und stieg aus.

Wenig später betrat Doro mit ihm und zwei KTlern Reinhold Galls Wohnung.

»Drüben in der Küche«, erklärte Magda Kirchgasser. »I hoab's nur mit an Geschirrtuch über die Finger angefasst.«

Doro sah ins Wohnzimmer, blass saß Reinhold Gall im Sessel.

»Guten Abend«, grüßte sie. »Tut mir leid, dass wir schon wieder Unruhe in Ihr Leben bringen. Ist hoffentlich alles bald geklärt.« Sie lächelte aufmunternd, dann ging sie zu Ben und den Technikern in die Küche.

Vor einem der unteren Einbauschränke lag etwas in braunes Papier Eingeschlagenes. Die Seitenränder waren aufgeklappt, das Papier klaffte ein Stück auseinander.

»Aber reinschauen musst i halt schon, es hätt ja auch an Sprengstoff sein können«, sagte Magda.

Doro ging in die Hocke. »Ist es offensichtlich nicht.« Vor ihr lagen etliche Bündel Geldscheine.

36

Der kleine Spielplatz glich einem Ausbund an Trostlosigkeit. Auf kahlem Gelände standen ein paar Spielgeräte, leer und verlassen lag der Platz da. Doch immerhin gab es einen.

Die Teilanstalt für Frauen der JVA Hamburg Billwerder befand sich am Rande des Gefängnisgeländes. Einige Zellen waren so ausgestattet, dass verurteilte Frauen mit Kind darin wohnen konnten. Bis zum Alter von fünf Jahren durften Kinder bei ihren Müttern im Gefängnis aufwachsen.

Vor einigen Jahren war die Verlegung von straffälligen Frauen in ein Hafthaus des Männergefängnisses ein Politikum in der Stadt gewesen. Gegner hatten durch mögliche Kontakte der Frauen zu Sträflingen sexuelle Übergriffe und Retraumatisierungen befürchtet.

In der JVA waren Frauen- und Männerbereiche durch hohe Sichtschutzwände getrennt. Sporthalle und Kirchenraum wurden zwar von beiden Geschlechtern, jedoch zu unterschiedlichen Zeiten genutzt. Männer und Frauen in räumlicher Nähe voneinander fernzuhalten, bedurfte einer ausgefeilten Logistik.

Als Doro mit Ben auf den Haupteingang zulief, kam ihr die Billwerder JVA wie eine Zuspitzung dessen vor, was sie seit dem Mord an Bella erfahren und erlebt hatte.

Dass mitunter auch Frauen von Frauen ferngehalten werden sollten, war eine andere Sache. Doro rechnete damit, in Kürze mehr dazu zu hören.

Die Festnahme war gegen zehn Uhr am Morgen erfolgt.

Samira Daub hatte Doro und Ben stark geschminkt in einem silbernen Paillettenmini die Wohnungstür geöffnet. Sie war dabei gewesen, ein Video zum perfekten Silvester-Outfit zu drehen. Es war nicht mehr fertiggestellt worden – ein Wagen der Bereitschaftspolizei brachte sie und Dave Abrath in Untersuchungshaft. Abrath hatte nur eine Nacht in Freiheit verbringen können.

Nach dem gestrigen Fund der Geldscheine hatten Doro, Ben und die Techniker in Reinhold Galls Küche weitergesucht. Magda Kirchgasser versorgte derweil sich und Herrn Gall mit einem Weinbrand für die Nerven und redete mit ihm im Wohnzimmer über Musik. »Gä, Debussy find ich göttlich. Hoabn S' des auch gespielt?«

Hinter der Fußraum-Verblendung eines anderen Unterschranks hatte sich ein leichter, flacher Laptop befunden. Die Kriminaltechnik sowie Mitarbeiter des molekulargenetischen Labors der Uniklinik hatten von Freitag auf Samstag eine Nachtschicht eingelegt.

Doro und Ben betraten, mit den Resultaten der Untersuchungen ausgestattet, das Hauptgebäude der JVA Billwerder.

Wenig später gelangten sie in einen kahlen Vernehmungsraum.

»Oh«, entfuhr es Ben.

In bordeauxroter Anstaltskleidung saß Samira Daub an einem der drei Tische. Schräg gegenüber ordnete Michael seine Unterlagen – auch an diesem Samstag in Begleitung von Nina Masuhr. In Doros erster Assoziation verströmte sie einen betörenden Rosenduft.

Bens Erstaunen war auf die Anwesenheit einer vierten Person zurückzuführen. Neben Samira Daub saß ihre Anwältin Carol Mangold.

»Hallo, Frau Mangold«, grüßte Doro. »Das ist ja eine Überraschung.«

»Es ist ein Mandat.« Der Ton war kühl. »Frau Daub hat mich benachrichtigen lassen.«

»Dann kennen Sie sich?« Ben nahm auf einem der Stühle Platz, Doro setzte sich neben ihn.

»Das tut nichts zur Sache. Können wir bitte beginnen.« Carol Mangold sah Ben auffordernd an. Heute trug sie eine runde, goldgerahmte Brille, die ihr ausgezeichnet stand.

»Natürlich. Frau Daub, Sie und Ihr Lebensgefährte werden der Anstiftung zum Mord an Isabell Graumann beschuldigt«, sagte Ben.

»Nein.« Samira Daub senkte die rauchgrau geschminkten Lider.

»Doch.«

»Ich meine, wir haben damit nichts zu tun. Wirklich nicht.«

»Die Verbindung zwischen dem Geldfund bei Oliver Peschkes Nachbarn und dem Tatverdacht meiner Mandantin gegenüber erschließt sich der Verteidigung nicht«, erklärte Carol Mangold.

»Da können wir Ihnen weiterhelfen.« Ben lächelte. »Zwischen den Scheinen der insgesamt 9450 Euro fanden sich mikrofeine Hautpartikel.«

Ängstlich blickte Samira auf.

»Können Sie sich vorstellen, von wem diese stammen?«

»Falls Sie es wissen, haben Sie die Information aktenkundig zu machen und der Verteidigung zur Kenntnis zu bringen«, monierte Carol Mangold.

»Wir haben das Ergebnis der DNA-Analyse eben erst bekommen«, sagte Ben. »Möchten Sie raten?«

»Ich möchte, dass Sie mich informieren.«

»Sie sind von Dave«, flüsterte Samira Daub.

»Bitte lauter?« Ben legte die flache Hand hinter seine Ohrmuschel.

»Sie wissen es doch.« Samira Daub war den Tränen nah.

»Ja«, sagte Doro. »Die Partikel stammen von Ihrem Lebensgefährten. Der Abgleich mit dem während seiner Haftzeit erlangten Muster war positiv. Und Sie wissen offenbar, warum sich die Partikel zwischen den Geldscheinen gefunden haben.«

»Meine Mandantin hat sich kürzlich mit ihrem Lebensgefährten verlobt. Sie muss keine Angaben machen, die ihn belasten«, erklärte Carol Mangold.

Am Nachbartisch hustete Michael. Die Sache mit der Verlobung war bei der Staatsanwaltschaft reichlich abgedroschen, ein alter Mann mit langem Bart.

»Frau Daub, wir haben ebenfalls Oliver Peschkes Laptop sichergestellt«, sagte Doro. »Darauf befindet sich eine Audiodatei. Peschke hat, vermutlich heimlich mit seinem Handy, ein Gespräch aufgenommen. Der andere Gesprächspartner klingt sehr nach Ihrem Lebensgefährten. Es geht um einen Auftrag und dessen Ausführung.«

Die Audiodatei wurde derzeit von forensischen Phonetikern analysiert. Mutmaßlich stellte sie Peschkes Druckmittel gegenüber Dave Abrath dar.

»Von dieser Kommunikation ist der Verteidigung nichts bekannt.« Carol Mangold wirkte aufgebracht. »Ich möchte diese Informationen einsehen, vorher wird meine Mandantin sich nicht dazu äußern.«

»Ich will es aber«, meinte Samira Daub leise. »Ich will etwas dazu sagen.«

»Nein, Samira«, protestierte ihre Anwältin.

»Doch, ich … es muss sein.« Trotz ihrer Nervosität schien Samira Daub entschlossen. »Dave kam eines Abends mit dieser Idee an. Ich war dagegen, das müssen Sie mir glauben.« Ein flehender Blick richtete sich auf Doro. »Es ging aber nie um … Mord.« Eine Träne lief ihre Wange herunter, sie hinterließ eine Spur im Rouge.

»Sondern?«, fragte Doro.

»Bella sollte … sie sollte vielleicht eine zertrümmerte Nase haben, ein paar Schnittwunden …« Samira Daub stockte. »Oder was mit Säure.«

Doro traute ihren Ohren nicht.

»So, dass sie nicht mehr weiterarbeiten kann. Dave hat seinen Job in der Klinik gehasst. Er wollte dort nicht mehr hin, täglich diese Patienten, lauter Krankheiten und Siechtum, es hat ihn zermürbt. Wir wollten richtig durchstarten mit meiner … unserer Karriere. Vor allem Dave wollte das, wir wollten etwas … Schönes.« Sie hielt inne. Ihr letztes Wort klang im Vernehmungsraum nach und wirkte, als habe es sich verlaufen.

»Dieser Peschke hätte es sowieso getan. Dave meinte, dass er nur zu bereit dazu sei, man müsse ihn kein bisschen überzeugen. Doch dass er Bella umbringt, konnte niemand ahnen.« Sie senkte die Lider, stierte vor sich hin. Dann schien ihr etwas einzufallen. »Außerdem reichen zehntausend nie und nimmer für einen Mord.«

Carol Mangold sog leise Luft ein.

»Natürlich konnten Sie davon ausgehen, dass Oliver Peschke Isabell Graumann tötet.« Ben brauste auf. »Zumindest Ihr Lebensgefährte konnte das, er kennt Peschke.«

»Nicht doch«, flehte Samira Daub. »Es ging nur um Bellas Arbeit. Um ihr Aussehen, ihr *Gesicht*.«

Nachdenklich betrachtete Doro Samira Daub. Womöglich glaubt die, was sie sagt, dachte sie. In einer Welt, in der Aussehen fast alles bedeutet.

Sekundenlang lag Schweigen im Raum.

»Die Staatsanwaltschaft wird auf besondere Niedertracht plädieren.«

Erstaunt wandte sich Doro Michael zu. Doch nicht er hatte gesprochen, sondern Nina Masuhr.

»Das ist menschenverachtend«, sagte sie. Über ihrer Nase hatte sich eine senkrechte Falte eingekerbt. »Sie wollten Isabell Graumann auslöschen, sie vernichten, ihr die Lebens- und Arbeitsgrundlage entziehen. Und zwar aus reiner Profitgier.«

»Sie hätte doch was anderes arbeiten können«, wisperte Samira Daub.

Ist das jetzt eine Schutzbehauptung?, fragte sich Doro. Oder sitzt uns tatsächlich unfassbare Naivität gegenüber?

»Das schmälert nicht die Schwere der Tat«, sagte Michael laut. »Die Staatsanwaltschaft hat weitere Fragen zum Tathergang.«

Samira Daub wischte sich die laufende Nase am Ärmel ihrer Anstaltskleidung ab. »Zu Einzelheiten hat mir Dave nichts erzählt.«

»Frau Daub!«, fuhr Michael sie nun an. Doro kannte diese Strenge an ihm. Es gab nur wenige Situationen, in denen sie ihr gefiel. Gerade war dies der Fall.

Samira Daubs Oberkörper verlor die Spannung, die Schultern sackten nach vorn.

»Ich weiß nur, dass Peschke unter dem Namen eines bekannten Fotografen Kontakt zu Bella aufgenommen hat.« Sie sah ihre Anwältin an, die räusperte sich. »Unter Thomas' Namen«, ergänzte Samira leise. »Das Fotoshooting sollte draußen im Alten Land stattfinden, ähnlich meiner Fotoserie. Es war klar, dass Bella begeistert zusagen würde.« Verachtung schwang in dem Satz mit. »Peschke hat ihr wohl am Treffpunkt aufgelauert. Was danach passiert ist, weiß ich nicht.«

»Aber wir«, sagte Doro. »Er hat sie zusammengeschlagen, betäubt und in seiner Gewalt behalten. Dann tötete er sie vermutlich mit Kaliumchlorid, brachte sie ins alte Wasserwerk und richtete sie bestialisch zu.«

Ein lautes Schluchzen entfuhr Samira Daub.

»Meine Mandantin hat womöglich einen Fehler gemacht.« Carol Mangold schob ihre Brille auf dem Nasenrücken zurecht. »Doch sie hat sicherlich niemanden zum Mord angestiftet. Diesbezüglich kommt allenfalls ihr Lebensgefährte infrage.«

»Das sieht die Staatsanwaltschaft anders.« Michael erhob sich. »Die Anklageschrift wird Ihnen zugehen.«

Nina Masuhr nickte, stand ebenfalls auf und wandte sich an Samira Daub. »Ein Mensch ist mehr als sein Aussehen. Gerade als Frau sollten Sie sich das vergegenwärtigen.«

Doro war peinlich berührt. Michaels Ausdruck hingegen trug Anerkennung.

Als hättest du dich jemals nach einer Unattraktiven umgedreht, dachte sie und winkte genervt die beiden Wärterinnen an der Tür heran. Samira Daub wurde von ihnen aus dem Raum zurück in ihre Zelle geführt.

Derweil schob Carol Mangold ihre Unterlagen in eine Aktentasche und angelte ihren cremefarbenen Mantel von der Stuhllehne. »Auf Wiedersehen.« Kurz musterte sie Nina Masuhr. »Viel Erfolg.«

Die lächelte. »Ihnen auch.«

Doro wandte sich ab.

»Herzlichen Glückwunsch«, hörte sie Michael sagen. »Zu eurem Ermittlungserfolg.«

»Danke. Eigentlich haben wir den Magda Kirchgasser und ihrem Besuch bei Herrn Gall zu verdanken.«

»Na ja. Ein bisschen was haben wir schon auch damit zu tun.« Ben knuffte Doro in die Seite. »Werden Sie auf gemeinschaftliche Anstiftung zum Mord plädieren?«, fragte er Michael.

»Natürlich. Dave Abrath schweigt auf Anraten seines Anwalts bislang. Doch aus der Nummer wird er nicht mehr rauskommen. Apropos … rauskommen.« Er nickte Nina Masuhr zu. »Lassen Sie uns los. Ein Berg Arbeit wartet auf uns.«

Am Samstag?, fragte sich Doro.

»Tschüs. Ich ruf dich an.« Michael sprach schon halb in Richtung Tür. »Später oder morgen.«

»Aber gern«, säuselte Doro. »Da freu ich mich.« Innerlich war sie auf hundertachtzig.

»Los, komm«, maulte sie kurz darauf zu Ben. »Wir haben unseren eigenen Berg.«

»Ich hab's befürchtet.« Seufzend trottete er Doro hinterher.

37

»Ja, ich kannte Charlotte Rupert. Wir waren kurz zusammen.«

Doro konnte ihre Überraschung kaum verbergen. »Warum haben Sie uns das nicht früher gesagt?«

»Sie haben mich nicht danach gefragt.« Jens Terjung schlug ein Bein über das andere. In Kaschmirpullover und Chinohosen saß er auf einem Ledersessel in seinem Wohnzimmer, das Doro an eine Ausstellungsfläche in einem Möbelhaus erinnerte. Geschmackvoll und unpersönlich. Das bunte, quirlige Treiben der Sternschanze, eines der derzeit angesagtesten Viertel Hamburgs, hatte Jens Terjungs Wohnung nicht erreicht.

»Wir haben Sie erst gestern Morgen im Zuge der Mordermittlungen befragt«, widersprach Ben. »Natürlich hätten Sie uns sagen müssen, dass Sie eine Beziehung mit Charlotte Rupert hatten.«

»Tut mir leid.« Bedauern trat in Terjungs Züge. »Vermutlich bin ich davon ausgegangen, dass Sie es ohnehin wissen. Möchten Sie etwas trinken?«

»Nein«, schimpfte Ben. »Wir möchten die Wahrheit hören.«

»In Bezug worauf?«

»In Bezug auf Sie und Frau Rupert.«

Ben und Doro hatten nach ihrem Termin in der JVA eine Studentin, die mit Charlotte Rupert auf Griechenland-Exkursion gewesen war, aufgesucht und ihr ein Foto von Jens Terjung gezeigt.

»Ja, der war dabei, dieses Jahr im März«, hatte sie gesagt. »Jannis heißt er, wenn ich mich richtig erinnere. Er hat sich in einem Hotel einquartiert, wir Studis waren bei Privatleuten untergebracht. Von Alter Geschichte hatte der, glaube ich, nicht viel Ahnung, Nebenfach-Student oder so.«

»Wie war das Verhältnis zwischen Charlotte Rupert und ihm?«, hatte Ben gefragt.

»Meinen Sie, ob die was miteinander hatten? Ich würde sagen, ja. Aber dieser Typ hat sich zurückgehalten, war recht förmlich in seinem Umgang. Die frei zur Verfügung stehende Zeit hat er, soweit ich das mitbekommen habe, mit Frau Rupert verbracht.« Die Studentin hatte die Stirn gerunzelt. »Ich habe das mit Frau Rupert gelesen. Das ist furchtbar. Sie war eine gute Lehrerin. Glauben Sie, dieser Jannis hat was mit dem Verbrechen zu tun?«

»Glauben Sie es?«

»Das kann ich wirklich nicht sagen. Ich habe kaum was mit ihm gesprochen.«

»Was wollen Sie hören?«, fragte Jens Terjung mit klarer Stimme, griff nach dem Wasserglas, das auf dem Couchtisch stand, und trank einen Schluck. »Charlotte war intelligent, selbstbewusst, humorvoll. Sie hat mich als Frau auf eine bestimmte Art angezogen. Und ich sie wohl als Mann.« Er schmunzelte. »Wir hatten eine gute Zeit miteinander, ein paar Monate, im Wesentlichen ohne Verpflichtungen oder Besitzansprüche. Letztlich war Charlotte jedoch längerfristig nicht wirklich mein Typ. Allein der Altersunterschied.«

»Haben Sie Charlotte Rupert getötet?«, fragte Doro ohne Umschweife.

»Nein. Ich war es nicht.« Terjungs Miene blieb freundlich und reglos. »Es gab keinerlei Grund. Wir haben uns in gegenseitigem Einvernehmen getrennt. Charlottes Tod bedaure ich zutiefst, sie war eine tolle Frau. Auf ihre Art.« Er zog die Brauen zusammen. »Auch so gar kein Opfertyp, möchte ich mal sagen.«

»Was ist für Sie denn ein Opfertyp?«, wollte Doro wissen.

»Na, Frauen, die eher hilflos sind. Sich kleinmachen, wenig Selbstbewusstsein haben.« Er deutete ein Kopfschütteln an. »Nicht mein Fall.«

»Aha. Warum nannten Sie sich Jannis?«

»Ach«, lächelnd winkte Jens Terjung ab. »Das war Spielerei. Bei einer Frau, die Alte Geschichte unterrichtet, glich das einem klangvollen Kosenamen. Doch natürlich wusste Charlotte, wie ich heiße.«

»So?« Doro kräuselte die Lippen. »Wie haben Sie beide sich kennengelernt? Studiert haben Sie doch angeblich Soziologie?«

»Ich habe im Wahlmodul meines Studiengangs eines von Charlottes Seminaren besucht.«

»Entschuldigung«, sagte Ben. »Sie begegnen ihr als Ihre Dozentin, und dann gehen Sie mit ihr ins Bett?«

»Dazwischen lag natürlich eine Kennenlernphase.« Jens Terjung sprach wieder im Ton eines Unternehmensberaters. »Doch in der Tat, nach einem Besuch im Archäologischen Museum sind wir uns nähergekommen. Wir haben einen

Kaffee getrunken, geredet, Charlotte wusste so viel, es war unheimlich interessant, ihr zuzuhören. Es wurde Abend, wir sind in eine kleine Pizzeria, haben ein, zwei Flaschen Wein getrunken …« Er strich mit den Fingerspitzen über die Glasplatte des Tisches. »Was soll ich sagen? Der Abend hat seinen Lauf genommen.«

»Zum Beispiel sollen Sie sagen, ob Sie mit einem Abgleich Ihrer DNA mit der am Tatort sichergestellten einverstanden sind«, meinte Ben.

»Natürlich.« Jens Terjung zeigte keine Regung. »Allerdings war ich häufiger in Charlottes Wohnung. Es ist also nicht verwunderlich, wenn es noch ein paar Haare oder Fingerabdrücke von mir dort gibt.«

»Spuren direkt an der Leiche wären aber schon verwunderlich?« Doro legte nach.

Ein minimales Muskelzucken ging in ein Lächeln über. »Ja, das wäre etwas merkwürdig. Davon ist jedoch nicht auszugehen. Ich war, wie gesagt, seit Längerem nicht mehr bei ihr.«

»Seit wann genau?«

»Seit etwa sechs Wochen.«

Doro fixierte Jens Terjung, seine graublauen Augen wichen nicht aus.

»Konnten Sie etwas mit meiner Einschätzung zu dem Gefahrenpotenzial einiger Incels anfangen?«, fragte er.

»Oh ja. Der Tipp war sehr gut.« Ben hob den Daumen. »Wir konnten sogar ein Beweismittel sichern.«

»Tatsächlich? Das ist bestimmt vorteilhaft für die Ermittlungen?«

»Auf jeden Fall. Unsere Stoßrichtung ist sozusagen nun vorgegeben.«

»Sehr schön. Dennoch möchten Sie die DNA-Probe?«

»Ja. Wenn Sie so freundlich wären?« Ben zog ein aus dem Revier mitgebrachtes Probenröhrchen samt Abstrichtupfer aus seiner Lederjacke und legte es auf den Couchtisch.

»Nun gut.« Terjung streckte seine Hand nach dem Röhrchen aus. Gleichzeitig schrillte die Türklingel.

»Erwarten Sie Besuch?«, fragte Doro.

»Eigentlich nicht. Einen Augenblick, bitte. Ich sehe nach.« Er stand auf.

Wieder klingelte es, dieses Mal anhaltend. Terjung begab sich vom offenen Wohnbereich in die Diele. Doro beobachtete ihn.

»Hallo?«, fragte er in den Hörer der Sprechanlage.

Lautstark klopfte es an der Eingangstür.

»Ich bin schon hier oben.« Eine Frauenstimme drang gedämpft ins Innere der Wohnung. »Mach auf.«

Jens Terjung öffnete.

Auf dem Flur stand eine große Frau mit sehr dickem, rotbraunem Haar. »Ich hätte gern meine Uhr wieder.«

»Uhr? Ach … äh … die Uhr.«

Zum ersten Mal erlebte Doro Jens Terjung verunsichert.

»Das ist 'ne TAG Heuer, die will ich wiederhaben. Ich hab sie bei dir auf dem Nachttisch liegen lassen. Sag nicht, da liegt keine.« Schon eilte die Frau an Terjung vorbei in den Wohnbereich.

»Oh … Besuch?« Im Gehen hielt sie inne. »Hallo. Ich bin gleich wieder weg. Lasst euch nicht stören.« Sie bemerkte das Probenröhrchen auf dem Tisch, stockte, runzelte die Stirn. »Vaterschaftstest?«

Doro konnte nicht deuten, ob Belustigung oder Befürchtung in der Frage mitgeschwungen hatte.

»Nicht ganz. Dorothee Anders, Kripo Hamburg.«

»Kripo?«

»Und wer sind Sie?«

»Patty. Also, Patricia.« Ein Patschuliduft wehte zu Doro hin. »Ich wollte nur meine Uhr abholen. Von gestern Nacht. Geht ganz schnell, danach bin ich schon wieder weg. Quasi auf Nimmerwiedersehen.«

»Sie haben die Nacht zusammen verbracht?«, fragte Doro nach.

»Nacht?« Abschätzig beäugte die Frau Jens Terjung. »Erst Prinz Charming raushängen lassen, dann im Bett das völlige Ego-Programm abziehen und einen anschließend mit einem ›Du, ich muss morgen sehr früh aufstehen‹ rauskomplimentieren. Ich verstehe was anderes unter einer gemeinsamen Nacht.«

Jens Terjung stieß Luft durch die Zähne aus. »Wir müssen es nicht wiederholen.«

»Ganz sicher nicht.« Patty stützte die Arme in die Hüften. »Also, bringst du mir die Uhr, oder soll ich selbst …«

»Ich hole sie.« Jens Terjung eilte zu einer der beiden Türen, die vom Wohnbereich abgingen. Er öffnete sie gerade so weit, dass er durchschlüpfen konnte, und verschwand in dem dahinterliegenden dunklen Raum. Nach wenigen Sekunden kehrte er zurück.

»Hier.« An Patty vorbeischauend reichte er ihr eine sportliche Herrenuhr. Wortlos nahm sie sie an und befestigte sie an ihrem Handgelenk.

»Das war's auch schon. Schönen Tag noch.« Sie nickte Doro

zu. »Beziehungsweise schönes Leben«, ergänzte sie an Terjung gerichtet. Dann eilte sie aus der Wohnung. Mit einem lauten Knall fiel die Tür hinter ihr ins Schloss.

»Haben Sie öfter derartige Bekanntschaften?«, fragte Doro.

»In der Regel sind sie besser.« Terjung sprach sachlich, er hatte sich wieder gefasst.

Ben griff nach dem Probenröhrchen. Er schraubte den Deckel ab und hielt Terjung den Abstrichträger hin. »Wenn Sie so freundlich wären. Einfach an der Innenseite der Mundschleimhaut entlangreiben. Das kennen Sie bestimmt aus Fernsehkrimis.«

Skeptisch nahm Terjung den Tupfer an. Nach einem kurzen Zögern öffnete er den Mund, führte das Stäbchen im Inneren entlang und reichte es Ben zurück.

»Besten Dank. Sie hören von uns. So oder so.«

»Wie soll ich das verstehen?«

Ben ignorierte die Frage. »Seien Sie bitte erreichbar.«

»Natürlich.« Terjung lächelte verbindlich. »Entweder ich bin zu Hause, bei der Arbeit oder beim Sport. Sie wissen also, wo Sie mich finden.«

»Wiedersehn«, verabschiedete sich Doro, Ben schwieg.

Wenig später saß sie neben ihm im Wagen.

»Wir haben kein genetisches Fremdmaterial an Charlotte Ruperts Leiche sicherstellen können«, sagte er. »Terjungs Probe bringt uns diesbezüglich nicht weiter.«

»Abwarten. Hast du bemerkt, dass er bei dem Thema minimal gestockt hat?«

»Schon. Aber womöglich befürchtet er einfach, dass irgendein Haar von ihm aus dem Teppich an Charlottes Kleidung geklebt hat, oder etwas in der Art.«

»Im Labor kann man feststellen, ob der Follikel eines Haares älter oder noch frisch ist«, sagte Doro. »Unser eigentlicher Punkt ist aber, ob wir in Lothar Zilz' Haus oder Garten DNA von Terjung nachweisen können. Das wäre ein Indiz dafür, dass er dort eingestiegen ist, um die falschen Beweisstücke zu deponieren. Auch an dem Slip, den er mutmaßlich von Charlotte Rupert hatte, könnte DNA von ihm sein, wobei etwas von ihm zu isolieren hier deutlich schwieriger sein wird als von ihr.«

Ben nickte. »Und das alles dauert.«

Doro ließ den Motor an und parkte aus. Um sie herum blühte in der Sternschanze das hippe Leben. Sie erinnerte sich an Zeiten, in denen die alternative Szene weniger mit *Lifestyle* zu tun gehabt hatte, das Wort war damals kaum in Gebrauch gewesen. Aber sie mochte die vielen kleinen Läden und die Kreativität des Schanzenviertels.

»Ich fahre mit dem Röhrchen im Labor vorbei und danach noch mal zum Revier«, sagte sie. »Soll ich dich in Altona bei dir zu Hause absetzen? Ist ja nicht weit.«

»Das wäre nett. Ich hab noch ein paar Sachen zu erledigen.« Ben rekelte sich im Sitz. »Morgen wollte ich eigentlich zu meinen Eltern nach Kiel. Meine Mutter macht ihren sonntäglichen Sauerbraten.« Er strahlte Doro von der Seite an. »Der ist so schmacko, den muss man probiert haben.«

»Da kannst du bestimmt auch hin.«

Ben überlegte kurz. »Wie verfahren wir, wenn wir Terjung nicht über die genetische Analyse kriegen?«

»Befragung der Nachbarschaft von Lothar Zilz, Suche nach Zeugen für den Einstieg in sein Haus.« Doro hielt inne. Sie fixierte die Straße, fühlte sich unkonzentriert. »Suche nach der Stecknadel im Heuhaufen, Suche nach irgendwas. Ich bin mir nicht sicher.«

Bens Wuschelkopf neigte sich ein Stück zu ihr hin. »Willst du mitkommen nach Kiel?«

»Zu deinen Eltern?«

»Warum nicht? Wir arbeiten schon fast drei Jahre zusammen, ich hab meiner Mutter viel von dir erzählt.«

»Das glaube ich.« Doros Lachen klang durch den Wagen. »Aber nee, ich bleibe hier, muss auch noch ein paar Dinge abarbeiten. Trotzdem danke für die Einladung.«

»Wie du meinst. Wenn was übrig bleibt, bringe ich dir einen Happen zum Kosten mit.«

»Das wäre toll.« Plötzlich dachte Doro an Weihnachten. Sie sah sich allein vor einer kleinen Tupperdose sitzen, in der ein graues Stück Fleisch lag. Eilig wischte sie die Vorstellung weg und gab Gas.

38

Es war früh am Sonntagmorgen, man konnte die Uhrzeit noch hören, Ruhe lag über der Stadt. Doro hatte die Arme hinter dem Kopf verschränkt und starrte an die Zimmerdecke. Über die Nacht war das Gefühl, mit Lothar Zilz den Falschen inhaftiert zu haben, zunehmend stärker geworden. Es hatte sich im Halbschlaf ausgebreitet, teils in bedrückender Klarheit.

Doro wusste nicht genau, wo sie ansetzen sollte, doch eine flirrende Unruhe trieb sie aus dem Bett.

Sie schlüpfte in ihre Jeans und ging in die Küche, der Boden war eiskalt unter ihren nackten Füßen. Eilig machte sie sich einen doppelten Espresso, häufte zwei Löffel Zucker hinein und trank. Der Kaffee vertrieb den Rest Müdigkeit.

Auf dem Küchentisch stand Doros Laptop. Sie tappte ins Schlafzimmer zurück, angelte Wollsocken und eine dicke Strickjacke aus dem Kleiderschrank und setzte sich vor den Computer.

Etwas an Jens Terjung war aufgesetzt, unecht, wie Plastik. Als sie ihn zum ersten Mal gesehen hatte, hatte sein Gesicht auf sie wie modelliert gewirkt. Aus einem Felsblock gehauen, der ein wenig perfektes Rohmaterial geliefert hatte.

Fetzen der Gespräche mit Ben kamen ihr in den Sinn, *am Aussehen kann man mittlerweile so viel machen*. Sie dachte an Terjungs verächtliche Kühle Patty gegenüber. *Den Charakter kann man nicht operieren.*

Entpersönlichung, überlegte Doro. Bei Terjung hatte sie die gespürt. Frauen als Mittel zum Zweck, der Einsatz eines Menschen, lediglich um ein, zwei Stunden Spaß zu haben. *Werkzeuge. Maschinen.*

Sie dachte nach. In den Passbilddatenbanken sollten nur die aktuellen Fotos gespeichert werden. Nicht mehr als nötig, sah der Datenschutz vor – auch wenn es in der Praxis mitunter anders gehandhabt wurde. Aber Fahrerlaubnis, überlegte Doro, Führerscheinstelle. Sie öffnete den Internetbrowser, rief eines der gespeicherten Bookmarks auf und loggte sich via VPN mit Kennung und Passwort in die Datenbank ein.

Doro gab Terjungs Namen und Anschrift ein. Sie klickte sich zur Bilddatei, sah gespannt auf den Monitor.

Im ersten Moment dachte sie, es läge ein Fehler vor. Ein ernster junger Mann schaute sie an. Er war blass, das Kinn kaum ausgeprägt. Über die geschlossenen Lippen ragten die Enden der beiden Schneidezähne, die Nase stand klobig im Gesicht.

Terjung hatte sich operieren lassen. Dass er Frauen wie Patty mitnehmen konnte, verdankte er dem Wirken plastischer Chirurgie.

Doro lehnte sich auf dem Stuhl zurück, hob die Beine an die Brust und schlang ihre Arme darum. Sie dachte nach, betrachtete Terjungs Konterfei. Es war das eines anderen Menschen, und doch wohnte der immer noch in der mittlerweile veränderten Hülle.

Ihr Blick schweifte ab, glitt über die am Kühlschrank hängenden Fotos, das Geschirr auf der Spüle, die Kräutertöpfe auf der Fensterbank.

Die Küche war für sie das Herzstück der Wohnung, das Zentrum des Lebens mit Constantin. Erinnerungen an gemeinsame Essen mit seinem Vater kamen auf, in hohem Bogen ausgespuckter Gemüsebrei. Alexander und sie lachend, der Raum angefüllt mit dem riesigen Glück, ein Kind zu haben.

Die Küche erschien ihr plötzlich wie ein Kokon, eine Keimzelle, in der das Leben sich entwickelt hatte. Von drinnen raus in die Welt, dachte Doro. Constantin ist jetzt *irgendwo*. Und das Äußere formt sein Inneres.

Sie stellte ihre Füße zurück auf den Boden, setzte sich gerade hin und recherchierte weiter.

***

Zwei Stunden später betrat sie den Befragungsraum in der Untersuchungshaftanstalt am Holstenglacis.

Die Weckzeit für die Häftlinge wurde am Wochenende von Viertel nach sechs auf Viertel vor sieben verlegt, kein wirklicher Luxus. Lothar Zilz hatte bereits einige Stunden in seiner Zelle hinter sich.

Doro war Inhaftierten begegnet, die sich schon nach einem Tag in der Anstalt deutlich verändert hatten, zusammengefallen, mutlos, ein Schatten ihrer selbst waren. Lothar Zilz gehörte nicht dazu.

»Was wollen Sie?«, fuhr er Doro an. »Ich hab überhaupt keinen Bock, mit Bullengesprächen meine Zeit zu verschwenden.«

»Haben Sie was Besseres vor?«

»Tss.« Lothar Zilz öffnete die wulstigen Lippen und züngelte ihr entgegen.

Doro setzte sich auf den Holzstuhl vor den Besprechungstisch. Sie zog den Ausdruck des aktuellen Passfotos von Jens Terjung aus ihrer Jackentasche und hielt ihn Zilz hin.

»Kennen Sie diesen Mann?«

Kurz sah Lothar Zilz auf das Bild. »Könnte sein.«

»Wer ist es?«

»Was kriege ich, wenn ich's sage?« Die Stimme war eine halbe Oktave nach oben gerutscht.

»Nichts. Wir wissen selbst, wer der Mann ist.«

»Wieso fragen Sie dann?«

»Herr Zilz«, Doro beugte sich ein Stück vor. »So leid es mir tut. Eventuell kommen Sie wieder hier raus. Ihre Chancen steigen erheblich, wenn Sie kooperieren.«

Misstrauisch beäugte Lothar Zilz sie und legte seine prankenartigen Hände mit den Handschellen auf der Tischplatte ab.

»Ich kenn einen, der so ähnlich aussieht«, sagte er.

Doro griff nochmals in ihre Jacke und nahm das ältere Foto von Terjung heraus. »So ähnlich wie der?«

Lauernd neigte Lothar Zilz den Kopf. »Möglich.«

»Sagen Sie mir den Namen.«

»Das müsste unser Jense sein. Einer der Schärfsten.«

»Jens Terjung?«

Lothar Zilz nickte. »Der hat sie echt gehasst. Hat immer von Feminazis geredet. Und der ist schlau, so 'n Intelligenzbolzen. Aber dann war er raus aus der Szene. Hat sich seine hässliche Visage operieren lassen. Hatte dann Weiber.« Mit offenem Mund zog Zilz Rotz hoch. »Verräterschwein.«

»Was wissen Sie noch über ihn?«

»Seinerzeit hat der so eine Art Stammtisch ins Leben gerufen. ›Es ändert sich nie was, wenn wir nichts ändern‹, hat er gesagt. Ich war paar Mal dabei, irgendwann hat mich das Gequatsche genervt. Ich weiß, dass der Vater vom Terjung was Besseres war, hat aber die Mutter sitzen lassen. Die hat ihren Sohn dann nach England auf so ein Schnösel-Internat verfrachtet, daheim wollte ihn keiner mehr.« Lothar Zilz lachte auf. »War wohl echt zugig in dem alten Kasten bei der Queen. Bei den Reichen ist es auch kalt.« Er fixierte Doro. »Wie im Grab.«

»Haben Sie noch Kontakt zu Jens Terjung?«

»Seitdem der wie geleckt daherkommt, nicht mehr. Der gibt sich auch mit unsereins nicht mehr ab. Müssen ein Vermögen gekostet haben, die OPs. Aber Geld hatte der, nachdem die Alten abgekratzt waren.«

»Weiß Terjung, wo Sie wohnen?«

»Klar. Einmal waren wir mit dem Stammtisch bei mir. War mir bisschen peinlich wegen meiner versoffenen Ollen.«

»Alles klar.« Doro erhob sich.

»Moment mal.« Die Worte kamen gedehnt, drohend, Zilz bewegte augenscheinlich etwas in seinem breiten Schädel. »Wieso haben Sie mich das alles gefragt?«

»Reine Routine.«

»Bullshit! Wenn es drum geht, ob Terjung weiß, wo ich wohne, und Sie angeblich in meiner Bude irgendwelche Beweisstücke sichergestellt haben ...«

Tja, dachte Doro, dann zähl mal eins und eins zusammen.

»Hat der mir die untergejubelt?«, rief Lothar Zilz. »Der Scheißkerl!«

Schweigend wandte sich Doro zum Ausgang.

»Ich hab die Kuh nicht abgemurkst!«, schrie Zilz.

Doro drehte sich um. »Warum können Sie nicht einfach *Frau* sagen? Oder ihren Namen?«

»Hä?«

»Allein dafür, dass Sie sie gern getötet *hätten*, gehören Sie hierher.«

»Blöde Bullensau!«

»Auf Wiedersehen.« Doro verließ den Raum.

Als sie in ihrem Wagen saß, wählte sie Bens Nummer. Er nahm sofort ab.

»Hey, Doro.«

»Hi. Schmort der Braten schon in der Röhre?«

»Keine Ahnung. Ich bin eben erst losgefahren. Das ist aber nicht der Grund deines Anrufs, oder?«

»Nein. Ich glaube, Jens Terjung ist ein Pick-up-Artist.«

»Ein was?«

»Das sind Männer, die Jagd auf Frauen machen, um sie ins Bett zu bekommen. Es geht um emotionale Manipulation, um Macht und Überlegenheit, letztlich um Demütigung. Sie gaukeln Interesse vor, Verständnis, sprechen schnell von einer besonderen Verbindung.«

»Für diese Kerle gibt es einen extra Begriff?«, fragte Ben. »Ich dachte, das sind normale Aufreißertricks.«

»Es gibt eine Szene, die wesentlich größer und bekannter ist als die Incel-Szene. In Großstädten ziehen jedes Wochenende bekennende Pick-ups los, um mit einstudierten Gesprächsmustern Frauen rumzukriegen. Es ist wie ein übler Sport.« Doro erinnerte sich an das am Morgen Gelesene. »Oft funktioniert ein Mix aus *Push and Pull* – Beleidigungen und Komplimente, Abstoßen und Anziehen«, erklärte sie weiter. »Auf eigenen Skalen werden Erfolge gemessen, Punkte gibt es für Nummern-Austauschen, Rumknutschen, Sex-Haben. Es kursieren etliche Videos im Internet darüber.«

»Du denkst also, Jens Terjung hat Charlotte Rupert mit dieser Masche erobert?«

»Ja. Charlotte war klug und selbstbewusst. Vom Aussehen her war sie definitiv keine Zehn auf der Pick-up-Skala, aber womöglich vom Schwierigkeitsgrad her. Sie stellte eine Herausforderung dar, Terjung hat sich an ihr gemessen. Wahrscheinlich hatte er wirklich eine Weile Spaß mit ihr, hat sie manipuliert, sie gesteuert.«

»Dann hat Charlotte ihn durchschaut und war gründlich bedient.«

»Genau. Sie hat sich von ihm getrennt, sicher mit entsprechend deutlichen Worten. Das hat ihn in seinem Narzissmus zutiefst gekränkt, seinen Hass aufflammen lassen.«

»Aha.« Ben klang skeptisch. »Aber wenn Terjung so viel Erfolg bei Frauen hat, schleppt er halt die nächste ab. Begründet sich in der Trennung wirklich ein Mordmotiv?«

Doro betrachtete das ziegelrote Gemäuer der Haftanstalt. Bis zwei Wochen vor Inkrafttreten des Grundgesetzes war dort eine Guillotine im Einsatz gewesen, Hunderte hatten ihren Kopf verloren.

»Bei Jens Terjung ja«, sagte sie. »Ich war bei Lothar Zilz in der JVA. Er kennt Terjung aus dessen vorherigem Leben als eingefleischten Frauenhasser.«

»Ein Ex-Incel? So, wie der aussieht?«

»Er sah nicht immer so aus, ganz im Gegenteil. Ich habe ein älteres Foto aus dem Fahrerlaubnisregister gesehen. Jens Terjung hat mit dem Erbe seiner Eltern ein neues Leben begonnen. Plastische Chirurgie, wahrscheinlich auch Coaching, um sein Auftreten zu schulen, Selbstbewusstsein zu gewinnen.«

Am anderen Ende der Leitung schwieg Ben. Doro hörte nur die Fahrgeräusche. »Also ging die Beziehung zu Charlotte Rupert nicht so abgeklärt zu Ende, wie Terjung behauptet«, sagte er dann.

»Genau. Und ich denke, dass Terjung den Zeitpunkt für seine Tat bewusst gewählt hat. Wie ein Trittbrettfahrer hat er geplant und kombiniert. Er weiß, wo Lothar Zilz wohnt. Es war nicht schwer für ihn, die Beweisstücke dort zu deponieren.«

»Was willst du jetzt machen?« Ben klang besorgt. »Ich drehe um und komme zum Revier.«

»Nein, bloß nicht. Lass dir den Sauerbraten nicht entgehen. Terjung weiß nicht, dass sich der Verdacht gegen ihn erhärtet hat. Er wird abwarten.« Sie stockte. »Vielleicht tue ich das auch erst mal.«

»Abwarten? Das passt nicht zu dir, Doro.«

»Tschüs, Ben, ich halte dich auf dem Laufenden.«

39

Doro parkte aus und machte sich auf den Weg. Nach ein paar Hundert Metern wurde ihr klar, dass sie nicht nach Hause konnte. Abwarten ging tatsächlich nicht, ein Korb Bügelwäsche bot derzeit keine angemessene Beschäftigung.

Sie fuhr rechts ran und griff nach ihrem Telefon. Nach einem kurzen Zögern wählte sie Michaels Mobilnummer.

Ein Rufton nach dem anderen erklang. Mit jedem unbeantworteten Klingelzeichen wuchs ein flaues Gefühl in Doros Magen. Michael ging nicht dran.

Sie biss auf ihrer Unterlippe herum, wollte weiterfahren, stattdessen tippte sie Michaels Festnetznummer an. Sieben oder acht Mal ließ sie es läuten, dann legte sie auf. Warum ist er sonntags um diese Zeit nicht zu Hause?, überlegte sie.

Der Impuls, bei ihm vorbeizufahren, blitzte auf, sie drängte ihn zurück. Kontrollbesuche kamen nicht infrage.

Kamen sie nicht?

Der Gedanke brachte einen anderen mit sich, hatte ihn im Schlepptau wie einen Fisch, der zu groß für das Boot war. Doch ihn von der Angel zu lassen, war keine Option mehr.

Doro entschloss sich, mit Jens Terjung zu sprechen, ihn ohne Aufschub mit dem zu konfrontieren, was sie erfahren hatte. Seine Reaktion darauf zu sehen.

Ach, Sie hatten mich gar nicht gefragt, ob ich in dieser Community aktiv war. Sie konnte sich seine arglos erstaunte Miene bildlich vorstellen.

Dabei erfasste sie Zorn auf diese Fassade, auf die Verachtung, die in glatt polierter Nonchalance daherkam.

Sie rief auf dem Revier an.

»Guten Morgen, Anders hier. Könnt ihr mir bitte eine Streife zur Verstärkung schicken?« Sie nannte der Kollegin in der Zentrale Terjungs Adresse.

»Alles klar. Ich gebe den Funkspruch raus.«

»Danke.«

***

Fünfzehn Minuten später traf sie das Team von der Bereitschaft vor dem Haus, in dem Jens Terjung wohnte.

Doro läutete, einmal, dann nochmals und wieder. Vergeblich.

Sie schellte bei einer Nachbarin, die ihr die Haustür öffnete, ging mit den beiden Beamten die Treppe hoch und drückte auf den Klingelschalter neben Terjungs Wohnungstür.

Unter ihrer Jacke fühlte sie ihre Dienstwaffe im Schulterholster. Sie hatte sie bei ihrem morgendlichen Aufbruch von zu Hause eingesteckt, wie einen Begleiter, der sie abstieß und mit dem sie dennoch nicht brechen durfte.

»Herr Terjung, Polizei!« Sie klopfte energisch an die Tür. »Machen Sie auf!«

Alles blieb ruhig, im Inneren der Wohnung regte sich nichts.

»Sollen wir öffnen lassen?«, fragte der ältere der beiden Polizisten.

»Nein. Zurzeit gibt es keinen hinreichenden Grund dafür. Wir verfahren anders weiter. Danke, dass Sie hergekommen sind.« Sie ging zur Treppe.

»Keine Ursache.«

Die beiden Beamten liefen hinter ihr die Stufen herunter.

Auf der Straße angekommen, verabschiedete sich Doro und stieg in ihren Wagen. Ihr Magen knurrte, sie hatte am Morgen ohne Frühstück das Haus verlassen.

Unschlüssig sah sie durch die Scheibe nach draußen. Ein Mann lief mit zwei Kindern und einer großen Brötchentüte an ihrem Auto vorbei. Er warf ihr einen grimmigen Blick zu, sie parkte auf dem Gehweg.

Bens Eltern sind bestimmt nett, kam es ihr in den Sinn. Und der Sauerbraten ist garantiert lecker. Gemütlich essen, mich mit normalen Leuten unterhalten, danach eine Runde spazieren gehen. Ich hätte die Einladung annehmen sollen.

Fast sehnsüchtig wünschte sie sich plötzlich weg, raus aus der Stadt. Raus aus ihrer Arbeit.

Sie trommelte mit den Fingerspitzen aufs Lenkrad, wusste nicht, wohin als Nächstes, fühlte sich rastlos und kannte das Ziel nicht.

Entweder ich bin zu Hause, bei der Arbeit oder beim Sport, hallte es unvermittelt in ihrer Erinnerung. Am Spiegel in Jens Terjungs Diele hatte ein Band mit der Mitgliedskarte eines Fitnessstudios gehangen, »Fine 4 Fitness«, stand darauf.

Doro griff nach ihrem Handy, suchte im Internet nach der Adresse des Studios und gab sie ins Navi ein. Dann machte sie sich auf den Weg.

Ihre Gedanken verharrten bei Terjung. Er musste Charlotte zutiefst gehasst haben, hatte den Mord geplant, sich im Vorhinein intensiv mit dessen Ausführung beschäftigt.

Doro fragte sich, ob Terjung alten Hass, den er für seine Mutter hegte, auf Charlotte übertragen hatte. Sie war deutlich älter als er, womöglich gab es optische Ähnlichkeiten oder welche im Wesen. Die Frau mit den vielen Gesichtern, Doro erinnerte sich an eine Beschreibung.

Sie lenkte den Wagen ins Hafengebiet. Um diese Zeit herrschte dort wenig Verkehr, sie beschleunigte, fuhr an Industriegebäuden vorbei.

Linker Hand lag die Wasserkante, etliche Pötte dümpelten auf der Elbe. Seit Jahrhunderten brachten sie Waren und die Kunde aus der weiten Welt in die Stadt. Die Hamburger galten als offen, neugierig und von Fernweh getrieben.

Doro passierte einen Schiffsanleger, der weit ins Wasser hineinragte. Der Wunsch, noch einmal etwas Neues in ihrem Leben zu wagen, packte sie mit unerwarteter Heftigkeit. Ein Job, bei dem man nicht schießen muss und nicht erschossen wird, dachte sie.

»In zweihundert Metern haben Sie Ihr Ziel erreicht«, meldete das Navi. »Das Ziel liegt auf der rechten Seite.«

Doro verlangsamte das Tempo, hielt Ausschau und stoppte schließlich vor einem in die Jahre gekommenen Bürogebäude.

Ein paar Autos standen auf dem gepflasterten Parkplatz davor. Sie stellte ihren Wagen daneben ab, stieg aus und atmete durch. Das Kreischen der Möwen klang zu ihr hin, in einem grauen Himmel zogen sie ihre Kreise.

Am Ende des Parkplatzes unterhielten sich zwei Männer in Sportkleidung. Sie gestikulierten neben einem blau lackierten Mustang, Motorhaube und Fahrertür waren geöffnet.

Doro ging auf das Bürogebäude zu, die Fenster im Erdgeschoss waren erleuchtet. Sie trat durch eine breite Glastür. Über einen granitgefliesten Gang steuerte sie den Eingang von *Fine 4 Fitness* an.

Als sie sich näherte, öffnete sich der mit dem Logo des Studios versehene Türflügel automatisch.

Im Empfangsbereich saß ein durchtrainierter Mann mit olivfarbener Haut und Undercut hinter einem Tresen. Er stand auf.

»Hallo«, begrüßte er Doro freundlich. »Darf ich deinen Mitgliedsausweis sehen?«

»Ich bin kein Mitglied, ich möchte mich gern umschauen.«

»Probetraining, meinst du?«

»Nicht ganz.« Doro zeigte ihren Dienstausweis.

Der Mann stockte. »Da entlang geht's zu den Geräten«, sagte er dann. »Die Tür an der rechten Seite des Trainingsraums führt zu den Duschen und Umkleiden.«

»Danke.« Doro lief durch einen hell ausgeleuchteten Gang. Nach ein paar Metern öffnete er sich zu einem großen Raum hin. An verschiedenen Fitnessgeräten trainierten etwa zehn bis zwölf Personen. Sie ließ ihren Blick über Hantelbänke und Stepper schweifen, nahm erhitzte Köpfe und Körper ins Visier. Terjung war nirgendwo zu sehen.

Gerade wollte sie zur Rezeption zurückkehren, als sich die Tür zu den Umkleiden öffnete. Mit einer Sporttasche über der Schulter erschien Jens Terjung.

Als er Doro sah, hielt er in seiner Bewegung inne, seine Miene verfinsterte sich, er zögerte einen Augenblick. Dann kam er auf Doro zu.

»Vermutlich ist es kein Zufall, dass Sie hier sind«, sagte er.

»Wie man's nimmt. Kann ich Sie kurz sprechen?«

»Natürlich.« Jens Terjungs Gesicht war gerötet, das Haar glänzte feucht. Der Duft eines überparfümierten Duschgels erreichte Doro.

»Lassen Sie uns nach draußen«, meinte er und ging vor zur Anmeldung. »Tschau, Daniel. Bis zum nächsten Mal.« Lässig hob er die Hand in Richtung des Mannes hinter dem Tresen.

»Nach Ihnen.« Doro deutete auf den Ausgang.

Im Freien angekommen, machte er eine Kopfbewegung zu den Stellflächen. »Ich parke dort drüben, der BMW. Wenn es Ihnen recht ist, würde ich meine Tasche im Kofferraum ablegen. Dann können wir in Ruhe reden.«

Bei dem blauen Mustang standen noch immer die beiden Männer. Im Zweifel wird Terjung sein Verhalten kontrollieren, dachte Doro.

»Okay.« Sie ging neben ihm zu einem silbergrauen Wagen.

»Herr Terjung, Sie sahen nicht immer so aus wie zurzeit«, sagte sie.

»Das hoffe ich doch.« Ein charmantes Lächeln flog über seine Lippen. Mit nichts anderem hatte Doro gerechnet.

»Lothar Zilz ist ein Bekannter von Ihnen. Aus der Zeit, in der Sie ebenfalls in der Incel-Szene aktiv waren.«

»Tatsächlich?« Terjung hob die Brauen. »Behauptet er das?«

»Das tut er. Und erzählen Sie mir nicht, Sie hätten vergessen, uns von Ihrer diesbezüglichen Vergangenheit zu unterrichten.«

»Sie haben in der Tat nicht danach gefragt.« Terjung war bei seinem Auto angekommen.

»Schluss damit«, fuhr Doro ihn an. »Sie sind keinesfalls so charmant und gelassen, wie Sie tun. Sie haben Charlotte Rupert gehasst. Seit Ihrer Jugend hassen und verachten Sie Frauen zutiefst.«

»Was wird das?« Spöttisch verzog Terjung den Mund. »Mögen Sie etwa Männer? In Ihrem Job? Mögen die Männer *Sie*?«

Er nahm einen Autoschlüssel aus der Tasche seiner Kapuzenweste. Mit einem Fingerdruck entriegelte er die Schlösser des BMW.

»Wir werden es Ihnen nachweisen«, sagte Doro. »Sie haben Charlotte umgebracht. Im besten Falle betrachten Sie Frauen als Objekte.«

Terjung öffnete den Kofferraum seines Wagens. »Sehr interessant. Und ihr Frauen? Als was seht ihr uns?« Kalt lachte er auf. »Ich sage Ihnen was. Charlotte hatte ein sehr abgeklärtes Männerbild. Sie hat sich genommen, was sie wollte, und fertig. Sie war nicht das unschuldige Weibchen, als das Sie sie hinstellen. Auch Frauen sehen Männer als Objekte.« Die Miene verzog sich in Hass. »Charlotte hat es offen in ihrem Wohnzimmer demonstriert.«

Doro horchte auf. In ihrem Kopf fügte sich etwas zusammen.

»Inwiefern?«, fragte sie.

Terjung stand vor ihr. Ihre Blicke hingen aneinander fest. Doro bemerkte, dass sich seine Pupillen minimal weiteten. Wie in Zeitlupe neigte er sich, die Sporttasche haltend, in den Kofferraum. Sein Oberkörper beugte sich herunter, die Tasche wurde abgestellt.

Seit wann waren Sie nicht mehr bei Charlotte? Doro erinnerte sich an ihre Frage.

Seit etwa sechs Wochen.

Der Barberinische Faun stand erst seit Kurzem dort, Charlottes Geburtstagsgeschenk an sich selbst.

»Sie sind verhaftet, Herr Terjung.«

Jens Terjung blieb nach unten gebeugt. Sie trat einen Schritt zu ihm. Im selben Augenblick griff er nach etwas.

Blitzschnell schoss er nach oben.

Doros Hand zuckte zu ihrer Waffe. Terjung sprang vor. Sie fühlte einen stechenden Schmerz in ihrer Flanke, riss die Pistole heraus, stieß Terjung mit letzter Kraft von sich weg.

Er kam ins Straucheln, metallisch klirrend fiel ein Messer zu Boden.

Etwas Warmes lief aus Doros Seite. Sie umklammerte die Waffe, richtete sie auf Terjung. Ihre Hand begann zu zittern.

Ein Mensch, auf den sie schießen musste.

Schon wieder.

Die Umgebung um sie herum verschwamm, sie konnte nicht mehr atmen. Terjung rappelte sich hoch, griff nach dem Jagdmesser vor sich.

Ich kann es nicht noch mal!, schrie es in Doro.

Plötzlich flammte Constantins Gesicht vor ihr auf, sein geliebtes Lachen.

Sie wollte ihn wiedersehen. Wollte bei ihm sein.

Ihr Zeigefinger krümmte sich am Abzug, die Hand senkte die Waffe minimal.

Ein Schuss peitschte auf, noch bevor sie Druck auf den Abzug gesetzt hatte. Ein gellender Schrei folgte. Terjung sank gekrümmt zu Boden.

Doro starrte ihn an.

Aus seinem Oberschenkel, unmittelbar unter der Hüfte, sprudelte das Blut in einer dunkelroten Fontäne.

Am ganzen Körper schlotternd nestelte sie ihr Telefon heraus, rote Schlieren überzogen es. Ihr wurde schwindelig. Jemand kam herangelaufen. Doro wollte den Notruf wählen, sie sah ihren eigenen blutbeschmierten Finger auf dem hellen Display. Dann wurde es dunkel um sie herum.

40

»Ich werde Frauen vor Männern wie dir warnen. Ich werde sie vor *dir* warnen. Ich habe eine Menge Follower, und es werden immer mehr. Meine Internetseite wird richtig bekannt. Männer wie du sind Abschaum.«

Charlottes rundes Gesicht war im Ärger hässlich geworden. Wie hatte er sie jemals anfassen können?

Der bestialische Schmerz in seinem Körper mischte sich mit beißendem Abscheu und Bedauern. Es war ein unverzeihlicher Fehler gewesen.

»Ich will was gegen die Schmerzen«, keuchte er. »Geben Sie mir was.« Ihm war speiübel, noch niemals in seinem Leben war es ihm derart elend gegangen.

»Sie haben bereits ein Analgetikum bekommen«, sagte die Ärztin kühl. Sie setzte sich auf eine schmale, an der Wandverkleidung befestigte Sitzfläche.

Der Krankenwagen, in dem er lag, fuhr an.

Neben der Notärztin saß dieser Kollege der Bullenfrau, die er abgestochen hatte. Der Typ stand unter Dampf, seine Kiefer mahlten aufeinander, von Lässigkeit keine Spur mehr.

»Raus mit der Sprache«, befahl er scharf. »Sie haben Charlotte Rupert getötet! Sie waren an dem bewussten Abend bei ihr.«

Er ignorierte die Worte, die in seinen Gehörgang sickerten. In seiner Hüfte bohrte ein glühendes Schwert, wühlte im Fleisch. Das Licht an der Decke des Wagens blendete ihn, er kniff die Lider zusammen.

»Das konnte uns meine Kollegin noch sagen!«, schrie der Bulle. »Gestehen Sie endlich!«

Er drehte den Kopf zur Seite, der Krankenwagen fuhr um eine Kurve, galliger Saft floss bis in die Speiseröhre.

Plötzlich sprang der Bulle auf, war mit einem Satz ganz nah.

Dann griffen die Hände zu. Pranken umschlossen seinen Hals, Schraubstöcke. Gleißende Panik überfiel ihn.

»Aufhören!«, rief die Ärztin. »Sind Sie verrückt geworden?«

Sie schnellte hoch, packte den Bullen an der Jacke, versuchte, ihn zurückzuziehen. In dem engen Auto entstand ein Gerangel, jemand stieß gegen sein Bein, in höllischen Schmerzen kreischte er auf.

»Du Schwein sitzt sowieso hinter Gittern!«, schrie der Bulle. »Die Frage ist nur, ob mit einem oder zwei Beinen!«

»Bitte, Herr Fleck. Beruhigen Sie sich.« Die Ärztin atmete schwer.

»Ich soll mich beruhigen? Wissen Sie, wen Sie da liegen haben?« Vor einer erbosten Visage stach ein Zeigefinger bis kurz vor seine Brust. »Einen Frauenhasser übelster Sorte! Sie sind doch eine Frau. Habt ihr keine Solidarität mehr untereinander?«

»Herr Fleck, in erster Linie liegt da ein Patient, um den ich mich zu kümmern habe.«

»Bullshit! Da liegt ein *Mörder*.«

»Halten Sie sich *bitte* zurück.« Die Ärztin dämpfte die Stimme. »Er hat einen Aortadurchschuss, der Kreislauf ist trotz Volumensubstitution instabil, ausgeprägte Tachykardie. Der Mann muss so schnell wie möglich in die Klinik.«

»Der muss ein Geständnis ablegen. Das muss er. Ich habe keinen Bock auf monatelange Prozesskacke.«

Er hörte die Worte und merkte, wie seine Panik wuchs. Das Herz raste in Schlägen, die kaum noch voneinander abzugrenzen waren. Er wollte abhauen, raus aus dem Wagen, flüchten. Und wusste, wie illusorisch das war.

Das Auto fuhr langsamer und bog ab, wieder hatte er das Gefühl, sich übergeben zu müssen. Schleier traten seitlich in sein Gesichtsfeld. Die furchtbare Angst davor, loslassen zu müssen, füllte ihn aus. Die Angst, abzudriften ins Nichts, es nicht zu schaffen.

Er erinnerte sich an eine seiner OPs, es hatte Komplikationen gegeben, eine postoperative Entzündung. Und mit jedem weiteren Eingriff Schmerzen und Schmerzen und Schmerzen.

»Anhalten!«, schrie der Bulle nach vorn zum Fahrer. »Stopp! Sofort!«

»Wieso das denn?«, rief die Ärztin. »Nein, wir fahren weiter!«

»Soll ich Ihnen ins Auto kotzen? Halten Sie an!« Der Bulle war bleich geworden, seine Lippen schimmerten bläulich.

In ihm selbst war nur noch Horror. Anhalten? Sollte er mitten auf der Straße verrecken?

»Stopp jetzt!«, herrschte der Bulle den Fahrer an.

Der Wagen bremste ab und hielt.

In gebückter Haltung griff der Bulle in ein Gefach an der

Seitenwand, er nahm etwas Langes aus Edelstahl heraus. Dann öffnete er die rückwärtige Tür und stürzte hinaus.

Perplex sah die Ärztin zu.

In seinen Adern wurde es frostig, er konnte es spüren, das Blut wich.

»Fahren Sie weiter.« Er krallte nach dem Ärmel der Ärztin. »Ich muss ins Krankenhaus.«

Von draußen erklang ein merkwürdiges Geräusch.

»Ich stech die Reifen ab!«, schrie der Bulle und reckte vor der offenen Wagentür eine große Schere in die Luft. »Ich schwör's dir. Dann kannst du hier warten, ob irgendwann ein Ersatzauto kommt.«

Der Ärztin stand der Mund offen. Das Gesicht des Bullen glänzte schweißfeucht. Er verschwand aus dem Sichtfeld. Ein dumpfes Rumpeln erklang.

Der macht Ernst, gellte es in seinem Gehirn, die Eingeweide zogen sich zusammen.

Ein zweites Mal rumpelte es an der Karosserie des Wagens.

»Hilfe!«, hörte er sich selbst kreischen.

Einen Moment später kletterte der Bulle wieder in den Innenraum.

»Hast du mir jetzt was zu sagen, Terjung?«, fragte er kalt.

»Sind Sie völlig durchgedreht?« Panisch stieg die Ärztin aus. Vorn öffnete sich die Fahrertür und schlug wieder zu. Draußen sprach jemand.

»Ob du mir was zu sagen hast«, blaffte ihn der Bulle erneut an. »Ansonsten sorge ich dafür, dass wir so lange hier stehen, bis du nichts mehr sagen kannst.«

Er war mit einem Irren eingesperrt. Er musste in die Klinik, sein Leben hing an einem seidenen Faden.

»Sie hat mich unter Druck gesetzt«, wisperte es aus ihm heraus. »Erpresst, mit Rufmord gedroht. Ich wollte nur, dass sie schweigt. Es war Notwehr.«

»Wie hast du sie zum Schweigen gebracht?« Die bleiche Visage beugte sich dicht über ihn, er roch muffigen Atem. »Wie?«

»Ich hab sie nur geschüttelt. Wollte wieder loslassen. Dann war es zu spät.«

Der Bulle verengte die Augen. »Was gab es bei Charlotte zu essen?«

Seine Zunge klebte trocken am Gaumen, er konnte und wollte nichts mehr sagen.

»Was?« Der Bulle stieß ihn heftig an.

Schmerz brachte ihn zum Würgen. Vor seinem geistigen Auge riss jemand einer Fliege ein Bein aus, dann noch eins und noch eins. Die Fliege war er.

»Scho… Schokokuchen.«

Langsam wich der Bulle zurück. Die Züge entspannten sich, er richtete sich aus der gebeugten Haltung auf.

»Fahren Sie weiter«, maulte er zu der draußen stehenden Ärztin hin, als er ausgestiegen war. »Ich gehe zu Fuß.«

41

»Ich habe gehört, dass du dich ziemlich heftig aufgeführt hast.«

»Angemessen, würde ich sagen.«

»Angemessen?« Doro dehnte das Wort in vager Amüsiertheit. »Auf jeden Fall haben wir nun beide ein bisschen dienstfrei.« Sie versuchte, sich gerade hinzusetzen, die Wunde stach scharf in die Seite ihres Körpers.

»Wir könnten uns mit einer Privatdetektei selbstständig machen«, sagte Ben. »Wir sind ein gutes Team.«

»Nächster Vorschlag, bitte.«

»Ein Gym?« Er grinste breit. »Oder was mit Selbstverteidigung?«

»Komm, ich war gar nicht so schlecht.« Gerade wollte Doro nicht weiter in ihrer Erinnerung vordringen. Ein Satz zu dem Geschehenen reichte.

»Du hättest mir gestern am Telefon sagen sollen, dass ich umkehren soll«, tadelte Ben.

»Das hast du doch auch so getan.«

»Ja, aber es war Zufall, dass ich auf die Idee mit dem Fitnessstudio gekommen bin. Und das auch erst, nachdem ich auf dem Revier nachgefragt und erfahren hatte, dass Terjung nicht zu Hause gewesen ist.«

»Ben, das war kein Zufall, das war ermittlungstaktisches Kombinieren. Ich weiß, dass du gut darin bist.«

»Danke für die Blumen.« Er saß auf dem Sessel ihr gegenüber und begann, seine Finger zu kneten. »Ich bin echt froh, dass du so schnell wieder aus der Klinik rausgekommen bist.«

»Ich auch. Krankenhäuser liegen mir mittlerweile immer weniger.« Doro verzog die Lippen. »Letztlich hatte ich Glück, dass die Klinge von einer Rippe gebremst wurde.«

»Irgh.« Ben schüttelte sich. »Bei den Reifen wäre das nicht so gewesen.«

»Hm. Was haben die Kollegen zu Jens Terjung noch rausbekommen?«

»Bei der Durchsuchung seiner Wohnung wurde ein USB-Stick mit dem Foto der toten Bella im Wasserwerk sichergestellt. Wir gehen davon aus, dass er es war, der das Bild im Darknet gekauft und ins Incel-Forum gestellt hat, um den Verdacht auf einen Incel zu lenken. Terjung war auf der Suche nach dem Foto eines weiblichen Mordopfers. Dass eins von Bella angeboten wurde, war für ihn besser als erwartet.«

»Was ist mit den Einbruchspuren an Charlotte Ruperts Wohnungstür?«, fragte Doro stirnrunzelnd.

»Terjung hat den Einbruch vorgetäuscht, um den Verdacht auf eine ihr fremde Person lenken zu können. Er kannte ihre Gewohnheiten, wusste von dem Damenkränzchen. An dem Abend hat er gewartet, bis die Freundinnen gingen. Unmittelbar danach hat er geklingelt, Charlotte dachte wohl, eine der Frauen hätte etwas vergessen. Sie hat geöffnet, Terjung kam zu ihr hoch. In der Wohnung hat er sie sofort angegriffen und mit einem mitgebrachten Tuch stranguliert.«

Nachdenklich hörte Doro zu. Jeder Atemzug tat weh, doch sie war überglücklich, noch atmen zu können.

Das Türklingeln ließ sie zusammenzucken. Sie bewegte ihren Oberkörper nach vorn, ein gepresster Schmerzenslaut entfuhr ihr.

»Bleib sitzen, ich mache auf.« Ben erhob sich und ging in den Flur.

»Hallo, Herr Fleck«, hörte Doro kurz darauf Michaels Stimme.

Einen Moment später erschien ein großer Strauß roter Rosen im Raum, darunter ein Stück Unterkörper und ein Paar Beine.

»Du hast doch einen Schlüssel, wieso klingelst du?«, murrte Doro. Unmittelbar danach ärgerte sie sich über ihre unfreundliche Begrüßung.

»Hallo, Dorothee.« Michael senkte den Strauß, ein warmes Strahlen lag in seinem Gesicht. »Ich bin so froh, dich zu sehen.« Er setzte sich neben sie aufs Sofa.

»Soll ich den Strauß mal ins Wasser stellen?«, knödelte Ben.

»Oh, das wäre nett.« Michael streckte Ben die Rosen hin. Der nahm sie und verschwand damit in der Küche.

»Wie geht's dir so?«, fragte Doro Michael. »Was macht die Arbeit?«

»Doro, bitte. Die Arbeit ist nicht so wichtig. Und es war immer nur die Arbeit.«

»Ach so.«

»Gestern Morgen, als du angerufen hattest, war ich joggen.« Er stockte. »Und danach bei Nina zum Brunch.«

»Ah.« Doro guckte auf das Bücherregal an der gegenüberliegenden Wand. Durch den Türrahmen daneben kam Ben mit dem Blumenstrauß zurück. Die Rosenstiele steckten in einer hohen Glasvase, er stellte sie auf dem Wohnzimmertisch ab.

»Ich breche mal auf«, sagte er.

»Nein, nein.« Doro hatte plötzlich wenig Lust, mit Michael allein zu sein. »Bleib doch noch ein bisschen. Vielleicht ... können wir was kochen? Habt ihr Hunger? Also, ich schon. Echt großen. Schon seit Stunden. Eigentlich.«

Michael und Ben tauschten einen fragenden Blick.

»Na ja«, murmelte Ben. »Ich kann halt Spaghetti und so was.«

»Michael kann kochen«, haspelte Doro. »Sogar ziemlich gut.«

Michael zögerte. Dann stand er auf und räusperte sich.

Doro registrierte seine Anspannung. In ihrer Magengrube begann es zu rumoren.

»Was ich noch sagen wollte ... eben. Ich war also bei Nina zum Brunch.«

»Jaja, das weiß ich schon. Im Unterschrank neben der Spüle sind noch Kartoffeln. Wir könnten einen Auflauf oder ...«

»Also, bei Nina und ihrer Lebensgefährtin Lydia.«

»Lauch müsste auch noch da sein«, sagte Doro. »Äh. Was?«

»Die ist Apothekerin. Und wirklich sehr nett, wir haben uns ausgezeichnet unterhalten. Ich wusste gar nicht, dass es so viele Möglichkeiten gibt, jemanden zu vergiften.« Nun grinste Michael.

»Ach?«, machte Doro. »Lebensgefährtin?«

»Ich geh mal Kartoffeln schälen.« Ben verdrückte sich.

»Derweil hole ich ein Fläschchen Rotwein aus dem Auto. Ich hatte gehofft, dass wir uns einen gemütlichen Abend beim

Wein machen können.« Michael eilte in die Diele. Noch bevor er dort ankam, schloss jemand die Wohnungstür auf.

Einen Moment später überlief Doro eine unbändige Freude.

»Hi«, hörte sie Constantins Stimme.

»Hallo«, erwiderte Michael. »Schön, dich zu sehen. Deine Mutter ist im Wohnzimmer. Ich hole nur schnell den Wein.«

»Ja, klar. Wein muss sein.« Constantins gelangweilter Ton war Musik in Doros Ohren.

Er erschien im Türrahmen. Neben sich stellte er die große Reisetasche ab. Doro wagte nicht zu fragen.

»Hey, Großer. Alles klar?« Sie lächelte.

Unsicher kam Constantin heran. »Hi. Wie geht's dir?«

»Ganz gut. Halb so wild, das Ganze. Und dir?«

»Auch ganz okay.« Seine Augen richteten sich gen Teppich. »Ich würde dann noch mal hier pennen.«

»Ja, natürlich.« Doro versuchte, sich ihre Freude nicht anmerken zu lassen. »Das ist dein Zuhause.«

»Es gab ein bisschen Stress bei Papa«, nuschelte Constantin. »Mit Julia und so. Die ist der Ansicht, ich hätte spätpubertäre Chauvi-Allüren.«

Irgendwo in Doro zündete ein Freudenfeuerwerk.

»Ach, weißt du ...« Sie grinste. »Die kannst du bei mir ruhig haben. Halte ich aus. Aber vielleicht könntest du Ben gleich beim Kartoffelschälen helfen? Es gibt Auflauf.«

In Constantins Miene zuckte ein Muskel, dann griente er. »Joah. Wenn's sein muss.«

Drei Wochen später

»Erklär's mir noch mal. Warum machen wir das genau?«

»*Wir* machen das, weil du mitwolltest.«

»Ja, aber warum wolltest *du*? Die telefonische Auskunft hätte doch gereicht.« Ben vergrub die Hände in den Taschen seiner Jeans und schlurfte neben Doro her.

»Ich habe in einer Sitzung bei Bülthoff drüber gesprochen«, antwortete sie. »Er und ich dachten, ein Besuch sei gut, um abzuschließen.«

»Ach, bei Bülthoff und deinem Augenbewegungsding?«

»Das Augenbewegungsding heißt EMDR und wirkt bei mir super. Vielleicht wäre das auch was für dich.«

»Liebe Doro. Ich habe keinen Hang zur posttraumatischen Belastungsstörung, ich habe derzeit einfach nur viel Tagesfreizeit. So lange, bis die Sache mit dieser Krankenwagenfahrt geklärt ist.«

»Versteh schon.«

»Und selbst dann muss ich mir noch überlegen, ob ich überhaupt bei der Kripo weitermachen *will*.«

»Ich sag's doch. Probier mal das Augenbewegungsding aus.« Doro machte eine wedelnde Handbewegung. »Fördert die innere Reorganisation und synchronisiert deine Gehirnhälften.«

»Meinen Gehirnhälften geht's super.«

In feuchtkaltem Novembernebel gelangten sie zu der gesicherten Eingangstür eines Baus in Hamburg Ochsenzoll. Doro drückte auf einen quadratischen Klingelschalter.

»Ja, bitte?«, fragte eine weibliche Stimme durch die Sprechanlage.

Kurz nachdem Doro geantwortet hatte, öffnete eine Mitarbeiterin der Forensik und nahm sie und Ben in Empfang.

»Hallo, guten Tag. Kommen Sie mit, ich führe Sie zu dem Patienten.«

Sie liefen über einen breiten, kameraüberwachten Gang. An dessen Ende schloss die Mitarbeiterin eine Metalltür auf.

Dahinter eröffnete sich ein weiterer neonbeleuchteter Flur. Gerahmte Bilder hingen an den Wänden, ein Putzwagen war am Rand des Ganges abgestellt. Die Luft war stickig, Doro fühlte plötzlich ein zentnerschweres Gewicht auf ihrem Brustkorb.

»Insgesamt sind wir recht zufrieden«, erklärte die Mitarbeiterin. »Bislang entwickelt sich der Zustand des Patienten gut. Oliver Peschke befindet sich zurzeit im Aufenthaltsraum. Dort entlang, bitte.«

Doro und Ben folgten.

Wenig später sah Doro ihn.

Er saß in einem Rollstuhl mit seitlichen Stützen. Sein Ausdruck war teilnahmslos. Als Doro und Ben eintraten, drehte er minimal den Kopf und sah zu ihnen hin.

In seiner Miene regte sich nichts, es gab keine Anzeichen des Wiedererkennens.

Doro stand da und wandte ihren Blick nicht von ihm ab.

Innere Bilder zogen an ihr vorbei, Erinnerungen flammten

auf. Doch sie konnte die Dinge aus einer beinah unbeteiligten Perspektive betrachten.

»Er hat Kontakt zu einer anderen Patientin aufgenommen«, sagte die Mitarbeiterin. »Die hat ihren Freund unter Drogeneinfluss lebensgefährlich verletzt.«

»Tatsächlich?« Ben kräuselte die Lippen.

»Der Freund konnte aber noch einmal zuschlagen. Schweres Schädel-Hirn-Trauma.« Die Frau zuckte mit den Achseln. »Wie auch immer. Herr Peschke und sie scheinen sich gut zu verstehen.«

»Was Sie nicht sagen.« Ben kam einen Schritt näher an Doro heran. »Alles okay?«

Sie nickte.

»Herr Peschke erhält eine auf seinen Zustand abgestimmte Medikation«, fuhr die Frau fort. »Die Lebensqualität und auch die Compliance der Patienten steigern sich dadurch erkennbar.«

»Psychopharmaka?«, fragte Ben.

Ein rauchiges Lachen klang ihm und Doro entgegen. »Was glauben Sie denn? Definitiv ein Kandidat für die Rosa Pille.«